KB237196

수전노

كِتَابُ البُخَلَاءِ

لأبي عثمان عمرو بن بحر الجاحظ البصري

대산세계문학총서 058

수전노

알 자히드 지음

김정아 옮김

문학과지성사

2007

대산세계문학총서 **058**_소설

수전노

지은이_알-자히드
옮긴이_김정아
펴낸이_채호기
펴낸곳__㈜문학과지성사

등록__1993년 12월 16일 등록 제10-918호
주소__서울 마포구 서교동 395-2(121-840)
전화__02)338-7224
팩스__02)323-4180(편집)   02)338-7221(영업)
전자메일__moonji@moonji.com
홈페이지__www.moonji.com

제1판 제1쇄__2007년 1월 31일

ISBN 978-89-320-1753-2
ISBN 978-89-320-1246-6(세트)

이 책은 대산문화재단의 외국문학 번역지원사업을 통해 발간되었습니다.
대산문화재단은 大山 愼鏞虎 선생의 뜻에 따라 교보생명의 출연으로 창립되어 우리 문학의 창달과
세계화를 위해 다양한 공익문화사업을 펼치고 있습니다.

차례

일러두기

1. 이 역서는 알-자히드(al-Jāḥiẓ, 868사망)의 『수전노 al-Bukhalā'』를 타하 하지리Ṭaha al-Ḥajirī
   가 해설 및 주석을 첨부하고 이집트의 다르 알-마아리프Dār al-Maʻārif 출판사에서 출판한 본
   을 원본으로 삼았다.
2. 이 책에 사용된 외래어 표기는 2004년 '한국아랍어 · 아랍문학회'에서 논의된 바 있는 기준에
   의거하여 표기하였다. 정관사 'al-'의 독음(讀音)은 뒤에 연결되는 자음에 따른 변화와 상관없
   이 표기하였다. (예: al-Din)
3. 아랍어와 이슬람에 관한 역사나 문화와 관련된 고유명사나 어휘들은 독자들의 이해를 돕기 위
   해 미주로 달았다.
4. 아랍어로 유일신(唯一神)을 의미하는 'Allah'는 그대로 '알라'로 표기하였다.

제1장 머리말

자비롭고 축복이신 알라의 이름으로.

알라께서 당신을 보호하시고, 감사를 표현하도록 도와주시고, 축복을 받는 이 중에 놓으실 것이다.

알라께서 당신을 보호하시길.

당신은 도둑의 종류에 관해 상세히 서술해놓은 나의 책[1]을 이미 읽은 바 있다고 말하였다. 그 책은 낮도둑과 밤도둑의 책략에 관해 자세히 언급한 것이다. 당신은 그 책을 읽음으로써 모든 구멍을 막고 터진 곳을 단단히 메웠다. 그 책은 아무런 계략이 없는 것이 허를 찌르기 위한 교묘한 방법이나 반격으로 성공하는 것이라고 당신에게 경고했던 것과는 정반대로 난해한 책술과 기이한 방법을 자세히 알려줌으로써 당신을 진일보하게 하였다. 그래서 당신은 그 책이야말로 참으로 대단한 가치가 있고, 반드시 그 책을 탐독해야 한다고 주장했다. 그리고 당신은 이렇게 말했다. "수전노들의 기이한 이야기, 그들의 변명, 그리고 유머 이상이고 진지한 것에 대해 이야기해주시오. 유머는 휴식과 활기를 가져오는 반면 진지함은 유머로 향하는 것을 방해하고, 유머에서 득을 보는 자는 반드시 유머로 돌아가기 때문이오."

당신은 알-하라미[2]의 유머와 알-킨디[3]의 변론, 그리고 사흘 이븐 하룬[4]의 서신, 이븐 가즈완의 칼람,[5] 알-하리시의 연설, 그리고 그들의 놀랄 만한 행동과 그 밖의 사람들에 대해 내게 언급하였다. 그리고 왜 그들이 탐욕을 '검약'으로 인색함을 '절약'으로 칭하는지, 왜 그들이 남에게 베푸는 것을 적대시하고 그것을 쓸데없이 낭비하는 일이라 하는지, 왜 그들이 관대한 씀씀이를 낭비라 하고 자선을 무지함이라 하는지, 왜 그들이 덕을 쌓는 일에 인색하고 '수전노'라는 비난에도 그다지 신경 쓰지 않는지, 왜 그들이 관대하다는 평가에 기뻐하는 자를 경시하고 넉넉하게 지출하는 이를 반기지 않는지, 왜 그들이 조롱받는 일을 그만두지 않고 도무지 칭찬이라고는 모르는 이를 강한 사람이라고 판단하는지, 왜 그들이 편안한 삶을 반대하고 힘겨운 삶을 위해 논쟁을 벌이는지, 왜 그들이 남의 집에서 좋은 음식을 먹는 것은 원하면서도 자신의 집에서 그렇게 하는 것은 당연하게 거절하는지, 왜 그들이 서로서로 탐욕을 격려하는지, 왜 그들이 그런 별명 — 수전노 — 을 부르면 화를 내면서도 바로 그런 별명에 해당되는 삶을 선택했는지, 왜 그들이 지출을 자제하면서도 재물을 획득하고자 갈망하는지, 왜 그들이 부(富)가 지속되는 것을 희망하면서도 부와 어울려 살 생각을 하지 않고 부가 사라질까 봐 두려워하는 사람처럼 행동하는지, 왜 그들이 평온함 속에서 계속 잘살 수 있으며, 건강이 고통보다 더 많고, 복 받은 일이 재앙보다 적지 않음에도 불구하고, 가난해질까 봐 두려워하기만 하고 희망을 갖는 일은 게을리 하는지에 대해서도 언급하였다.

도대체 자신을 불행하게 만드는 일을 전문으로 하는 자가 어떻게 남에게 행복을 추구하라고 말한단 말인가? 또한 개인적으로 계략을 쓰는 일을 밥 먹듯 했던 자가 어떻게 대중에게 충고를 할 수 있단 말인가? 그들은 위대한 지성인임에도 불구하고 왜 공동체가 이미 불명예스럽다고 의견을 모은 것에 대해 굳이 변명을 제시하는가? 그들은 박학한 지식인임에도 불구하고 이미 사람들이 그렇게 하면 명예를 잃는 것이라고 못 박은 것을 왜 자랑스럽게 여기는가? 자신에게 결점이 있는 사람이 어떻게 (남을) 이해할 수 있는지? 어떻게 그들은 수전노의 정당성을 변명하기 위해 탁월한 의미를 내세워 변명하고 멀리 있는 목적을 향해 줄기차게 나아갈 수 있는지? 어떻게 그들은 탐욕의 명백한 치부(恥部)와 그 명칭의 불명예, 그리고 탐욕을 언급함으로써 얻는 손해와 가족에게 미치는 악영향을 생각하지 않는지? 오랜 노동 끝에야 적은 수입이 있고, 불면 뒤에 불편한 침상이 있으며, 장기간의 손해 끝에야 약간의 이득을 얻는 그가 어떻게 그럴 수 있는가? 더욱이 그는 자신의 상속자가 실제의 적보다 더욱 적의를 품고, 재물의 실소유자보다 더 권리가 있는 척 행세할 것을 익히 잘 알고 있음에도 불구하고 자신을 태만하고 우둔하다고 묘사하면서 무지함과 우둔함만을 보여주는 이가 아니던가? 그는 설득력 있는 아이디어와 아름다운 표현으로 절약의 미덕을 변론하고 명확한 의미전달로 수월하게 난관을 극복하면서 대두된 문제를 변론하지 않았던가? 그가 보여준 무지함과 우둔함을 고려해볼 때, 그가 탐욕에 대해서 보여주었던 굉장한 수사법과 탁월한 웅변술은 도무지 앞뒤가 맞지 않는다! 왜 그는 난해하고 멀리 있는 것을 파악하면서 탁월하고 가까이 있는 것을 모르는 것일까?

당신은 이렇게 말했다. "무엇이 그들의 지적 능력을 혼란스럽게 하고,

그들의 마음을 혼돈스럽게 하고 그들의 눈을 가리고 그들의 평정을 어지럽히는가? 그들이 진실이라고 주장하고 곧은길에서 갈려 나온 것이라고 하는 것이면 무엇이든 간에 내게 설명하시오. 또한 이런 상반되는 성질과 서로 경쟁하는 기질은 무엇인가? 그토록 놀라운 명석함과 연결되어 있는 아둔한 바보스러움은 무엇인가? 명백한 중요함은 이면에 숨겨놓고 불분명한 것만을 중요하다고 내세우는 이유는 무엇인가? 그것도 설명하시오." 또 당신은 말했다. "내게 탐욕을 존중하며 가식을 벗어버린 자, 스스로를 비난받도록 그대로 두는 자, 적과 싸우는 것에만 만족하는 자, 책들에 묘사된 것을 가지고 논쟁만을 일삼는 자 등은 그다지 놀랍지 않다. 뿐만 아니라 나는 자신의 결점을 보여주려고 이성을 잃어버린 자도 그렇게 놀랍지 않다. 다만 자신의 탐욕을 인지하고 자신의 과도한 인색함을 깨달은 자는 놀랍다. 비록 그가 자신의 탐욕스러운 내면을 무시하는 척하고 자신의 본성을 극복하는 척하지만, 그는 자신이 탐욕을 아주 잘 인지하고 있으며, 자신이 탐욕스럽다는 것이 세상에 널리 알려져 있다고 생각할 것이다. 그러므로 그는 금박을 하지 않아도 될 것에 금박을 시도했고, 깁지 않아도 될 구멍을 기웠다. 따라서 만약 그가 자신의 결함을 깨달은 다른 사람들처럼 그 자신의 결함을 깨달은 사람을 인지하고, 자신의 부족함을 치유하는 방법은 자신을 치료하는 것과 약간의 유머[6]를 더하는 것, 본디 지니고 있던 습관을 회복시키는 것, 나쁘게 물든 천성을 본래의 상태로 되돌리는 것이라는 사실을 인지했더라면, 분명 그는 자신이 할 수 없는 것을 가지고 모순되게 구는 짓을 그만두었을 것이고, 자신을 비난하는 사람들에게 지출해야 하는 비용을 절약할 수 있을 것이다. 또한 자신을 관찰하는 감시자들을 두지 않을 것이고, 식탁에 시인들을 초대하지도 않을 것이며 또한 지방으로 보내는 전령사들과 친분을 쌓아두지도 않을 것이고,

소식을 전하는 이들과 안면을 트고 지내지도 않을 것이고, 공동체의 혼잡함에 들어가거나 절차의 번거로움에서 벗어날 것이다. 만약 그의 결점이 만천하에 드러나고 그에게 음식을 대접하는 이의 결점이 감춰진다 해도 그는 사람들로부터 음식 접대를 받을 때는 남의 결점을 알아채지만 막상 그가 사람들에게 음식을 대접할 때는 자신의 결점을 파악하지 못할 것이다. 과연 수전노의 마음 안에 있는 것은 무엇인가? 왜 어떤 수전노는 많은 양의 금을 내주면서도 빵 한 조각에는 인색하게 구는가? 그는 자신이 지출한 것에 비하면 금지한 것은 정말로 하찮은 양이라는 것을 익히 알고 있었다. 또한 만약 그가 금지하고 인색하게 굴었던 것의 몇 배나 되는 양으로 관용을 베푼 것 중 일부라도 되받길 원한다면 그것은 아주 하찮은 양일 것이다."

당신은 이렇게 말했다, "당신은 내게 수전노들이 과도하게 지출하는 자들임을 보여주는 악의 기질을 알려주고, 부호의 실상을 지적하고, 명문가의 양자가 지닌 명예의 겉껍질을 벗겨내고, 위선과 진실의 차이를 구별하고, 천성으로 타고난 진짜와 화려하게 보이나 거짓인 가짜를 구별하는 성질을 알려야만 한다." 만약 당신이 이런 것들을 주의 깊게 고찰한다면 당신이 지금까지 부인했던 단점을 알게 될 것이고, 그런 단점의 위치를 깨닫게 될 것이고 결국 단점을 피하게 될 것이다. 만약 당신에게 있는 단점이 오래된 것이고 분명하고 알려진 것이라면, 당신은 그것을 보게 될 것이다. 또 만약 관대하게 행동하고자 하는 당신의 의지가 탐욕으로 향하는 마음의 흐름을 저지한다면 당신은 사람들에게 식사를 제공하고 그들의 감동을 얻어내는 일을 계속할 것이다. 하지만 반대로 만약 당신이 돈을 쓰는 것에 지나친 관심을 보이고 아까워한다면 자신을 숨길 것이고, 좋은 음식을 혼자서만 먹을 것이고, 음식이 넘쳐나는 가운데, 커튼 뒤에 숨어 지내는 삶을 살 것이다. 만약 당신과 당신 본성 간의 전쟁이 계속된다면 양자 간의 이유는 형태가 있고 비슷한 것일 것이다. 당신은 자신이 사람들의 비난에 노출되는 것을 단호하게 그만두거나 혹은 여분의 것을 지출하는 것조차 거부함으로 답할 것이다. 당신은 비난으로부터 안전하게 피신한 사람이 전리품을 획득하고 위험이 도사리고 있음에도 확고한 신념을 지닌 자가 과감하게 행동한다는 것을 알게 될 것이다." 당신은 이와 관련된 지식을 더 많이 필요로 하고, 명예로운 자는 이런 지식을 더 많이 교육받길 원한다고 언급했다. 만약 내가 당신의 재물을 도둑으로부터 지켜주고 난 뒤 비난에 처한 당신을 안전하게 보호한다면 나는 친절한 아버지와 헌신적인 어머니조차 당신에게 하지 못했던 것을 해준 것이다.

당신은 내게 캅바브[7]가 질투심을 부인(否認)한 이유를 책으로 쓰라고 요구했다. 또한 캅바브가 자신의 아내조차 '위안과 영향'이라는 장(章)에 기꺼이 제공한 이유와 대여해준 여성 노예의 외음부 역시 봉사 부분에 해당되는 이유, 많은 점에서 아내 역시 여성 노예와 비슷한 이유, 여성 노예는 금이나 은과 같은 재물에 해당하는 이유, 딸에 대해 아비는 다른 남자들보다 더 많은 권리를 가지고 있는 이유, 누이에 대해 형제는 먼 친척보다 더 많은 권리를 가지고 있는 이유, 먼 친척이 질투에 더 많은 권리를 지닌 이유, 가까운 친척이 부인(否認)할 우선권[8]이 있는 이유, 농작물을 더 증가시키려는 노력과 마찬가지로 후손을 더 번식시키려는 노력의 이유, 그러나 관습이 캅바브를 터부시했고 종교적 판단이 그를 금지했던 이유 등을 쓰라고 했다. 왜냐하면 사람들은 그에 대해 반감을 표현하기보다 오히려 그를 중요하게 생각하기 때문이다.

당신은 내게 자흐자흐[9]가 여러 장소에서 거짓을 발전시킨 이유와 그가 여러 장소에서 진실을 불명예스럽게 만든 이유, 심지어 그가 거짓을 발전시켜 진실의 수위에 이르게 한 이유, 그가 진실의 품격을 낮추어 거짓의 위치에 이르게 한 이유 등을 밝히라고 했다. 모름지기 사람들은 거짓의 결점은 마음속에 새기고 거짓의 미덕을 잊어버리는 척함으로써 거짓을 불공정하게 대우한다. 또한 사람들은 진실의 해악을 잊어버린 척하고 그 장점을 마음속에 새김으로써 진실로 향한다. 만약 사람들이 진실과 거짓 간의 편리함을 심사숙고했더라면 양자 간의 차이를 큰 것으로 간주하지 않았을 것어고 이런 시각으로 바라보지도 않았을 것이다.

당신은 또 내게 사흐사흐[10]가 기억하는 것보다 망각하는 것을 선호한다고 한 것과 일반적으로 우둔함이 명민함보다 더 이로운 것이고 야수의 삶이 지성인의 삶보다 더 행복하다고 말한 것에 대해서도 그 이유를 밝히라고 했다. 만약 당신이 야수, 명예로운 남자, 여성과 열정이 있는 여자, 그리고 우둔하고 무지한 여자를 살찌운다면, 야수가 가장 먼저 살찌고 이성과 열정적인 여자가 가장 늦게 살찔 것이다. 왜냐하면 이성은 경고와 관심에 연결되어 있고 우둔함은 한가한 마음과 평화와 연관되어 있기 때문이다. 따라서 그 야수는 며칠 안에 몸속에 비계를 모으지만, 열정이 많은 사람은 그렇지 않다는 것을 알게 될 것이다. 평화로운 때조차도 재앙만을 예상하는 것이야말로 재앙이고, 재앙이 그에게 닥쳐올 때까지 희망 속에 지내는 것은 부주의이다.

만약 당신이 이와 관련한 부분들을 『문제 *kitāb al-Masā'il*』[11]라 불리는 내 책보다 더 많이 다루고 있는 다른 책을 읽지 못했다면 당신은 바로 이 책에서 이와 관련한 문제들을 발견할 것이다. 당신이 요구한 인색한 이들의 변명과 수전노들의 기담(奇談)[12]에 관해 말하자면 나는 당신이 그들의 이야기에서 그리고 수전노들의 총체적인 변론에서 그것을 찾도록 할 것이다, 알라께서 원하신다면. 이렇게 하면 이 장(章)은 내 경험 묘사보다 한결 통일성을 갖게 될 것이고, 이 책은 더욱 간결해지고 실수도 적어질 것이다.

나는 사흘 이븐 하룬의 서신으로 시작해서 쿠라산 사람들의 기이한 행동을 다룰 것이다. 왜냐하면 수전노에 대한 대다수 이야기가 쿠라산 사람들에 관한 것이기 때문이다. 당신은 이 책에서 세 가지 것을 보게 될 것이다. 흔치 않은 논쟁을 보여주는 것, 기막힌 계략을 깨닫게 되는 것, 놀라운 기담을 유용하게 하는 것이 바로 그 세 가지이다. 만약 당신이 원한다면 이 책을 보고 웃을 것이고, 만약 심각한 것에 싫증이 났다면 즐거워질 것이다.

내 주장은 이렇다. 울음이 장소에 적합하기만 하고, 이성적 범주 내에 있고, 흐트러짐이 없으며, 부드러움의 신호이고, 옥죄이는 마음에서 멀어진다면, 울음은 우울증에 묘약이고 찬양할 만한 결과이다. 어쩌면 그것은 충성스러운 보호자 이상의 것으로 간주될 수도 있다. 울음은 우상숭배자들이 접근하는 데 가장 위대하게 사용되고 두려움에 떠는 자들이 축복을 간청할 때 사용하는 것이다. 어떤 현자(賢者)는 소년의 울음을 염려하는 한 남자에게 말했다. "염려하지 마시오. 울음은 그의 목청을 깨끗하게 하고 그의 시력을 좋게 할 것이오."

아미르 이븐 압두 카이스[13]가 자신의 눈높이 위로 손뼉을 치고 이렇게 말했다. "눈물 몇 방울을 뿌리고 한참을 응시하는 자는 눈물로 뺨을 적시지 않는다." 사프완 이븐 마흐리즈[14]가 슬픔을 되새기며 오랫동안 눈물을 흘릴 때 이런 말을 들었다. "오래 울면 장님이 되는 법이다." 그러자 그는 "이는 눈의 맹서라오" 하고 말한 뒤 장님이 될 때까지 울었다. 사람들은 눈물을 칭송했다. 그들 중에는 울보 야흐야나 울보 하이삼이 있다. 사프완 이븐 마흐리즈 역시 울보라고 불리었다. 만약 어떤 사람이 울보이고 계속해서 울어 젖히는 사람이라면 그는 불행해질 것이다. 어쩌면 시력을 잃어 장님이 될 수도 있고 뇌의 손상을 입을 수도 있으며 이성이 약해지거나 정신이상자로 판명될 수도 있다. 혹은 방종한 여성 노예나 나약한 젊은이에 비교되기도 한다.

그렇다면 당신은 뚝 그칠 만한 일이 있을 때까지 최대한 즐겁게 계속 웃어대는 사람에 대해서는 어떻게 생각하는가? 만약 웃음이 웃는 사람의 꼴사나운 것이고 또 웃음을 유발한 사람의 꼴사나운 것이었다면, 웃음에 꽃, 히브라,[15] 보석, 고상한 성채 등의 말을 사용하지 않았을 것이다. 이것은 마치 '명랑하게 웃는다'는 말과도 같다.[16] 전능함이 그분의 이름이신 알라께서는 "알라는 인간으로 하여금 웃게도 하시고 울게도 하시며 생명을 앗아가기도 하고 생명을 주시기도 하신다"[17]고 말씀하셨다. 알라께서는 웃음을 생명의 반대라 하고 울음을 죽음의 반대라 하셨다. 진정으로 그분은 꼴사나운 것을 자신에게 비유하여 묘사하지 않고 자신이 창조하신 것에 부족함을 부여하지도 않는다. 어떻게 영혼의 기쁨에서 비롯된 웃음의 위치가 중요하지 않을 수 있는가? 웃음은 기질의 근본이고 체질의 근간이다. 왜냐하면 웃음은 소년이 보여주는 최고의 좋은 것이고, 소년은 웃음으로써 자신을 더욱 좋게 만들며, 웃음으로써 체내의 지방이 성장하고, 그의 에너지 물질이자 기쁨의 원인인 혈액이 증가하기 때문이다.

　아랍인이 웃음을 긍정적인 특질로 생각하고 있음을 알 수 있는 것은 아랍인들이 자식을 부를 때 '항상 웃는' '미소 짓는' '기분 좋은' '얼굴이 환한'이라고 부르는 것에서도 알 수 있다. 예언자께서는, 알라의 평화와 축복이 그에게 있기를,[18] 잘 웃고 농담을 즐겼다. 그래서 아랍인들은 누군가를 찬양할 때면 이렇게 말했다. "그에게는 웃는 치아가 있다. 그는 저녁의 미소이다. 손님을 기분 좋게 환대한다. 관대한 성품과 기쁨으로 맞이한다." 반면에 누군가를 비난할 때는 이렇게 말했다. "그는 이마를 찌푸리고 있다. 그는 우울하다. 그는 언짢은 표정을 하고 있다. 그는 찌푸린 표정으로 욕설을 하고 있다. 그는 늘 표정이 어둡다. 그는 불만스러운 표정이다. 주름진 얼굴, 신맛을 본 얼굴, 그의 얼굴은 마치 식초에 적신 것 같다." 따라서 웃음은 고유의 위치와 범위가 있다. 그것은 마치 농담이 그런 것과 마찬가지이다. 누군가 웃음과 농담을 과도하게 하거나 할 만큼 하지 않으면, 넘쳐난 것은 쓸데없는 말을 많이 하는 꼴이 되고 모자란 것은 상실감이 된다. 따라서 사람들은 웬만한 경우가 아니면 웃음이나 농담에서 결점을 발견하지 않는다. 농담을 통해 이득을 얻으려 할 때, 웃음을 통해 웃음이 발생되는 무엇인가를 얻으려 할 때 농담은 진지해지고 웃음은 심각해진다.

　이것은 당신을 속이려는 책이 아니다. 또한 결함을 감추려고 하는 그런 책도 아니다. 왜냐하면 당신이 원하는 것을 완벽하게 충분히 다루기는 불가능하기 때문이다. 뿐만 아니라 이 책에는 내가 이야기의 주인공들에 대해 한마디라도 하면 그 인물들이 세상에 알려지는 그런 이야기들이 많이 있다. 나는 그들의 이름을 거론하지 않았고 그들에게 그런 일이 일어나길 바라지도 않았다. 내가 그들의 이름을 거론하거나 혹은 그들의 이름을 암시하건 안 하건 간에 그들 중에는 나의 친구, 막역한 벗, 평생 같이 가는 애정 어린 친구, 일생의 큰 재산이 되는 중요한 친구가 있다. 당신에게 가져다주는 득이 있다고 해도 그들에게 이런 무례를 범해서 보기 싫은 형국이 상쇄될 수는 없다. 이로 인해 이 책은 결점을 갖게 될 것이지만, 결정적으로 생략된 이 장은 당신들 모두와 관련이 있다. 다른 이야기들은 소문이 나 있는 것이 아니다. 만약 다른 이야기들이 떠도는 것이었다면 이야기의 주인공을 알려주는 표시가 없었을 것이다. 그런 이야기의 좋은 점은 가족이 알아차리는 경우를 제외하고는 누구도 주인공을 알아채기가 쉽지 않다는 것이다. 그런 이야기들은 이야기에 주인공이 될 법한 사람들과 그런 이야기의 기원과 연결되어 있다. 따라서 그런 이야기와 이야기의 요소와 의미의 연결을 단절함으로써 재미난 이야기의 반 토막을 잃게 되고 기이한 이야기의 반 토막이 날아가게 된다. 만약 어떤 사람이 아부 알-하리스 줌마인[19]과 알-하이삼 이븐 무타흐하르,[20] 무잡비드,[21] 그리고 이븐 아흐마르[22]의 기담에 열중하다가 냉담하게 되었다면 그것은 일어날 수 있는 가능성 중에 가장 좋은 예가 될 것이다. 하지만 만약 그가 재미있고 우스운 기담을 마음에 품었다가 거기에다 살리흐 이븐 후나인,[23] 이븐 알-나와으, 그리고 몇몇 혐오하는 사람들을 덧붙였더라면 그 결과는 냉담하고 시들하게 될 것이다. 시들함은 냉담한 것보다 더 나쁜 것이다. 만약 당신이 금욕주의나 사람들에게 훈계하는 것에 관한 말을 전개했더라면, 그래서 당신이 "이것은 바크르 이븐 압둘라 알-무자니[24]와 아미르 이븐 압두 카이스 알-안바리,[25] 무아르리크 알-이즐리,[26] 그리고 야지드 알-라카쉬[27]로부터 들은 이야기이다"라고 말했더라면, 그런 이론의 호응도는 두 배가 되었을 것이었고 그들의 관계는 이제껏 누려보지 못했던 신선함과 권위를 불러왔을 것이다. 또 만약 당신이 "아부 카읍 알-수피[28] 혹은 압두 알-무으민 혹은 시인 아부 누와스[29] 혹은 후세인 알-칼리으[30]가 말하였다"라고 전했더라면, 그 자체가 지니고 있던 것 이외에는 아무런 득이 없었을 것이다. 당신은 겨우 그 가치를 보여주려다 실수를 범한 것이고 따라서 그 본연의 가치에 손상을 주었을 수도 있다.

나는 이미 당신을 위해 인물의 이름을 밝힌 채로 많은 책을 썼다. 또한 인물의 이름을 밝히지 않은 책도 많이 썼다. 그들이 두려워서이건 아니면 그들을 존경해서이건 간에, 만약 당신이 내게 이 책을 쓰라고 요구하지 않았더라면 이 책을 쓰는 것이 짐이 되었거나 아니면 내 말이 피해를 가져오고 보복을 불러일으켰을 것이다. 따라서 만약 비난과 부족함이 있다면 그것은 당신의 책임이고, 만약 변명이 있다면 당신이 아닌 내 것이다.

제2장 사흘 이븐 하룬이 무함마드 이븐 지야드와 지야드 가(家)의 사촌들에게 보내는 편지

사람들이 사흘 이븐 하룬을 인색하다고 비난하고, 그의 글에서 인색함과 관련된 문구를 찾았을 때.

자비롭고 축복이신 알라의 이름으로.

알라께서 너희들을 조화롭게 하시고 서로 단합하게 하시며, 선(善)을 가르쳐주시며, 고결하게 만드셨다.

바누 타밈[1] 부족장인 아흐나프 이븐 카이스는 말했다. "바누 타밈족이여! 싸움을 서두르지 말라. 싸움을 서두르는 자야말로 전장에서 도망치는 일을 전혀 부끄러워하지 않는 자이니라." 옛날부터 사람들은 말하길, "타인의 결함을 크게 보고자 한다면 잘 살펴보아야 한다"고 했다. 왜냐하면 결함이 아닌 것을 결함으로 말하기 쉽고, 바로 그것에서부터 (자신의) 결함이 시작되기 때문이다. 따라서 바른길로 인도하는 자를 방해하고, 사람들의 염려하는 마음을 부추기는 것은 잘못이다. 내가 이 편지를 쓰는 이유는 너희들을 바르게 인도하고, 잘못을 교정하여 너희들이 받은 은혜를 잘 보존하기 바라는 마음에서이다. 설령 내가 너희들을 잘못 인도한다 할지라도, 내 의도가 선의에서 기인했음을 기억하기 바란다. 지금부터 내가 충고하고자 하는 바는 이미 나 스스로 행해본 것이고, 또한 나라는 사람은 근검절약으로 타의 추종을 불허한다는 것을 너희도 알고 있을 것이다. 내가 너희를 존경할진대, 너희가 행할 수 있는 최대한의 권리는 너희를 향해 의도하는 내 권리를 보호하고 너희의 의무 중 한때 내가 무시했던 것을 이제 다시 경고하는 것이다. 너희에게는 그럴 듯한 변명이 없고 존경받을 만한 행동도 없다. 만일 결함을 언급하는 것이 옳은 것이고 장점이었더라면, 나 스스로가 그렇게 했을 것이다. 가장 큰 불행이자 슬픔은 가르치는 이의 실수는 계속 기억되는 반면 배우는 이가 경청하지 않는다는 사실은 점차 잊혀진다는 것이다. 또한 비난하는 자들의 실수는 중요하게 간주되는 반면 비난받는 자들의 본래 의도는 관심의 대상이 되지 않는다는 것이다.

너희들은 내가 하인에게 "빵 반죽을 잘하여라. 그래야 맛도 좋고 양도 많아진다"고 한 말에 대해 나를 인색하다고 비난했는데, 우마르 이븐 알-카탑[2]은 "빵 반죽을 잘하여라. 그래야 잘 부풀어 그 양이 최대한 많아진다"고 말한 바 있다. 또 너희들은 내가 "아무리 싼 물건이라도 구입을 절제할 줄 모르는 자는 비싸고 구하기 어려운 물건도 경제적으로 구입하는 법을 알지 못한다"고 한 말을 비방하였다. 하지만 내 말의 예를 들어보겠다. 나는 예배에 앞서 세정[3]을 하려고 충분한 양이다 싶을 만큼의 물을 가져와서 그 물로 몸의 여기저기를 차례대로 씻다가 그제야 물이 충분하지 않다는 걸 알았다. 그리고 나는 깨달았다. 만약 처음부터 물을 아껴 썼더라면, 처음부터 물의 양을 중요하게 생각했더라면, 시종일관 넉넉하게 세정할 수 있었을 것을. 너희들은 이 점과 관련하여 나를 비방하였다. 너희들은 최대한 노력을 기울여 나의 이러한 근검절약 정신을 불명예스럽고 흉물스러운 것으로 만들었다. 하산⁴은 낭비에 대해 이렇게 말하였다. "낭비는 가정의 두 가지 필수품 사이에 위치한다. 그 두 가지는 물과 목초이다. 따라서 그것은 목초가 동반되지 않은 물에 만족하지 않는다."

또 너희들은 내가 값비싼 과일과 귀한 루타바⁵를 담아둔 큰 바구니의 뚜껑을 덮고 봉했다고 비난하였다. 하지만 그 이유는 이렇다. 나는 식탐이 대단한 하인, 먹보 아들, 약아빠진 하녀, 그리고 분별력 없는 아내로부터 그 귀한 음식을 보호하려 했던 것이다. 이것은 예의바른 행동이 아니고, 권력을 재배치하는 것도 아니다. 뿐만 아니라 비싼 먹을거리, 귀한 음료, 값비싼 옷, 탈것⁶을 공평하게 분배하기 위한 지도자의 습관도 아니다. 모든 것에는 조화로움이 있고, 또 핵심이 있고 주인과 종이 있게 마련이다. 이것은 마치 연회에서 주인과 종의 좌석이 다르고, 명부에 기록된 그들의 명칭이 다르고, 환영의 인사가 다른 것과 같다. 불 보듯 뻔한 것을 알면서도 방책을 세우지 않는다면 어떻게 되겠는가? 누가 과연 개에게 살진 닭을 맡겨놓고 당나귀에게 참깨사료를 맡겨놓을 수 있겠는가? 너희들은 내가 그 바구니를 봉했다고 비난했지만, 이맘⁷도 마른 보리쌀이 든 가죽부대를 봉한 바 있다. 심지어 빈 부대까지 봉한 뒤, "의심보다는 봉인이 더 낫다"고 말했다. 너희들은 하찮은 것에 봉인을 한 사람은 비난하지 않으면서도 귀한 루타바 바구니를 봉인한 사람은 비난하는 것이다. 너희들은 내가 요리사에게 "마라크 수프⁸를 끓일 때, 물의 양을 늘리면 요리가 더 잘되느니라. 그러면 우리 모두는 국물이 담뿍 배인 맛있는 수프를 먹게 된다"고 말한 것을 비난하였다. 그러나 예언자 무함마드께서도, 알라의 평화와 축복이 그에게 있기를, 말씀하셨다.

"너희가 고기 요리를 할 때는, 물의 양을 넉넉히 잡아라. 그래야 너희 중에 고기를 먹지 못하게 되는 자는 고기 맛이 우러나는 국물이라도 먹을 수 있느니라."

너희들은 내가 신을 기워 신고, 옷에 속을 대어 입는다고 비난하였다. 또 내가 기운 신발은 더 오래 신을 수 있고, 발밑이 더 폭신하며, 발을 더 잘 보호하고, 오만함을 더욱 잘 격퇴하고, 또 이것이 금욕주의 습성과도 흡사한 면이 있다고 말했을 때, 또한 내가 꿰매는 것은 신중한 처사이고, (옷을) 잘 보존함을 의미하는 것이며, 소비와의 결별을 의미한다고 했을 때도 나를 비난하였다. 그러나 예언자 무함마드께서도, 알라의 평화와 축복이 그에게 있기를, 옷을 기워 입으셨고, (음식을 드신 후) 손가락을 빨아 먹을 정도로 검약의 모범을 보이셨다. 또한 그분은 이렇게 말씀하셨다. "만일 내가 (양의) 다리를 선물받았다면, 나는 그것을 먹었을 것이다. 또 내가 (양의) 다리 요리에 초대받았더라면, 나는 그것에 응했을 것이다." 아우프의 딸 수으다[9]는 탈하의 웃옷을 기웠고, 탈하는 쿠라이쉬 부족[10]의 관대한 인물이었다. 그는 탈하 알-파야드였다. 또한 우마르의 옷에도 가죽을 덧댄 부분이 있었다. 그는 말하길 "낡은 옷을 부끄러워하지 않는 자에게서는 오만함을 찾기 어렵다"고 했다. 그리고 사람들은 "헌것을 입지 않는 자에게 새것이란 없다"고 말했다.

지야드는 사람을 시켜 이야기꾼을 데려오도록 하였다. 그런데 이야기꾼이 되려면 지성을 겸비한 마음 곧은 사람이어야 한다는 것이었다. 이 말을 들은 사람이 그 조건에 합당한 이라 하여 한 사람을 데려왔다. 그러자 지야드는 "네가 그이를 아느냐?"고 물었다. "아니요, 모르는 사람입니다." "그럼 내게 데려오기 전에 말을 나누어보았느냐?"

"아니요." "그럼 어째서 여러 사람 중에 이 사람을 택했느냐?" "오늘은 무더운 날씨입니다. 저는 오늘 같은 날은 사람들의 됨됨이를 그들의 음식이나 의복을 통해 알아보는 것이 합당하다고 생각했습니다. 저마다 사람들의 의복은 새것인데, 그 사람의 옷만이 낡은 것이라는 것을 알게 되었지요. 그래서 저는 그이를 분별력 있는 사람이라고 생각했습니다. 왜냐하면 우리는 적절하지 않은 새 옷은 낡은 옷보다 더 초라하다는 것을 익히 알고 있기 때문입니다. 알라께서는 모든 것에 가치를 할당하셨습니다.[11] 그리고 모든 것에 그 자리를 설정하셨습니다. 그것은 마치 모든 시대에 인간을 있게 하시고 모든 회합에 연설을 할당하신 것과 같습니다. 알라께서는 독을 가지고도 생명을 주실 수 있고, 음식을 가지고도 죽음을 주실 수 있습니다. 그분께서는 물로써 질식시키고, 약으로써 살해하였습니다. 그러므로 옷을 꿰매 입는 것은 겸손과 절약을 실천하는 행위이며, 이와 반대는 낭비와 오만함의 결합체라 할 수 있습니다."

사람들은 이미 "근검절약은 재산을 불려줄 수 있는 두 개의 방법 중 하나이다. 부양해야 할 아이들이 적은 것은 두 개의 구원(救援) 중 하나와 같다"고 말한 바 있다. 아흐나프는 염소 다리의 뼈를 고정시킨 바 있고, 누으만은 그렇게 하도록 명령하였다.[12] 우마르는 "달걀을 먹은 자는 닭을 먹은 것이다"라고 했다.

한 사람이 주인에게 말했다. "닭을 선물로 드리겠소." "그렇다면 꼭 달걀 낳는 닭을 주게." 그 주인의 답변이었다. 아부 알-다르라아[13]는 살을 발라낸 뼈를 세웠다.

너희는 내가 "나이가 많은 이, 등이 굽은 이, 뼈가 약해지는 이, 기력이 쇠잔해지는 이는 결코 사기를 당해서는 안 된다. 즉, 자선을 베풀고 전 재산이 자신의 손에서 벗어나 타인의 소유가 되도록 해서는 안 된다는 뜻이다. 자신의 재물을 어디에 쓸지 결정하고 관할하는 권리를 남에게 넘겨주어서는 안 된다. 어쩌면 자신도 모르는 사이 나이가 들어 늙을지도 모른다. 하지만 인생의 말년에 좌절 끝에 알라의 은총으로 아들을 얻을지도 모르고 혹은 예상치 못한 어떤 일들이 발생할지도 모른다. 이런 일들이란 그의 마음에 떠오른 운명적인 생각이 아니며, 그의 이성이 감지하지 못하는 것이다. 그렇게 되면 그는 되돌려주지 않을 사람에게, 또 자신에게 자비를 베풀지 않을 사람에게 이미 준 것을 돌려달라고 요구할 것이다. 그러나 그는 재물을 되찾기에는 너무나 약하고, 얻는다 해도 그것은 최악이 될 것이다"라고 말한 것을 비난했다. 하지만 우마르 이븐 알 아스[14]는 이렇게 말했다. "이 세상에서 영생을 누리는 자처럼 일해라. 그리고 내세에서는 내일 죽을 사람처럼 일해라."

또한 너희는 나의 다음과 같은 말에 대해서도 비난하였다. "노름에서 얻은 돈이나, 유산으로 물려받은 돈, 우연히 주운 돈, 그리고 왕으로부터 받은 하사금과 같은 돈은 아주 빨리 써버리게 마련이다. 마찬가지로 열심히 애써 얻은 수입이나 노력의 대가로 획득한 돈, 종교의 손상을 감수하고, 명예를 훼손하고, 육체를 피로하게 하고, 가슴속 근심을 겪어내면서 얻은 돈은 반드시 저축하기 마련이다. 누구라도 지출을 계산하지 않는 이는 수입도 계산하지 않고, 수입을 계산하지 않는 이는 자신의 재산을 잃게 될 것이며, 돈의 가치를 알지 못하는 자는 가난에 만족하고 굴욕과 수치를 족하게 여길 것이다."

또 너희는 내가 "합법적인 수입은 합법적인 지출을 의미한다. 마찬가지로 불법적인 수입은 불법적인 지출을 의미한다. 그것은 마치 선(善)이 선을 부르는 것과 같다. 쓰고 싶은 곳에 기쁘게 지출하는 것은 의무 때문에 억지로 지출하는 것을 막아버리는 커튼과 같으며 의무감으로 어쩔 수 없이 하는 지출은 기쁨을 차단하는 장벽이다"라고 말했다고 나를 비난했다. 너희들은 내가 이런 말을 했다고 비난하였지만, 무아위야는, "나는 낭비적인 의무를 행한 것 이외에는 단 한 푼도 낭비한 적이 없다"고 말했으며, 알-하산[15]은 이렇게 말했다. "만약 너희가 그의 재산이 어디에서 나오는가를 알고 싶다면, 그가 돈 지출하는 것을 자세히 관찰하라. 합당하지 않는 방법으로 얻은 돈은 사치와 낭비로 쓰인다."

나는 너희에게 동정심을 느끼고, 선의를 지니고, 너희의 조상에 대한 자긍심을 보존하려는 목적으로 말했다. 그러니 벗과 이웃에게 이렇게 말하라. "너희는 안전이 보장되지 않은 채 사고와 재난이 많은 세상에 살고 있다. 따라서 너희 중 한 사람의 재산에 재난이 닥치면 그는 온전히 남은 것을 찾지 못할 것이다. 그러니 재산을 여러 곳에 분산시켜두라. 왜냐하면, 모든 이가 한꺼번에 죽는 경우를 제외하고 재난은 모든 이에게 한꺼번에 닥치지 않기 때문이다." 우마르는 남자 노예, 여자 노예, 양과 낙타의 소유권이나 그 밖의 값싼 것들의 소유권에 대해 이렇게 말한 바 있다. "재물을 분산시켜라."[16] 이븐 시린[17]은 뱃사람에게 "어떻게 재물을 관리하는가?" 하고 물었다. "우리는 배의 이곳저곳에 재물을 분산시켜 놓습니다. 그래야 일부를 잃게 되더라도 다른 일부는 안전하지요. 만약 그렇게 하지 못한다면 차선책은 재물 상자를 바다에 가져가지 않는 것입니다." 이븐 시린이 다시 말했다. "너는 만약의 경우까지를 대비하는구나. 그러나 웬만해선 안전하니 안심하여도 좋으니라."

나는 너희들에게 동정심을 느끼며 말했다. "부(富)에는 도취하는 성질이 있고 재물이란 변덕스러운 것이다. 부의 도취로부터 자신의 부를 보존하지 않는 자는 부를 잃을 것이요, 또 가난하게 될까 두려워하는 마음에 재물을 연관시키지 않는 자는 그런 마음을 무시할 것이다." 너희들은 내가 그러하다고 비방하였다. 하지만 자이드 이븐 자발라[18]는 다음과 같이 말했다. "가난함을 믿는 부자보다 더욱 가난한 사람은 없다. 또한 부에 도취되는 것은 술에 취하는 것보다 더욱 강력하다." 또 너희들은 이렇게 말했다. "그가 여분의 것을 기피하고 진실을 추구하도록 촉구하였다. 그래서 그의 설교 이후의 몇 마디 말씀이나 그가 쓴 몇 편의 편지 다음에 등장한 시편에도 이런 것이 나타나게 되었다." 이와 관련하여 야흐야 이븐 칼리드는 이렇게 말했다.

"재물에 재앙이 닥치면 재물은 불구대천지의 적이 된다.
만약 그런 재앙을 막지 못하겠거든 가장 안전한 방법은 지출을 금지하는 것이다."

또 무함마드 이븐 지야드[19]도 그의 말을 언급했다.

"인간이 지켜야 할 윤리 두 가지가 있다. 신에 대한 경외심, 비천한 행동을 기피하는 것.

무례함은 의무적인 지출을 해야 할 때 나타난다."

너희들은 내가 지식보다 부를 선호한다고 비난했다. 내가 그리한 것은 학식의 장점이 알려지기 이전에 재물로써 학자의 도움을 받을 수 있고, 영혼을 지지할 수 있기 때문이다. 실제로 근본(부)은 가지(학식)보다 더욱 우선하여 존재하기 때문이다. 우리는 영혼으로 느낄 정도로, 그 문제를 명백하게 알고 있다. 왜냐하면 우리는 충분한 것은 명백히 알고 부족한 것은 눈감아버리기 때문이다. 너희들은 내가 어떻게 이런 말을 하느냐고 반박했다. 선대의 통치자와 문인들은 지식이 더 나은가 부가 더 나은가를 질문받자, '지식'이라고 했다. 그렇다면 왜 부자들은 학자들을 방문하지 않는 데 반하여 학자들은 부자들의 집에 자주 찾아가는가? 그것은 부자들은 지식의 가치를 모르는 반면 학자들은 부의 가치를 충분히 알고 있기 때문이 아니겠는가? 그래서 나는 "양자의 상황은 서로 다른 양자 간의 사이에 놓여 있다"고 답했다. 어떻게 모든 사람이 필요로 하는 것과 몇몇 사람이 필요로 하는 것이 똑같을 수 있는가?

너희들은 내가 "음식보다도 부를 선호하는 것은 각자의 집에서 세간을 선호하는 것과 마찬가지이다. 절실하게 필요로 하는 것은 다 소모되고, 필요하지 않은 것은 여분이 있는 법"이라고 한 말도 비난했다. 하지만 후다일 이븐 알-문디르[20]는 이렇게 말했다. "나는 우흐드 산만큼의 금을 갖고 싶다." 사람들이 그에게 물었다. "그러면 어떤 이점이 있습니까?" "많은 이들이 그로 인해 나를 잘 섬겨주기 때문이다." 그는 계속해서 말했다. 또 "그대의 마음속에서 오직 명예에 대한 집착이 솟구친다 하여도 돈을 모아라. 왜냐하면 돈은 다른 이의 마음속에 굴욕을 일으키기 때문이다. 그

렇게 되면 그대의 행운은 진실로 멋지게 이루어지고 따라서 그대의 소득
은 많아질 것이다."

　우리는 예언자 무함마드의, 알라의 평화와 축복이 그에게 있기를, 일
대기와 정통 칼리파[21]의 가르침, 그리고 지혜로운 선인들의 교훈을 부정하
지 않는다. 예언자 무함마드는, 알라의 평화와 축복이 그에게 있기를, 부
자에게는 양을 취하라 하셨고, 가난한 자에게는 닭을 취하라고 명하셨다.
사람들은, "그대의 일 디르함[22]은 그대의 생계를 위한 것이고, 그대의 종
교는 그대의 미래를 위한 것이다"라고 말했다. 따라서 사람들은 모든 것
을 종교와 현세에 고루 나누었다. 그런 다음 그들은 일 디르함을 전체인
두 부분 중 하나로 만들었다. 아부 바크르 알-싯디크[23]는, 알라의 축복이
그에게 있기를 그리고 알라께서 그에게 만족을 느끼시길, "나는 며칠의
식량을 하루에 소비하는 사람들을 증오한다. 사람들은 늘 고기를 너무 탐
하는 이들을 증오하곤 했다"고 말했다. 히샴[24]은 늘 이렇게 말하곤 했다.
"티끌 모아 태산 된다." 아부 알 아스와드 알-두왈리[25]는 현명하고 교양
있으며 빈틈없는 사람인데, 아들에게 이렇게 말하였다. "알라께서 네게
손을 뻗어 먹을 것을 내려주시면 너도 그와 같이 다른 이에게 손을 뻗어
라. 만약 그분께서 네게 뻗었던 손을 오므리면, 너도 오므려라. 알라의 관
대함을 따를 자는 없느니라."[26] 또 그는 "계략으로 얻은 일 디르함을 정당
하게 지출하는 것이 네 손에 일만 디르함을 지니고 있는 것보다 더 낫다"
고 했다. 그는 또 라크나무[27]의 가지를 들어 보이면서 이렇게 말했다. "그
대들은 이것과 같이 잃게 될 것이다. 그것은 아침부터 저녁까지의 무슬림
의 끼니이거늘." 아부 알-다르다아는 맷돌에서 곡식 낱알을 주워 들었다.
그러자 돈을 잘 쓰는 몇몇 사람들이 그를 막았다. 결국 그가 이렇게 말했
다. "아브스[28] 여인의 아들이여, 조용히 하라. 진실로 사람의 지식은 한 톨

식량과 함께하나니."

　그대들은 내게 답을 꼭 하거나 내 잘못을 증명할 필요는 없다. 하지만 결정하기 전에 잘 생각해보라. 그대들이 가지고 있는 것을 언급하기 전에 그대가 언급해야 할 것을 먼저 생각해보라. 그럼 안녕히……

제3장 쿠라산인들의 이야기

우리는 쿠라산[1]인들의 이야기를 제일 먼저 하려 한다. 그들은 수전노로 유명한데, 특히 마르우[2] 사람들은 가장 유명한 수전노들이다.

우리의 친구가 이렇게 전했다.

마르와지[3]는 손님이 오거나 방문한 손님이 오래 앉아 있으면 이렇게 묻는다.

"점심은 드셨는가?" 만약 손님이 그렇다고 하면,

"그것참 아쉽군. 내가 좋은 음식을 대접하려 했는데……"라고 말한다. 그러나 손님이 아직 식사를 하지 않았다고 하면,

"그것참 아쉽군. 내가 좋은 후식을 대접하려 했는데……"라고 말함으로써 손님에게는 아무것도 대접하지 않고 주인의 체면도 잃지 않는 방법을 사용하기 일쑤이다.[4]

나는 어느 날 마르우 출신의 이븐 아부 카리마의 집에 들렀다. 내가

예배를 드리려고 도자기 병에 들어 있는 물로 세정을 하자 그는 나를 나무랐다.[5] "맙소사, 자네 지금 이 식수로 씻었단 말인가?" "그건 식수가 아니었네, 단지 우물물이었어." "그렇다면 더 큰일이지. 우물물의 소금기가 식수를 담는 도자기 병을 오염시킨 것이니."[6]

너무 당황했던 나는 그 순간에 어떻게 대처해야 할지 알 수 없었다.

아므루 이븐 누하위는 이렇게 전했다.

하루는 내가 킨디의 집에서 점심을 먹고 있었지. 그런데 킨디의 이웃 사촌이자 나도 알고 지내던 친구가 그곳에 들른 거야. 우리는 식사 중이었는데, 킨디는 그 친구에게 식사를 권하지 않았어. 킨디는 알라의 피조물 중 가장 탐욕스러웠어. 어쩔 수 없이 내가 말했지.

"여보게, 이쪽으로 가까이 앉아 음식을 함께하게나." 그 친구는 "식사했네. 왈라히.[7] 알라께 맹세코." 그러자 킨디가 끼어들었다.

"그렇다면 한 번 더 먹을 필요는 없겠군."

결국, '왈라히'란 말은 그러한 방식으로 그가 음식 먹을 기회를 뺏었다. 그는 음식을 먹을 수 없었다. 만약, 그가 '왈라히'라고 말해놓고 음식을 먹으려고 손을 뻗었다면 알라에게 한 맹세를 위반하는 것이므로 이교도가 되거나, 혹은 전지전능한 알라에게 대항하는 형국이 되었을 것이다. 이 이야기는 마르우 사람들의 이야기가 아니다. 그럼에도 첫번째 이야기와 같은 부류의 것이라서 여기에 싣는다.

탐욕은 마르우 지방의 천성

수마마가 말했다. "내 평생 그러한 수탉은 본 적이 없네. 일반적인 수탉으로 말하자면, 모이를 물어다가 암탉 앞에 가져다주지. 그러나 마르우의 수탉은 예외이지. 내가 마르우에서 본 수탉은 암탉의 부리에 있는 모이까지 빼앗아 가거든. 그때서야 나는 깨달았지. 마르우의 탐욕이 그 지방의 산천초목에 물들어서 그곳의 물을 먹고 자라는 동물에게까지도 그 탐욕이 번져 있다는 것을."

그리고 나는 이 대화를 아흐마드 이븐 라쉬드에게 해주었다. 그러자 그가 말했다. "한번은 내가 마르우 출신 쉐이크[8]의 집에 있었지. 그 쉐이크의 아들로 보이는 소년이 놀고 있었는데, 내가 그 아이에게 재미 삼아 또 시험 삼아 이렇게 얘기했지. '네 빵을 먹게 조금 나누어주려무나.' 그러자 그 아이가 이렇게 대답하는 거야. '이 빵은 못 드실 거예요. 굉장히 쓰거든요.' 그래서 내가 말했지. '그러면 네가 마시는 물을 조금 나누어주겠니?' '이 물도 드시지 못할 거예요. 물맛이 굉장히 짜거든요.'

그래서 내가 또 말을 했지. '이것 좀 줄래? 저것 좀 줄래?' 계속 이렇게 말을 걸었지. 그 아이는 이것은 이래서 안 되고 저것은 저래서 안 된다고 계속 거절하는 거야. 나는 계속해서 그 아이에게 부탁을 해보았지만, 그 아이는 내 부탁을 들어주지 않고 거절하더군. 그러자 쳐다보고 있던 그 아이의 아버지가 웃으면서 이렇게 말했지. '우리에게 무슨 잘못이 있겠나? 지금 자네가 들은 바를 이 아이에게 가르친 사람이 잘못이지.'

즉, 그것은 마르우 사람에게 탐욕은 자연적인 것이라서 그곳에 사는 사람들의 성격이나 기질까지도 그렇게 만들어버린다는 것이지."

불빛에도 인색한 수전노

내 친구들이 주장한 바에 따르면, 쿠라산 사람들 한 무리가 단체로 집을 얻어서 경비를 함께 부담하는데, 그럴 경우에 그들은 가능한 한 램프 빛조차도 한 사람에게 더 이익이 되게 하는 일이 없다고 한다. 그들이 비용을 균등하게 나누어서 부담하게 되었는데, 한 사람이 자기 몫을 내지 않았다. 그러자 그들은 등잔불을 켤 때면, 그의 눈을 천 조각으로 가리고 그들이 불을 끄고 잠자리에 들 때까지 그러한 상황을 이어 나갔다. 그들은 불을 끈 다음에야 그의 눈을 가린 수건을 풀어주었다.

이것은 내가 직접 본 일인데, 약 오십 명쯤 되는 쿠라산 당나귀 몰이꾼들의 이야기이다. 그들은 쿠파로 가는 길에 있는 아으랍이라는 농촌의 한 풀밭에서 점심을 먹고 있었다. 그들은 사실 성지 순례[9]를 하는 중이었다. 그런데 나는 점심을 먹는 그 오십 명의 일행 중 어느 누구도 두 사람이 함께 점심을 먹는 것을 본 적이 없다. 그들은 가까이에 있으면서도 각기 점심을 먹고 있었다. 그리고 그런 상황에서도 몇몇이 서로 이야기를 주고받고 있었다. 이것은 정말 내가 처음으로 본 아주 신기한 사건이었다.

각자에게 빵이 있는데

무와이스 이븐 이므란[10]이 내게 이야기해주었다.

두 명의 쿠라산 사람이 낙타를 타고 가면서 혹은 낙타를 몰고 앞의 일행을 쫓아가면서 이렇게 말했지.

"우리는 어째서 함께 식사를 하지 않는 건가? 우리 모두 함께 있을 때 알라의 은총은 더욱 큰 것인데. 또 행운은 함께할 때 더욱 많은 것인데. 사람들은 두 사람의 음식이면 세 사람이 충족하고, 세 사람의 음식이라면 네 사람까지도 충분하다고 말하지 않는가?" 그러자 그 친구는 이렇게 대답했다. "만약 자네가 나보다 많이 먹는다는 것을 알지 못했더라면 자네의 말을 충고로 받아들였을 거야."

그다음 날이 되었다. 그는 다시 친구에게 같은 말을 반복했다. 그러자 친구는 이렇게 답했다. "이보게 압둘라. 자네에게도 둥그런 빵 한 조각이 있고, 내게도 똑같은 빵 한 조각이 있지. 이런 상황에서 만약 자네가 어떤 사악한 의도를 품고 있지 않다면 그토록 나와 함께 음식을 먹자고 주장하지 않을 걸세. 자네는 정말 먹으면서 이야기를 하고 친분을 나누기를 원하는가? 정 그렇다면 큰 쟁반 하나에 각자의 빵을 자기 앞에 놓도록 하지. 자네는 그 빵을 다 먹고 내 빵 반 정도를 먹고 신의 은총을 발견할 것이라고 생각하겠지만, 사실은 말이야, 나야말로 내 빵을 다 먹고 자네 것의 반을 먹고 나서 신의 은총을 발견하는 사람이 될 수도 있다는 것이지. 그걸 잊지 말게나."

쿠라산인의 등불

카칸 이븐 수바이흐[1]가 전했다.

어느 날 밤 나는 한 쿠라산인의 집을 방문했다. 집 주인은 등불을 내왔는데, 심지가 무척이나 가는 것이었다. 그는 등잔의 심지를 받쳐주는 기둥에 소금을 약간 뿌려놓았다. 그리고 브이 자 모양으로 베어낸 자국이 있는 잔가지가 등잔 곁에 매달려 있었다. 그는 등잔이 꺼지려 하면 그 잔가지를 가지고 심지의 끝을 약간씩 올려주곤 했다. 나는 물어보았다. "매달아놓은 잔가지는 뭐 하는 거요?" "이것은 기름이 배어 있는 잔가지라오. 만약 조심스레 다루지 않아 이 잔가지를 잃어버리면, 다시 마른 잔가지를 구해 기름이 젖어들게 해야 된다오. 새로 기름에 절이려면 하룻밤 불 밝히는 양만큼의 기름이 필요하니 얼마나 큰 손실이오? 이렇게 잘 쓰면 한 달은 가는 것을. 나는 절약의 방법을 몰라 알라께 간절히 기원하였다오. 악에서 구하시고, 수치스러움에서 멀어지게 해주십사" 하고.

그런 다음 마르우 출신의 쉐이크를 만났는데, 그가 내 등잔용 잔가지를 한 번 쳐다보더니 이렇게 말하는 것이었소.

"여보게, 자네는 또 다른 악(惡)으로 떨어지려고 악에서 도망쳤는가? 진정으로 자네는 바람과 태양이 모든 것을 말려버린다는 이 간단한 진리를 모른단 말인가? 그 잔가지가 기름에 절어 있으면, 어젯밤 등잔을 끌 때보다 오늘 밤 등잔을 켤 때의 기름이 훨씬 줄어 있다는 걸 모른단 말인가? 한때 나도 자네처럼 우둔하게 산 적이 있었지. 이보게! 마른 잔가지 대신 작은 바늘을 묶어놓고 쓰게나. 더욱이 등잔에 있는 면 심지는 갈대나 이쑤시개 혹은 마른 잔가지에 잘 걸리거든. 하지만 철은 부드럽고 기름은 흡수하지 않으니 그 장점이 얼마나 탁월한가?" 카칸은 그날 밤을 이렇게 회고했다. "그날 밤 나는 다른 누구보다도 쿠라산 사람들의 탁월함을 깨달았고, 쿠라산 사람 중에서도 마르우 출신 수전노들의 뛰어남을 깨달았지."

마르와지와 램프

알-무산나 이븐 바쉬르[12]가 말했다.

아부 압둘라 알-마르와지는 초록색 세라믹 램프의 불을 막 켠 채 어느 쿠라산 쉐이크 집에 왔다. 그 쉐이크는 마르와지에게 말했다.

"알라께 맹세코, 자네는 결코 옳은 일을 하지 않는군. 자네가 돌 램프를 사용하기에 내가 꾸짖었지. 이제 자네는 세라믹 램프를 들고 와서 나를 만족시키려 하는군. 세라믹과 돌 모두가 기름을 흡수한다는 걸 모르는가?"

마르와지가 말했다.

"당신을 위해 희생하겠습니다.[13] 나는 기름 상인인 친구에게 세라믹 램프를 건네주었지요. 그는 세라믹이 기름에 함빡 젖게 될 때까지 세라믹 램프를 여과기 안에 한 달 동안 던져 넣어 기름이 더 이상 첨가되지 않도록 했습니다."

"그것은 내가 원하는 것이 아니네"라고 그 쉐이크는 말했다. "그러한 개선 방안은 간단한 것이어서 나는 벌써 그 방법을 알고 있었지. 자네는 램프의 불꽃 위치가 심지 끝에 있기 때문에 불꽃 연소로부터 안전하지 않다는 걸 모르고 있군. 아무리 자네가 세라믹이나 돌을 기름으로 적셔두었더라도 그 불꽃은 간단히 기름을 흡수해버리지. 이것이 불꽃과 기름 사이에서 일어나는 상호 작용이라네. 만약 심지의 가장자리가 그 기름으로부터 흡수해온 것을 기준 삼아 기름 흡수한 양을 측정한다면, 자네는 세라믹이나 돌의 표면이 더 많이 흡수한다는 것을 알게 될 걸세. 램프와 심지의 끝 부분에는 여전히 기름이 줄줄 흘러나오고 있다는 것도 알게 되지. 만약 불을 켜지 않은 램프 위에 불을 켠 램프를 둔다면, 하루 이틀이면 아래의 램프가 위의 것에서 새어 나온 기름으로 가득해져 있는 걸 발견하게 될 것이네. 자네가 그런 손실까지 생각한다면, 램프 아래에 있는 소금과 그곳에 쌓이게 될 찌꺼기들까지도 생각해야 할 것이야. 이 모든 것이 손해이며, 이를 하찮게 생각하는 것이 이런 낭비를 허락하지. 이렇게 낭비하는 사람들은 손님을 초대해 음식을 대접하고 어떤 경우이든 손님들이 그 대접에 상응하는 무엇인가를 남기고 간다고 기대하지. 비록 하찮은 것일지라도. 자네가 하는 모든 것이란 불을 먹게 하고 불을 마시게 하는 것일 뿐이네. 최후 심판의 날[14] 알라께서 불의 음식을 대접한 자에게 불로써 답하시리라!"

"그럼 제가 어찌해야 되겠습니까?" 아부 압둘라가 물었다.

"유리 램프를 사용하게. 유리는 기름을 보전한다는 면에 있어서 세라믹이나 돌보다 훨씬 더 나을 걸세. 유리는 결코 기름을 비밀스럽게 흘러 내리게 하거나 기름을 흡수하지 않는다네. 유리에 있는 먼지는 세게 문질러 제거할 수 있고 때로는 불을 이용하여 얼룩을 없애버릴 수 있지. 그래서 이런 두 가지 방법 중 한 가지를 선택하여 사용한다면 램프의 흡수력을 예전 상태로 다시 되돌릴 수 있네. 더욱이 유리는 물에 젖으면 순금보다 더욱 내구성이 강해진다네. 만약 자네가 금의 견고성을 선호한다면, 이제 유리의 순수성을 선호해야 할 걸세. 금이 불투명한 반면, 유리는 투명하지. 그리고 심지가 타면서 보이는 붉은빛에서 열이 발생되는 것이 아니라, 램프에 있는 심지에서 열이 발생한다네. 거울이나 물의 표면 또는 유리 조각 외면에 떨어지는 광선을 비교해서 보면 어떻게 해서 유리 램프의 빛이 수없이 많이 창조되는지를 살펴볼 수 있지. 만약 유리 램프의 빛이 사람의 눈에 닿는다면, 그 빛은 눈부시고 때로는 사람들의 눈을 멀게 할 수 있네. 전능하신 알라께서 말씀하시길, '알라께서는 천국과 땅의 빛이라.

그 빛을 비유하사 벽 위의 등잔과 같은 것으로 그 안에 등불이 있으며 그 등불은 유리 안에 있도다. 그 유리는 축복받은 올리브나무 기름으로 별처럼 밝게 빛나도다. 그것은 동쪽에 있는 나무도 아니요, 서쪽에 있는 나무도 아니다. 그 기름은 불이 닿지도 아니하나 더욱 빛나 빛 위에 빛을 더하도다. 유리병에 있는 올리브기름은 빛 위에 빛을 더하니, 돌이나 세라믹 램프보다 우위를 차지하도다. 알라께선 자신이 원하는 자를 그 빛으로 인도하시며 사람들 위에 예증을 보이시니 알라께선 모든 것을 아심으로 충만하시도다.'[15] 유리잔에 있는 올리브기름은 불 위의 불이고 몇 배나 되는 빛 위의 빛이네. 이것이 돌이나 세라믹 램프보다 유리 램프가 지닌 장점이지."

아부 압둘라는 천성이 좋지만 최악의 수전노이며 지독한 위선자로 유명한 사람이다. 그는 두 알-야미나인 타히르 이븐 후세인[16]의 집에 들어섰다. 그는 이전부터 압둘라의 말투로 그가 쿠라산 사람이라는 걸 알고 있었다. 타히르 후세인이 그에게 말을 걸었다.

"언제부터 이라크에 살고 있는가, 압둘라?"

"20년 되었지. 하지만 금식한 지는 40년 되었다네."

그는 계속 말을 이어갔고 타히르는 웃다가 이렇게 말했다.

"압둘라, 나는 자네에게 한 가지만 물었는데, 두 가지를 답하는군."

이라크인과 마르와지

옛날에 나의 쉐이크로부터 들은 마르우 사람에 관한 놀라운 이야기가 있다. 마르우 출신의 한 남자가 성지 순례나, 사업 등의 이유로 여행을 자주 하곤 했다. 그는 늘 한 이라크 친구의 집에 머물렀다. 그 친구는 항상 친절과 관대함으로 그를 접대했고, 그가 필요한 것은 무엇이든 제공해주곤 했다. 그는 여러 차례에 걸쳐 그 친구에게 이야기했다.

"나 역시 자네를 마르우에서 보길 희망한다네. 자네가 지난 여러 해 동안 내게 보여준 친절과 내게 베풀어준 것에 대해 조금이라도 답례를 하고 싶네. 그러나 알라께서 이곳에서는 내가 자네에게 어떠한 답례도 할 기회를 주시지 않네."

얼마 후 그 이라크 친구에게 마르우 지역에 사업상 방문할 일이 생겼다. 그가 행랑을 가볍게 하고, 낯선 곳에 대한 두려움을 불식시킬 수 있었던 것은 자신의 친구가 그곳에 있기 때문이었다. 도착 즉시 그는 여행자의 차림새 그대로, 터번을 머리에 두르고 머리띠와 외투를 입은 채로 그 친구를 만나러 갔고, 그와 함께 자리할 수 있었다. 그는 마르와지가 몇 사람의 일행과 함께 앉아 있는 것을 보고, 그에게 포옹으로 인사했다. 그러나 그는 마르와지가 전혀 자기를 알아보는 듯한 표정이 아닐 뿐 아니라, 자신에게 아무런 안부도 건네지 않는 것이, 마치 자기를 처음 보는 듯 대함을 느꼈다. 그래서 그는 '아마도 이 친구가 내가 쓰고 있는 베일 때문에 나를 못 알아보는가 보다' 하고 생각하며 그것을 벗어버렸다. 그리고 마르와지에게 말을 하기 시작했다. 그러나 마르와지는 그럴수록 자신을 더 알아보지 못하는 것 같았다. 그래서 그는 '아마도 이 터번을 쓰고 있어서 그런가 보다' 하며 그것을 벗고는 자신이 아무개라고 말하고는 다시 말을 하기 시작했다. 마르와지는 더더욱 그를 알아보지 못했다. 그는 '아마도 속모자를 쓰고 있기 때문일 거야'라고 중얼거렸다. 바로 그때 마르와지가 말했다.

"자네가 피부를 다 벗겨낸다 해도 나는 자네를 알아보지 못할 걸세."
이것을 페르시아어로 해석하면, 'Agar az pūsht bārūn biyā'i na-shināstam'
이다.

조리하기 전에 고기를 나눈다

마르우 사람들은 함께 여행하는 일이 자주 있다. 그들은 낙타를 타고
먼길을 떠날 때 돈을 거두어 고기를 공동으로 구입한다. 조리하기에 앞서
고기를 균등하게 나눈 뒤 각자 자신의 몫을 취한다. 그들은 야자나무 잎
의 줄기나 실을 고기에 끼운 뒤 그 실을 식초에 절이고 요리를 한다. 요리
가 다 되면 각자 자신의 고기 덩어리를 가져가는데 조리에 앞서 실에 자신
의 이름을 표시했기 때문에 고기가 섞일 염려는 없다. 국물도 아주 공평
하게 나눈다. 실에 매달린 고기를 한 조각 남김없이 먹어치운 다음 사용
했던 실을 모아두었다가 다음번 고기에 재사용한다. 왜냐하면 그 실은 이
미 고기 국물을 담뿍 흡수한 터이고 기름에 절어 있는 터라 더 이상의 고
기 국물을 실에 빼앗길 염려가 없기 때문이다. 쿠라산인들이 고기를 공동
으로 구입해서 조리하는 것은 서로 함께 나누어 먹는 미덕에 그 목적이 있
는 것이 아니고 각자 조리하기에는 그 고기의 양이 너무도 적기 때문이다.
또한 각자 조리의 수고를 덜기 위함이고, 땔감이나 식초, 마늘, 양념 등을
아끼기 위해서이다. 하나의 솥을 관리하는 것이 각자의 솥을 챙겨야 하는
것보다 편리하기 때문이다. 그들은 '시크바즈'라는 간단한 스튜를 주로 조
리하는데 그 요리는 쉽게 상하지 않아 여러 날 동안 두고 먹을 수 있기 때
문이다.

낫담과 프라이팬

아부 이스하크 이브라힘 이븐 사야르 알-낫담[17]이 내게 말했다.

한 번은 내가 쿠라산 출신 이웃에게 말했지. "프라이팬 좀 빌려주게나. 쓸 일이 있거든." 그런데 그 친구 대답인즉, "프라이팬이 있었는데 얼마 전 도둑맞았다"였지. 그래서 하는 수 없이 다른 이웃에게 빌려왔지. 잠시 후 그 쿠라산 이웃은 우리 집에서 지글지글 고기 볶는 소리를 들었어. 타바하즈[18] 냄새도 맡았지. 그가 무척 화난 상태로 내게 와서 말하더군. "이 세상 누구도 자네보다 더 기이한 자는 없을 거야. 만약 자네가 프라이팬을 고기나 기름 볶는 데 쓴다고 말했더라면, 쏜살같이 달려가서 프라이팬을 가져다주었을 텐데. 나는 자네가 기름도 없이 콩을 볶는 데 쓸 줄 알았지. 그러면 프라이팬 철판이 타버리거든. 그게 염려되었던 거야. 타바하즈를 만든다고 말했더라면 내가 왜 거절했겠어? 타바하즈를 한 프라이팬은 훨씬 길이 잘 든 상태일 텐데."

아부 이스하크 이브라힘 이븐 사야르 알-낫담이 말했다.

이웃의 초대를 받아 가보니 식탁에 차려진 것이라고는 대추야자와 버터가 전부였다. 나는 쿠라산인 주인이 식탁 위에 있는 버터를 필요 이상으로 너무 잘게 자르는 것을 보았다. 그래서 옆에 있는 사람에게 내가 말했다. "아무개 아버지에게 무슨 일이 있는 거요? 사람들이 먹을 버터를 망쳐버리고, 먹을거리를 엉망으로 만드는군요." 그 남자가 말했다. "그가 왜 그러는지 이유를 모른단 말이오?" "모르오, 정말이지." "저 탁자는 그의 것이라오. 그래서 버터로 기름칠을 해두고자 하는 거지요. 그는 아들

까지 둔 아내와 이혼을 했는데, 그 이유인즉, 아내가 그 테이블을 뜨거운
물로 닦는 것을 보았기 때문이라오. 그는 아내에게 '왜? 테이블을 닦아서
아주 없애버리지그래!'라고 했다더군."

아부 누와스와 쿠라산인

아부 누와스는 이렇게 전했다.

우리는 바그다드로 가는 배에 있었지. 일행 중 쿠라산인이 있었어.
그는 무척이나 지적인 사람이었는데, 늘 혼자 식사를 하는 거야. 내가 물
었지.

"왜 혼자 식사를 하십니까?" "이럴 때 내가 꼭 답해야 할 의무는 없
지요. 당신 질문에 답하는 것은 함께 식사하는 이들의 몫이라오. 왜냐하
면 당신 질문에 대답을 한다는 것은 대가를 지불한다는 것을 의미하기 때
문이오. 내게 혼자 식사하는 것은 원칙이고 다른 이들과 함께 식사하는
것은 그 원칙에 어긋나는 일이라오."

말에는 말로

이브라힘 알-신디[19]는 내게 이렇게 전했다.

쿠라산인 쉐이크 중 한 사람이 샤드하르완 지역의 통치자였는데, 그
는 매사를 규칙대로 행하는 사람이었다. 부패나 뇌물, 변덕스러운 판단,
타인을 지나치게 걱정하게 하는 것과는 거리가 먼 사람이었다. 그리고 유

명한 수전노였다. 참을 수 없을 만큼 배가 고플 때와 참을 수 없을 만큼 목이 마를 때를 제외하고는 절대로 음식을 입에 대지 않는 이였다. 매주 금요일이면 이른 새벽에 음식이 담긴 보따리를 챙겨 집을 나선다. 그 안에는 자르다카[20] 두 장, 시크바즈 스튜에서 건져낸 식은 고기와 치즈 몇 조각, 올리브 몇 알, 소금, 그리고 식사 후 손 씻을 때 쓸 향내 나는 풀잎, 달걀 네 개, 그리고 이쑤시개가 전부이다. 그는 카르쿠의 정원에 도착하면 물이 흐르는 초원의 나무 그늘을 둘러본다. 그리고 적당한 장소를 발견하면 그곳에 가 앉는다. 앞에 음식 보따리를 펴놓고 준비해온 음식을 먹는다. 이거 한 번 저거 한 번 이런 식으로. 그러다 정원 관리인이라도 만나게 되면 일 디르함을 그에게 던져주면서, 이것저것 사다달라고 부탁한다. 그때가 대추야자 철이면 대추야자를, 포도 철이면 포도를. 그리고 다음과 같은 말을 잊지 않는다. "여보게, 맛있는 걸로 사오게. 만약 맛없는 걸 가져오면 나는 먹지 않을 거라네. 두 번 다시 자네에게 오지도 않을 테고. 그리고 절대로 나를 속일 생각일랑 말게. 남을 속인 자에게는 칭송이나 보상이 없는 법." 관리인이 포도나 루타바를 가져오면 그는 자신이 준비해온 음식과 함께 과일을 다 먹는다. 이를 쑤시고 손을 씻고 백 보 정도 걷는다. 그리고 잠시 누워서 쉬다가 일어나 세정을 하고 사원으로 향한다. 이것이 그의 매주 금요일 습관이다.

이브라힘이 말했다.

어느 날 그가 어떤 곳에서 식사 중이었는데 길 가던 사람이 그에게 인사를 하자 그도 답을 했다. "이쪽으로 오게나. 알라께서 자네를 보호하실 거라네." 그리고 그 과객을 쳐다보았을 때 그이는 벌써 가던 길을 되돌아 이쪽으로 오려고 수로를 건너뛰려는 참이었다. 그는 "멈춰 서게. 서두름은 악마의 자손이라네" 하고 말한 뒤 그이에게 가까이 다가갔다. "무얼 바라나?" "당신과 점심을 함께하려고요." "왜? 누가 내 점심을 자네에게 허락했지?"

"당신이 방금 초대하지 않았나요?" "착각했군. 자네가 그토록 멍청한 줄 알았다면, 자네 인사에 답하지 않았을 텐데. 내가 앉아 있을 때 자네가 지나가면서 먼저 인사했지. '당신에게 평화가 있기를.' 그래서 나 역시 '당신에게도 평화가 있기를'이라고 답했네. 만약 내가 식사 중이 아니었다면 그 이상 말하지 않았을 거야. 자네는 자네의 갈 길을 가고 나는 그대로 앉아 있었겠지. 그런데 식사 중인 경우는 또 다른 인사말을 해야 하지, '이쪽으로 오게' 하고. 그럴 때 자네는 '맛있게 드십시오' 하고 가던 길을 가면 되는 거야. 말은 말로써 되돌아오는 것이지, 말에 대해 행동으로 답하는 것은 옳지 않아. 그것은 나로 하여금 돈을 쓰게 하는 일이지."

그 과객은 뜻밖의 일을 당했다. 그 지역에서 그 쿠라산인은 수전노로 널리 알려지게 되었으며 사람들은 그에 대해 이렇게 말하게 되었다. "그 쿠라산인에게는 인사를 하지 않아도 돼. 물론 그도 우리에게 인사할 필요가 없지." 그 쿠라산인 쉐이크는 이렇게 말했다. "그건 내가 원하는 것이 아니라오. 단지 나는 '이쪽으로 오게' 하는 인사말에서 나 자신을 해방시키고자 할 뿐이야. 그리고 일이 바로 되는 걸 원할 뿐이야."

거짓에는 거짓으로

이와 비슷한 이야기가 무함마드 이븐 야시르[21]가 내게 해준 것으로, 페르시아 지방의 통치자에 관한 이야기였다. 그는 칼리드 쿠 마흐라와이히[22]이거나 다른 이였다. 그는 이렇게 이야기를 전했다.

어느 날 그 통치자가 사랑채에서 장부 계산과 일거리에 파묻혀 있을 때였다. 그는 일에 지쳐 거의 인내력의 한계에 도달해 있었다. 그때 갑자기 한 시인이 나타나 그의 덕을 기리는 칭송시를 즉석에서 지어 낭독하였다. 시인의 낭독이 끝나자 그는 시인에게 감사의 표현을 하며, 서기에게 말했다. "그 시인에게 일만 디르함을 주어라."[23] 그 시인은 너무 기쁜 나머지 정신을 잃을 정도였다. 칼리드는 그 상황을 깨달았다. "내 말에 그토록 감복하였느냐? 그렇다면 이만 디르함을 주마!" 이제 그 시인은 더욱 기쁜 나머지 어찌할 바를 몰랐다. 칼리드는 시인이 두 배로 기뻐하는 것을 보았다. "돈의 액수가 두 배가 되니 너의 기쁨도 비례하는구나. 여봐라, 이 시인에게 사십만 디르함을 주어라." 그 시인은 기쁨을 못 이겨 거의 죽을 지경이 되었다. 잠시 후 시인은 정신을 가다듬고 정상으로 돌아와서 칼리드에게 말했다. "통치자시여! 제가 당신을 위해 희생하겠습니다. 자비로운 분이시여! 당신은 당신께서 하사금을 올려주실 때마다 제가 너무 기뻐하는 걸 보고 제 상금을 더 높여주셨습니다. 저는 깨달았습니다. 당신으로부터 진정으로 제가 받아야 할 것은 감사의 말이면 족하다는 것을." 그리고 시인은 사라졌다. 그러자 곁에 서 있던 서기가 칼리드에게 다가와 말했다. "그 시인은 사십 디르함에도 만족했는데, 왜 사십만 디르함을 준다 하셨습니까? 그리고 진정으로 그에게 아무것도 주지 않을 참이십니까? 한번 명하셨으니, 행해야 하지 않습니까?" 그러자 그때까지 듣고 있던 칼리드가 소리쳤다. "우둔한 놈, 그 시인은 말로써 나를 즐겁게 했다. 그러니 나도 그에게 말로써 기쁨을 줄 수밖에. 그가 나를 찬양하여 내가 달보다 더 아름답고, 사자보다 더 용맹하다 했으며, 내 혀는 칼보다 더 날카롭다 하고, 내 명령은 창날보다 더 예리하게 관통한다고 했다. 그런데 그가 내 손안에 어느 것 하나 쥐어주고 갔느냐? 그는 거짓을 말한 것이다. 그럼에도 그 거짓말이 나를 기쁘게 하였고, 나 역시 말로써 그를 기쁘게 하기 위해 상금을 명한 것뿐이다. 비록 그것이 거짓이라 할지라도, 거짓은 거짓으로 응하고, 말은 말로써 응하는 것이 공평하지 않느냐? 만일 거짓에 믿음으로 답하고 말에 행동으로 답한다면, 그야말로 명백한 손해 아니겠느냐?" 사람들이 말하길, 회자되는 마르우 사람들의 속담 중에 "의심쩍은 눈으로 나를 쳐다본다. 마치 내가 두 개 먹고 하나 준 것처럼"이 있다고 한다.

그는 계속했다.

그리고 마르와지는 말했다. "만약 내가 도시를 건설하지 않았더라면, 내 당나귀의 여물통은 만들었을 텐데."

그는 계속 말을 이었다.

나는 아흐마드 이븐 히샴이 바그다드에 자신이 살 집을 짓고 있을 때 이렇게 말해주었지. "알라께서는 인간이 재산 잃기를 원하실 때, 인간이 흙과 물로 집을 짓는 것에 집착하게 하신다." 그러자 이븐 히샴이 되물었다. "흙과 물 이야기는 왜 하는 건가?" "진정으로 알라께서는 인간이 재산을 잃기를 원하시면, 인간이 자신의 대를 이을 후손에 집착하게 하신다. 정말이다! 인간을 황폐화시키는 것도 아니고, 집을 가난하게 만드는 것도 아니고, 집을 황폐화시키는 것도 아니고, 단지 후손에 대한 집착을 갖게 하신다. 그러므로 이런 재앙으로부터 안전해지려면 불임보다 더 효과적인 해답은 없다."

그는 계속했다.

어느 마르우 사람이 하산 알-바스리가 사람들에게 선행을 권하고 자선을 명하며, "재산은 자카[24]를 통해서만 크게 늘릴 수 있다"고 말하는 것을 들었다. 하산은 사람들에게 자선에 대한 보상, 즉 부의 증식을 약속했다. 그래서 그 마르우의 사람도 그의 재산을 모두 자선기금으로 헌납하고, 가난해진 채, 한 해 두 해 손꼽아 기다렸다. 결국 아무런 것도 돌아오지 않자 그는 어느 날 아침 일찍 하산을 찾아가 말했다. "당신은 내게 자선에 대한 보답으로 축복, 즉 자손이 생길 것을 약속하였습니다. 나는 그런 당신의 약속을 믿고 전 재산을 자선에 쓰고 오늘 이 지경에 이르렀습니다. 여러 해 동안 당신이 내게 약속하신 것만을 갈망하면서 세월을 보냈지요. 그러나 아무런 보상도 없군요. 어떤 법에 근거해서 당신은 이런 짓을 한 거요? 도둑인들 이보다 더하지는 않을 것이오!"

보상은 빨리 되기도 하고 늦게 되기도 한다. 하지만 조건을 걸고 자선을 베푼 이는 보상을 얻을 수가 없다. 만약 마르와지가 자손이 생기는 보상을 바라고 자선을 베풀었다면, 그런 자에게는 어려움이 따를 것이다. 만약 그렇게 되면 사람들은 보상만을 생각한 채 생업을 포기하고 가난한 자는 더 이상 존재하지 않고, 종교의 규율을 준수하고자 하는 의지도 사라지게 될 것이다.

그들이 전하길, 수마마는 몹시 비탄에 빠져 있었다. 그의 집이 불타버렸기 때문이다. 사람들이 그를 방문하여 위로의 말을 아끼지 않았다.

"불이 나면 후손이 곧 생긴다는 말이 있네. 너무 걱정 말게."

같은 위로를 여러 번 반복해 듣던 그는 이렇게 말했다.

"알라께 간청합니다. 모든 것이 불타 무너져버리게 해주십시오. 제가 지닌 모든 것을."

　이 이야기는 마르와지의 이야기에 속해 있지 않다. 그럼에도 그 형태가 서로 흡사하여 여기에 싣는다.

　아부 사이드 삿자다는 이렇게 전했다.
　마르와지들은 한번 신발을 신으면 육 개월 동안 버틴다. 석 달은 앞쪽으로만 걷고, 나머지 석 달은 뒤쪽으로만 걷는다. 물론 이는 신을 덜 닳게 하기 위해서이다.

마르와지와 샌들

　아부 이스하크 이브라힘 이븐 사야르 알-낫담은 이웃에 살던 마르와지의 이야기를 이렇게 전했다. "그는 샌들을 신든 신발을 신든 간에 바닥이 다 닳아빠질 때까지 신기로 유명했다. 하루는 내가 사탕수수를 빨아먹고 버리는 것을 쳐다보더니 그 마르와지가 이렇게 말했다. '만약 당신에게 탄누르[25]나 부양할 자식이 없다면, 탄누르나 부양할 자식이 있는 자에게 그것을 주시오. 그런 낭비가 당신의 습관이 되지 않도록 주의하시오. 아직 자식이 몇 안 된다 할지라도. 부양할 자식들은 언제 또 생길지 모르는 법.'"

제4장 사원에 자주 모이는 바스라 사람들[1]의 이 야기.

    사원에 자주 가는 내 친구들이 전했다. "지출을 금지하고 저축을 최대의 교리로 삼고 있는 사람들이 사원에 모였다. 그들은 재산을 모으되 소비는 금했다. 그들의 이러한 교리는 그들을 하나로 묶어주는 혈족 관계와 같은 것이 되었다. 그들은 할카[2]에서 절약과 저축이라는 그들만의 교리를 토론하고, 심도 있게 연구하여 이득을 배가시키고 토론을 즐겼다. 그들 중 한 쉐이크가 말했다. '여러분도 알다시피 우리 집 우물물은 짠맛이 나지요. 당나귀나 낙타의 식수로도 쓸 수가 없고, 그 물을 주면 대추나무도 죽을 지경이었다오. 강은 집에서 꽤 멀리 있었고, 신선한 물을 구하는 일은 커다란 고민이었지요. 나는 신선한 물과 우물물을 섞어 당나귀에게 주었는데, 그만 당나귀가 병들어 고치기 어렵게 되었답니다. 그 후로는 당나귀에게도 신선한 물만 주지요. 나와 아내는 당나귀의 병을 교훈 삼아 자주 신선한 물로 목욕을 합니다. 그래서 신선한 물은 금방 동이 나고 말았다오. 그러던 어느 날 묘안을 생각해냈지요. 세정용 분수 한쪽에 구멍을 파고, 회반죽으로 마감을 해서 속이 빈 바위처럼 만들어 그 물길을 우리 집으로 향하게 했지요. 이제 우리는 목욕도 깨끗한 물로 할 수 있지요. 우물물을 섞지 않은 좋은 물로 말입니다. 만약 종교적인 봉헌이 아니라면, 배변 후 피부에서 나는 냄새가 성교 후 피부에서 나는 냄새보다 더 지독했을 것이오. 피부에 바르는 향수의 양은 하나(그대로)이고, 그 물은 원 상태 그대로이지요. 당나귀는 우리가 성교 후에 사용한 물을 마다하지 않았고, 우리가 굳이 당나귀에게 그런 물을 주면 안 된다는 법도 없었지요. 코란이나 순나³의 어느 구절에도 이런 행위를 금한다는 것을 들어본 바 없소. 그래서 우리는 요즈음 득을 보고 있으며 정신적으로도 또 재정적으로도 그 짐에서 벗어났습니다.' 듣고 있던 사람들이 이렇게 말했다. '알라의 고결함과 그분께서 허락하신 행운 덕분에 이런 일이 이루어졌군요.'"

또 한 쉐이크가 그들에게 다가와서 이렇게 말했다. "미르얌 알-사나으의 죽음에 대해 들으셨습니까? 그녀는 절약생활의 표본이었지요." 그들은 말했다. "그녀에 대해 말해주시오." "그녀에 대한 일화는 너무나도 많이 있지만 그중 한 가지만 이야기해도 충분할 겁니다." "그 이야기가 무엇이란 말이오?" 그러자 그는 이렇게 이야기를 시작했다. "그녀는 열두 살난 딸을 결혼시킬 때 예단으로 금은보화를 마련하고, 최상급 비단으로 각색의 옷과 향료를 준비했습니다. 이 모든 것은 시댁 어른들께 새색시의 위상을 높여주었지요. 그녀의 남편이 미르얌에게 말했습니다. '어떻게 이모든 걸 준비했소?' '알라께서 내려주신 것이죠.' '애매하게 얘기하지 말고 설명을 해보시오. 우리 형편에 과거에도 당신이 가진 돈이라곤 얼마 되지 않았고, 그렇다고 최근에 물려받은 유산도 없지 않소? 당신은 스스로를 속이는 행동을 하거나 내 돈을 가지고 장난을 칠 사람도 아니오. 우연히 보물을 주운 경우라면 모를까. 어떻게 된 일이오? 당신 덕에 내 부담이 줄었소. 이처럼 큰돈을 지불해야 하는 부담에서 당신이 나를 구해준 것이오.' 그러자 미르얌이 말했습니다. '당신이 알아야 할 것이 있습니다. 딸아이를 낳아서 시집보내는 날까지 저는 매일 빵 반죽에서 조금씩 떼어 두었다가 큰 덩어리가 되면 내다 팔았습니다.' '알라께서 당신의 생각을 용인하시고 당신을 바른길로 인도하셨구려. 알라께선 참으로 부양가족[4]을 가진 자에게만 복을 내려주시지. 알라께선 진정한 친구를 가진 이에게 축복을 내리시오. 알라의 사자(使者)[5]무함마드께서도, 알라의 평화와 축복이 그에게 있기를, 이렇게 말씀하셨소. '암낙타 몇 마리에 또 암낙타 몇 마리를 보태면 훌륭한 낙타 무리가 된다.' 나는 바라건대 우리의 아들이 당신의 곧은 성정과 절약정신을 물려받고 자라길 바라오. 지금 당신으로 얻은 이 기쁨은 알라께서 내 후세에 내려주시는 기쁨 이상이라오.' 듣고 있던 이들은 일어서서 그녀의 장례식에 참석했고, 그녀를 위해 기도했다. 그리고 그 남편에게 다가가 위로의 말을 전하고 슬픔을 함께했다." 그런 뒤 한 쉐이크가 나서서 이렇게 말했다. "여러분, 작은 것이라고 우습게 보지 마시오. 태산도 그 시작은 티끌이라오. 알라께서는 작은 것이라도 크게 만들기 원하실 때 그렇게 하시오. 제아무리 큰 금고도 그 시작은 한 푼에서 시작된 것이 아니겠소? 금고에 수북이 쌓인 돈도 여기저기서 한 푼 두 푼 모인 것이 아니오? 나는 넝마주이가 백 자립[6]의 땅을 소유한 경우도 보았소. 그가 파는 물건은 다 팔아야 서 푼어치 이득도 생기지 않는 고추와 콩이었다오. 그럼에도 그는 꾸준히 장사를 했고 결국에는 백만 자립의 땅을 구입하기에 족할 만큼 되었지요."

그는 계속했다. "요즈음 나는 기침 때문에 가슴이 아팠소. 여러 사람들이 내게 사탕과자를 권했고, 또 다른 이들은 녹말과 설탕, 아몬드유를 섞어 만든 크림을 권했소. 하지만 그 비용이 만만치 않았어요. 그러니 그냥 빨리 낫기만을 기다릴 수밖에. 그렇게 며칠을 지내고 있던 중 알라의 축복을 받은 사람들이 내게 말했소. '밀기울로 수프를 끓여 따뜻할 때 드시오.' 나는 그렇게 했지요. 그 효과는 너무나 좋았고, 허기도 싹 가셨지요. 그날 나는 전혀 배고픔을 느끼지 못해서, 저녁때까지도 점심을 먹고 싶지가 않았소. 그래서 점심을 거른 채 저녁이 되어서야 점심을 들게 되었어요. 그 후로 점심을 저녁에 먹게 되었으니 저녁 비용은 절약이 된 거요. 비로소 내가 가야 할 길에 들어선 것이었지요. 나는 아내에게 말했소. '우리 가족 아침 식사로 밀기울 수프를 준비하시오. 수프의 국물은 가슴을 편안하게 해주고, 또 영양가도 있어 배고픔을 잊게 해준다오. 그런 다음 그 밀기울을 말려서 원상태가 되면 샀던 값에 되팔 수도 있소. 결론적으로 우리는 마른 밀기울과 그 수프 두 경우 모두 이득을 얻게 되는 거요.' 아내는 말했소. '이번 기침을 통해서 알라께서 당신에게 여러 가지 이득을 모아주시는 게 틀림없어요. 당신의 몸을 건강하게 하고 당신의 생계를 제대로 꾸려나가도록 알라께서 밀기울로 당신에게 길을 제시해주시는 것이 틀림없어요. 저는 이 충고가 알라께서 당신에게 내려주신 행운의 일부임을 추호도 의심치 않아요.'" 그러자 듣고 있던 사람들이 이렇게 말했다. "당신이 진리를 말하였소. 이와 같은 행운은 천운이지 인력으로 되는 것이 아니라오."

그런 다음 또 다른 쉐이크가 나서서 이렇게 말하였다. "나는 늘 부싯돌과 부싯깃 때문에 고충을 겪곤 했습니다. 왜냐하면 부싯돌의 모서리가 깨지거나 다 닳아버리기 때문이지요. 부싯돌은 끝이 무뎌지면 불꽃이 잘 일어나지 않을 뿐 아니라, 불이 붙지도 않으면서 소리만 시끄럽지요. 이따금 비가 내리거나 빗물이 조금 스며들기만 해도 나는 당황한 나머지 서

두르기 일쑤였지요. 부싯돌 끝이 활처럼 구부러질 정도로 너무나 닳게 하지요. 나는 늘 비싼 값을 주고 최상품 부싯돌과, 눈물나게 비싼 값을 치르고 거칠거칠한 부싯돌을 구입하곤 했지요. 뿐만 아니라 부싯깃에는 더러운 넝마 조각이나 헌 옷 조각은 그 악취로 인해 사용할 수가 없었기에 비싼 값을 치르고 새 면을 사곤 했지요. 그러다 며칠 전 사막에 살고 있는 아랍 베드윈에게서 그들의 부싯돌 점화 방법을 들었지요. 그들은 마르크 나무와 아파르 나무[7]를 사용한다더군요. 여러분이 알고 계신 내 친구 사우리[8]는 그런 방법을 아주 잘 알고 있는 사람 중 하나였지요. 마른 대추야자 송이가 앞서 말한 것들과 같은 기능을 한다는 것을 익히 알고 있던 터라 그는 내게 그 방법을 가르쳐주었어요. 나는 내 영토에서 돈 한 푼 들이지 않고 나뭇가지를 따서 여종에게 불을 피우도록 합니다. 그러면 대추야자 나무만으로도 불꽃이 활활 타오르더군요." 그 사람들이 말했다. "오늘은 아주 유용한 교훈이 많군요. 바로 이런 걸 두고 선현들께서 '서로 상의하라. 그러면 얻는 것이 많다'고 하신 거겠죠!" 그리고 다른 쉐이크가 앞으로 나서며 이렇게 그의 이야기를 시작했다. "나는 적절한 곳에 적절한 물건을 저장하고 자신의 책임과 의무를 끝까지 다하는 안바리[9]의 여인 무아다와 같은 이를 본 적이 없다오."

"무아다의 이야기는 무엇인가요?" "작년에 사촌이 그녀에게 축제 때 쓸 양을 한 마리 선물했소. 그런데 그녀는 무척이나 낙심한 표정이었소. 그래서 내가 말했소. '무아다, 왜 그러지?' 그러자 그녀는 이렇게 말했소. '저는 미망인입니다. 도살한 고기를 어떻게 해야 할지 그 방법을 알지 못하고, 또 이러한 저를 보살펴줄 사람도 없습니다. 제가 이 양의 모든 쓰임새를 잘 알지 못하는 까닭에 그냥 버리는 것이 있을까 두렵기만 합니다. 저는 알라께서 이 양의 모든 부위에 그 쓰임새를 주셨으며, 이 세상 만물 중 쓰임새 없이 창조된 것이 없다는 것도 알고 있습니다. 조금이라도 낭비가 있을까 두려울 뿐 아니라, 자칫 잘못하여 그 낭비가 크게 될까 더욱 두렵습니다. 뿔의 쓰임새는 익히 잘 알고 있습니다. 그것은 갈고리나 대추야자 바구니를 걸어두는 천장 고리로도 쓰이지요. 낙타 안장이나 쥐, 개미, 고양이, 바퀴벌레, 뱀 기타 등등의 것이 끼치는 해로부터 보호하기 위해서입니다. 내장은 면사를 짓는 공정에 사용하고, 저는 특히 이게 많이 필요하답니다. 두개골은 턱뼈와 나머지 뼈의 살을 발라내고 요리를 합니다. 그 기름은 램프에 쓰기도 하고, 빵에 발라 먹기도 하고, 반죽에 고소한 향을 낼 때 쓰기도 하지요. 그런 다음 나머지 뼈들은 땔감으로 쓸 수도 있습니다. 이런 땔감보다 더 밝은 불꽃을 내는 땔감은 찾아보기 힘들지요. 그래서 사람들은 이런 땔감들을 선호하는데, 정말로 뼈 땔감은 연기도 조금밖에 없답니다. 가죽은 가방을 만들고, 울은 그 용도가 셀 수 없이 많지요. 게다가 똥도 말려서 훌륭한 땔감으로 씁니다. 그런데 다만 한 가지, 피의 용도를 알 수가 없습니다. 알라께서는 단지 식용으로 피를 금하셨지만[10] 분명 그 밖의 용도가 있을 것입니다. 제가 그 용도를 찾아내지 못한다면, 그것은 제 심장의 낙인이 되고, 제 눈에 티끌이 되어, 고질병이 될 것입니다.'"

그는 계속 말했다. "얼마 지나지 않아 나는 그녀가 매우 쾌활하게 웃는 것을 보았소. '피를 사용하는 용도를 알아냈구나?' '예. 저는 사람들이 새로 산 시리아산(産) 솥[11]에 따뜻한 피와 버터를 함께 바르는 것 이상으로 솥에 길을 잘 내는 방법은 없다고 말하는 것을 들었습니다. 이제 모든 것이 제자리에 놓였으므로 안심입니다.' 나는 육 개월 후에 그녀를 다시 만나서 물었소. '양고기 육포는 어땠느냐?' 약간 놀란 듯 그녀가 말하더군요. '부친께서 감사의 말씀을 전해달라 하시더군요. 육포의 양념은 아직

덜 된 상태지요. 여전히 비계와 꼬리의 기름, 그리고 뼈다귀들을 보관하고 있어요. 모든 것에는 각각의 양념이 있지요.'"

그러자 당나귀와 우물물 이야기를 했던 자가 한 움큼 조약돌을 집어 땅에 던졌다.[12] "여러분들은 절약의 효험에 대한 이야기를 듣기 전까지는 결코 자신이 낭비하는 사람이라는 것을 깨닫지 못할 것이오."

제5장 주바이다 이븐 후마이드 이야기

바스라의 환전업자 중 한 명인 주바이다 이븐 후마이드[1]는 집 앞에 있던 채소 장사꾼에게서 이 디르함 조금 웃도는 돈을 빌렸다. 육 개월이 지난 후 주바이다는 이 디르함과 보리 세 홉을 채소 장사꾼에게 갚았다. 그러자 채소 장사꾼은 몹시 화를 냈다. "세상에 이런 경우가 어디 있단 말이오! 당신은 바스라 제일의 갑부이고 나는 하루 벌어 하루 먹고사는 장사꾼이오. 그날 낙타 몰이꾼과 짐꾼이 당신 집 문 앞에서 소리칩디다. 당신은 아무 대답이 없고 댁의 하인도 없어서 내가 이 디르함과 보리 네 홉을 대신 짐삯으로 내준 것이었소. 육 개월이 지난 지금 원금에도 못 미치는 양을 갚는 것은 무슨 경우요?"

그러자 이번에는 주바이다가 화를 내며 말했다. "이런 미친놈. 그때는 여름이었고 지금은 겨울이잖아. 바싹 말린 겨울 보리 세 홉이 덜 마른 여름 보리 네 홉보다 훨씬 더 많다는 것도 모른단 말이냐. 분명한 건 네놈이 득을 보았다는 거야."

아부 알-이스바그 이븐 라비가 내게 전했다.

주바이다가 하인들을 때린 다음 날이었다. 그는 주바이다를 만나러 가서 이렇게 말했다.

"그렇게 심한 매질을 한 결과가 무엇인가? 그들은 하인일 뿐이야. 그들은 제대로 교육받고, 취급받고 또 나름대로 존중받아야 한다네. 그들에게는 이런 대접 말고 다른 것이 필요해." 그가 말했다. "자넨 모르지. 그놈들이 내 소화제를 모두 먹어치웠단 말이야." 나는 밖으로 나와서 하인 중 우두머리를 불러 물었다.

"소화제를 먹다니, 왜 그랬느냐?" 그 하인이 말했다. "제가 당신의 희생양이 되겠습니다. 어르신께 맹세코, 저희는 소화제를 먹지 않았습니다. 저는 벽에라도 기대고 앉아야만 굶주림에 대해 말씀드릴 수 있을 정도입니다. 소화제를 가지고 도대체 무얼 하겠습니까? 우리 주인께서는 자신도 배불리 드시는 법이 없습니다. 그러니 소화제도 필요치 않지요. 저희는 사람들의 말을 통해서만 포만감이라는 단어를 들어보았습니다. 소화시킬 만큼 먹어본 적이 없는 저희가 소화제를 왜 먹겠습니까?"

그는 하인들에게 손님에게 접대할 식수를 깨끗하고 차갑게 유지하고, 물 단지를 천으로 잘 감싸두도록 거듭 명하였다. 옆에서 듣고 있던 아부 무자히드는 말했다. "내가 자네의 희생양이 되겠네! 여보게, 빵이나 천으로 잘 싸두고, 좀더 크게 만들라고 말하게나. 음식이 물보다 먼저 나오는 것이니." 또 한 번은 그가 손님들 앞에서 하인에게 체스 판을 더 가져오라고 했다. 손님인 아부 가지는 말했다. "여보게, 우리가 필요한 것은 음식이 차려진 식탁이지 체스 판이 아니라네."

술은 악의 열쇠

　어느 날 밤 주바이다는 술에 취하여 친구에게 외투를 벗어 주었다. 그 친구는 외투가 자기 것이 되자 두려워졌다. 왜냐하면 그는 주바이다가 취중에 한 일이라는 걸 잘 알고 있었으므로. 그래서 그 즉시 집으로 돌아가서 그것을 마누라의 외투로 만들어버렸다. 이튿날 아침 주바이다가 외투를 찾자 하인들은 그가 친구에게 외투를 주었던 어제 일을 전했다. 주바이다는 그 친구의 집으로 찾아갔다. "자네는 취중에 이루어진 선물, 구매, 판매, 희사, 이혼 선언 등이 법적으로 무효라는 걸 몰랐는가? 더욱이 나는 사람들이 내가 취했다는 걸 이용해서 나를 선심가로 만드는 이런 일이 정말 역겹다네. 그러니 외투를 돌려주게. 그러면 내가 술에 취하지 않은 상태에서 자네에게 선물로 외투를 줄 수도 있는 일 아니겠나? 내 돈이 쓸모없이 쓰이는 걸 원치 않아. 정말 싫다네." 그 친구가 귀머거리처럼 있는 걸 본 주바이다는 그에게 가까이 다가갔다. "이봐, 사람들이 농 삼아 몇 마디 하겠지. 하지만 누구도 이 일을 비난하지는 않을 거야. 외투를 돌려주게. 알라께서 자네의 건강을 염려하실 테니." 그 친구는 말했다. "내가 염려하던 일이 바로 이것이라네. 아내의 외투로 만들려고 목선을 깊게 팠지만 양쪽 옆선은 아직 건드리지 않았지. 하지만 소매를 덧대었고 앞쪽을 잘라냈어. 이렇게 되었는데도 가져가길 원한다면 그렇게 하게."

　"물론이지, 가져가겠네. 나도 자네가 아내에게 해준 것처럼 아내 외투로 만들어주면 되니까." "그런데 지금 그 외투는 염색공에게 있네." "그럼 가져오게." "내가 보낸 게 아니라네." 주바이다는 외투를 잃어버렸다는 사실을 감지했다. 그리고 이렇게 말했다.

"작고하신 부모님께서 늘 이렇게 말씀하셨지. 모든 악마들은 한 집에 모여 있고 문은 잠겨 있다. 그런데 열쇠는, 술에 취하는 것이라고."

제6장 라일라 알-나이티야 이야기

시아[1]의 열성 신자였던 라일라 알-나이티야는 옷을 덧대어 입기로 유명하다. 그녀는 옷의 원래 모습이 다 없어져 넝마가 될 때까지 입는다. 그리고 외투 역시 꿰매어 본디 모습이 다 해질 때까지 입는다.

그녀는 시인의 노래를 들었다.

목 섶을 찾아낼 수 있을 때까지 옷을 입으시오.
정 목 섶을 찾을 수 없다면 그때 다른 걸로 바꾸시오.

그러자 그녀는 답했다. "그렇다면 내 옷의 끝단은 구멍 천지이고, 정말이지 나는 해진 곳과 함께 해진 곳의 또 해진 곳을 보았고 나는 구멍과 구멍의 구멍을 수선하였다."

어느 날 나와 아부 이스하크 알-낫담, 우마르 이븐 누하위[2]는 칼람에 관해 토론하려고 잡반[3]에 갔다. 우리는 가는 길에 있던 왈리드 알-쿠라이쉬의 사랑채를 지나갔다. 그는 우리를 보더니 우리와 함께 걸었다. 우리는 칸다크⁴를 건넌 뒤 그곳의 뜰에 앉았다. 그곳은 서늘하고 평화스러운 그늘이 짙게 깔려 있었다. 벽이 두껍고 햇빛을 멀리 따돌릴 수 있는 그런 곳이었다. 우리는 곧 이야기를 시작했고 예를 들어가며 칼람을 토론했다. 낮의 한가운데쯤이라는 걸 알기도 전에 무척 더위를 느낄 만큼 그날은 더웠다. 돌아가려고 할 즈음, 나는 아직도 햇빛의 위세가 내 정수리 위에서 사라지지 않았음을 느꼈다. 나는 가슴 언저리에 염증이 있던 터라 햇빛이 그리 달갑지 않았다. 그래서 낮담에게 말을 했고 그때 왈리드는 그것을 들으려고 내 곁으로 다가왔다.

"바티나⁵는 여기서 멀다. 오늘은 무척 더워서 모든 걸 녹여버릴 것 같다. 내 생각에는 왈리드의 집에 가서 낮잠을 한숨 자고 음식도 좀 먹고 그러면 좀 나아질 것 같다. 해가 좀 지고 난 뒤 각자의 갈 곳으로 가는 게 좋겠다. 이 방법이 아니고는 살 도리가 없다." 그때 왈리드가 목청 높여 말했다. "그렇게 해서는 아무런 해결책이 나오지 않아." 나는 말했다. "그렇게 하는 게 해결책이 아니라니? 그것만이 현재 우리에게 필요한 것이고 필수적인 것인데." 왈리드가 답했다. "당신은 비웃는 듯한 목소리로 말했잖아." "내가 어떻게 비웃는 듯 말할 수 있겠소? 내 목숨이 당신 손에 달려 있는데. 더욱이 내가 당신을 잘 알고 있는데 말이오." 어쨌든 그는 화를 내며 자리를 박차고 일어나 가버렸다. 그때까지 우리의 토론을 경청한 것에 대한 감사나 사과의 말 한마디 없이. 나는 이제껏 살아오면서 거절을 하기 위한 변명으로 이토록 나쁜 방법을 취하는 사람을 본 적이 없다. 아부 마진이 자발 암미에게 한 경우를 빼놓고.

자발은 어느 날 밤 밖에 있었다. 그는 야간 순찰원이 두려웠다. 더욱이 노상강도로부터 자신의 안전을 지킬 수 없다는 생각을 하니 방법을 강

구해야만 했다. '아부 마진의 집 대문을 두드려야겠군. 그 집 사랑채나 회랑 한 모퉁이에서라도 밤을 지내고 가야지. 그 정도면 큰 폐를 끼치는 건 아니야. 새벽이 되면 그 집에서 나와 밤 여행객들에 섞여 오면 될 테지.' 그는 자신 있게 아부 마진의 집 대문을 두드렸다. 모든 일이 다 잘될 거라는 확신이 있었다. 야간 순찰대에 쫓기는 심정으로, 노상강도가 등 뒤에 바싹 다가온 것과 같은 두려움을 느끼면서, 한편 도피처를 찾아낸 자신에 대해 만족감을 강하게 느낌과 동시에 그 집주인에게 폐를 끼치지 않을 것이란 확신이 차 있는 심정이었다. 아부 마진은 대문을 두드리는 소리가 계속되자 '이 늦은 밤 자신에게 급하게 선물이라도 전할 이가 아니면 누가 찾아왔으랴?' 하는 마음으로 아래층으로 내려갔다. 그러나 문을 열고 보니 자발이 있었다. 마치 죽음의 사자가 와 있는 것 같았다. 자발은 아부 마진이 너무 놀란 나머지 아무 말도 않고 있는 것을 보고 이렇게 말을 건넸다. "야간 순찰대에게 발각될까 겁이 났어. 노상강도도 무섭고. 그러니 오늘 밤만 자네 집에서 머물 수 있도록 해주게." 갑자기 아부 마진은 술에 취한 척했다. 자신이 놀라서 아무 말도 못하고 있던 것이 술에 취한 탓인 척했다. 그는 사지를 늘어뜨리고, 혀를 꼬아 말했다. "술에 취했어. 너무 취했단 말이야." "네 마음대로 해. 지금은 여름도 겨울도 아니잖아. 처마도 필요 없어. 나는 덮고 잘 것도 필요치 않아. 그러니 내게 덮을 것을 마련해줄 번거로움도 없어. 네가 보다시피 나는 만취해서 갈지자로 걷고 있지. 이미 먹을 것도 다 먹어서 배는 꽉 차 있고, 아무개의 집에서 나왔는데 그의 집은 모든 것이 다 있었지. 내가 지금 원하는 것은 회랑 한켠에서라도 밤만 지새고 가는 것뿐이야. 내일 아침이면 제일 먼저 떠나는 상인의 대열에 합류해서 떠날게." 아부 마진은 두 눈을 감은 채 턱을 늘어뜨리고, 혀 꼬인 소리로 말했다. "취했어. 너무 취해서 내가 어디 있는지도 알 수 없어. 네가 하는 말조차 알 수가 없다니까." 그리고 자발의 면전에서 문을 닫고 안으로 들어갔다. 그는 자신의 변명이 너무 완벽했고 이런 계략을 생각해낼 만큼 자신의 소질이 탁월하다는 데 한 점 의심도 품지 않았다.

자히드가 아랍어의 오류를 사과하다

여러분은 이 책에서 어법 위반이나 이으랍[6]이 결여된 문장, 그리고 적절치 못한 표현을 발견할 것이다. 여러분이 알아야 할 것은 내가 이 모든 것을 그대로 방치하는 데는 까닭이 있다는 것이다. 왜냐하면 본디 이 장(章)은 완벽한 아랍어 구사를 혐오하는데, 사흘 이븐 하룬이나 그 부류의 사람들과 같은 지성인인 척하는 수전노들과 탐욕스러운 학자들이 사용하는 말을 이 책에서 구사해야 하기 때문이다.

제7장 아흐마드 이븐 칼라프 이야기

아흐마드 이븐 칼라프 알-야지디는 성격이 쾌활한 수전노였다. 그의 부친은 돌아가실 때 이백육십만 디르함과 십사만 디나르를 남겨주었다. 그와 동생 하팀은 장례를 치르기도 전에 그 돈을 나누었다. 아흐마드는 혼자 백삼십만 디르함과 칠만 디나르를 차지했다. 뿐만 아니라 금화와 정량의 미스칼[1]과 약간의 귀중품까지도 받았다. 그가 이 재산을 물려받았을 때 내가 말했다. "이 늦은 밤까지 무얼 하고 있나?" "아무 일도 없어. 어제 저녁 식사를 집에서 한 것을 제외하곤." 그래서 나는 친구들에게 말했다. "만약 그가 집에서 식사하는 것이 일상이었더라면, 그 사실이 그에게 있어 특별한 일로 간주될 일이 아니었고, 그렇다면 그가 굳이 '제외하고는'이라고 할 필요는 없지. 사람들이 자신의 집에서가 아니라면 어디서 식사를 한단 말인가?" 하지만 그가 이런 질문을 받을 때 하는 말이라는 것은 '아니야, 정말로 아무개가 나를 붙든 경우를 제외하곤' 혹은 '아무개가 나를 초대한 경우를 제외하곤'이다. 따라서 그가 예외와 조건을 다는 것은 위에서 우리에게 언급해준 것을 제외하면 아무것도 없다.

하루는 그가 충고도 아니고 그렇다고 특별한 이유도 없이 내게 이렇게 말했다. "나는 자네가 겨울이면 가족들을 위해 무살라사[2]를 준비하는 걸 보았네. 그건 영양 만점이고 적은 재료로도 많은 양이 만들어지지. 무살라사 한 그릇이면 점심 대용도 되고 위를 가득 채워주니 저녁도 필요 없다네. 또 모든 종류의 수프는 포도주나 물도 필요 없지. 누구든지 뜨거운 수프를 한 모금 마시면 땀을 흘린다네. 땀은 피부를 정화시키고, 위장병을 내몰지. 그 수프는 영적 갈구를 완벽하게 만족시키고 식욕은 막아주지. 또 그것은 바깥의 화로에 있는 석탄 대신에 자네 위 속에서 몸을 따뜻하게 해주네. 뜨거운 수프를 마시면 땔감도 필요 없지. 그리고 솜 누비를 입을 필요도 없어. 땔감은 집 안의 모든 것을 검게 만들고 그 연기는 고약한 냄새를 풍기지. 또 땔감은 금방 다 없어져. 땔감을 쓸 때는 항상 화재를 조심해야 하고, 땔감을 사기 위해 많은 돈을 지불해야 하지. 가장 나쁜 것은 땔감에 익숙해진 사람은 자신 이외에는 아무도 따뜻하게 해주지 않는다는 것이야. 그러니 아부 우스만 자네는 계속해서 무살라사를 들게. 무살라사는 경험이 많은 사람이나 쉐이크의 집에서 애용된다는 걸 꼭 알아두게나. 내과의사의 경험과 애정 어린 조언이니 무살라사를 들게."

그는 늘 형제들의 집에 있곤 했다. 그들은 (순박한 목축업자들로서) 항상 차례대로 먹고 마시는 것을 준비해 형제들과 함께 즐기는 생활을 했다. 그들은 늘 그를 환대했고, 그가 하고 싶은 대로 하게 했다. 과일을 실컷 먹였으며, 그가 원하는 걸 결정하게 했다. 언젠가는 그도 자신들을 초대할 것이고 그의 집이 즐거움의 장소가 될 것이라고 추호도 의심하지 않으면서. 그러나 그는 한 번도 형제들을 초대하지 않았고 아예 생각도 없는 것처럼 보였다. 하루는 그들이 그에게 넌지시 의향을 비쳤지만 그는 못 알아들은 척했다. 하는 수 없이 그들이 드러내놓고 말했다. "여자 형제들은 빼고 한 번만 초대하지 그러나?" 그도 형제들도 버틸 만큼 버틴 터라, 그는 형제들에게 맛있는 음식을 조금만 차려 가볍게 끝낼 수 있는 저녁을 대접했다. 큰돈 들이지 않고, 번거로울 것도 없이. 그들이 음식을 먹고 나서 손을 씻고 있을 때 그가 다가와 말했다.

"하나 물어보겠네. 자네들이 내 음식을 먹기 전과 지금 중에 내가 언제 더 부자이겠는가?" "그거야 우리가 음식을 먹기 전이 더 부자였겠지." "그렇다면 지금 내가 가난한 쪽으로 한발 가까워졌다는 것이지?" "그거야 그렇지." "그렇다면 누가 나에게 사람들을 식사에 초대하지 않는다고 비난할 수 있겠나. 초대를 하면 할수록 나는 가난해지는 것이니." 그의 논리를 따르자면 물 한 잔, 마당의 과실 하나 혹은 당나귀 먹이일지라도 무엇을 달라고 하는 자와는 관계를 단절함이 현명하다는 것이다.

하루는 그가 새끼 염소 상인 곁을 지나게 되었다. 그때는 염소들이 새끼를 많이 놓는 시기였던 터라 그는 값을 많이 깎을 수 있을 거라고 생각했다. 그리고 그의 욕심은 한없이 커져갔다. 그래서 사크프라 불리는 하인을 염소 상인에게 보냈다.

그는 하인이 염소를 사올 것이라고 확신하고 있던 터라 가까이 서 있었다. 얼마 지나지 않아, 그 하인은 머리와 팔을 내저으며 돌아왔다. "서 있지 말고, 어서 가세요." 그러나 그는 자리를 떠나지 않았다. 하인이 바로 앞에 왔을 때 "네 이놈! 나보고 죄인처럼 도망가라 했느냐"라고 꾸짖었다. 그러자 하인이 말했다. "어르신, 이상한 일입니다. 새끼 염소가 십디르함이나 한답니다. 그 가격에 살 수는 없지 않습니까? 어서 가시죠."

그 하인에게 새끼 염소가 십 디르함에 팔린다는 것은 충격이었다. 바스라에서조차 십 디르함은 상상도 못할 가격이었다. 염소는 흔했고 값도 쌌다. 더욱이 이곳에서 그런 가격은 충격 이상의 일이라고 생각했다. 이곳에서 누가 충격을 받는다면 그건 값이 너무 싸서이지 그 밖의 것은 이유가 될 수 없기 때문이었다.

그대들은 이제 이렇게 말하지 않는다. "정말이지 아부 우스만은 친구에게 나쁘게 대했어." 아부 우스만은 자신이 친구로부터 그런 대접을 받기 전까지는 절대로 그런 적이 없다. 누구라도 그런 성격과 그런 생각을 지닌 자라면 친구들과 함께한 자리에서 신뢰받기 어렵다. 어떤 사람인들 완벽한 교양인이 될 수 있겠는가! 사실 이것은 인간의 결점과 학대와 음탕함과 불충성이다. 그대들은 반드시 알아야 한다. 내가 이런 이야기들을 통해 구하는 것은 그와의 조화이며 그의 만족과 사랑일 뿐이라는 것을.

사실 나는 많은 사람들이 나를 그의 이익을 위해 일하는 스파이나 그의 사주를 받은 앞잡이로 생각하는 것이 두려웠다. 왜냐하면 나는 그가 소중하게 여기는 친구 중 한 명이고, 그에게 무엇인가를 바라는 사람들에게 좌절과 실망의 말을 전달하는 자이고, 그의 돈을 탐내는 동기들을 제지시키는 사람이기 때문이다. 내가 최선의 노력을 다했으니 그는 내게 끊임없이 감사를 보낼 것이다.

만약에 나의 이 책이 이라크의 경계를 넘어서까지 나간다면 그는 내게 감사해야 하거나 혹은 감사를 거두어야 할 것이다. 왜냐하면 이 지역에서는 그가 탐욕으로 유명한 사람이지만, 만약 이 책이 이 지역 밖으로 나간다면 이 책은 그가 수전노라는 것을 암시하고 충고하는 일을 더 유용하게 만들 것이기 때문이다. 어떻게 그가 사흘 이븐 하룬이나 이스마일 이븐 가즈완을 낭비하는 사람으로 여겼을까? 그리고 알-사우리와 알-킨디를 재산낭비를 그만두어야 할 인물이라고 생각했을까?

나는 그가 이렇게 말하는 걸 들었다.

"만약 너희들이 알라께서 보내주신 천사들의 관대함 중 알라께서 그들에게 생계를 유지하도록 한 것을 제외하고, 부양가족들에게는 '주시오, 주시오' 하는 말만을 할 줄 알게 하셨음을 알았더라면 너희는 그들의 상태와 위치를 알았을 것이다."

한 친구가 내게 이야기했다.

내가 아무개의 집에 들어섰다. 마침 식탁이 아직 차려져 있었고, 사람들은 먹을 걸 다 먹은 상태였지. 해서 나는 음식을 먹으려고 손을 뻗쳤는데, 그때 마침 그가 이렇게 말하는 것이었다. "여보게, 먹던 걸 드시게. 손 안 댄 음식은 그대로 두고. 새 요리는 먹던 것이고 영계의 다리도 잘려져 없다네. 하지만 손대지 않은 음식의 경우는 그대로 두시게. 빵도 먹던 것이나 수프가 묻어 있는 것을 드시게."

그 친구는 내게 이런 이야기도 들려주었다.

어느 날 내가 그의 집에서 식사를 했지. 그의 아버지가 계셨고, 또 그의 아들이 왔다 갔다 하고 있었어. 그 아들은 여러 차례 왔다 갔다 했고, 그럴 때마다 우리가 먹고 있는 걸 보았지. 그리고 이렇게 말하는 거야. "도대체 얼마나 많이 먹고 있는 거야. 알라께서 당신들의 배를 음식으로 가득 차게 하지 않기를." 그러자 그의 아버지, 즉 손자의 할아버지가 말했다. "내 아들, 카바[3]의 주인이시여."

병기고 주인이 카르크 문(門)에서 내게 이야기했다.

목욕탕 주인이 내게 해준 이야기이다. "내가 자네에게 살리흐 이븐 앞판에 대한 놀라운 이야기를 하지 않았나? 그는 매일 새벽이면 와서 목욕탕에 들어간다네. 내가 탈모용 반죽이 든 대야에서 멀리 있으면 그는 자신의 음모와 겨드랑이를 비롯해서 몸에 때가 많은 곳에 그것을 가지고 문질러대지. 그런 다음 허리에 수건을 감싸고 일어선다네.[4] 그러고는 많은 사람들 사이에서 반죽을 씻어내지. 그는 같은 시간이면 어김없이 오는데, 두 다리와 사타구니의 그곳 일부에 탈모용 반죽을 바르고 나서 허리에 수건을 감싸고 앉네. 그는 내가 자신을 주시하고 있지 않다는 걸 알면 반죽을 씻어내네. 그리고 매일 새벽이면 와서 자신의 몸의 다른 부위를 반죽으로 씻어내지. 그의 이런 행위는 매일 새벽 내 반죽이 다 없어질 때까지 지속되었네." 정말이지, 어느 날은 그가 바지의 윗부분에 반죽을 바른 것도 보았어.

그는 샴 지방에서 생산한 요리 솥에 요리를 한다거나 마다르[5] 단지에 물을 담는 일은 결코 생각하지 않는다. 왜냐하면 후자는 땀을 흘리고 전자는 흡수하기 때문이다.

아부 알-자흐자흐 알-누샤르와니가 내게 말했다.

시인 아부 알-아흐와스가 내게 말해주었네. "우리는 늘 바스야니의 집에서 아침 식사를 하곤 했다. 그런데 바스야니는 우리가 식사를 마치기 전에 먼저 끝내고 그의 침상에 누워서는 '우리가 당신들을 먹여주는 것은 오직 알라를 위해서라오. 우리는 당신들로부터 어떤 보상이나 감사도 바라지 않소'라고 말하곤 했다."

제8장 칼리드 이븐 야지드 이야기

이 칼리드 이븐 야지드는 알-마할리바[1]의 예속 평민[2]이었다. 그는 구걸하는 탁발승이기도 했다. 그는 탐욕이 많았으며 구걸하는 능력이 대단했다. 그래서 그 누구도 헤아릴 수 없을 만큼 큰 재산을 모았다. 어느 날 칼리드가 바누 타밈의 지역에 머물렀다. 사람들은 그가 누군지 알지 못했다. 어느 날 그가 그들의 사랑채에 있을 때 한 걸인이 그에게 다가와 멈춰 섰다. 칼리드는 일 팔스[3]를 꺼내려고 지갑에 손을 넣었다. 바스라의 팔스는 크기가 큼직했는데, 실수로 바글리[4]를 주었다.

그는 걸인의 손에 동전을 얹어줄 때까지 이 사실을 깨닫지 못했다. 하지만 자신의 실수를 깨닫자 그걸 되돌려 달라 하고 대신 일 팔스짜리 동전을 주었다.

그러자 사람들이 그에게 "우리는 이것이 문제를 해결하는 방법이 아니라고 생각하네. 더욱이 이것은 부끄러운 일이라네"라고 말했다.

그는 이렇게 답했다. "누가 부끄럽다는 것인가? 나는 여러분의 지성에 힘입어 이 돈을 모은 것이 아니지만 여러분의 지성으로 이 돈을 나눌 것이오. 이 걸인은 디르함을 받을 만한 이가 아니오. 이자는 팔스에 합당한 걸인이오. 정말이지, 나는 그의 겉만 보고도 속까지 알아내오."

그러자 사람들이 말했다. "정말로 당신이 걸인의 가치를 구별해낸단 말이오?" 칼리드는 답했다. "내가 어떻게 그들을 구별하지 못하겠소? 내가 젊었을 때 카자르[5] 집시였다오. 당시 그 땅에는 성전(聖戰)이 없었음에도 성전을 겪어 고생했다고 말하며 구걸하는 파렴치한 자, 눈물 나게 하는 이야기를 늘어놓으며 구걸하는 자, 그뿐이겠소? 귀찮게 졸라대는 거지, 미친 척 위장한 이, 수족이 상한 협잡꾼, 문전에 늘 붙어 서 있는 거지, 초상집의 곡꾼, 불구자, 신체 기형을 호소하는 자, 사기꾼, 장님, 거짓말쟁이 등이 모두 내 손안에 있었소이다. 나는 삼십 년간 보시로 받은 음식을 먹었소. 또한 그 땅에는 카으비라 불리는 걸인이나 동냥아치도 있었는데 이들 모두 내가 확실히 아는 이들이었소. 그래서 자유민을 살해한 이스하크, 낙타 머리털 반자와이, 아므르 알 카우킬, 내기쟁이 자으파르, 뿔 불알, 코끼리 눈 함마와이, 바보 샤흐람 아유비, 제 어미와 붙어먹은 사으다와이, 이들 모두가 내 수하에 있었소."

이런 까닭에 그는 걸인들의 탐욕스러움과 이웃과의 불화를 간파하고 있었고 그들에게 한 푼도 동냥을 주지 않았다. 그는 화술을 뛰어난 이론으로 무장했고 수사법이 탁월한 이야기꾼이었다. 애꾸눈 아부 술라이만과 이야기꾼 아부 사이드 알-마다이니 역시 그의 수하에 있었다.

칼리드 이븐 야지드는 임종시에 아들에게 말했다.

"나는 네가 지키면 먹을 수 있고 다 써버리면 먹지 못할 것을 남겨두었다. 내가 너에게 유산으로 물려주는 것은 올바른 습관에서 기인된 결과이다. 또한 내가 너에게 보여준 것은 적절한 지출이었고, 너에게 습관이 되도록 한 것은 절약 생활이었으니, 이 모든 것은 재물보다 더 값진 것이다.

만일 내가 네 손 위에 임기응변의 조치로 재물을 지키는 방편을 주었는데 네게는 어떤 자신감도 없다면, 너는 그것을 제대로 써먹지 못할 것이다. 오히려 재물을 지키기만 하고 쓰지 못하도록 금하면 금할수록 너는 반감이 들 것이고, 바로 그런 마음은 네가 복종하고자 하는 마음에 모욕을 줄 것이다.

나는 땅이 끝나는 육지와 배가 끝닿을 수 있는 바다에 이르렀었다. 너는 반드시 두 알-카르나인[6]을 보아야만 한다. 너는 이븐 샤르야의 개념을 말하지 마라.

왜냐하면 그는 역사의 표면만을 알고 있기 때문이다. 만약 타밈 알-다리[7]가 나를 보았더라면, 나를 비잔티움이라 묘사했을 것이다. (왜냐하면) 나는 사막의 뇌조(雷鳥)보다 더욱 곧장 길을 안내하기 때문이다. 나는 두아이미스나 라피으 알 미카쉬쉬[8]보다 더욱 곧장 길을 안내한다. 나는 사막의 진느[9]와 함께 황량한 사막에서 밤을 지샌 적이 있다. 나는 여성 진느와 결혼했으며 형상은 없고 소리만 있는 것에 대답한 적도 있다. 그리고 나는 진느에서 힌느[10]까지 교묘하게 따돌렸다. 반인반수의 전설적 동물인 쉬크를 사냥하였고 야수와 대화를 나누었다. 나는 진느와 비슷한 리아야와 동행하였고 점쟁이의 기만성과 점술가의 숨겨진 비밀을 알고 있다. 모래에 선을 그려 점을 치는 점쟁이[11]와 새가 나는 것으로 점을 치는 이의 수법도 알고 있다. 그리고 희생 제물인 동물의 어깨뼈를 조사해서 점을 치는 이가 하는 말도 알고 있다. 또한 나는 별을 보고 점을 치는 것과 새의 날갯짓으로 점을 치는 것, 그리고 동물의 이동으로 점을 치는 것, 조약돌을 던져 점을 치는 것, 믿음으로 병을 낫게 하는 것에도 정통하다.

이 재물로 말하자면, 이야기를 해준 대가 혹은 구걸로 모은 것이 아니다. 더욱이 밤낮으로 계략을 도모하여 모은 것도 아니다. 이런 재물은 바다 항해의 난관과 권력가를 위해 일을 하는 것 또는 연금술에 의하지 않으면 모일 수 없다.

나는 우두머리와 완전히 아는 사이가 되었다. 나는 그 일의 진실을 밝혀내는 연금술의 파편을 이해하였다. 만약 내가 네 마음속에 있는 염려를 알지 못했더라면, 만약 내가 네 자멸의 원인이 되지 않았더라면, 나는 너에게 지금 카툰이 행한 바와 카룬이 행한 바를 알려주었을 것이다.

정말이지, 내 생각에 너는 친구의 비밀을 지켜줄 수 있을 만큼 충분하게 넓은 마음을 가지고 있지 않다. 비밀이 드러나지 않도록 애쓰는 신중함을 갖고 있지도 못하며, 비밀을 간직할 만한 마음의 수용력도 부족한 것이다. 긴밀히 나눈 대화의 비밀을 지켜라. 보석과 보물의 관리는 학문에 관한 비밀을 숨기는 것보다 쉽다. 내 견해에서 살펴볼 때, 네 자신에 대해 네 스스로가 진실해진다면, 정신은 육체와 일치가 되어 그러한 사실을 알게 될 것이다. 너는 오직 서술적 묘사와 소문만을 접했기 때문에 그것에 관해서 확실히 이해하지는 못한다. 그러나 알라께서 내 쇠약해진 건강을 다시 회복시켜주신다면, 나는 네게 동물적으로 민감한 능력에 관한 지식과 대리석을 녹이는 기술, 모자이크 세공 기술, 그 유명한 칼마[12] 검을 제작하는 비책, 예맨 검에 쓰이는 합금, 파라오 유리[13]의 제작법, 승화물을 만드는 방법 등등…… 이렇게 여러 가지를 만드는 방법을 전수하려고 한다.

그러나 네가 다른 아들들에 비해 뛰어나다 할지라도 나는 그 정도로 만족할 수 없으며, 그 정도로 네게 확신을 갖고 있지도 않다. 나는 조상들과 같을 수밖에 없다. 왜냐하면 나는 너에게 엄격한 정도로 시험을 치르지는 않았기 때문이다. 나는 술탄들과 빈민들, 접대받는 칼리프들과 거지들, 조화로운 금욕주의자들과 암살자들, 감옥에서 지낸 시간들과 상류사회에서의 교육적인 대화들, 빈약한 (소·양·염소 등의) 젖통이지만 우유가 풍부하게 나오는 행운, 그리고 다양하고 놀라운 일들을 내 운명으로 마주쳤고 이 모든 것을 조화롭게 겪어냈다. 나는 여러 가지 방법을 통해 새 생활을 시작하였고, 어떠한 경우에도 나에게 유리하게 이끌었다. 재난을 겪기 전까지 나는 진정한 행복과 그러한 시련을 극복하는 방법을 알지 못했다. 그리고 이와 같은 것들은 내가 쉽게 이해하기에는 너무도 어렵고 불가사의한 방법으로 나에게 닥쳤다. 나는 너에게 남겨두고 가는 것을 정확히 추측할 수 없고, 너를 계속 지켜줄 수도 없다. 네가 재물을 모으고, 모은 것을 보존하는 데 나 스스로 자신이 없다. 왜냐하면 절약과 기민함을 통해 위에서 언급한 일을 하는 데 쓰일 돈을 장만하지 못했기 때문이다. 나는 너에게 재산을 물려주기 위해서 건물을 사고 싶은 유혹, 여자를 가까이 하고픈 유혹, 아첨에 넘어가기 쉬운 유혹, 허례허식과 관리자의 권력에 대한 유혹 — 여기에서 언급된 유혹은 모두 불치병이다 — 을 모두 떨쳐내고 재물을 보호하였다. 너의 후견인에게 그것을 언급한 것은 너에 대한 대단한 사랑 때문이 아니라, 판관에 대한 불신과 증오 때문이다. 위대하신 알라는 아이들에게 행하는 처벌과 마찬가지로 아이들이 가지는 재산권을 판관들에게 양도하셨다. 그 이유는 만약에 아이들의 아버지가 부유하고 권력이 있다면 아버지는 아이 앞에서 자신의 부와 권력을 뽐내고 싶어 하기 때문이다. 그러나 아이들의 아버지가 가난하고 힘이 없다면, 그는 수치스러워하며 고통을 겪고 있는 이러한 상황을 조금이나마 나아지게 하려고 노력할 것이다. 만약 그가 어떤 범주에도 속하지 않는다면 그는 자신의 감언이설을 통해서 안도감을 찾고 싶을 것이다. 자식들은 그가 자신들을 위해 돈을 모으고, 자신들에게 돈을 주며 보호해주고 사업자금을 대주는 것에 대해 고마워할 줄 모르며 알라에게 복종의 의무를 다하는 아버지를 참지 못할 것이다. 지금 당장은 거짓이 괴롭지 않은 것처럼, 진실 또한 즐겁지 않다. 네가 그러한 자식들 중 한 명이라면 판관이 너를 기다릴 것이고, 그들 중 한 명이 아니라면 알라는 너의 편이다. 네가 내 방침을 따른다면 너는 다른 사람들의 재산을 맡아 보호자가 될 것이지만, 내가 준 방침에서 이탈하면 다른 사람들이 너의 재산을 떠맡고 너의 보호자가 될 것이다. 돈을 마구 낭비하고 싶고 그렇게 하고 싶은 너의 강렬한 욕구 때문에 다른 사람이 너의 돈을 관리하게 된다면, 너는 희망을 잃을 것이다. 아버지들은 기부금이란 명목으로 아이들이 재산을 상속받지 못하도록 하고, 판관들은 조사를 한다는 명목으로 돈을 가져간다. 판관들은 돈을 얻으려 하는 경우에는 묶어놓은 돈에 대해 제약을 풀고 아이들이 이미 성숙했다고 판단함에 얼마나 신속한지 모른다. 하지만 아이들이 재산을 마음대로 사용하고자 할 때는 얼마나 능장을 부리는지!

이런 못된 놈, 네가 현재 다른 아들들보다 뛰어나다고 해도 이 많은 재산은 오히려 너를 타락시킬 것이다. 또한 너는 너에게 유산으로 돌아올 재산의 액수가 너무나 많다는 걸 알기 때문에, 그 사실은 너를 타락하게 만들 것이다. 게다가 너는 내 첫째 아들이자 네 엄마의 마지막 자식이다.

만약 내가 재산을 탕진해버린다면, 나는 이야기꾼처럼 앉아 있거나, 예전에 동냥아치 행세를 하던 때처럼 잘생긴 외모에 흰 수염을 기르고 크고 유쾌한 목소리로 말하며 어떤 일이 생겨도 수용할 태세로 멀리 있는 여러 나라들을 방랑할 것이다. 나는 언제든 눈물이 필요하면 바로 울 수 있다─사람들의 작은 친절은 많은 돈보다 낫다. 나는 낮에는 계획들을 검토하면서 시간을 보내고 밤에는 그 계획을 실천한다. 아니면 산적으로 행세하거나 부족의 염탐꾼 그리고 그들의 대변인으로 활약한다. 산도둑과 샴의 도둑들, 방랑자들과 마르쉬스 지역의 방랑자들, 쿠르드족의 족장들, 대담하고 무례한 사막의 아랍인들, 밧트 강[14]의 암살자들, 알-쿠프스[15]의 강도들에게 나에 관해 물어봐라. 그리고 그 유명한 강도 키카니야와 카트리스[16]에게 나에 관해 물어보아라. 또 알-자지라의 사기꾼들과 학살자들에게 나에 관해 물어보아도 좋다. 어떻게 내가 일격을 가해야 할 시기에 일격을 가하고 교활해야 할 때는 교활했는지, 순찰 근무 중일 때는 어떻게 처신했으며 적진의 선발대를 보고도 얼마나 의연했는지, 파수병 시절에는 얼마나 보초를 잘 서고 술탄 앞에 끌려갔을 때조차 어떻게 말을 잘했는지, 내가 얼마나 참을성 있게 채찍을 견디고 감옥에 갇혀서는 일절 불평 한마디 없었고, 그들이 나를 끌어내렸을 때는 얼마나 가볍게 수갑을 견뎌냈는지 물어보아라. 내가 얼마나 많은 디마스의 터널을 팠는지부터, 내가 얼마나 자주 무트바크 감옥[17]을 탈출했으며, 얼마나 많은 감옥에서 내가 고통받았는지 물어보아라. 너는 내가 카르다와이흐 알-아크타으와 함께 신단 전쟁터에서 용맹을 떨친 것을 알지 못한다. 너는 실론에 내분이 발생할 때도 없었으며, 물탄 전쟁에서 싸우는 내 모습도 보지 못했다. 걸인들의 대부인 카티피야, 칼리디야와 카르라비야와 빌랄리야[18] 그리고 바위와 돌들이 있는 지역의 다른 사람들과 농부들과 양치기들과 선원들에게 나에 대해 물어봐라. 복수의 화신 아즈하르 아불 니캄과 마주친 사람은 누구인가? 나를 마지막으로 본 사람은 함다 와이흐 아부 알-아르탈이었다. 나는 마르다와이흐 이븐 아부 파티마의 도전을 받아들였고 바누 하니[19]와 절교했다. 나는 잘 익은 신선한 대추로 만들어진 뜨겁고 맑은 가르비 포도주를 처음으로 마신 사람이고, 이라크에서 처음으로 도자기 드럼통에 든 포도주를 마시고 주량을 호리병박 용기로 나타내었다. 처음으로 달콤한 바질[20]을 호리병박 잎에 심었고 처음으로 바두에서 실을 짰으며, 감옥에서 불법적인 것들을 금지시켰다. 이름깨나 날린다던 강도들은 내가 성장할 때까지만 전성기를 누렸고, 노상강도들은 내가 어른이 될 때까지만 강도라는 이름을 달고 살았다.

너는 아직 어리고 이성적 판단을 못하며 그래서 분별없이 말을 한다. 너는 고난이라고는 겪어보지 않았고 행복하게만 지냈다. 큰 재산을 갖고 있지만 너의 능력에는 한계가 있다. 내 생각에는 네가 가장 경계해야 할 것은 다른 사람들이 너를 훌륭하다고 평하는 것을 곧이곧대로 받아들이는 일이다. 오른손에 대항해서 왼손의 수작을 의심하고, 보이는 것에 대항해서 들리는 것의 속셈을 의심해라. 따라서 알라의 하인들이 네가 알라로부터 바라는 것을 평가하는 것을 두려워해라.

만약 내가 내 돈을 지키고, 반드시 부를 증가시키면 내가 죽은 후에 알라께서 내 자손들을 보살필 것이라는 암시를 처음으로 눈치 챘을 때는 내 열망이 나를 이긴 어느 날이었다. 나는 무엇인가를 사려고 디르함을 꺼내 동전에 새겨진 소인과 알라위 이름을 보았다. 나는 혼잣말을 했다. '나야말로 바른길에서 벗어난 실패자들 중 한 명이다. 내가 '알라 이외의 신은 없다'라고 새겨진 돈을 내 손이나 내 집에서 내보낸다면 그 대신 그런 문구가 새겨지지 않은 다른 것을 갖게 된다. 만일 신자가 '나는 알라만으로도 충분하다'나 '나는 알라를 믿는다'라고 새겨진 반지를 뺀다면 그가 인장이 새겨진 반지를 다시 제자리에 돌려놓을 때까지 알라의 보호지를 떠난 것이다. 그것은 하나의 반지에 불과하지만, 나는 매일 이슬람이라고 새겨진 디르함을 지출할 때마다 이와 같은 마음가짐으로 행하고자 한다. 이야말로 위대한 것이다."

그리고 곧 그가 죽었다. 아들은 다 해진 넝마로 그를 덮어 싸고 우물물로 목욕시킨 뒤, 아버지를 위해 번듯한 무덤 하나 만들지 않고 아무렇게나 시신을 묻고 돌아갔다.

집으로 돌아온 아들은 매달려 있는 녹색 단지를 보고 말했다. "이 단지 안에 뭐가 들어 있나?" "현재는 아무것도 들어 있지 않습니다." 하인들이 대답했다. "어제까지 뭐가 들어 있었나?" 그가 물었다. "버터기름이 있었습니다." 그들이 대답했다. "아버지께서 버터기름을 어디에 쓰셨나?" 그가 다시 물었다. "겨울철에 우리는 어르신을 위해 준비한 구리 단지에 약간의 밀가루를 넣었지요. 간혹 어르신께서 밀가루 위에 버터기름을 부었습니다." "사람들은 설교만 해대지 통 실천을 하지 않는군." 그는 말했다. "버터기름은 꿀과 비슷한데. 버터기름이나 꿀에 돈을 소비하는 것만으로도 사람들이 바로 파산할 수 있지 않은가? 정말이지, 이 단지가 비싼 것이 아니었다면 단지를 깨버렸을 거야."

"그의 아들은 아비보다 더 심하군. 돌아가신 분보다 더 심한 사람이 있을 거라고는 생각하지도 못했다"라고 사람들은 말했다.

걸인의 종류

알-마크타라니

마크타라니는 외양은 금욕주의자처럼 하고 있다. 하지만 그는 바바카[21]가 그의 혀를 뿌리에서부터 잘라냈다고 하는데, 그 이유는 당시 그곳에서 자신이 무으딘[22]이었기 때문이라고 한다. 마크타라니와 같은 걸인들은 하품을 하는 것처럼 입을 크게 벌려서 입 안에 혀가 없다는 것을 사람들에게 보여준다. 하지만 실제로는 그의 혀는 황소의 혀처럼 건재하다. 나 역시 그러한 속임수에 속아 넘어갔던 사람 중의 하나이다. 마크타라니에게는 반드시 동행하는 자가 있는데, 동행하는 자가 그의 생각을 표현해준다. 그렇지 않으면 원하는 바나 이야기를 적을 수 있는 종이나 칠판을 지니고 다닌다.

알-카가니

카가니와 같은 걸인들은 미친 척하거나 혹은 간질병을 앓고 있는 것처럼 행동하고, 거품을 물기도 한다. 그래서 사람들은 그가 미쳤고, 그 병에는 약이 없다는 것에 전혀 의심을 품지 않는다. 그들은 스스로를 심하게 자학하는데 사람들은 그런 병자가 어떻게 장수할 수 있는지 놀라워한다.

알-바누완

문간에 서서 빗장을 살짝 들어 제치고는 '바누'라고 말한다. 아랍어로 번역하면, '주인님이시여'라는 뜻이다.

알-카라사이

이들은 팔이나 다리에 붕대를 꽁꽁 감아 싸서 하룻밤을 지낸다. 그다음 날 피가 통하지 않아 그 부위가 부어오르면, 거기에다 비누나 붉은색 식물[23]을 문질러대고 버터나 기름 몇 방울을 뿌린 다음 그 위를 넝마 조각으로 덮어두고 일부 부위는 사람들에게 보이게 둔다. 그걸 보는 사람들은 그것이 궤양이나 종기 혹은 그 비슷한 것이라고 믿어 의심치 않는다.

알-무샤입

알-무샤입은 아이를 빌미로 사기를 치는 이를 말한다. 아이가 태어나면, 눈을 멀게 만들거나 혹은 팔 다리를 못 쓰게 만들거나 혹은 한쪽 팔을 짧게 만들어버린다. 이는 그 아이의 가족들이 사람들에게 구걸을 할 수 있게 하기 위함이다. 때로는 그 아이의 어머니나 아버지가 아이를 빌미로 큰돈을 벌기 위해서 오기도 한다. 왜냐하면 수족을 못 쓰는 그 아이는 그들에게 수입원이고 재산이기 때문이다. 부모는 그 아이를 앞세워 생계를 꾸리거나, 아이를 타인에게 대여해주고 수입을 챙긴다. 가끔은 아이를 아프리카로 떠나는 사람들에게 빌려주기도 한다. 그 사람들은 여정 내내 그 아이를 통해 돈을 모을 수 있고 그것은 제법 큰돈이 되기도 한다.

알-필르와르

필르와르는 자신의 고환을 가지고 사기를 치는데, 고환이 부은 것처럼 사람들에게 보여준다. 어떤 때는 고환이 암이나 부스럼, 혹은 요실금의 상태인 것처럼 과장해서 보여준다. 때로는 항문이 그러한 상태로 되어 있는 것을 보여주기도 하는데, 그럴 때는 동물의 간 조각을 목구멍에 힘껏 들이밀어 항문을 부풀게 만들어 이런 행동을 한다. 가끔은 여성도 자신의 음문을 가지고 이러한 행위를 하기도 한다.

알-카관

카관들은 구걸하는 소년이다. 소년은 구걸을 하기 위해 얼굴을 들이미는데 이들에게는 얼굴이 잘생겼다는 특성이 있다. 그래서 한꺼번에 두 가지 일을 한다.

알-아우와

아우와는 주로 해질 무렵에서부터 저녁 사이에 구걸을 하러 온다. 이

들은 목소리가 아름답고 혹은 비탄조의 음색을 가진 이도 있는데 노래를
부른다는 특징이 있다.

알-이스틸

이스틸은 주로 앞을 못 보는 척하는 사람들이다. 당신은 그가 마음만
먹으면 언제든지 두 눈이 뇌에 함몰된 것처럼 할 수 있다는 걸 알게 될 것
이다. 또 그들은 마음만 먹으면 눈 가득 물이 고인 것처럼 보여주고, 원하
기만 하면 앞을 못 보는 것처럼 할 수도 있다. 그들은 눈이 함몰되게 하거
나 혹은 눈을 상하게 하는 약을 사용해서 그렇게 한다.

알-마지디

이들은 푼돈을 가지고 다니면서 이렇게 말한다. "이 돈은 내가 벨벳
침대보를 살 요량으로 모은 것이다. 좀더 보태주시면, 알라의 축복이 당
신에게 있을 것이다." 때로는 어디서 뽑아온 듯한 소년을 함께 데리고 다
니고, 때로는 수의를 장만할 것이라고 말하면서 구걸한다.

알-무스타으리드

무스타으리드는 옷을 잘 차려 입은 채로 당신에게 가만히 다가오는 사
람이다. 그는 마치 죽은 사람과 같은 모습을 하고 있고, 자신을 아는 사람
들을 보게 될까 봐 두려워한다. 그리고 당신에게 좋은 내용의 연설을 하
고 비밀스럽게 구걸을 한다.

알-무캇디스

무캇디스는 죽은 시체 옆에 서서 수의를 구걸하는 걸인이다. 주로 메

카로 순례 가는 길목에 죽은 당나귀나 낙타 곁에 서서는 죽은 동물이 자기 것이었는데, 이 동물이 죽어서 더 이상 순례할 마음이 없고 의욕을 잃었 노라고 이야기한다. 그들은 쿠라산어나 예멘어 혹은 아프리카의 방언을 말할 수 있으며 그 지역의 도시, 도로 혹은 유명인사들에 대해서도 훤히 알고 있다. 이런 사람들은 마음만 먹으면 언제든지 아프리카 사람이 되고, 마음만 먹으면 외국의 한 부족 사람이 되기도 하고, 또 마음만 먹으면 예 멘 사람이 되기도 한다.

알-무캇다
무캇다는 걸인이다.

알-카으비
알-카으비는 주로 아부 이븐 카읍 알-마으실리와 연관이 있는데, 그 는 칼라와이히 이후로 1년 동안 물 위에서 그들을 이끌었던 수장이었다.

알-자쿠리
자쿠리는 주로 자선용 빵으로 감옥에 있는 사람이나 걸인들에게 주었다.

이것은 칼라와이히가 언급한 것만을 다뤄놓은 것이다. 하지만 걸인들 의 종류는 내가 언급한 것의 몇 배나 된다.
사실 이 책에 조금이라도 합당치 않은 것을 언급하는 일은 허용될 수 없다.

야흐야의 빵

야흐야 이븐 압둘라 이븐 칼리드 이븐 우마이야 이븐 압둘라 이븐 칼리드 이븐 알-사이드가 식탁에서 손으로 빵 한 조각을 들었다. 그는 빵의 무게를 재어보았고, 그러는 사이 좌중의 사람들은 식사를 계속하고 있었다. 그는 빵 무게를 재보고 난 뒤에는 이렇게 말했다. "사람들은 내 빵이 아주 작다고 말하지. 하지만 내 생각에 이 빵은 결코 작지가 않아. 도대체 어떤 놈이 이런 빵을 두 개나 먹을 수 있겠어?"

아부 이스하크 이브라힘 이븐 사야르 낫담과 문법학자 쿠트룹과 만수르 이븐 지야드의 스승이었던 아부 알-파트흐, 그리고 내가 어떤 집 식탁에 있었다. 그 식탁은 검은색과 흰색이 함께 섞인 오닉스 대리석이었고, 거기 있었던 도자기들은 반짝반짝 빛이 나는 중국제였고, 이 모든 것의 색채는 훌륭해서 식욕을 돋우기에 충분했고, 영양 만점으로 보였다. 그런데 은접시 위에는 둥그런 빵 한 조각만이 있었고, 그 모양은 마치 보름달 같았고, 잘 닦인 거울과 같았다. 그 빵은 손님의 머릿수만큼만 놓여 있었다. 그래서 모든 사람들이 자신 앞에 놓여 있는 빵을 먹었고 부스러기밖에는 남아 있지 않았다.

손님들은 식사를 끝낼 만큼 배가 차지 않았으나 음식이 더 나오지 않았으므로 음식 먹기를 끝마칠 수밖에 없었다.

그들의 손은 허공에 내걸린 채로 있거나 빵 부스러기를 줍거나, 빵 부스러기를 긁어 모으는 상태였다. 그런 상태가 계속되었을 때, 그 집 주인이 아부 알-파트흐에게 다가왔다. 밀 빵 하나가 커다란 목재 그릇 안에 있었는데 그는 이렇게 말했다. "이보게, 아부 알-파트흐, 저 빵을 가져다가 잘라서 여기 있는 손님들에게 골고루 나누어주게나." 그러나 아부 알-

파트흐는 그의 말을 못 들은 척했다. 그가 네 번이나 같은 말을 반복하자, 아부 알-파트흐가 드디어 이렇게 말했다. "도대체 무슨 말을 하는 건가, 지금? 자네가 그 빵을 나누어보지그래. 알라께서 자네의 관절을 조각조각 만들어주신 것과 같이……" 그러자 그 집 주인은 말했다. "나 말고 다른 사람의 두 손이 저 빵에게 고통을 주는 것이 나을 것 같아서 그렇게 말을 한 것뿐이야. 알라께서 자네를 올바르게 지켜주시길." 그래서 우리는 한 번은 그를 부끄러워했고 또 한 번은 웃어넘겼다. 그 집 주인은 웃지도 않았고 전혀 부끄러워하지도 않았다.

나와 막키가 그를 방문했을 때였다. 나는 고용주의 당나귀를 타고 있었고 막키는 빌려온 당나귀를 타고 있었다. 그런데 그 당나귀가 손님의 상태보다 훨씬 더 나쁜 상태가 되었다. 막키는 하인에게 이르기를 "나는 찌꺼기나 왕겨 따위를 원치 않는다. 그것보다 질이 나은 것이어야 된다. 그러니 당나귀에게 물만 먹여라." 그래서 하인은 당나귀에게 우물에서 길어온 물을 먹였다. 그러나 당나귀는 목이 타서 죽을 지경에 이르렀음에도 물을 마시지 않았다. 막키가 그 하인에게 다가가서 "알라께서 너를 올바르게 지켜주시길! 사람들이 내 당나귀에게 우물에서 길어온 물을 먹이려 했지만 문제는 이 당나귀 주인의 집이 티그리스 강가에 있었다는 것이다. 그러므로 이 당나귀는 티그리스 강의 맑은 물 이외에는 마시지 않는다. 그러니 그 물과 좋은 물을 섞어서 먹여보아라." 그래서 그들은 당나귀에게 물을 섞어서 먹였으나, 역시 마시지 않았다. 막키는 하인에게 다시 요구하였다. 결국 막키는 자신이 듣고자 하는 것만 듣는 이의 귀를 빌렸던 것이다.

그가 하루는 내게 이렇게 말했다. "이보게 형제, 도대체 어떤 종류의 사람들이 자기가 먹는 음식을 전부 무르리[24] 소스에다가 담가 먹는 것인가?" 그래서 내가 대답했다. "그런 사람들이라면, 짠맛을 좋아하는 사람들이고 신맛을 개의치 않는 사람들이겠지. 나는 그런 사람들 중 한 사람이 아주 크고 둥글고 얇은 빵인 자르다카의 가장자리를 강한 식초에 담가서 푹 잠기게 하는 것을 본 적이 있다네. 또 나는 어떤 사람이 식초에 빵을 담가서 한 시간 정도 두는 것도 본 적이 있어." 나는 또 이렇게 말했다. "그런 사람들은 신 것을 좋아함과 짠 것을 좋아함이 결합되어 있는 사람들이지. 그렇지만 나는 그러한 사람들이 겨자 소스에다가 그런 일을 하는 것을 별로 본 적이 없거든. 겨자는 별로 원하지 않아. 그러니 내게 이야기해 보게. 그러한 사람들은 어떤 성격이란 말인가? 어떤 종류의 사람일까? 그들의 약은 도대체 무엇일까? 어떻게 해야만 그들을 치료할 수 있지?"

나는 그가 말하고자 하는 것과 그의 어리석음, 그의 탐욕, 또한 그것이 그를 얼마나 짓누르고 있는지를 간파했을 때, 이렇게 말했다. "음, 내 생각에는 그런 사람들을 위한 한 가지 치료 방법은 빵에 곁들여 나오는 것들을 아예 금지해버리는 것이라고 생각해." 그러자 그가 말했다. "안 돼, 절대로! 다른 방법이 없다네."

또 다른 나의 친구가 있었는데, 우리는 그와 함께 식사를 하면서 겪은 고통이 있다. 그는 자신이 식탐이 많고 손님에게는 절대 대접을 안 한다는 것을 내가 이미 알고 있다고 생각하고 있었다. 그는 내가 아마도 그 문제를 벌써 다른 사람들에게 이야기했거니 생각했다. 그는 음식을 계속 많이 쓸어다가 모으는 일에 여념이 없었고, 단지 음식을 먹고자 하는 욕망에만 사로잡혀 있었다. 드디어 그는 이렇게까지 말했다. "좌중 앞에서 먼저 식사를 그만두는 사람은 일 디나르의 벌금을 물리겠어." 식탁에 있던 사람들 중 몇몇은 그에게는 일 디나르의 벌금이 우선이고, 그렇게 함으로써 그는 마음 편해질 수 있으며 심지어는 그에게 득이 되는 것이라고 생각했다.

몇 명의 내 친구들이 그의 집 요리사로부터 들은 이야기를 내게 전해주었다. 그는 빵을 제대로 익히라고 요리사에게 채찍질을 하며 말했다. "내 앞에 놓이게 될 빵은 속속들이 잘 익혀라. 하지만 나와 함께 식사를 할 사람들의 빵은 그저 겉만 익히도록 해라. 그리고 특히 아이들이 먹을 빵이나 손님들이 먹을 빵은 반죽이 둥글넓적한 형태가 될 정도로 불 가까이에는 놓지 마라. 겨우 빵의 형태만 갖추어질 정도로만 만들어라." 그는 이처럼 매우 어려운 임무를 요리사에게 부과하였다. 그리고 그가 임무를 소홀히 했다 싶을 때면, 간통을 범한 남성을 매질하는 정도로 그에게 채찍질을 했다.

내가 이 이야기를 압둘라 아루디에게 해주었다. 그러자 그가 말했다. 자네 어린 염소 이야기를 몰랐단 말인가? 그 집 요리사가 그 사람한테 부엌에서 팔십 대나 채찍을 맞았다네. 그가 요리사에게 주문했지. "식탁에 올릴 어린 염소를 화덕에서 익힐 때, 가능하면 천천히 익혀라. 그러면서도 음식을 기다리는 사람들에겐 '곧 다 됩니다. 금방 다 됩니다'라고 말을 해라. 그리고 가능한 한 요리를 천천히 가지고 와라. 내가 네게 음식을 재촉한 것처럼 하고 음식을 가지고 오너라. 하지만 음식이 사람들 앞 식탁에 놓일 때, 고기는 설익은 상태여야 한다. 그러면 나는 사람들에게 어린 염소 요리를 너무 서둘러 가지고 오라고 재촉해서 그런 것처럼 이야기를 하겠다. 사람들은 음식을 먹지 않을 것이고, 너는 음식을 다시 화덕에 갖다 놓으면 된다. 다음 날 차가운 상태의 염소고기를 가지고 와라. 이렇게 되면, 한 마리의 염소 고기로 두 번을 쓰는 결과가 된다."

그런데 어느 날, 요리사가 염소 요리를 다 익힌 채로 가지고 와서 좌중에 있던 사람들이 그것을 다 먹어버렸다. 그러자 그는 화가 나서 그에게 팔십 대의 채찍을 쳤는데, 그것은 마치 자유여성[25]을 비방하는 남성에게 채찍질을 가하는 정도의 매질이었다.

아흐마드 이븐 무산나가 그에게도 친구이고 내게도 친구인 어떤 사람에 대해서 이야기를 해주었다. 그 친구는 몸집이 유난히 크고, 아는 것이 많고 수입 또한 넉넉하며, 다방면의 고위직 인사들과 통하는 그런 사람이었다. 하지만 그 사람은 그의 식탁에 여분의 닭고기나 혹은 여분의 음식이 있을라치면, 하인을 매우 다그치고 꾸짖는 사람으로 유명했다.

하루는 그가 닭고기를 대접하는 것을 보았다. 그는 고기를 반으로 자르더니, 반을 오른쪽 좌중으로 돌리고 나머지 반을 왼쪽 좌중으로 돌렸다. 그러고는 하인을 보고 말했다. "얘야, 가지고 가서 좀 야들야들한 것으로 다시 가지고 오너라. 도대체 이놈은 맛이 없고 질기기만 하구나." 그는 자신의 말을 들은 좌중의 손님들이 결국은 닭고기에 하나도 손을 대지 않을 것이라고 정확히 예상하고 있었다.

가끔 사람들은 그를 특별하게 생각해주어서 그 앞에다 살찐 오골계라든가 살이 야들야들한 영계를 놓아주었다. 그런 식사를 하던 어느 날 밤, 갑자기 촛불이 꺼져버렸다. 바로 그때, 알리 아스와리—이 이야기를 전해준 주인공—가 그의 자리 앞에 놓여 있던 음식을 집어다가 어둠을 틈타 먹었다. 마치 "밤은 난처한 모든 문제를 감춰버린다"라는 속담처럼 알리 아스와르가 행동한 것이었다. 그런데 그가 알아채고 이렇게 말했다.

"바로 이러한 이유로 왕족들은 상놈들과는 식사를 같이하지 않으려 하지."

　　아흐마드 이븐 무산나가 내게 이야기해주었다. "사람들이 그의 식탁에서 치워지는 빵을 고대하고 있었다. 그런데 그 빵은 귀퉁이가 문질러져서 반만 남은 정도의 형태였다. 그 식탁에 놓여 있던 그 빵은 한쪽 측면이 잘려 나가고 없었다. 그 빵은 둥그런 모양임에도 네 귀퉁이가 칼로 자른 듯이 다 잘려 있었다. 그러므로 누구든지 그 빵을 보는 사람은 사람들이 그 빵을 의도적으로 그렇게 만들었다는 것을 의심하지 않았다. 그리고 그 빵이 반쪽짜리이건 혹은 사분의 일 쪽짜리건 간에 그 빵의 일부는 사리다 수프[26]를 만드는 데 쓰였고 일부는 손가락 모양으로 잘려 고기 튀김과 함께 쓰였다."

　　나는 기골이 장대한 한 사내를 본 적이 있는데, 그는 달변가이며 해박한 지식을 가지고 있었고, 왕가의 보호 아래 자란 티가 났다. 그는 잘못된 것과 불분명하게 해석하는 것을 정확하게 알았고, 아주 매력적인 사람이었다. 동시에 그는 사람들의 잘못을 알게 되면 그들의 명예를 심하게 공격하는 성격이었고 조금은 옹졸한 성품이었다. 그의 사리다 수프는 빵과 고기가 담긴 수프였는데, 그것으로 말하자면 백색의 순수함과 흰색과 붉은색[27]이 섞인 것이었다. 즉, 그의 수프는 두 가지 색으로 보였다. 나는 그가 그런 두 가지 색의 수프를 들고 있는 것을 두 번 정도 본 적이 있다. 나는 그가 혼자만 먹으려 하고 음식에 있어 자신만을 특별 대우하는 것을 비난하기에 앞서 그가 생각할 때는 추악하기 짝이 없는 훈계를 함으로써, 그런 충고가 초래할 부담까지도 내가 지겠노라고 이미 생각하고 있었다. 하지만 내 충고가 그에게 먹혀 들어가려면, 무슬림 형제간의 진실된 충정과 넘치는 형제애 이외에는 없다는 것을 깨달았다. 그래서 나는 그의 두 가지 색 사리다 수프를 보았을 때, 갑자기 그것이 중요하지 않은 것으로 여겨졌다. 나는 충고를 하지 않고 그대로 두는 것이 최선의 방책이며, 또한 충고라는 것이 그에겐 먹혀들지 않는 무모한 것임을 깨달았다.

아불 하산 마다이니는 말리크 이븐 문다르의 수프가 역시 두 가지 색이었노라고 말한 바 있다. 하지만 아마도 그것은 거짓이었을 가능성이 있다. 왜냐하면 내가 여러분에게 말하고 있는 바로 이 사람의 수프는 내 눈으로 직접 보았는데, 그런 것은 듣도 보도 못했던 유일한 것이었다.

나(자히드)는 불명예스러운 사람들(수전노)이라 불리는 부류도 아니고 그렇다고 그 밖의 사람들, 즉 관대한 자들이라 불리는 부류도 아니다. 전자로 말하자면 나는 그런 자에게 이름을 붙이지 않는다. 그런 자들은 터부시되고 그의 권리는 의무이기 때문이다. 후자의 경우 역시, 나는 그런 자에게 이름을 붙이지 않는다. 알라께서 그를 장막으로 가려주시기 때문이다. 알라께서 그렇게 하시는 것은 그것이 그런 상태에 있는 사람에게는 필수적인 것이기 때문이다. 나는 이 두 부류에 속해 있지 않은 자에게만 이름을 붙인다. 하지만 가끔 나는 전자의 명칭을 부르는 경우도 있다. 그것은 그런 자의 탐욕에 대해 아주 많이 농담을 하는 경우이다. 나는 그들이 자신의 탐욕을 주제로 재미 삼아 농담을 하고, 그런 유머를 부끄러운 일의 방패막이로 삼는 것을 보았다.

제9장 아부 자으파르 이야기

　나는 아부 자으파르 알-타라수시와 같은 사람을 본 적이 없다. 그가 사람들을 방문하면, 사람들이 그를 환영하여 관대함으로 맞아주고 그에게 잘해준다. 뿐만 아니라 사람들은 그에게 마실 것을 대접해주고, 갈리아[1] 향수를 뿌리도록 한다. 그러면 그는 그 향수를 그의 윗입술에 문지르고 손가락을 입술 안에 넣어서 그것을 입 안의 바닥에서부터 문질러대는데, 그때 그는 위에서 문질러대었던 향수의 일부분이라도 없어질까 두려워하면서 조심조심하는 모습이 된다. 만약 여러분이 눈으로 직접 확인한다면, 훨씬 더 재미있을 것이다. 왜냐하면 이 책은 여러분에게 모든 것을 다 묘사하지 않고, 그의 실체를 여러분에게 고스란히 가져다주지 못하고, 그의 한계라든가 진실을 그대로 다 옮겨다 주지는 못하기 때문이다.

제10장 히자미 이야기

아부 무함마드 알-히자미 압둘라 이븐 카십은 무와이스의 서기였고, 다우드 이븐 아부 다우드의 서기였다. 그는 알라가 창조한 인간 중에 가장 지독한 수전노였고 또 가장 성격이 좋은 사람이었다. 그런데 그에게는 탐욕, 즉 수전노에 대한 확고한 이론이 있었다. 그는 그런 이론을 지지하고 선호하는 사람들 중 하나였고, 이를 위해서 사람들과 토론을 하고 다른 사람들에게 자신의 지론을 설득하는 그런 사람이었다.

한번은 10월에 그를 만났는데, 그날은 날씨가 철보다 이르게 제법 추웠다. 그래서 나는 가벼운 옷에다가 망토를 걸치고 있었다. 그런데 그 망토는 이미 낡아빠진 것이었다. 그는 나를 보자마자 이렇게 말했다. "알 만한 사람이, 지성인인 자네가 어째서 이렇게 불필요한 돈을 쓰는가? 그리고 또 자네처럼 지혜로운 사람이 어떻게 이렇게 무지한 지출을 하는가? 나는 자네가 자신을 무시하고 잘못된 정책을 취한다고는 생각하지 않았는데 말이야."

그래서 내가 물었다. "도대체 오늘 자네가 나를 용납할 수 없는 것이 무엇이란 말인가? 지금 자네가 하는 말은 어제 내게 했던 말이 아니네." 그러자 그가 답했다. "때가 되지도 않았는데, 이 망토를 입은 것 말이야."

"오늘은 날씨가 제법 춥다네. 만약에, 이러한 추위가 7~8월에 왔더라도 나는 이러한 망토를 입었을 거야."

그가 말했다. "차라리 7월이나 8월에 망토를 입는 것이 오늘 한 실수보다는 나은 셈이지. 어쨌든 오늘 양모 코트를 입는다는 것은 별로 합당한 일이 아닐세." 나는 물었다. "왜 아닌가?"

그는 설명하기 시작했다. "왜냐하면, 여름의 끝에 있는 먼지는 코트 사이로 비집고 들어가서 식초처럼 자리 잡게 되지. 사람들이 비를 맞고, 공기가 습해지고, 모든 것이 눅눅해지게 되면, 먼지도 역시 눅눅하게 되지. 먼지라는 것은 바로 흙이라네. 그것은 토양의 근본적인 요소이지. 그것에는 소금기가 있어서 그대로 망토 위에 먼지가 쌓이게 되지. 왜냐하면 그것은 양모이니까. 그리고 그 먼지는 양모 위에서 직물을 엉키게 만들어 마치 좀벌레가 나무를 갉아 먹고 그런 좀벌레가 하듯이 그렇게 그 직물을 갉아 먹게 되지. 그것은 마치 나즈란[1] 지역의 야자나무들을 흰개미들이 갉아 먹는 속도보다 훨씬 더 빠르다네. 그러나 사람들이 비를 맞고, 먼지가 좀 가라앉고 땅이 굳고 그리고 비가 공기 중에 있는 먼지들을 차분하게 내려앉히면, 공기 중의 먼지는 씻기고 깨끗하게 정화되지. 그럴 때까지는 모직망토를 입지 않는 것이 최선이야. 날씨가 그렇게 되면 그때는 모직망토를 입게. 그때에는 알라의 축복이 있을지니."

그는 1년에 한 번씩은 쿠파에 있는 자기 가족들에게 돌아가곤 했다. 그때 가족을 위해 1년간 요리에 필요한 양만큼의 곡식을 샀는데, 곡식을 살 때는 낱알 하나하나를 이것저것 꼼꼼히 살펴보았다. 그는 가격 역시 잘 따져보았는데, 가격을 따질 때에는 일정한 카일라[2]로 양을 정해놓고 곡식을 달아서 무게를 재어보았다. 그리고 그중에서 가장 무거운 것을 골라서 샀다. 그가 곡식을 살 때에는 가격이 비슷한 경우를 제외하고는 모술[3]의 곡식이라고 특별한 대우를 하거나, 혹은 어떤 지방의 특산물이라고 선호하거나, 혹은 고향 사람들의 곡식이라고 선호하지도 않았다. 그러나 그는 어떤 경우이든 간에 아주 어쩔 수 없는 경우를 제외하고는 마이사니 지방에서 나오는 곡식은 사지 않았다. 그는 늘 말했다. "마이사니 지방의 곡식은 너무 부드럽고 연해빠졌으며, 위 속에 들어가면 불과 같은 존재로 사탄과 같다. 우리는 돌이나 혹은 돌처럼 딱딱한 것을 먹어야 한다."

한번은 내가 그에게 "자네, 이 지역의 곡식으로 만든 빵의 표면에 뭔가 진흙이나 흙먼지 혹은 먼지 같은 것들이 쌓여 있다는 것을 아는가?" 하고 묻자, 그가 답했다. "그러니 얼마나 훌륭한 빵인가?"

그가 새로 산 옷이나 깨끗하게 세탁한 옷을 입으면, 하인들은 이제껏 그가 전혀 냄새를 맡아보지 못했던 흙의 향기가 나는 향료를 쐬게 해준다.[4] 그때 그는 침향 나무의 연기가 자신이 입고 있는 옷의 깨끗함을 혹시라도 더럽힐까 봐 몹시 두려워한다. 만약 조금이라도 더러워질라치면, 그는 하인을 시키지 않고 향을 직접 내어 오는데, 그 향의 연기를 맡는 정도로 만족하지 않고 향내에 코를 박고 심지어는 향의 기름을 가지고 오게 해서 그것을 자신의 가슴과 배에, 또 허리 부분을 감싸고 있는 자신의 복대 안쪽에 문지르고 난 다음에야 향을 직접 맡아본다. 그렇게 하는 것은 그 향내가 좀더 잘 배도록 하기 위해서이다.

그는 늘 말하곤 했다. "겨울은 얼마나 좋은 계절인가? 겨울에는 향내가 잘 날아가지도 않고 오랫동안 보존이 되고, 더욱이 포도주를 뚜껑이 열린 채로 놓아두어도 시어지지 않고, 그리고 수프도 며칠 동안 그대로 두어도 상하지 않으니 말이야." 그는 늘 친구들의 집에서만 향을 맡곤 했

다. 여름에는 옷 위에다가 외투를 겹쳐 입었는데, 그것은 바로 그 옷에 배
어 있는 향이 조금이라도 날아가지 않도록 하기 위해서이다.

한번은 그가 이렇게 말했다. "흰머리에는 역한 냄새가 있지. 검은머
리가 하얗게 되어간다는 것은 죽음을 의미해. 그리고 아직 남아 있는 검
은머리는 삶을 의미하지. 자네는 검은 당나귀의 등에 있는 종기 부분이
하얀 색으로만 자란다는 것을 눈치 챘는가? 이 아스카르[5] 지역에 있는 사
람들은 포옹을 하고 키스를 하는 것으로만 만족하지. 향수는 비싸거든.
향수를 사용하는 것은 나쁜 습관이야. 향수를 가지고 있는 사람은 그것을
잘 지키고 식솔들로부터 잘 보관을 해야만 하지. 심지어는 향료 장사꾼조
차도 향료의 뚜껑을 봉인할 때면 가장 신뢰하는 하인을 시키거든. 나는
산달나무[6]로 만든 빗으로 머리를 빗는 것보다 더 좋은 향수를 쓴 적이 없
다네. 왜냐하면 그 나무는 향기가 매우 좋고, 머리카락은 빗에서 나는 향
기를 금세 빨아들이기 때문이지. 최소한 흰머리의 악취는 없애준다네."
따라서 우리는 받거나 줄 것도 없는 상황에 도달하게 되었다. 다른 친구
가 그에게 향수를 뿌려주는 경우를 제외하고, 세상을 하직할 때까지 알-
히자미의 향수는 산달나무 빗이었다.

알리 아스와리가 히자미에게 일백 디르함을 빌려갔다. 그 즉시 히자미
는 매우 슬프고 분한 얼굴로 내게 찾아왔다. 그래서 내가 이렇게 말했다.
"친구에게 돈을 꿔주어야 하는 상황을 피하지 못한 사람은 그 돈이 결국
돌아오지 않을 거라는 사실과 자신은 빌려준 돈을 선물로 생각하지 않는
데도 상황이 그렇게 될 것이라는 사실이 두려워서 무척 슬프게 될 걸세.
혹자는 사람들의 불평이 두렵기도 하지. 만약에 그가 자비를 베풀지 않는
다면, 즉 돈을 꾸어주지 않는다면 그가 사람들로부터 나쁜 평판을 얻을까

두려워지기 때문일세. 하지만 이것이 인간관계에 있어서 소문이나 명성이 만들어지는 상황이지. 그리고 사람들에게서 좋은 평판을 얻는 것은 큰 기쁨이지. 하지만 확언컨대 자네는 자네만의 굳은 결의와 결정을 고수하고 있고, 사람들이 자네에게 수전노라고 말해도 그다지 신경 쓰지 않는다는 걸 알고 있다네. 그런데 자네가 낙담하고 걱정하는 까닭은 무엇인가?"

그가 말했다. "오 알라시여, 용서하시기를! 내 문제는 그게 아니라네. 지금 내가 걱정하고 있는 바는 이렇다네. 나는 사람들이 내 재물을 넘보는 욕망을 포기했다고 생각했었거든. 왜냐하면 나는 오랫동안 이 문을 꼭꼭 잠가두었고 그들의 가슴에 절망을 던졌으며, 그들이 생각하고 상상할 수 있는 여러 가지 동기들을 단칼에 잘라버렸으니까. 그런데 이제 나는 그들과 같은 무리에 있는 나를 보게 된 거지. 한 인간이 파산을 하게 되는 이유 중에는 다른 사람들이 그가 가진 것에 대해 욕심을 내는 것이 있거든. 왜냐하면 그들은 어떤 사람이 가진 것에 대해서 욕심을 내고, 그렇게 되면 그들은 그에게 그물을 놓고 함정을 파기 마련이라네. 사람들이 그가 가진 것에 대해서 어떤 바람이나 희망을 버린다면, 그때서야 그 사람은 안전하게 되는 거지."

알리의 이러한 논리는 내가 보기에는 설득력이 없고 거짓이 뻔히 들여다보이는 것이었다. 하지만 내가 걱정하고 있는 바는 내가 바로 그의 생각에는 속기 쉬운 사람이라는 것이었고 나 역시 다른 사람들과 마찬가지로 그의 돈을 좀먹는 그러한 존재로 그가 생각하고 있지는 않은가 하는 것이었다. 그럼에도 그는 사회성이 뛰어났고 친구들과 잘 어울렸다. 만약에 그와 같은 사람이 나를 잘 알지 못하고, 그가 마음속에 내 말을 새겨 담지 않는다면, 너희는 이웃에게 무엇을 기대하겠는가? 또한 '지식'에게 무엇을 기대하겠는가? 나는 내 스스로가 석탄이 없는 곳에 풀무질을 하고

있으며, 불이 잘 지펴지지 않는 곳에 불을 지피려고 열심히 노력하고 있
는 것을 알고 있다. 진정으로 내가 두려워하는 것은 그 파산의 당사자가
바로 내가 될까 하는 것이다. 그리고 정말로 내가 두려운 것은 천국에 계
신 알라께서 나를 파산시키기로 이미 결정하셨으면 어떻게 하나 하는 것
이다.

그가 말했다. "사람들이 '네 친구가 네 옷을 입었을 때가 네가 입었을
때보다 훨씬 더 낫다'라고 말을 한다. 그랬다면, 만약에 내 친구가 나보다
키가 작은 사람이라면, 그들은 무엇이라 말할 것인가? 그것은 즉, 키가
작은 친구라면, 내 옷을 입고 그 안에서 옷을 부여잡고 있어야 되는 것이
아닐까? 또 만약에, 그 친구 키가 매우 크고, 실제로 나는 키가 작은 사람
인데 내 옷을 입었다면, 그 모습은 걸인들에게조차 웃음거리가 되지 않겠
는가? 그러니 사람들 앞에서 친구를 웃음거리로 만드는 사람보다 자신의
친구에게 더 나쁜 영향을 끼치는 사람은 과연 누구란 말인가? 내가 반드
시 지켜야 하는 것은 결국 사람들이 친구와 나의 치수가 비슷하다는 것을
알 때까지 옷을 입혀보아야 한다는 것이다. 그런데 만약에 친구가 이 모
든 조건에 부합될 때까지 계속해야 한다면, 그것은 내가 살아생전의 일이
겠는가? 아니면 죽은 다음에 있을 일인가?"

그는 늘 말하곤 했다. "나는 푹 익혀서 고기가 뼈에서 떨어질 정도로
흐물흐물한 고기를 좋아해. 또 질기고 설익은 고기도 좋아하지." 그래서
내가 그에게 한번은 이렇게 말했다. "자네는 마치 '다른 상태의 두 마리
닭을 좋아한다'고 말을 한 사람하고 비슷하군." 그가 물었다. "그 말이 무
슨 뜻인데?" "나야말로 바로 두 마리의 서로 다른 닭고기를 좋아하는 사

람이지. 한 마리는 기름기가 많은 살진 닭고기고 또 다른 한 마리는 살이 연한, 기름기가 없는 고기를 말하는 거야."

또 한번은 내가 그에게 말했다. "자네, 사람들이 '압둘라는 수전노야'라고 말하는 것에 대해서 어떻게 생각하는가?" 그러자 그의 대답이 "알라께서 이 이름을 내게서 빼앗아가시지 않기를"이라고 대답했다. 내가 "왜 그러한가?" 하고 물어보자, 그는 "사람들은 돈이 있는 사람에게만 '수전노'라는 이름을 붙이지. 그러니 내게 돈을 주고 이름은 자네가 원하는 아무거나 불러도 상관없어" 그래서 내가 이렇게 말했다. "하지만 돈을 가진 사람 중에 '자비로운 이'라고 칭해지는 사람도 있지. 이러한 이름은 은덕과 돈을 한꺼번에 모으지만 '탐욕스러운 이'라는 이름은 돈과 비난을 모으는 법이지. 자네는 그 둘 중에 더 비열한 것을 택했군." 그러자 그가 답했다. "하지만 둘 사이에는 차이가 있어." 내가 말했다. "그게 무슨 말인가?" "사람들 말에 따르자면, '수전노'란 그 사람의 재산에다가 돈을 그대로 두는 것을 의미하지. 그러나 사람들이 '자비로운 이'라 칭하는 것은 결국은 자신의 재산에서 바깥으로 돈이 나가는 것을 의미하는 거야. 수전노라는 명사는 돈은 지키고 비난을 가지고 오는 것이지만, 자비로운 이라고 하는 이름은 은덕과 낭비를 뜻하는 것이지. 돈이란 그것을 가진 사람에게 빛이 나는 거고 제대로 쓸모 있어 보이는 거지. 하지만 은총이나 은덕은 한번 지나가는 바람에 불과하고 사람들이 말해대는 풍자에 불과한 것이야. 자네가 그런 말을 듣는 순간, 그것은 이미 연약해지고 시들해지는 것이지. 만약 내가 배 고프고 입을 옷이 없어서 헐벗고 식솔들이 죽어간다면 사람들은 나에게 덕담을 하는 것조차 아끼겠지. 사람들은 오로지 남의 슬픔을 비아냥거릴 뿐이야."

우리는 다우드 이븐 아부 다우드가 와시타에 있을 때, 그의 집에 있었다. 그 당시 다우드는 카스카르의 통치자였다. 그런데 바스라에서 다우드에게 선물 보따리가 도착했고, 그 안에는 대추야자 시럽도 있었다. 그는 그것을 우리에게 나누어주었다. 우리는 모두 다우드에게 온 선물을 받았는데, 히자미만 그러지 않았다. 그가 평소에 보여준 수전노의 철학에 비추어 볼 때 선물을 받지 않는 것은 이상한 일이었다. 그래서 내가 막키에게 이렇게 말했다. "내가 아는 한, 히자미는 말이야, 주는 것을 몹시 싫어하고, 그리고 주는 행위에 대해서 적의를 표현하는 사람이야. 하지만 받는 것에 대해서는 다르지. 그가 아주 오랫동안 기다리는 염원의 목적이 바로 받는 것이지. 만약 시지스탄의 독사나 이집트의 뱀, 혹은 아우와즈의 뱀이 선물이라 해도 그는 그걸 덥썩 받을 거야. 왜냐하면, 그것들 역시 받는 것이기 때문이지. 따라서 지금 그는 좀더 큰 몫을 가지려고 하는 것 같아." 그러자 막키가 이렇게 말했다. "나는 히자미의 서기이고 그와의 친분이 자네보다는 더 오래되었어. 지금 그에게 있어서의 문제는 그게 아니야. 그리고 바로 여기에 우리가 그의 속내를 헤아리지 못한다는 문제가 있지."

얼마 지나지 않아서 히자미가 우리 있는 쪽으로 들어왔다. 그래서 내가 직접 이 문제에 관해서 물어보았다. 그는 잠시 난색을 표명하였지만, 곧 그의 비밀을 털어놓았다. "대추야자 시럽의 과육, 껍질이라는 그 물건을 내가 가짐으로써 얻게 되는 손실이 그것을 팔아서 얻는 이득보다 몇 배나 되거든. 내 생각에는 내가 그것을 취하게 되면, 내 재물이 줄어드는 것, 즉 없어지는 이유 중 하나가 될 것 같아." 그래서 내가 물어보았다.

"자네가 잃게 되는 첫번째는 감사에 대한 가능성이겠지." 그러자 그가 이렇게 답했다. "사실, 그것은 내 마음속에 떠오르지도 않아." 그래서 내가 말했다. "그러면, 자네의 생각을 한번 말해보게."

그때서야 그가 이렇게 말을 했다. "첫번째 손실은 짐꾼을 고용해야 된다는 사실이야. 그러면 그 짐꾼이 내 집에 도착하게 될 때까지 계속 위험하게 되지. 설사 어찌어찌해서 내 집에 도착한다 한들, 결국 나는 그 짐꾼에게 아시다[7]라든가 아룻자[8]라든가 비스탄두두[9]와 같은 음식을 대접해야 되겠지. 버터가 든 밀가루 음식인 아시다나 양념이 되어 있는 쌀밥이라든가 비스탄두두 말이야. 내가 이런 음식을 내주는 것을 모면하려고 그것을 팔아버린다면, 결국 사람들은 내게 수전노라는 오명을 붙여줄 것이고, 그 짐꾼 역시 나를 굉장한 괴짜로 기억하겠지. 하지만 짐꾼에게 그런 대접을 한다면 아시다라든가 혹은 아시다와 비슷한 음식들이 다 없어질 거야. 일은 거기에서 끝나는 것이 아니라 기름을 사야 하고, 기름을 사면 기름은 그 밖의 것들을 요구하지. 이것은 말을 사면 종을 사야 하고 종을 사면 그 다음의 것을 사야 하고…… 이런 식으로 필요한 것이 계속 늘어난다는 뜻이야. 따라서 이런 대추야자 시럽의 과육은 결국 내게 우리 집 식솔들보다도 더욱더 투자 가치가 없는 물건이라네. 만약에 내가 그것을 가지고 포도주를 만든다면, 나는 또 술단지를 구해야 되고 큰 항아리를 사야 되고 물도 사야 되고, 뿐만 아니라 단지 밑에서 불을 지피는 사람을 고용해야 되는데 그렇게 되면 일하는 데 모든 시간을 다 쓰게 되는 거지. 만약 내가 하녀에게 그런 일을 하도록 명해서 하녀의 옷이 검게 된다면, 나는 비누라든가 양잿물 사는 비용을 하녀에게 물어줘야 되거든. 결국 이러한 상황이 된다면, 하녀는 일하는 양보다 더 많이 먹게 되겠지. 자칫 일이 잘못되어서 망해버리면, 모든 경비가 아무런 득 없이 헛수고로 돌아가는 거거든. 결국 나는 어떤 형태로든 보상을 받을 수 없어. 왜냐하면 식초는 고기를 검게 물들여버리고 음식 맛을 변하게 만들어버리고, 마라크 수프를 검게 만들어버리거든. 그것은 아무 소용이 없는 것이야. 이것은 식초로 되었을 때의 이야기이지. 하지만 대부분의 경우, 포도주에서 상해버리지 식초로 되지는 않아. 만약 알라의 도움으로 일이 순조롭게 되어 양질의 포도주가 된다면 나는 그것을 마시는 대신의 다른 대용을 찾을 수가 없지. 내 집에 포도주를 두고 남의 집을 방문할 마음이 들지 않을 거야. 그래서 내가 집에서 그 포도주를 마신다면, 그것은 남의 집을 방문해서 접대받게 될 꿀이든 페르시아산 최고급 포도주, 살이 오른 닭고기, 카스카라의 곡물 요리, 산 과일, 신선한 당과류나 부드러운 바질, 이런 것들을 모두 못 먹게 된다는 의미이지. 더욱이 그런 대접을 하는 집주인은 자신이 소유한 두 가지 중 하나가 떨어져도 별반 신경 쓰지 않는 사람이지. 또한 나는 그런 음식들과 더불어 재미있는 이야기, 감미로운 음악을 들을 기회도 잃게 되는 것이라네.

또 이런 경우가 있다네. 내가 내 집에서 그 포도주를 마신다면, 적어도 술친구 한 사람쯤은 같이 마셔야 할 걸세. 이 애기는 그 한 사람에게 접대하려면 최소한 일 디르함 어치의 고기는 사야 할 것이고, 그것뿐만 아니라 일 타스주[10]만큼의 당과(糖菓)와 일 키르트만큼의 바질을 대접해야 한다는 걸세. 뿐만 아니라 그렇게 되면, 요리하는 데 쓸 양념도 필요로 할 것이고 또 불 피울 땔감도 필요로 하게 될 거야. 따라서 이 모든 것은 내 재산의 손실을 의미하며, 이러한 손실은 불행이자 나의 지론인 검약 습관에 위배되는 것을 의미하지. 또 술친구가 왔을 경우 그 친구가 나와 잘 맞는 사람이 아니라면, 그러니까 그 친구가 썩 마음에 드는 사람이 아니라면, 차라리 감옥에 있는 죄수의 상황이 내가 그 친구와 술을 마시는 상황보다는 나을 걸세. 그런데 만약 알라의 구원으로, 그 친구가 나와 죽이 잘 맞는 사람이라면 그래서 내 마음에 드는 사람이라면, 알라께서는 결국 내 재산의 문을 활짝 열게 할 거야. 왜냐하면 나와 그 친구가 서로 통하면, 그 친구는 내 재물을 믿고 행동할 것이고 그것은 마치 내가 내 위에 있는 사람의 재물을 믿고 행동하는 것과 마찬가지거든. 그리고 또 만약에 다른 친구가 내 집에 방문객이 있고 포도주가 있다는 사실을 알아챘다면, 그는 반드시 내 집 대문을 두들길 걸세. 그랬을 때, 내가 그러한 방문객을 받아들이지 않으면, 그것은 결국 또 다른 시련이고 불행이며, 만약 내가 그를 내 집에 들인다면 그것 역시 아무 짝에도 쓸모없는 짓이야. 내가 사람들이 말하는 것이 옳다고 생각했다면, 나는 아마도 돈을 함부로 막 쓰는 사람들 축에 이미 끼어 있을 걸세. 뿐만 아니라 나는 검약 정신을 강조하는 형제들과 결별을 했을 것이고 이미 사탄의 형제가 되었을 거야. 내가 만약 그렇게 된다면, 다른 사람의 돈을 더 취하는 일은 이미 사라져 버릴 것이고, 다른 사람이 내 재물을 갖게 될 테지. 내가 이러한 두 가지 불리한 상황 중 하나로 인해 고통을 받았더라면, 나는 그 조건을 묵인하고 순순히 따르지는 않았을 걸세. 그러니 어떻게 내가 갖는 것이 아니고 주는 것으로 이러한 고통을 당할 수 있겠는가? 안전함 이후의 실망과 획득 이후의 손실로부터 알라께서 보호해주시기를. 이 달콤한 대추야자 시럽은 결국은 불행이 보낸 염탐꾼이고 악마가 보낸 덫이고 시기심에서 빚어진 술책일세. 그것은 바로 쓴맛을 달고 오는 단맛이라고 할 수 있지. 내가 진정으로 두려워하는 것은 아부 술라이만, 즉 다우드 이븐 아부 다우드가 이미 내 술친구 역할을 하는 데 싫증이 나서 이러한 책략을 꾸민 장본인이라는 것일세."

한번은 우리가 히자미의 수행원의 거처에 있었다. 사람들이 많이 있었는데도 모두 다 조용히 하고 있었다. 우리가 있었던 사랑방은 꽤 큰 편이었다. 그는 내가 있는 곳에서부터 멀리 있었다. 그때 사람들은 막키와 나의 대화를 듣고 있었는데, 막키가 내게 접근해서는 이렇게 물었다. "아부 우스만, 우리들 중 누가 제일 수전노인가?" 나는 대답했다. "아부 후다일이지." "그 다음은 누군데?" 그가 또 물어봤다. 나는 이렇게 말했다. "우리 가운데 한 친구로 내가 이름을 부르지 않는 친구이지." 그때 히자미가 멀리서 이렇게 말했다. "나를 두고 하는 말이군." 그러고는 계속 자기의 변을 늘어놓았다. "아마도 자네들은 절약하며 사는 사람들을 시기한 나머지 그들의 검약과 그들의 재산이 늘어나는 것, 그들의 축복된 삶이 계속되는 것을 시기하게 될 걸세. 따라서 자네들은 '수전노'라는 별명으로 검약 생활을 하는 사람들을 추악하게 만들고 나쁜 별명으로 그들을 기만하지. 그래서 자네들은 그들에게 별명을 붙여 그들의 자존심을 상하게 하고 모욕적인 칭호로 망신을 주네. 자네들은 돈을 탕진하는 자를 '관대함'이라는 이름으로 불공평하게 판단하고, 그들이 관심사에서 딴 데로 주의를 돌리도록 하지. 반면에 돈을 잘 모으고 검약하는 사람은 '수전노'라는 이름을 붙여가며 부당하게 대우하지. 왜냐하면 그들의 유복한 처지에 매우 질투나기 때문이야. 그러니 스스로를 망가뜨리는 자들은 재난을 피하지 못할 것이며 돈을 적게 쓰는 자 역시 보호받지 못할 걸세."

칼리드 알-카스리의 탐욕

아부 우바이다[11]가 말했다. "칼리드 이븐 압둘라 알 카스리[12]는 사람들이 그를 식탐이 많다고 비난한다는 이야기를 들었다. 하루는 그가 이와 관련된 연설을 하였고 이윽고 연설에 연설이 꼬리를 물어서 연설 내용에 자신의 행동에 대한 사과의 말도 넣었다. 그가 언급한 주장 중 하나는 그가 함께 식사를 한 사람을 보고 몹시 긴장하여 설명한 것이었다. 그리고 음식에 대한 그의 혐오감도 있었다. 그가 말하기를, 하루는 자힐리야 시대[13]에 있었던 칼리드 마흐줄이 사람들이 음식을 먹는 것을 보고 낙타가 되새김질을 하는 것도 보았다. 그리고 그는 친구들에게 물어보았다. '자네들도 내가 음식을 먹는 사람들과 되새김질을 하는 낙타를 쳐다보는 이런 시선으로 나를 보는가?' 친구들이 '그렇다'라고 답했다. 그래서 칼리드 마흐줄은 알라께 맹세코, 앞으로 말라죽는 한이 있어도 채소는 먹지 않겠다고 맹세하였다. 그는 우유에서 영양분을 섭취했고, 약간의 술을 마셨다. 그의 불균형적인 음식 섭취는 그의 몸을 병들게 하였고, 시들시들 마르게 하였다. 그의 몸은 정말 종잇장처럼 비쩍 말랐고 그의 상태는 점점 더 심해져, 결국 그는 마흐줄, 즉 '비쩍 마른'이란 별명을 얻게 되었다. 칼리드는 이렇게 말했다. '나는 씹는 것으로 고통을 받고 턱뼈를 움직이게 해야 하는 의무를 지니고, 야수처럼 행동해야 하고, 어리석고 부족한 자로 지내야만 한다. 나는 왜 사람들 앞에서 금욕을 하며 음식을 멀리하는 행동을 해야만 하는가? 어째서 내가 그러한 것을 해야만 하는가? 내가 꼭 그렇게 해야만 할 이유도 없는 사람들 속에서. 그리고 나는 그들로부터 벗어날 수도 있는데. 모든 사람들로 하여금 자기의 집에서 음식을 먹게 하라. 안전한 곳과 익숙한 곳에서 음식을 먹게 하라.' 이것이 칼리드 이븐 압둘라 알 카스리가 우리에게 해준 이야기이자 변론이다."

비쩍 마른 칼리드는 두 명의 칼리드 중 한 사람이었다. 그 두 사람은

바누 아사드[14]의 지도자였다. 한 사람은 그였고 또 한 사람은 칼리드 이븐
나들라였다. 아스와드 이븐 야흐푸르가 이렇게 말했다.

"너 이전에 두 사람의 칼리드가 죽었다. 아미드 이븐 자흐완이 그 한
사람이고 또 한 사람은 이븐 알-무달랄이다."

제11장 하리스 이야기

하리스는 어제 사람들로부터 이러한 이야기를 들었다.

"정말이지! 자네는 음식을 준비하는 데 제법이군. 음식에 지출하는 비용이 제법 클 테지. 자네는 빵 굽는 이와 요리사, 그리고 고기를 굽는 이, 후식·과자를 만드는 이들에게 돈을 많이 지불했을 거야. 그런데 자네가 이렇게 해도 자네에겐 적대감을 보이는 자가 없고, 기쁨을 가져오는 친구, 혹은 자네가 이렇게 베푸는 것에 익숙하게 되는 무지한 사람, 베푸는 일을 큰일로 만드는 방문객, 자네와 관계를 공고히 하기 위해 감사하다고 말하는 이도 없네. 자네 식탁에서 음식을 먹는 사람들이 자네 앞에서 돌아서서 자네 눈에서 없어질 때면, 그들이 이미 강도나 음식을 나누어 먹는 작자 혹은 사방에 음식을 흩뿌리며 먹는 자, 게걸스럽게 먹어 치우는 사람이 된다는 것을 자네는 알 거야. 만약 음식을 먹고 자네에게 감사하다고 표함으로써 이득이 될 만한 사람을 초대했더라면, 그는 계속해서 아름다운 노래를, 감사하다는 말을 오랫동안 했을 것이야. 또 자네에게 듣기 좋은 이야기를 하고 불러서 기쁘게 해줄 수 있는 사람을 초대했더라면, 혹은 음식을 오래오래 먹는 사람을 초대했더라면, 너무 재미있어서 시간이 어떻게 흘렀는지도 모를 정도로 아주 빨리 시간이 갔을 것이야. 그랬더라면 그러한 일들은 더욱 가치 있고 자네가 음식을 제공하는 것에 더욱 비교되는 일이 될 거야. 그런데 자네에게 감사의 표현을 하지 않는 사람에게 어째서 음식을 허락하는가? 만약 감사하다는 말을 표현한다 할지라도 적절한 인사말을 하지 못하는 사람에게 어째서 음식을 허락하는가? 뿐만 아니라, 맛있는 전채 요리와 아주 고약한 냄새가 나고 제대로 익지 않은 거친 음식도 분별해내지 못하는 사람에게 어째서 음식을 허락하는가?”

그러자 하리스는 이렇게 대답했다. “아부 파티크의 말이 나로 하여금 그러한 것들을 금하게 하지.” 그들은 말했다. “아부 파티크는 누구인가?” “그는 청년단¹의 판관이라네. 나는 한 번도 음식을 먹으면서 그렇게 저주스러운 말을 퍼붓는 이를 본 적이 없었는데 그가 바로 그런 사람이었다네. 자네들은 그가 제대로 된 가정에서 배우고 교양이 있는 친구라고 생각하는가?” 그러자 그들이 이렇게 물었다. “아부 파티크가 무엇이라고 말을 했는가?” 하리스는 대답했다 “아부 파티크는 말했지. 청년단은 음식을 한꺼번에 낚아채거나, 스펀지가 물기를 흡수하듯 빨아 먹거나, 음식을 씹지도 않고 꿀꺽 삼키거나, 입에 먹을 것이 잔뜩 들었는데도 계속 먹을 것을 쑤셔넣거나, 음식을 쪽쪽 빨아 먹거나, 음식을 먹으면서 사방에 뿌려대거나, 음식을 손으로 주무르면서 먹거나, 속이 텅 빈 것을 빨아 먹거나, 마치 체질하듯 게걸스럽게 먹거나, 음식을 입에 가득 넣고 이야기를 하거나, 숨 막힐 정도로 음식을 꾸역꾸역 먹거나, 또 음식을 빨아 먹거나 혹은 지저분하게 기름때를 묻히며 먹으면 안 된다고 했지. 그러니 만약 아부 파티크가 손가락을 핥아먹는 자, 음식을 지저분하게 물어뜯으며 먹는 자,

108

갉아대며 먹는 자, 입이 찢어지도록 벌리며 먹는 자, 아무 데나 들이미는 자, 식탁에서 속임수를 쓰는 자를 본다면 어떻게 되겠는가?"

"정말이지, 예의 없이 음료수를 찔끔찔끔 마시는 것에 대해 말하자면 나는 차라리 농부들이 낫다고 생각하네. 그들은 뼈에 붙은 고기를 뜯어 먹고, 뼈의 골수를 빨아 먹는 척하지. 꼬챙이로 먹고, 칼로 잘라서 먹고, 식사 시간에 침묵을 지키며, 큰 소리로 대화하지 않기로 약속하고, 사인으로 의사소통을 하는 걸 보면 차라리 농부들이 나아. 정녕코, 나는 손님이나, 손님이 데려온 손님, 즉 불청객은 어떻게든 참아낼 수 있지만 음식을 삼키지도 않고 계속 입에다가 넣기만 하는 사람이나 식탁에 있는 음식을 다른 사람이 먹지 못하도록 손으로 막아가면서 먹는 이는 견딜 수 없네. 사실 음료수를 마실 때에 오는 불청객이 음식을 먹을 때 오는 불청객보다 그래도 낫지!"

"잘 통하지 않는 사람들과 함께 식탁에 앉는 것은 혼자 먹는 것보다는 못하지만, 대식가와 먹는 것보다는 훨씬 낫네. 왜냐하면 모든 식사는 앉아서 행해지지만 함께 자리를 한다고 해서 다 밥을 먹는 건 아니기 때문이야. 그렇지만 어쩔 수 없이 함께 식사를 해야 하는 경우라면, 그렇다면 다른 사람은 개의치 않은 채 뇌 요리를 독점하는 일은 하지 않고, 새의 알을 낚아채지 않고, 닭의 간을 삼켜버리지 않고, 술라아트 새의 머리에 있는 맛있는 뇌 부분을 혼자 달려들어 먹지 않고, 어린 염소 고기의 백미라 할 수 있는 신장 부분을 낚아채지 않고, 쿠루카라는 황새의 위를 꿀꺽 삼켜버리지 않고, 양고기의 맛있는 허리 부분을 잡아 뜯어먹지 않고, 또한 샤이산[2]의 위를 잘라 먹지 않고, 양의 골에만 두 눈을 고정하지 않고, 닭고기의 가슴 부위를 혼자 점령하지 않고, 또 영계의 날개에 있는 맛있는 부분을 선점하지 않으며, 자기 앞에 놓인 것을 넘어서 남의 앞에 있는 음식까지 신경 쓰지 않고, 그날의 요리로 선별된 귀한 음식을 탐내지 않고, 아주 비싼 음식만을 골라 먹는 바람에 주인을 시험에 빠뜨리지 않고, 거기 차려져 있지 않은 음식을 거명함으로써 주인을 사람들 앞에서 창피하게 만들지 않는 사람과 함께 하면 좋겠네."

"도살된 낙타를 보면 간이나 혹을 낚아채버리고, 도살된 소를 보면 뼈와 내장을 선점해버리며, 그리고 하인들이 구운 양고기를 가지고 오면 맛있는 부분을 모두 다 낚아채버리는 사람과 함께 살아야 한다면 이 세상이 어떻게 올바르게 돌아가고 삶이 좋아질 수 있겠는가? 이러한 사람은 연약한 노인에게 존경을 표하지 않을 뿐만 아니라, 음식에 대한 맛이 예리한 젊은이를 동정하지도 않고, 아이들을 배려하지도 않으며, 또한 현재 아이들에게 어떠한 상황이 돌아가고 있는지도 신경 쓰지 않는 그러한 사람이네. 그런데도 만약에 이런 사람과 함께 식사를 해야 한다면, 나는 그가 내 음식에서 차지하는 몫이 내 몫보다는 더 많지 않게 되기만을 바랄 뿐이지.

그런데 내가 이제까지 언급한 모든 것보다 상황이 더 나빠지거나 혹은 내가 생각했던 것보다 훨씬 더 재앙이 큰 경우도 종종 있는데, 그것은 요리사가 아주 색다른 귀한 음식을 해가지고 오는 경우라네. 이는 아주 흔치 않은 음식을 대접하는 것인데, 이러한 흔치 않은 것과 진귀한 음식이라는 것은 일반적으로 최상품 재료라서 아주 양이 적고, 타프실리야라든가 하리사나 혹은 파질리아, 쿠룬비야³와 같은 시시하고 하찮은 음식들과는 근본적으로 다르지. 때로는 요리사가 음식 내오는 것을 너무나도 서두르다가 펄펄 끓는 뜨거운 상태로 대접하는 경우도 있는데, 그때는 음식을 천천히 식혀 먹어야 하네. 내 친구들은 칠면조의 속성을 지녀서 뜨거운 음식을 잘 삼키지만, 나는 사자의 속성을 지녀서 뜨거운 음식이라고는 전혀 손을 델 수가 없어. 그래서 나는 뜨거운 음식이 나오면, 다 식을 때까지 기다리지. 그럴 때면 나는 항상 서두르는 편이네. 왜냐하면 음식이 다 떨어질까 봐 두렵기 때문이야. 또한 조금이라도 친구들과 더불어 그 음식을 맛보고 싶기 때문이네. 뜨거운 음식이 나에게 해를 끼친다는 것을 확신할 수 없지만, 나는 뜨거운 것은 식혀서 먹네. 하지만 너무 뜨거운 음식은 때로 사람을 죽이기도 하고 어떤 때는 사람을 불임으로 만들기도 하고 혈류를 유발시키기도 하지."

그런 다음 그가 또 말했다.

이번에는 알리 아스와르의 이야기인데, 그가 이사 이븐 술라이만 이븐 알리와 함께 식사를 했었다. 그들의 식탁에 통통하게 살지고 기름진 너무너무 훌륭한 생선이 놓여 있었다. 그때, 알리 아스와르가 생선의 배를 한번 슬쩍 튕겨보니 배 안이 살과 기름으로 꽉 차 있었다! 그가 한 입 가득 먹어보았는데, 짭짤해서 목이 말랐다. 물을 다 마시고 나서 보니, 좌중에 있는 사람이 모두 생선의 배에서 맛있는 부분을 떼어 빵과 함께 먹고 있었다. 이사는 늘 먹을 사람을 선택하곤 했고, 실제로 그 음식을 잘 먹을 사람이 선택되곤 했다. 알리 아스와르는 음식이 다 없어질까 봐 두려웠다. 그래서 그는 얼른 이사의 곁으로 다가가서는 그의 손에서 생선 한 조각을 낚아챘는데, 그것은 마치 송골매나 독수리의 기습보다도 훨씬 빠른 속도였다. 그는 그러한 음식을 오늘 여기서 처음 먹어본 것처럼 행동했다. 그러자 좌중의 사람들이 그를 비난하며, "자네가 어찌 아미르[4]의 손에서 먹을 것을 낚아채 가는가? 아미르는 음식을 먹으려고 이미 손을 올렸고 입술은 그것을 받아들이기 위해 열려 있었는데, 자네는 그하고 어떤 친분이 있기에 그에게 먼저 먹겠다는 양해의 말도 없이 그것을 낚아채 갈 수 있

나?" 하고 비난을 퍼부었다. 그러자 알리 아스와르가 대답하길, "내 의도
는 그게 아니었네. 그리고 그렇게 말하는 사람은 모두 거짓말을 하는 것
이지. 나는 단지 생선의 앞부분만을 먹기 위해 손을 뻗은 것이고, 그는 뒷
부분을 잡기 위해 손을 뻗은 것이었네. 우리 두 사람 모두 손을 뻗은 것일
세. 그런데 그 부위가 내장으로 둘러싸여 있는 것이라서 우리 둘 다 손을
뻗었지만 내 동작이 좀더 민첩했고, 그리고 또 내장은 떨어지지 않고 함
께 연결되어 있는 것이기에, 그의 몫으로 가야 할 부분까지도 내 몫으로
당겨져 온 것이었지. 왜냐하면 그 부속물은 부속물대로 엮여 있고 또 본
질은 본질대로 함께 연결되어 있기 때문이야. 그러니까 이것은 무엇이냐
하면, 고기는 기름덩이와 한꺼번에 연결이 되어 있는 상태라는 거지." 그
러니 내가 어떻게 이런 식의 사람들과 이러한 것을 변명이라고 해대는 족
속들과 함께 식사를 하겠는가?

그리고 그는 이렇게 말했다. "자네들은 나를 '천성이 사악한 인간의
결정체'라고 비난하였고 또 내가 금지된 모든 것을 행하며, 사람들의 나쁜
점을 쉽게 공격한다고 지적하였네. 하지만 사람들이란 다른 사람이 그들
을 초대하는 것은 좋아하지만, 그들이 다른 사람을 초대하는 것은 싫어하
고 남의 음식을 먹는 것은 좋아하지만, 남을 초대해서 음식을 대접하는
것은 싫어하고, 또 다른 사람에 대해 이야기하는 것은 좋아하지만, 다른
사람이 자신에 관하여 이야기하는 것은 듣기 싫어하지. 그러한 사람들이
야말로 악덕한 사람들일세."

그리고 그가 말했다.
무아위야가 칼리파 반열에 올라 있을 때였다. 그는 쿠라이쉬 부족의
대표였으며, 아주 정력적인 사람이었고 또 현명한 판단을 잘 내리고 아랍

어 수사법에 있어서도 탁월했으며, 건장한 체구를 가진 사람이었다. 뿐만 아니라, 그는 어떠한 소동이나 다툼이 일어나도 완벽한 판단을 내렸으며, 창을 잘 던지고 칼을 잘 쓸 줄 아는 사람이었다. 하루는 무아위야가 그의 식탁에 어떤 남자와 함께 앉았는데, 이 사람은 집도 거처도 알려져 있지 않았고 어느 부족 어느 가계 출신인지, 그의 공적을 이룬 날이 언제인지 조차 알려져 있지 않은 상황이었다. 그런데 무아위야가 그의 음식에 머리카락이 있는 것을 발견하곤 이렇게 말했다. "당신 음식에 머리카락이 있으니, 그것을 꺼내시오." 이러한 무아위야의 이야기는 아주 애정 어린 충고이자 손님에 대한 배려였다. 그런데 그 남자는 이렇게 대답했다. "당신은 나를 유심히 살펴보고 머리카락이 있는 것까지 발견해낼 정도로 나를 계속 관찰하고 있었단 말이오? 나는 내가 살아 있는 한 당신의 식탁에 함께 앉지 않고, 견딜 수 있는 한 당신에 대해 어떠한 이야기도 하지 말아야 되겠소!" 좌중의 사람들은 무아위야가 어떠한 태도를 보여야 할지 알지 못했다. 즉 그 사나이의 무례를 무시하거나, 그를 염려해주는 것 중에 어떠한 것이 더 좋은 방책인지 알지 못했다. 어쨌든 이것이 무아위야가 그 남자에게 식사를 대접하고 들은 감사의 말이었다.

이후 그는 계속해서 말했다. "내가 보기만 하면 음식을 먹지 않는 사람에게 어떻게 음식을 내줄 수 있겠는가?" 그래서 나는 그에게 말했다. "먹는 것을 참지 말고 먹으라 말하게." 그러자 그가 말했다. "왜 그는 음식 먹는 것을 참는 것과 그 반대의 것에 관심을 가지고 있지? 만약에 그가 음식을 참는다면, 나는 그러한 사람을 격려하거나 음식을 먹으라고 촉구하지 않겠네. 만약에 내 말이 그의 바람과 일치하지 않는다면 말이지."

그런 다음 그는 이렇게 말했다.

바누 타밈가의 한 사나이가 알-무할랍의 식탁에 있을 때였다. 그는 음료수를 대접하는 하인 쪽으로 손을 뻗으며 그에게 물을 달라고 했다. 그런데 하인은 그를 쳐다보지 않았고 도무지 그에게는 관심을 기울이지도 않았다. 이 사나이는 여러 번 반복해서 말했고 마침내 무할랍이 그것을 보게 되었다. 당시 무할랍은 음식 먹는 것을 멈춘 채 음료수를 마시면서 음식을 천천히 삼키고 있었다. 무할랍은 물을 가진 하인에게 "저 손님에게 원하는 음료수를 드려라" 하고 말했다. 그는 물을 마시자 더욱 갈증이 났고 물이 충분하지 않다고 느꼈고 그래서 물을 더 요구했다.

사실 무할랍은 이미 하인들에게 물은 조금씩 내어오고 빵은 많이 내어오라고 미리 지시한 바 있었다. 타미미가 이렇게 말했다. "자네는 매우 목마를 걸세. 그리고 또 빵이 빠른 속도로 많이 나오는 것을 알게 될 거야. 그러면 그는 음식에다가 손을 못 대게 될 테지." 그러자 무할랍이 이렇게 말했다. "이 사람아, 잊어버리게. 이것은 자네에게 이득을 주는 것도, 또 나에게 해를 끼치지도 않는 것이네. 나는 이것을 원하고 자네는 그 반대의 것을 원하는 것뿐이야." 그래서 나는 무아위야나 무할랍 이븐 아부 수프라가 음식을 먹는 데 있어서 나보다도 훨씬 민첩하고 내가 대접한 고기를 먹는 데도 그들이 나보다 더 민첩하다는 것을 깨달았다.

그리고 그는 말했다.

자루드 이븐 아부 사부라의 경우가 당신들에게 충고를 하고, 아부 알-하리스 주마이얀의 경우 역시 당신들에게 경고한다. 그 두 사람은 자주 식사에 초대를 받고 환영받는 인물이었다. 그 두 사람은 재기발랄하고 탁월한 유머와 달변가였기 때문에 사람들은 그 두 사람을 자주 초대했다.

그런데 그 두 사람은 아주 흔치 않고 값비싼 음식을 탐내었고 주인에게 좋은 음식을 청하곤 했다. 그래서 접대하는 사람들은 과중한 식비를 지출해야 했고 이런 과다 경비 지출은 사람들을 시험에 빠뜨렸다. 그러므로 사람들이 그들에게 베푼 선행에 대한 그들의 감사 표시는 바로 여러분이 익히 알고 있는 것이다. 또 그는 말했다. "그러한 사람들 중에는 빌랄 이븐 아부 부르다가 있었는데, 그는 자신이 결점투성이였음에도 불구하고 남의 잘못을 들추어내는 데에는 더할나위 없이 민첩한 사람이었다. 그는 자루드에게 말했다. '압둘라 이븐 아부 우스만의 음식은 어땠어?' '뭐, 좋은 점도 있고 나쁜 점도 있죠.' 이번에는 '식탁에서 그는 어떻게 행동하는가?'라고 물었다. '그는 음식을 유심히 쳐다보고 있다가 식탁에서 무언가 달라고 요청하는 사람이 있으면 아주 딱 잘라 거절을 하지요.' 이번에는 그가 '살마 이븐 쿠타이바의 음식은 어땠는가?' 하고 물었다. '음식이 딱 세 가지였으니, 만약에 초대받은 손님이 네 명이라면 그들은 배가 고팠을 겁니다.' 그러면 '타스닌 이븐 히와리의 음식은 어땠는가?' 하고 묻자 그는 '글쎄, 결혼식 때 신부에게 주는 동전 정도로 몇 푼 안 들여 차린 음식이죠'라고 말했다. '민잡 이븐 아부 우야이나의 음식은 어땠는가?' 하고 묻자 그는 '커다란 그릇에 손가락 세 개만 있는 격이고, 별로 좋지 않았습니다'라고 답했다. '심지어 그는 바스라 사람들에게도 그런 정도의 음식만을 대접하였고, 초청하거나 사귀어두면 큰 영향을 줄 수 있는 사람들 혹은 그의 돈을 더 불려줄 수 있는 사람에게조차도 그런 정도의 음식만을 대접했습니다. 따라서 그와 멀리 있는 사람은 안전하지만 그와 가까이 있는 사람은 안전하지 못합니다.' 이번에는 아부 슈아입 알-칼랄[5]에 대해서 이야기하겠는데, 그가 무와이스와 가깝게 지내는 사람과 자리를 함께했다. 무와이스는 그를 아주 반갑게 맞아주었고 식사 대접도 융숭하게 해주었다.

그리고 손님이 음식을 모두 먹어치우는 것도 못 본 척하였다. 또한 그 손님이 재산을 지키는 데 관심을 기울이지 않는 것이나 혹은 돈을 많이 모으는 것에 관심을 기울이지 않는 것도 무와이스는 눈감아주었다."

그런데 아부 슈아입에게 그에 관해서 물어보자, 그는 이렇게 대답했다. "나는 이 세상에서 그보다 더 음식에 인색한 사람을 본 적이 없다." 좌중의 사람들이 물어봤다. "어떻게 했는데?" 그러자 대답하길, "너희에게 지금 보여주는 그대로이다. 그는 음식을 접대할 때 아주 맛있는 음식을 내어놓는다. 하지만 내심 손님이 음식에 손대지 않기를 바라지. 그 외의 것은 없다. 너무나도 훌륭하게 준비된 그 음식을 어떻게 감히 어금니가 망가뜨릴 수 있겠는가? 어떻게 감히 완벽하게 잘 정렬된 것을 파괴하고, 조화로운 것을 뿔뿔이 흩어낼 수 있는가? 그런 몰염치한 어금니가 이 세상에 어디 있겠는가? 그러니 사실 그는 이미 탁월한 음식을 제대로 잘 해서 내는 것이 부끄러운 것이고 그 음식을 너무나도 아름답게 잘 만들어내는 것이 오히려 공포를 만들어낸다는 것을 훤히 알고 있던 터이다. 만약에 그가 진실로 그렇게 자비롭고 음식 베풀기를 원하는 사람이었다면 그러한 술책을 사용해서는 안 되는 것이다. 또한 방해물을 두어서도 안 된다. 따라서 그가 음식을 잘 만들어내는 것 자체가 선한 행동을 악함으로 바꾸고, 사람들에게 먹지 못하도록 금지를 명한 것과 다름없다."

그러자 이번에는 아부 알-하리스 주마이얀이 사람들에게 질문을 받았다. "무함마드 이븐 아흐얀은 그의 점심 식탁에서 어떤 얼굴을 하고 있는가?" 아부 알-하리스가 이렇게 대답했다. "그의 두 눈으로 말하자면, 그것은 거의 미친 사람의 눈과 같았다. 만약에 그의 손에 겨자씨 일 쿠루라[6]가 있었다면, 아마도 그는 그것을 지키면서 우불라[7]의 사람들이 공놀이를 하는 것처럼 갖고 놀았을 것이다. 그리고 그는 공놀이를 함에도 불구하고 한 톨의 겨자씨도 그의 손에서 떨어뜨리지 않았을 것이다.”“그가 얼마나 빵에 대해서 관대했는지 특별히 얘기할 수 있겠는가?”이러한 질문이 있었다. 그러자 하리스는 대답하기를, “맹세하건대, 만약 내가 음식을 넉넉하게 대접받았다면 그것은 구름의 수분을 말리는 일이고, 홍수 속에서 비가 내리는 일이다. 그는 결코 둥그런 빵 한 조각도 손님에게 접대하지 않기 위한 술책을 포기하지 않는다.”

아부 누와스가 이스마일 이븐 누이바크트의 식탁에서 식사를 하곤 했다. 그것은 마치 낙타가 오랜 갈망 끝에 함드풀[8]을 먹는 것과 같았다. 그리고 그는 항상 그렇게 먹은 것에 관한 감사의 표현을 시로 읊었다.

    이스마일의 빵은 얼룩무늬 담요와 같다.
    여기저기 다 뜯겨 나가고 너덜거리며 찢겨진 채로 온전한 것이 아니었다.

그리고 이런 시도 읊었다.

    그의 빵은 단지 쿨라입 이븐 와일[9]에 비교된다.
    어느 날 밤 쿨라입의 전능함이 목초 재배지를 보호한다.

아부 샤마크마크가 손님들 앞에서 자으파르 이븐 아부 주하이르의 음식을 나쁘게 말했다. 그는 자으파르의 사랑채에서 손님들과 접대를 받고 있었는데 이런 시를 읊었다.

나는 자네가 가지고 있는 빵을 보았어.

그 빵이 하늘에 있는 구름과 같다고 생각할 정도였지.

자네가 우리에게 부채질을

하지 않았던 것은 우리를 막기 위해서였어.

하지만 자네는 파리의 피폐를 너무 가볍게 생각했던 거야.

그가 알-잠마즈에게 물어보았다. "나는 당신이 아무개의 집 현관에서 큰 냄비를 앞에 놓고 음식을 먹고 있는 것을 보았다. 그 냄비는 무엇으로 만들어진 것이며 또 그 안에는 무엇이 있었는가?" 그러자 그가 말했다. "돼지의 두개골 안에 개의 토설물이 있었다."

한 아랍인에게 그가 물었다. "당신은 모든 부족들을 다 방문해보았다. 메카의 유명한 부족인 쿠자아족[10]의 손님 접대는 어땠는가?" 그러자 그가 답했다. "배고픔과 이야기뿐이었다(손님이 있는데도 음식은 주지 않고 이야기만 했다는 뜻)."

아므르 이븐 마으디 카립[11]이 알-무기라족 사람의 집으로 내려왔다. 그곳 사람들은 대부분이 쿠라이쉬 부족의 음식을 먹고 있었다. 그래서 그들은 음식을 아므르에게 가져다주었다. 사실 그들이 가져온 음식은 넉넉하고 여분이 있었다. 그러자 아므르는 삼촌뻘인 우마르 이븐 알-카탑에게 이렇게 말했다. "알-무기라족의 사람들은 사악한 자들입니다, 믿는 자의 지도자시여." 우마르가 물어보았다. "왜 그러는가?" 그는 대답했다. "제가 그들의 거처로 내려왔습니다. 그런데 그들은 소의 연골과 몇 개 안 되는 대추야자로 저를 대접하였습니다." 그러자 우마르가 대답했다. "그것이면 족히 배가 부를 것이다."

나는 얼마나 자주 아랍 베두윈들이 낙타 무리[12]의 주인집으로 들어서는 것을 보아왔던가! 집주인은 손님에게 우유와 대추야자, 아몬드가 박힌 최상품 대추야자, 빵, 기름과 버터, 정제된 버터를 대접했다. 밤을 지내고 아침이 되자, 그 손님은 다음과 같이 주인을 풍자했다. "어째서 이 집 주인은 한 무리나 있는 낙타 중 한 마리도 잡지 않았던가? 물론 내가 일면식도 없는 사람이지만! 만약에 이 불쌍한 방문객이 지나가던 개에게 대접하려고 낙타 한 마리를 도살했더라면, 일주일 동안 한 끼를 청하는 사람들로 시달렸을 터……"

지야드가 그의 친구들 중 한 사람에 대해서 물어보았다. 그러자 그에게 이런 답이 들려왔다. "그 친구는 항상 식사 때 있지요. 그는 아미르의 정식 식사 때 하루씩 걸러 오지 않고 매일 오는 사람이지요." 그래서 지야드는 이렇게 말했다. "그렇다면 그가 하루씩 걸러 오도록 만들어라. 왜냐하면, 그로 인해 내 식량이 축나기 때문이다." 그래서 그의 하인이 그를 하루 걸러 오도록 만들었다. 그러자 사람들이 지야드의 그러한 행위에 대해서 비난을 하였다. 사람들이 말하길, 지야드는 매일같이 그가 오는 것을 짐스럽게 느껴서 그를 본보기로 다른 사람들에게 경고를 주려 했고, 그렇게 함으로써 자신과 자신의 재물을 위험으로부터 지키려고 했다는 것이다. 하지만 이것은 지야드의 입장에서 보자면 단지 재산과 식솔들을 지키려 한 것 뿐이었다. 마치 우마르 이븐 알-카탑의, 알라께서 그를 기뻐하시길, 정신에 따라 사냥개가 양을 돌보는 것과 마찬가지이다. 하산 알-바스리는 이렇게 말한 바 있다. "지야드는 우마르를 흉내 냈지만 너무 과도했고, 알-핫자즈는 지야드를 흉내 내어 사람들을 다 망쳐놓았다. 따라서 이는 지야드의 흉허물이다."

다르다으의 한입

유수프 이븐 우마르[13]가 자신의 식탁에서 좌중의 사람들에게 말했다. 사리다 수프를 많이 만들어라. 그것은 이가 없는 사람들이 한입 먹기로 적합하기 때문이다. 이가 다 빠지고 없는 쉐이크가 너희 집 식객으로 올 수 있고, 아직 이가 나지 않은 어린아이도 마찬가지이다. 그러니 그들에게 알려진 대로 음식을 대접하라. 그것이야말로 고기를 먹고 싶은 그들의 욕망을 달래주는 좋은 방법이다. 너희들은 이렇게 말했다. "그(알-하리시)는 급하게 서둘러 먹고 그릇을 비운다. 사람들에게 사리다 수프로 사기를 치고 사람들의 가슴속에 (고기는 없이) 뼈만 빨아 먹는 기쁨이 가득하게 만든다." 예언자 무함마드께서, 알라의 평화와 축복이 그에게 있기를, 말한 바 있다. "음식의 왕은 사리다 수프이다. 여인 중에 으뜸이 아이샤[14]인 것처럼, 음식 중에는 사리다 수프가 최고이다." 쿠라이쉬 부족민의 눈에는 사리다 수프의 탁월한 특성이 들어 있다. 사람들은 아므르 이븐 압두 마나프가 빵을 조각내서 사리다 수프와 함께 먹자 그 모습을 보고 하심(조각내는 자)이라 명명하였다. 그래서 그의 행동에서 비롯된 이름이 본명을 능가하게 되었다.

아우프 이븐 알-카으카으가 가신에게 말했다. "성지 순례객들을 만족시키는 그런 음식을 우리에게 가져오거라." 너(알-하리시)는 이렇게 말했다. "그가 빵을 보았을 때 빵은 두터운 것, 얇은 것, 구운 것, 색색가지였고, 사람들은 한 접시 한 접시 색이 다른 음식을 새롭게 알게 되었다. 흔치 않은 음식이 계속 나오자 사람들은 계속 먹었다. 만약 음식의 색이

한 가지였다면 사람들이 적게 먹었을 것이다. 그가 이렇게 말했다. '왜 한 손으로 먹는 음식을 만들지 않았나? 왜 두 손으로 먹는 음식을 만들었는 가?'"[15] 그러자 너는 말했다. "처음에는 관대하게 베풀다가 나중에는 손을 오므리더군. 그는 사람들에게 사리다 수프, 대추야자 케이크,[16] 그리고 무 엇이든 두 손이 아닌 한 손으로 먹는 음식을 내어오더군."

이븐 알-카으카으는 아랍인이었는데, 자신의 예속 평민이 아랍 음식을 싫어하고 페르시아 음식을 선호하는 것을 용납하지 않았다. 그는 자신의 부족민이 과거 그대로 생활하기를 원했다. 그는 가족들에게 안락한 삶은 사람을 천하게 만들고 부패시키며, 사치스러운 생활의 문호를 개방하면 즐거움의 문조차 닫아놓는 것보다 더욱 위험하다고 경고했다. 우마르는 이미 이렇게 말한 바 있다. 그가 결혼식에 초대받아 그곳에서 노란색 음식이 담긴 냄비와 붉은색 음식이 담긴 냄비, 쓴맛의 요리와 단맛의 요리, 신맛의 요리를 보았다. 그는 그 모든 것을 하나의 큰 냄비에 넣고 저으면서 이렇게 말했다. "만약 아랍인들이 이 음식을 먹었다면 서로 죽이려 했을 것이다."[17]

제12장 아부 파티크 이야기에 관한 해설

아부 파티크의 말에 따르자면, 청년은 음식을 낚아채듯 먹는 자가 아니라고 했다. 이는 음식을 먹을 때나 요리가 들어 있는 솥을 다룰 때 익기 전에 음식을 낚아채듯 먹는 사람을 말한다. 사람들이 다 모이지도 않았고 솥단지가 아직 내려앉기도 전에, 제자리에 위치하기도 전에, 다 익지도 않은 음식을 먹는 사람을 '낚아채는 이'라고 말한다.

홉수해서 먹는 이

이런 자는 자르다카 빵의 모서리를 쥐고 넓적하게 위로 펴서는 솥단지 안에 담가서 빵이 요리의 윗부분에 떠 있는 기름기를 다 먹게 하는데, 다른 친구들을 고려하지 않고 혼자서 그짓을 하는 사람을 말한다.

삼키는 이

여기에는 두 가지 뜻이 있었다. 첫번째는 하리사나 사리다 수프 혹은 대추야자 케이크나 쌀 요리 같은 것을 한입 가득 넣고 그것을 씹지도 않고 그대로 식도로 내려보내는 사람을 말한다. 다른 뜻은 어린 대추야자나무나 관목 혹은 나무수풀이 우거진 곳을 걸어갈 때, 나무의 가지를 꼭 쥐었다가 자기가 지나가고 나면, 즉 자기 볼일을 다 보면, 자신의 손에서 밀어제쳐 나뭇가지를 원상태로 돌려내는 자이다. 결국은 나뭇가지가 그의 뒤를 따라가던 동료의 얼굴을 때리게 되는데, 이처럼 그러한 일에 전혀 신경 쓰지 않으면서 본인은 무슨 일을 했는지조차 알지 못하는 사람을 말한다.

억지로 우겨넣는 이

이자는 한입 가득 음식을 넣은 뒤에 그 음식을 삼키기도 전에 또 다른 음식을 억지로 입에 밀어넣는 사람을 말한다.

빨아 먹는 이

이자는 뼈에 붙어 있는 골수를 다 빨아 먹고 나서도 뼈의 텅 빈 부분을 쪽쪽 빨아 먹는 사람이다. 이러한 사람은 친구들의 몫을 남기지 않고 혼자만 전부 독차지한다.

털이

이자는 대야에서 손을 씻고 난 뒤 손에 있는 물기를 털어서 제거하는데, 그 물이 다른 사람들에게 튀어서 젖게 만드는 사람을 말한다.

문지르는 이

이자는 잿물로 문지른 손을 깨끗하게 잘 닦아내지 않고, 잿물 찌꺼기를 수건에다가 쓱쓱 문지르는 사람을 말한다. 또 다른 해석이 가능한데 그것은 여러분이 생각하는 것이 아니다. 그것은 즐거운 것이다. 알라께서 원하신다면, 앞으로 이 책의 어느 부분엔가 그 설명이 있을 것이다.

구멍 내는 이

이자는 둥근 빵을 먹을 때 빵의 중앙에다가 구멍을 내가면서 먹는 사람이고, 친구들에게는 결국 빵의 가장자리만 남겨주는 사람이다.

체질하는 이

이자는 소금 입자를 가지고 조미료를 모으기 위해서 체질하는 모양으로 둥그렇게 만들어서는, 다른 친구들은 괘념하지 않고 혼자 그러한 일을 하다가, 남의 소금을 함부로 망가뜨리고도 이런 일에 전혀 신경 쓰지 않는 사람이다.

한입 가득 넣고 말하는 이

이자는 한입 가득 입에 음식을 넣은 채로 말을 하는 사람이다. 그래서 우리는 이러한 사람을 향해 "더럽게, 음식을 씹고 삼킨 뒤에 말을 할 수 있을 때 말을 해라" 하고 외친다.

숨 막히는 이

이자는 한입을 크게 먹고 계속해서 씹어 먹고 물을 마셔가면서 계속 먹는 사람이다.

적셔 먹는 이

이자는 빵의 가장자리를 뜯거나 혹은 엄지손가락으로 대추야자의 표면을 쥐어짜서는 버터나 기름, 요구르트나 초유 혹은 요리 등에 넣은 달걀 등에서 되도록 많은 양의 기름을 묻혀 먹으려는 사람이다.

초록쟁이

이자는 고기 냄새나 기름 냄새를 제거하기 위해서 잿물에 손을 문지르는데, 땟자국으로 손이 초록색이나 검은색이 될 정도로 문지르고 결국에는 입에다 손을 문질러 더럽게 만드는 이이다.

다음은 아부 파티크의 해설 중에서 하리스가 언급했던 것이다.

손가락 핥기

손가락을 핥아 먹는 이로 여러 사람이 나누어 먹는 마라크 수프나 치즈, 묽은 죽이나 그 밖의 것을 먹을 때 손가락을 핥아 먹고, 음식에 다시 손을 대는 자로 매우 유명하다.

잘라 먹는 이

음식을 한 입 물고 그 반을 자른 뒤 나머지 반은 양념 소스에 담그는 자이다.

갉아 먹는 이

마치 야수처럼 고기를 앞니로 물어뜯는 자이다.

팔 뻗는 이

고기의 덜 익은 힘줄을 물어뜯고 이에 끼어 있는 것을 손으로 빼내는 사람으로, 억지로 이에 낀 것을 빼내다가 함께 먹는 사람들의 옷에 튀긴다. 그리고 친구들과 함께 대추야자나 고기 양념 밥을 먹을 때면 자기 앞에 놓인 것만 먹지 않고 남의 몫까지 손을 뻗쳐 먹는다.

밀쳐내는 이
이자는 함께 먹는 요리에서 자기 앞에 뼈가 있으면 빵 조각으로 밀어 옆으로 밀쳐놓고 고기가 자기 앞에 올 때까지 기다린다. 그러면서도 고기는 신경 쓰지 않고 마라크 수프를 마시는 일에만 열중하는 것처럼 군다.

섞는 이
이런 자는 자기 앞에 대추야자 씨가 많이 쌓이면 옆에 있는 친구의 것과 함께 섞어버리는 계략을 쓰는 이이다.

하리스가 손님과 초대받지 않고 따라온 이에 대해 언급한 것을 보자면 따라온 이는 손님의 손님이다. 아부 자이드는 시에서 이렇게 읊었다.

만약, 손님이 초대하지도 않은 객을 달고 왔다면
그자는 초대받은 손님을 망쳐버릴 것이다.

하리스는 말했다. "식사를 같이하는 친구는 오직 눈을 마주보고 먹는 사람만이 가능하다. 초대받고 온 손님은, 초대하지 않은 손님까지 달고 온 경우라면, 집주인과 함께 식사를 하지 못할 수도 있다. 왜냐하면 주인은 손님이 많이 먹는 것을 안 보는 편이 더 낫기 때문이다."
그의 말은 "초대받지 않은 자가 온다면 차라리 술자리에 오는 것이 식사 때 오는 것보다는 낫다"는 것인데, 즉 술자리의 불청객이 식사 때의 불청객보다는 그래도 수월하다는 의미이다.

사람들이 말하길 '투파일리' 아무개'라는 것은 아랍인의 담화에 근본을 두고 있지 않다. 마치 라쉰,[2] 루으무즈[3]처럼. 그런데 메카 사람들은 루으무즈를 부라키라고 불렀다.

쿠파에 투파일이라 불리우는 바누 압둘라 이븐 가타판 출신의 한 남자가 있었다. 그는 결혼식이나 잔치 같은 연회의 음식을 찾는 일에 타의 추종을 불허했다. 그래서 사람들은 그를 '결혼식장의 불청객'이라 불렀고 그것이 그의 유일한 별명이 되었다. 그래서 누구든 초대받지 않은 식사 자리에 오는 불청객을 '투파일'이라 부르게 되었다. 이는 아부 야크잔의 주장이다. 그리고 하리스가 말했다. "이 세상에서 가장 놀랍고 흔치 않은 것은 너희들이 내게 사람들에게 음식을 대접하고 재물을 나눠주라고 충고한다는 사실이다. 더욱이 너희들은 나보다도 더 많이 손님을 거절했으면서. 너희는 내가 더 부자라고 주장할 테지만 너희의 상황과 내 상황 사이의 차이점은 나는 영원히 음식을 대접하고 너희는 영원히 대접을 받는다는 것이다. 그러므로 너희가 쓸 수 있는 만큼의 돈을 다 쓰고 제공할 수 있는 만큼의 음식을 다 대접한다면 내가 너희를 잘 대접해주었고 너희 역시 나를 존경한다는 것을 나도 알게 될 것이다. 그렇지 않으면 너희가 받은 반 통의 우유를 마시는 것[4]에 다름 아니다. 너희의 주장은 정녕 그 시인이 읊은 시의 내용과 같다.

술 동무를 얻은 자! 술은 좋아하고
돈을 잃는 것은 싫어한다.

그리고 하리스는 이렇게 말했다. "정말이지, 내가 만약 알리 아스와리가 했던 나쁜 방법을 따라서 사람들에게 식사를 대접하고 음식을 나눠 주던 일을 그만두었더라면 나는 그를 떠날 수밖에 없었을 것이다. 뼈에 붙은 유일한 살코기 한 점을 물은 사람이 자신도 모르는 사이에 이를 잃었다면 너는 무슨 생각을 했겠는가? 이것은 술라임의 예속 평민 이브라힘 이븐 알-캇탑의 집에서 일어난 일이다.

일단 그가 밥을 먹으면 그의 이성은 사라지고 두 눈은 앞으로 튀어나오며 마치 술에 취한 사람처럼 된다. 입술이 마르고, 보지도 듣지도 못한다. 그가 어떤 상태로 될지 그리고 음식을 보고 그가 어떤 반응을 보일지를 알게 되었을 때 나는 대추야자, 호두, 잠두를 먹는 자리를 제외하곤 그를 손님으로 받아들이지 않기 시작했다. 내가 대추야자를 먹을 때면 그는 그걸 우적우적 볼썽사납게 씹어 먹고, 마시고, 흩뿌려댐으로써 나를 당혹스럽게 만들었다. 또한 그는 대추야자를 쌓아놓은 더미에서 하나씩 가져다 먹는 법이 없고 황소의 머리만큼 집어다 놓고 먹었다. 대추야자 그릇을 양팔로 껴안고는 땅바닥에서 들어올려 얼굴을 처박고 상하좌우로 쑤셔대며 대추야자를 다 먹어 없앨 때까지 그렇게 한다. 그리고 그는 삼분의 일 혹은 반 정도를 우적우적 씹어 먹고는 먹던 것과 남은 것을 구분해놓지도 않는다. 그는 쌓여 있는 대추야자를 마치 독차지한 듯 먹던 것과 먹을 것을 구분하는 일은 결코 신경 쓰지 않는다. 뿐만 아니라 그는 대추야자씨를 빼서 버리지도 않고, 대추야자에 붙은 꼬투리를 떼내지도 않으며, 먹기 전에 벌레 먹은 것이 있나 살펴보는 법도 없다. 그는 복수를 다짐하고 사랑을 열망하며 배가 고파 죽기 직전의 모습을 내게 보였다.

정녕코, 형제들이여! 만약 내가 진흙 구덩이를 망치고, 바닷물을 더럽히는 사람을 보았더라면 나는 그자로부터 내 얼굴을 돌렸을 것이다. 하지만 문제는 이 사람들이 바로 철학자, 종교학자들이고 이론을 설파하는 지식인이란 말이다. 이것이 그들의 일대기이자 그들의 교양이 드러나는 이야기이다. 평가되어야 할 만큼 평가되지 않는 이들, 일정 수준 도달해야 할 만큼 기본 교양이 없는 이들에 대해 너희들은 어떻게 생각하는가?"

제13장 킨디 이야기

아므르 이븐 니하위가 나에게 이야기했다.

"킨디는 가끔 세입자와 이웃에게 말하곤 했지. '집에 임산부가 있는데, 냄비 속의 맛있는 음식 냄새가 진동을 하면 유산을 할 수도 있다네. 그러니 자네들이 요리를 할 때면, 그녀의 식욕도 채워주어야 한다네. 비록 한 숟갈 내지 입을 적실 정도의 아주 적은 양이라도. 내가 이렇게 충고를 한 뒤에도 내 말을 따르지 않아 일을 그르치게 되면, 자네들은 백인 노예 혹은 여자 노예로 변상해야 하지.' 자네들이 책임을 져야 하거든.'"

아므르는 계속 말을 이어갔다.

"종종 킨디는 세입자들과 이웃들에게서 많은 음식을 집으로 가져와 수일 동안 먹곤 하였지. 대부분의 사람들은 알면서도 모른 체했지. 킨디는 가족들에게 곧잘 '너희들은 지주들보다 행복해. 지주들의 집은 한 가지 요리만 먹지만 너희들은 여러 가지 요리를 먹으니까'라고 말하곤 했다."

그는 계속 이야기했다.

"어느 날 내가 킨디와 함께 점심을 먹고 있었는데, 내 친구이기도 한 이웃사람이 그를 보러 왔지. 그런데 킨디는 그에게 먹자는 소리를 하지 않는 거야. 나는 민망해서 한마디했지. '먹던 것이지만 좋다면 같이 드세.' 그러자 그는 '왈라히, 나는 이미 먹었네'라고 대답했어. 그런데 킨디가 끼어들어 말하기를, '알라에게 맹세한 후에는 더 이상 먹을 일이 없겠지'라고 했지. 아부 우스만! 그 방문객은 주먹을 쥘 수도 펼 수도 없는 난감한 처지에 들었지. 그는 그렇게 있다가 가버렸어. 그가 만약 차려놓은 음식을 먹었다면 킨디는 그가 알라에게 맹세코 이미 먹었다고 해놓고 또다시 먹으니까 불신자라고 증언했을 것이야!"

아므르는 말했다. "어느 날 내가 킨디의 집에 있는데, 옆에서 물 단지가 넘어지는 시끄러운 소리가 들리자 그는 '오, 키사피!'라고 소리쳤지. 그 자리에 있던 여종이 얼른 대답했지. '주인님! 우물물입니다.' 그 여종은 어떤 일이 일어났는지 미리 알아챘고 그보다 지혜로웠지."

마으바드가 이야기했다.

"우리는 킨디 집에 수년간 세를 들어 살았는데, 집세를 항상 제때 내야 했고, 그가 내건 조건들을 따라야 했지. 나는 그에게 물어봤지. '집세를 제때 내고 요구대로 행동하는 것은 알겠지만, 조건에 따르는 것은 무슨 뜻입니까?' 그는 대답했다. '세입자들이 지켜야 할 임대 조건은 당나귀 똥, 양 배설물 내지 당나귀와 양이 먹지 않고 남겨둔 사료조차도 그의 것이며, 세입자들은 뼈다귀 하나라도 버리거나 쓰레기도 치워서는 안 된다. 그는 집에 있는 임산부를 위해서 제아무리 싸구려 요리 중인 냄비에서도 한 숟갈 정도는 가져와야 한다'고 했다. 그는 세입자들에게 이런 조건들을 잘 적용시켰고, 그의 심한 구두쇠 기질, 그리고 재미있기까지 한 말솜씨 때문에 세입자들은 별수 없이 견디어나갔지.'"

마으바드는 이야기했다.

　"내가 그렇게 세 들어 사는 동안 사촌이 아들과 함께 들렀는데 갑자기 킨디에게서 쪽지가 왔지. '만약에 지금 방문한 두 사람이 하룻밤 내지 이틀 밤 정도 머무른다면, 마음 같아서는 하룻밤 분의 숙박료를 계산해서 세입자인 자네에게 물리고 싶지만 그만두고 참겠네'라고 그 쪽지에는 씌어 있었지. 그래서 나는 그에게 '그들은 한 달 정도 머물 것입니다'라고 하였지. 그러자 나에게 답장이 왔어. '집세는 한 사람당 오 디르함, 그러니까 자네 식구는 여섯이므로 삼십 디르함에 세 들어 있지. 그런데 두 사람을 추가하면 2 곱하기 5는 당연하지. 당장 오늘부터 집세로 사십 디르함을 내게.' 그래서 나는 그에게 답장을 보냈지. '여기에 그들이 머무는 것이 당신에게 무슨 해가 됩니까? 많은 산을 이고 있는 지구 위에 두 사람 몸무게가 더 한다고 무슨 해가 되고, 또한 그들을 부양하는 것이 내 몫이지 당신 몫이 아닐진대 그것이 당신에게 무슨 해를 끼칩니까? 내가 알 수 있도록 당신의 해명을 적어주십시오!' 당시 나는 그의 심기를 건드린 것이 무엇이었는지, 그리고 어떤 사태에 빠져들었는지에 대하여 알아차리지 못했지. 그러자 그는 나에게 답을 보내왔어."

　이렇게 하는 데에는 분명하고도 객관적인 이유가 있다네, 그중 하나는 쓰레기통이 빨리 차버리니 깨끗이 비우는 데 큰 불편이 있다는 거지. 또 다른 이유는 이 집의 점토 지붕과 석고로 반죽된 방바닥을 많은 사람들이 자꾸 밟고 다니고 계단을 많이 오르내리게 된다는 거야. 그러다 보면 점토는 허물어지고 석고 반죽은 떨어져나가고 계단은 부서지겠지. 과중한 무게 때문에 받침대는 기울어져서 파손되겠지. 사람들이 끊임없이 오고 가고 열고 닫고 빗장을 걸고 풀고 하면 문이란 문은 부서지고 빗장을 채우는 쇳덩이도 닳아버리겠지. 집 안에 어린애와 사람들이 많으면 문에 박혀 있는 못도 떨어져나가고, 모든 나무 고리는 빠져버리고, 금속 망이란 망은 떨어지고, 담이란 담은 부서지겠지. 자드와 게임[2]에서 찾아내야 할 구멍도 없어지고, 아이들은 나무 썰매를 집 안에서 타다가 포장된 방바닥을 망가뜨리기 일쑤지. 그 밖에도 많은데 못이나 선반으로 나무들을 치면서 벽을 부수지. 그뿐이 아니야. 방문객, 손님, 그리고 술꾼들이 많으면, 많은 물이 소비되어 뚝뚝 떨어지고 벽으로 스며드는 작은 구멍이 많이 생기고, 큰 물병들도 전보다 몇 배나 더 많이 필요하게 될 것은 불 보듯 뻔한 일이야. 벽의 아래쪽은 부식되고, 위쪽은 허물어져가고, 벽의 토대는 파손되어 벽 구조 전체가 붕괴될 위험에 처하지. 이 모든 것은 물병에서 떨어지는 물과 우물물을 지나치게 사용하고 관리를 잘못하기 때문이야. 또한 사람의 숫자, 연료, 그리고 난방에 비례하여 고기와 빵도 더 많이 준비하고 구워야 하겠지. 그러다가 불이라도 나면 아무것도 남지 않지. 집이란 바로 장작이고 모든 종류의 가구들은 불이 나면 바로 불타버리지. 나는 화염으로 인해 수입 밑천인 집이 날아가는 걸 여러 번 보았어. 불이 나면 자네 집 식구들이야말로 가장 비참한 희생을 치르겠지. 그렇게 되면 정말 힘들고 곤란한 상황에 직면하게 될 거야. 자네의 부주의로 일어날 이 재앙이 이웃집, 이웃사람들, 그리고 재물들에 파급될 수도 있겠지. 그때 마을 사람들이 집주인에게 운이 없어 불행을 당했다고 그 탓을 돌린다면 그것은 견딜 수 있지만, 그들은 집주인을 재수 없는 놈으로 여기고 그와 말하길 피하고 거칠게 비난하고 집주인을 몰아세울 거야.

그래, 정말이지! 사람들은 집 마당에 넓은 공간이 있고 앞뜰에 너른 방이 있는데도 천장 위의 방에 부엌을 만들지.[3] 부엌을 그곳에 두면 사람들에게 뒤따르는 위험에는 여러 가지가 있지. 재물들이 위험에 노출되어 예기치 않은 파손이 생기거나, 불이 나는 밤에 여인네들이 불한당들로부터 무방비 상태가 된다든지, 또한 비밀을 감추고, 격리시키고, 손님을 숨기고, 집주인 자신이 숨고, 술을 감추고, 수상한 편지나 많은 돈을 몰래 묻어두려고 하는 것들이 쉽지 않게 된다는 말이지. 그러나 숨기고, 감추고, 묻어두기 전에 화재가 주인을 엄습하면, 사람들은 그동안 숨겨져 있던 많은 상황과 사건들을 알게 되지만 이것 역시 좋은 일은 아니지. 사람들은 화덕과 나무줄기와 대들보 사이에 가벼운 점토 덮개만 있는—화재로부터 그것들을 보호해주지 못하는 물건—지붕의 융기된 쪽에다가 탄누르 화덕을 만들고 요리 냄비들을 세워두지. 이런 것이 헛수고임에도 불구하고 그들은 요령껏 실행해나가고 부엌 때문에 손해가 발생할 수 있는데도 그 위치 선정에 대해서는 별로 신경쓰지 않지. 자네가 자네와 나를 대신하여 이것을 한다면, 기억해두게! 이것은 대단한 일이 될 거야! 그러나 만약 내 재산에 대한 자네의 책무를 무시하고 내 소유인 자네 재산에 대한 책임을 잊어버린다면 이는 더욱더 대단한 일이 될 거야!

세입자 중 많은 사람이 임대료 내는 것을 거부하고 지불을 미루다가 체납금이 몇 개월 쌓인 후 도망가게 된다면, 집주인은 굶주린 상태가 되고, 그때서야 집주인은 자신이 집세를 요구할 때 너무 친절하게 잘 대해준 것을 후회하지. 결국 세입자들은 집세를 내지 않는 것으로 집주인에 대한 보은을 전하지. 세입자들은 들어와 살 땐 잘도 살지. 우리 집주인들은 집을 좋게 보이게 하려고, 세 들 사람이 한번 보면 살고 싶도록 하려고 얼마나 쓸고 닦고 했는데. 그렇지만 세입자들이 이사 가고 보면 집 꼴이 말이 아니지. 그거 수리하려면 돈이 또 얼마나 많이 드는데. 문짝 하나 남아나는 게 없지. 사다리 하나, 물을 차갑게 유지하는 보냉 단지 하나 남아 있는 게 없어. 가져갈 수 있는 건 모조리 다 가져가버리지. 방망이질은 또 얼마나 해대는지. 도마고 마루 위에 둔 냄비 받침대고 목재 창이고 뭐고

안 가리고 다 두드리지. 바닥에 깔아둔 타일이나 구운 벽돌에 대고 두드리지 말라고 따로 돌을 갖다 둬도 소용이 없어. 신경도 안 쓰는 자들이고, 마음은 돌같이 굳은 놈들이지. 속임수나 쓰려 하고, 비열한 인간들이라 어디든 앉은 자리 아무데서나 두드려대지. 뭐가 망가지는지 신경도 안 써. 다 망가뜨려놓고도 변상하는 법이 없어. 일을 벌이기 전에 집주인한테 괜찮은가 하고 허락을 받기를 하나, 그런 자들은 알라께 비밀리에 용서를 구하지도 않을걸? 집세로 일 년에 십 디르함 내는 건 터무니없는 값이라고 생각하면서, 집주인이 집 사는 데 천 디나르 낸 건 터무니없는 값이라고 생각하지 않지. 자기들이 누리는 엄청난 득만 따지고, 내가 받는 쥐꼬리만 한 집세는 안중에도 없는 거지.

그러므로 날이 가면 단단히 죄어둔 것은 느슨히 풀어지고, 새것은 낡고, 모아졌던 것은 흩어지고, 마치 너희들은 바위에서 일하는 듯 내 집에서 살고, 젖은 것과 마른 것을 모두 다 가져가듯 집에 공들여둔 모든 것들을 다 가져가고, 너희들은 원래 생생했던 것들은 빛 바래게 하고, 원래 빛만 바랬던 것들은 더 낡게 하고, 원래 낡았던 것들은 아예 못쓰게 망가뜨려버리지. 세 주는 집이란 게 오래 못 가지. 무한정 쓸 수 있는 게 아닌데 세입자들은 혜택은 다 누리고 쓸 건 다 쓰지. 새것을 빛 바래게 하고 깨끗한 모양새를 더럽혀놓는 게 이자들 아닌가? 세입자 손에서는 새집이 헌집되고, 살면서 관리도 안 해주니 집 수명이 다하지. 그래서 내가 집을 세 놓기 시작한 후, 세입자가 들어 낡게 된 집을 수리하는 비용과 집세를 비교해보면, 수리비는 한꺼번에 내는 목돈이고 내가 받는 집세는 푼돈이라는 점을 차치하더라도, 집주인이 손해이고 그만큼 세입자들에게는 득이 되는 것을 알 수 있지. 집세를 제때 내지 않으니 세를 받으려면 오랫동안 독촉을 해야 한다는 점이나, 집주인은 세입자에게 마음 써주는데도 세입자들이 집주인에게 증오를 품는다는 건 말할 것도 없어. 집주인은 세입자가 건강하길 바라고 상인이면 장사가 잘되길, 장인이면 만든 물건이 잘 팔리길 바라지. 하지만 세입자들은 알라께서 어떻게든 집주인의 주의를 딴 데로 돌리시길 바랄 뿐이야. 집주인에게 어떤 문제가 생겨서, 이런저런 일이 생겨서, 잡혀가게 되거나 죽게 되기를 바라지. 그들이 바라는 거라곤 집주인이 세 받는 일에 무신경해지는 것이고, 무신경해지면 무신경하다는 데 대해 괘념치 않게 되길 바라는 거지. 집주인이 다른 일에 신경 쓸수록 더 좋은 것이고, 다른 일에 신경 쓸수록 집세에 집중하지 않게 되고, 그러면 세입자는 편하게 생각할 더 좋은 이유가 되는 거지. 그러면서도 장사가 잘 안 되거나 물건이 안 팔리면 집주인에게는 생활비인 집세를 깎아달라고 하고, 냈던 집세도 일부 돌려달라고 주장하지. 그러나 알라께서 축복을 주시어 장사에 이문이 많이 생기고, 물건이 잘 팔려도 집주인에게는 땡전 한 푼도 더 얹어주는 일이 없지. 동전 한 닢이라도 날짜 되기 전에 주는 법이 없어.

게다가 집세가 디르함 단위로 딱 떨어지면 대부분의 경우 그것도 나누어 내지. 몇 푼 끝자리가 있으면 디르함이나 디나르 동전 자른 걸로 내. 그것도 수은을 입힌 디르함 동전이나 안티몬이 묻은 것, 비금속(卑金屬) 동전, 가짜 디나르 같은 걸 반드시 끼워 넣지. 어떻게든 속임수를 쓰려고 별의별 짓을 다하지. 그러다가 가짜 동전을 돌려주면 절대 자기 것이 아니라고, 그런 동전은 본 적도 없다고 거짓 맹세를 해. 만약 심부름 간 사람이 주인집 여종이면 사람을 망쳐놓고 어떤 때는 임신을 시키기도 하지. 남자 종이 가도 어떻게 해서든 건드리지. 그뿐 아니라 이웃집 일에 매사 지나친 참견을 하고, 이웃 여자를 치근대고, 이웃집 닭을 집적거리지. 그런데 이 모든 일에 대한 원성은 집주인인 내게 돌아오지. 그들은 집주인을 바보로 알고 집주인을 망가뜨리고 불명예를 안겨주지. 집세를 선금으로 주겠다고 자꾸 집적거려 마음을 움직여놓고 집주인이 돈 쓸 길을 터주는 거야. 그러다가 집주인이 돈 갚을 능력이 안 된다 싶으면 올가미처럼 목을 죄기 시작하지. 그럼 우리는 결국 집의 일부를 팔거나 집 전부를 담보로 맡기게 되는 거야. 원금 손실이 생기면 얼마나 오래 살았건 상관없이 세를 안 내는 거야. 겉으로는 매매라고 주장하겠지만, 속사정은 담보로 설정해서 돈을 갚으라고 요구하는 거야. 그들은 절대로 연기해주는 법도 없이 돈을 갚으라고 독촉하고 날짜가 되기도 전에 송사를 벌이지. 어떤 경우, 집세 내는 게 힘들고 능력이 안 되면 이런 주장을 하기도 하지. 자신에게 동업자가 있었는데 그가 배신해서 돈이 없다고, 자기들은 불법 점유자가 아니라고 주장하기도 하지. 어떤 때는 열쇠를 받아가서는 여자를 데리고 오지. 집주인에게 들어가 살 집을 살펴본다고 집에 들어갈 구실을 대고는 한 시간 정도 그 집에서 머물지. 그곳에서 같이 간 여자와 볼일 다 보고는 열쇠를 다시 돌려주는 거야. 또 어떤 때는 수리가 필요한 집을 세를 내서 고치는 데 필요한 걸 좀 알아본다고 하면서 옷차림이 괜찮아 보이는 수리공이나 저장소와 필요한 공구를 가지고 있는 이웃을 찾아가지. 만약 그들이 수리하느라고 정신이 팔려 있으면 손에 잡히는 건 뭐든 다 훔쳐가는 거야. 그 사람들은 얼마나 황당할까. 또 어떤 경우에는 감옥 옆에 붙어 있는 집을 세내서는 죄수들이 진흙 벽에 구멍을 파고 셋집으로 도망 나오게 하지. 또 어떤 경우는 환전상 옆집에 세를 들어 환전상 집으로 구멍을 파면서, 집세 날짜를 미뤄달라, 막아달라, 시간을 더 달라, 들락거리지 말아달라고 요구하지. 또 어떤 경우는 세입자가 저지른 범죄 때문에 집이 철거되는 경우도 있어. 살인을 하거나 지체 높은 양반을 다치게 해서 말이야. 그럼 관청에서 사람이 나오는데 집주인이 없거나, 고아거나,

천민[4]이거나 간에 집을 싹 쓸어버리지. 거기다 세입자들은 집을 함부로 쓰고, 집주인도 함부로 대하지. 집주인은 세입자에게 최악의 사기를 당하는 자이고 가장 악의 없는 선한 사람들이지. 사실 티크로 장식을 하고 좋은 문짝을 달고, 천장의 도금까지 다 갖춰놓은 집을 생면부지의 사람에게 넘긴다는 게 모험이고 집을 망칠 위험에 던져넣는 것이지. 결국 집주인은 공탁인으로 전락하고, 세입자는 수탁자의 위치에 서게 되지. 그리고 사기나 관리 소홀은 공탁된 다른 그 어떤 경우보다 집에는 즉각적인 영향을 미치지만 이게 전부가 아니야. 세입자 중 그나마 제일 낫다고 하는 이도 집 수리를 해야 할 경우가 생겨 그 세입자에게 수리를 위탁하면 수리비에서 한몫 떼어먹고 엉터리 계산을 하지. 제일 정직하다는 세입자가 이런 자들일진대 다른 세입자들은 도대체 어떻겠나? 너희 세입자들은 집주인 소유의 셋집을 세 얻어 다른 사람에게 더 높은 값에 전대(轉貸)하기도 하지. 그러면 전대한 사람들 대하듯 나를 대하고, 전대한 사람에게 받는 만큼 나한테도 줘야 옳은 경우 아닌가. 어떨 경우에는 집을 지어서 건물이 자기 손에 들어오면 남의 땅에 집을 지어놓고서도 공동 소유라고 우기고 셋집으로 만들어버리지. 심지어 세습되는 재산이라고 우기거나 선조에게서 물려받은 것이라고 주장하기도 하지.

또 다른 범죄는 세입자가 내 집에 세 들어 살면서 관리를 제대로 하지 않아 내 재산의 자산 가치를 파괴하고, 내 수입을 떨어뜨리고, 집값의 하락을 불러오고, 내 소득이 줄게 만드는 거야. 결국 편안히 부유하게 사는 사람들의 눈으로 봐도, 평범한 사람들의 눈으로 봐도, 하층민의 눈으로 봐도 내 이익이 줄어들게 되는 것이지. 그래서 별의별 술수로 약속을 어기고 내 집 살 돈을 다른 곳으로 돌리지. 세입자들은 우바이둘라 알-하산의 말씀마저도 뒤틀어 나를 핍박하는 말로 악용하지. 알-하산은 이렇게 말씀하셨네. "집을 세놓아 얻는 수익은 집을 팔겠다는 계약금에 다름 아니다. 대추야자로 얻는 수익은 생계를 해결해준다. 반면 작물과 낙타와 양처럼 새끼를 낳는 동물을 길러 얻는 수익이 진짜 수익이다." 결국 나를 이런 사정에 빠뜨린 것은 내가 친절히도 집세를 독촉하지 않았기 때문이고, 집세가 늦어도 참았기 때문이야. 자네들은 한 번에 다 내야 하는 것임에도 분할해서 내고, 날짜가 되었는데도 미루기 일쑤야. 예전에는 집이 값이 나갔고 큰 수입을 벌어다 주었지만, 이렇기 때문에 집을 세놓아 얻는 수익은 줄어들었고 자산 가치도 다른 어떤 수익원보다 나빠졌지.

자네 세입자들은 인도인이나 그리스인, 터키인, 다일람인'보다 더 악하게 굴어. 가까이서, 그것도 나에게 더 집요하게 악하게 굴지. 자네들의 됨됨이, 계략, 그리고 일을 대하는 태도가 이럴진대, 해야 할 의무가 있는 일에 대해서도 이럴진대, 피해갈 방법이 있는 경우라면, 여러 가지 방법을 취할 수 있는 일이라면, 선택권은 가지면서 강제성이 없다면 도대체가 어떻게 되겠나?

자네들은 주택을 구입해서 사는 것보다 세 들어 사는 것이 더 수지타산이 맞는다고 단정하지. 자네들은 이렇게 말했지. "주택 구입자는 값을 치러야 할 자신의 의무를 인정했고, 계약 조건을 받아들였으므로 주택 값을 지불해야 할 강제적인 의무를 지게 된다." 집을 인수하는 사람이면 누구나 책임은 지지 않는 보증인과 의무를 이행하지 않는 보호자를 세우지. 만약 집을 떠나면 집이 그리워지지. 하지만 입주해 살면 책임져야 할 것이 많고 골칫거리도 만나게 되지. 예를 들면 이웃들이 함부로 대한다거나, 자신의 신분을 몰라주거나, 기도하는 곳이 좀 멀리 떨어져 있다거나, 일하는 시장이 멀리 있다거나 하면, 요구 조건이 이것저것 많아지고, 다른 집을 고르지 않고 그 집을 택한 것이 실수라고, 더 좋은 집이 있는데 그 집을 고른 건 그때 제정신이 아니었기 때문이라고 생각하지. 누구건 이런 상태에 접어들면 자기가 소유한 집의 노예가 되고, 이웃의 하인으로 전락하고 말아. 세입자는 자기 손에 선택권을 쥐고 그 선택권을 자기 의지대로 휘두를 수 있지. 어떤 집이건 원한다면 휴양을 위한 집이고, 원한다면 상가로 쓸 수 있고, 원한다면 주거용 집이 되는 것이네. 약간의 무례나, 업신여김도 참아야 할 이유가 없지. 약간의 모욕이나 치욕도 감수할 필요가 없고, 시기심에 가득 찬 눈을 조심해야 할 필요도 없고, 이런저런 거짓과 위장으로 찾아오는 불청객들을 구슬릴 필요도 없어. 이에 반해, 집주인은 어쩔 수 없이 쓴 약초를 한 모금씩 삼켜야 하고, 수없이 많은 분노의 잔을 마시게 되지. 그가 제아무리 고매한 인격과 자부심을 지닌 자일지라도 집세를 받기 위해서는 굴욕을 참아내고 인내해야 하지. 화를 억제하면서 만약 그(세입자)가 용서하면, 그도 용서하고 자신의 무기력함에 의지할 수밖에 없어. 만약 그가 세입자에게 보답을 요구한다면, 그가 이제까지 싫어했던 것보다 더 나쁜 상황에 노출되지. 알라의 사자, 알라의 평화와 축복이 그에게 있기를, 무함마드께서 말씀하시길, "이웃이 집보다 우선이며, 동행하는 친구가 길보다 우선이다"라고 했다네. 자네들은 "집세를 분할로 지불하는 것이 더 쉽고, 그래서 집세를 조금씩 나누어 내게 되었는데 어려움이 한꺼번에 닥쳐와 이에 맞설 능력을 잃어버렸다"고 했지. 하지만 만약 어려움이 나뉘어서 닥쳐온다 할지라도 그런 난관에 조심스레 대응하는 사람은 그런 어려움을 미리 조사하고 기억하는 자를 제외하고는 많지 않네.

집을 구입하는 돈은 목돈으로 지출되고, 그렇게 지출하면 재산에 큰 구멍이 생기고, 한번 재산에 구멍이 나면 그 여파가 크지. 모든 구멍이 메워진다는 법이 없고 한번 지출한 돈이 다시 돌아온다는 보장도 없어. 세입자는 불, 홍수, 집의 일부가 붕괴되는 것, 집이 햇빛에 부스러지는 것, 주춧돌이 물러지는 것, 벽이 무너지는 것, 나쁜 이웃, 다른 사람의 시기심 같은 것에서 안전하네. 반면 집주인은 종신토록 골치를 썩고 혹은 (앞으로 일어날) 골칫거리를 걱정한다네. 자네들은 말하길, "만약 그가 상인이면 집을 사느라고 돈을 지출하는 것보다 여러 가지 물품을 파는 것이 더 큰 이익을 가져오고 다양한 상품에 투자하는 것이 더욱 기민한 행동이다. 상인이 아니라도 내가 지금까지 밝힌 것들을, 내가 지금까지 하나하나 짚어본 것들을 생각해보면 집을 구매하지 않는 것이 좋다"고 했지. 가까이 사는 사람이나 이웃에게 빚진 것이 있는 사람에게, 살 집이 필요한 사람에게도, 살기 좋은 집이라도 구입하지 말라고 충고하지. 주택 시장이 부진하니 주택 가격이 떨어질 것이고, 세입자에게는 세를 미루고 낸 세도 일부 환불을 요구하라고 부추기고, 부동산의 자본 가치가 떨어질 것이라고 충고하지. 또 자네 세입자들은 "사람들에게 세를 얻는 것이 편리하고 더 잘살게 되는 것이라고 부추겼으니 나에게도 득이 되는 것"이라고 말하지. 사람들에게 세 얻는 것에 혹하게 만들어 집주인인 내게 득을 준 것이라고 주장했어. 그렇지만 자네들은 사실 사람들이 집을 사지 않게 만들어서 내게 손해를 끼치려는 것이지. 집 매매가 잘 이루어지지 않으면 집값 하락이 따르고, 세입자는 집세 인하를 요구하고, 그러면 재산의 근본에 해가 생기지. 어떤 사람이건 그 사람이 어떻게 행동하느냐로, 그들의 주장이 어떤 것인지가 판단되네. 자네 세입자들은 비난받을 만한 성질은 다 가지고 있지. 그것들 하나하나가 자네들에게 반대하는 요소들일세. 또한 자네 세입자들을 의심하게 하는 것들이지. 그리고 나는 자네들에게 경고하네. 자네들에게는 덕망이라곤 없으며 또한 자네와 나 사이에는 눈곱만큼도 만족할 만한 개연성이 없다고.

내가 이미 자네들에게 지적했듯이, 방문객에게 적용하는 규칙은 세입자에게 적용하는 것과 동일하네. 그러므로 만약 방문객이 늘어나면 집세도 늘어나기 마련이지. 바스라의 시민 형제여, 만약 내가 세입자의 집에 손님으로 온 두 사람에 대해 아무런 조치도 취하지 않고 눈감아주었다면, (내가 이제껏 자네들을 겪어보았던 것에 비추어본다면) 불 보듯 뻔한 일이네. 그런데도 자네가 내게 이런 것을 의무로 짐 지운다면, 한 사람이 머물며 내는 집세는 천 사람의 집세가 될 수도 있고, 집에 머무는 것이 여행을 간 것이 되고, 집이 비어 있어도 사람이 사는 것과 같이 되는 것이지. 더욱이 만약 내가 자네에게 집세 지불 독촉을 참고 자네가 빚지고 있는 것에 대해 경고하는 것을 무시했다면, 나의 자비로움이 자네에겐 쓸모없는 것이 되었겠지. 왜냐하면 자네는 늘어난 식구를 숫자로 계산하지 않기 때문이야.

안타라[6]가 이렇게 말한 바 있다.

배은망덕은 관대한 영혼에 재앙이라네.

후세에 다른 시인은 이렇게 말했지.

내 친절을 부정과 바꾸었다네.
어쩌면 배은망덕한 사람은 친절을 멀리할 때가 있구나.

자네는 내가, 시아를 증오하는 무으타질라이고, 쿠파와 바스라 사람들 사이에 있는 반목의 대상이며, 아사드와 킨다 사이의 적개심이자, 세입자의 마음에 위치한 집주인에 대한 부담감이라고 했지. 알라께서 내게 힘을 주셔서 자네에게 대항하게 해주실 것이다. 그럼 안녕히.

이스마일 이븐 가즈완이 말했다.

"축복받은 킨디의 능력은 얼마나 대단하던지, 어찌나 명쾌한지, 얼마나 핑계를 잘 대는지, 얼마나 핑계를 충고처럼 해대는지, 어찌나 자신의 주장을 계속 고수하는지! 나는 킨디를 보았는데, 그때 그는 대중에게 다가서 있었다. 그곳에는 부패한 인간들, 자기 부족을 위해 부패를 미화한 사람들, 사람들이 모두 미칠 지경에 도달하는 낭비의 수위를 넘기를 바라는 시인, (남의 재산을) 먹어치울 준비가 되어 있는 말 많은 인간, 그리고 알랑거리는 아첨꾼들만 모여 있었다.

드디어 킨디가 말했다.

'너희들은 실수를 범할까 두려워 재산을 못 쓰도록 금지하는 사람이나, 속임수를 당할까 두려워 재물을 요새 안에 가두어두는 자, 혹은 재산을 잃을까 우려하며 지키고 있는 자를 '수전노'라 부른다. 그런 자를 창피하게 만들고 불명예스럽게 만들길 원한다. 또한 너희는 부의 장점을 무시하는 자, 가난이 자져다주는 굴욕을 경험해보지 않은 자, 낭비를 일삼는 자, 쉽사리 실수를 하는 자, 행복을 남용하는 자, 쉽사리 남에게 관용을 베푸는 자를 '관대한 사람'이라 부른다. 너희는 그렇게 칭함으로써 그들을 찬양하려 한다. 그들은 너희가 그 자신에게 베푼 것에 대해 비난했다. 만약 자신에게 실수를 한 자라면 타인에게도 실수를 범할 법하다. 이 세상 표면, 즉 눈에 보이는 곳에서 실수를 한 자는 이 세상의 내부, 즉 이성이 있는 곳에서도 실수를 한다. 따라서 너희의 칭송은 실수이고 너희의 비난은 적절한 것이다. 그러므로 너희는 그런 이들에게 최대한의 경고를 보내어라. 그리고 어떤 경우라도 그들을 믿지 마라.'

이스마일이 말했다.

"나는 킨디가 이렇게 말하는 걸 들었다. '재물이란 지키는 자의 것이고 부란 꽉 움켜쥐고 있는 자의 것이다. 재물을 지키기 위해서 벽이 세워졌고 문이 닫히고 돈궤가 필요하게 되었고 자물쇠가 채워지고 봉인이 붙여지고 계산서와 장부가 생겼다. 그러므로 사람들이 이런 보호막을 치는 것은 오직 돈이 있기 때문이다. 너희들은 그들의 재물을 망치고 좀벌레처럼 갉아먹고 나무의 해충처럼 피해를 끼쳤다.

우리의 선조께서 이렇게 말한 바 있다.

너 자신 다음으로 형제를 보호하라.

그러나 너희는 이미 성에서 재물을 취했고 친구나 예언자 혹은 조력자도 눈치 채지 못하게 커다란 바위에 그것을 놓았다. 너희가 도둑보다 더 지독한 사람이 되는 걸 누가 막을 수 있는가? 그 재물은 재물을 갖지 않은 모든 손으로부터 너희가 재물을 방어하도록 하였다. 그러니 어떻게 너희는 이미 재물을 가진 손들에 대해 방어할 것인가? 왜냐하면 후자는 더욱더 능력이 있고 재물을 훔쳐갈 동기도 더 많기 때문이다. 우리는 재물을 지키는 것이 모으는 것보다 더 어렵다는 것을 익히 알고 있다. 그러므로 재물은 지키는 자의 것이고 후회는 재물을 써버린 자의 것이다. 비록 너희들에게 그럴듯한 이름으로 명예를 가져다주고 이런 별명으로 너희들을 장식한다 할지라도 지출은 낭비이다.

너희들은 주장하길, 내가 탐욕을 검약이라 부르고 욕심을 절약이라 불렀다고 했다. 그것은 사람들이 패배를 철수라 하고 외설을 솔직한 말이

144

라 하며 통치권에서 물러남을 이동이라 하고 토지세를 지불하는 사람들에게 압력을 주는 이를 탄압 정치라고 부르는 것과 같은 이치이다. 뿐만 아니라 너희들은 낭비를 관대함이라 하고 허풍 섞인 자랑을 너그러운 기질이라 하고 자기 자신이나 자손을 신중하게 돌보지 않는 사람에게 '활수한 이'란 칭호를 쓴다. 알라의 사자가 말하길, 알라의 평화와 축복이 그에게 있기를, 자선은 가정에서부터 시작된다고 했다. 그러나 너희들은 자신의 식솔을 가난하게 만듦으로써 타인의 식솔들을 부자로 만들고 가까이 있는 친척들을 궁핍하게 하면서 낯선 이들을 돕는다. 그리고 너희는 만약 너희가 재물을 주었더라면 영원히 재물을 가져갔을 법한 그런 사람과 너희에게는 공정하지 않게 대할 누군가에게 호의를 베푸는 일을 선호한다.

너희들은 이미 우리의 친구가 타글립[7] 출신 사람에게 했던 말을 익히 알고 있다. 그는 말했다. '타글립인이여, 나는 이 냇물이 흐르는 동안 너희에게 경제적인 원조를 허락하곤 했다. 그리고 이 냇물이 흐르는 것을 멈추었는데도 나는 너희에게 경제적 도움을 준다. 만일 지금 내가 너희에게 베푼다면, 그것은 너희에게 가장 그런 은혜가 절실하게 필요하다는 것을 내가 알기 때문이다. 내가 만약 사람들로 하여금 내 재물을 취하도록 했더라면, 그들은 내 집에서 흙으로 구운 벽돌을 한 장씩 한 장씩 가져갔을 것이 자명하다. 그렇다면 내가 종국에 할 수 있는 일은 사람들에게 가져가지 못하도록 금지하는 것일 뿐이다. 나는 확언하건대, 만약 내가 사람들에게 내 영혼을 가져가도록 허락했더라면, 그들은 알라께서 내게 주신 축복을 빼앗아간 다음 나를 노예라고 불렀을 것이다.'"

이스마일이 말하길, 나는 킨디가 이렇게 말하는 걸 들었다.

"어떻게 몇 디르함밖에 없는 자가 태평하게 잘 수 있는지 놀라울 따름이다. 기쁨에 잠들지 못하는 자와 걱정에 잠들지 못하는 자는 같은 처지가 아니다. 알라의 사자께서, 알라의 평화와 축복이 그에게 있기를, 임종 직전에 말씀하시길, '삼분의 일, 삼분의 일은 많다'[8]고 하셨다. 법학자는 이것을 용납했지만 곧은 사람들은 삼분의 일에서 좀더 줄이려 했다. 왜냐하면 예언자 무함마드께서는 삼분의 일이 많다고 여기셨기 때문이다. 그분의 말씀 중에는 '너희는 자식들을 부유하게 해주어라. 그것이 훗날 자식들이 사람들에게 자선을 구걸하게 하는 것보다 낫다'는 것이 있다. 또한 그분께서는 우리가 그분의 축복을 선호할 경우를 제외하고는 우리의 자식들에게 축복을 내리지 않으셨다. 그런데 너희가 어떻게 나에게 내 자신보다 너희 자신을 앞세울 것을 권고하고 내 자식보다 너희의 자식들을 앞에 두라고 권할 수 있느냐?

또한 너희가 어떻게 우리에게 부유함과 칭송을 맞바꾸고 금과 은을 추구하는 것 대신 바람을 모아서 공중누각을 지으라고 권고할 수 있느냐?"

이스마일이 말하길, 나는 킨디가 그의 자식들과 친구들에게 이렇게 말하는 걸 들었지.

"만물 대추 시기가 지나고 제철이 될 때까지 기다려라! 왜냐하면 새로 딴 만물은 가격이 비싸고 사려는 사람들이 많기 때문이다. 막 딴 신선한 대추는 달콤하고 맛이 있고, 만물 대추에는 기쁨과 유혹이 있다. 그러므로 너희는 그 달콤함을 단념하도록 스스로 자제해야 한다. 그렇게 하다보면 욕구는 쉽게 누그러지고 결국 달아날 것이다. 먹고 싶은 욕구가 생길 때 참고 견뎌야 한다. 네가 욕구를 경시하면 욕구는 사라질 것이다. 네가 만약 처음에 그 욕구를 억제할 수 없으면, 자제력은 약해진다. 따라서

146

먹고 싶은 욕구가 너무 심할 때, 말물 과일의 부족함과 비싼 가격을 떠올려보라. 비싼 가격과 희소성을 거명하는 것은 인간의 속성에 건전한 논쟁과 설득력 있는 이유가 된다. 그러므로 말물 과일을 먹고 싶은 욕구가 일 때는 과일이 흔한 시절에 있는 것처럼 생각해보아라. 그리고 먹고 싶은 마음을 줄이는 것과 과일이 흔하고 값이 싸졌을 때 실컷 살 수 있다고 위안하고 억제하도록 하라. 그런 식으로 판단함으로써 너는 내일 있게 될 너의 욕구를 과일 철이 끝날 때까지 오늘의 욕구와 똑같이 다루게 될 것이다. 너는 먹고 싶은 욕구를 참아냈던 당시의 상태에 머물게 된다. 만약 먹고 싶은 욕구가 유혹으로 여겨지지 않고 먹고픈 바람이 적으로 간주되지 않으면 결국 너는 욕구와 바람에 미혹될 것이고, 저항하는 데 약해질 것이고, 그런 욕구와 바람이 네 자신의 내부에 존재하는 적이며 악이라고 생각하지 못하게 될 것이다. 그러므로 너희들은 처음 식욕이 들 때 내게 알려라. 그러면 나는 너희에게 그 식욕에 저항하는 완벽한 능력과 번영된 미래와 너희의 마음에 불어넣을 고결함을 보장할 것이다. 더불어 너희의 자손에게 부를 가져다주고 사람들이 너희를 끊임없이 위대한 이로 여기도록 만들어주겠다. 만약 부가 가져다주는 유일한 이득이 있다면, 너희로부터 일 디르함도 얻지 못한 사람들의 존경을 계속 받는다는 것, 그리고 이득이 확실하다는 것이다.

만약 재물의 축복이나 안락한 환경의 덕으로 큰 재물의 주인이 된 사람이 위대한 왕과 만나게 된다면, 함께한 자리에서 그에게는 더욱 큰 존경이 따르고 더욱 오래된 우정이 있고 더욱더 진실된 사랑이 집중되고, 더 큰 즐거움이 있고, 더 나은 정보가 있고, 더 현명한 판단이 따를 것이다 (그가 미천하고 가난한 환경에 처해 있는 경우를 제외하고). 그러면 그 왕은 돈을 나누어주거나 그들에게 진기한 이야기를 내걸어 돈을 줄 것이다. 그가 그 자리에 있는 다른 친구들보다 열등한 자라 해도, 부자의 행운은 더 커지게 되고, 제아무리 다른 사람들보다 월등한 자라 해도 재물을 적게 가진 이의 몫은 더 작아지기 마련이다."

이제까지 나는 사흘 이븐 하룬의 서신과 히자미의 견해, 그리고 킨디의 이야기, 하리시의 이야기, 그리고 그들의 주장, 탐욕스런 기담과 그들의 놀랄 만한 술책을 언급하였다.

제14장 무함마드 이븐 아부 무암말 이야기

나는 무함마드 이븐 아부 무암말에게 이야기했다. "보아하니 자네는 음식 준비도 잘하고 음식을 내는 것도 잘해. 게다가 음식을 위해 지출도 제법 잘해. 빵이 모자라는 상황과 남는 것 사이에는 큰 차이가 없지. 그런데도 사람들은 식탁 위를 보고 빵을 조금만 차려놓은 사람들을 수전노라 부른다네.

나는 자네와 함께 식사 중인 한 사내를 보았는데, 그는 자네보다 훨씬 많은 개수의 빵을 가지고 있었지. 만약 자네가 비용을 지불해가며 식사에 초대하지 않았더라면, 자네가 가진 것을 침해받지 않고 혼자 식사를 했더라면, 자네는 좋은 음식을 대접하면서 사람들로부터 비난받지 않았을 테고, 사람들은 자네가 하는 행동을 마음에 끼고 있지 않았을 테고, 자네를 탐욕스럽다거나 관대하다거나 하며 평하지 않았을 걸세. 그러면 자네는 보통 사람들마냥 안전하고 편안한 삶을 살 수 있었겠지. 만약 자네가 재물을 쓰는 행위로 인해 자신을 망가뜨리지 않았더라면, 자네는 명성과 호칭과 보상받기를 간청할 필요도 없었을 것일세. 그래서 나는 자네가 내온 몇 개 안 되는 빵을 앞에 두고 고민에 빠졌다네. 자네가 내온 빵에 손대지 말 것인가, 아니면 이걸 먹고 사람들의 비난과 비방에서 자네를 자유롭고 안전하게 해줄 것인가 하고 말일세. 그러니 빵을 더 내오게! 빵의 개수를 늘리는 것은 사람들의 비난을 감사의 마음으로 바꾸어놓고 자네를 '은덕을 베푸는 자'로 생각하도록 한다네. 자네는 빵을 더 내놓는 시련을 겪어야만 이 문제에서 벗어난다는 것을 깨닫지 못하는가? 자네를 위한 것도 아니고 그렇다고 자네에게 반대하는 것도 아니네. 그러니 이 문제를 잘 들여다보게. 알라의 은총이 있기를."

아부 무암말이 말했다. "아부 우스만,[1] 자네가 틀렸네. 자네 같은 지성인의 실수는 대단히 중요한 것이지. 지성인은 철저하게 생각하기 때문에 아무리 그 이유가 작은 것이라도 실수를 범하면 많이 생각하고 많은 대가를 치르고도 올바른 길에서 멀어지고, 정확한 방법에서 멀어지지. 자네가 자기 생각대로 내게 충고를 했으리라는 점은 의심할 여지가 없어. 하지만 내가 자네에게 경고한 것을 두려워하게. 그것은 정녕 두려운 것이니! 반대로 내가 행하는 것은 음식에 대해 마음이 넉넉함을 보여주고 사람들이 많이 먹도록 하는 방법을 보여주지. 왜냐하면 만약 식탁 위에 빵이 많이 놓여 있으면 사람의 식욕은 오히려 저하된다네. 먹는 것이건 먹는 것이 아니건 간에 눈이 꽉 차면 가슴도 꽉 차는 법. 그렇게 되면 식욕이 싹 달아나고 체내 운동도 잠잠해진다네. 만약 한 사람이 최상품 대추야자를 잔뜩 쌓아놓은 곁에 앉아 있거나 혹은 최상품의 배를 가득 쌓아놓은 더미 옆에 앉아 있다면 또는 잘 익은 바나나 송이를 한 가득 놓고 앉아 있다면 그 사람은 너무 놀라서 그것들을 먹을 수 없을 걸세. 마찬가지로 만약 정갈한 식탁용 깔개를 깔고 깨끗하게 하인을 대동하고 깨끗한 접시에 그 음식이 나왔다면 그 사람은 음식을 먹을 수 있는 만큼 많이 먹지 못할 것이라네.

　　우리의 친구들은 서로에게 익숙하고, 신뢰하고, 여유롭지. 그들은 음식이 자신들의 몫으로 준비되어 있으며, 하인들이나 측근을 꾸짖는 것보다 그들과 같이 먹는 것이 더 적절하다는 것을 알고 있다네. 만약 그들이 빵을 원했다면 분명히 부끄러워하지 않고 빵을 달라고 말했을 걸세. 그들은 이것을 한두 번 이상 시도했을 거야. 그러므로 내게 인색함 따위가 어디 있는지 알려주지도 않은 채 나를 수전노로 판단하지 말게. 만약 내가 그들에게 빵을 더 내준 뒤에도 그들이 여전히 (음식을 더 달라고 청하기가) 부끄러웠다면, 내가 그들에게 이렇게 대해주는 것에도 불구하고 나에 대해 나쁜 생각을 하고 있다면, 분명 그들은 미친 사람이고, 내가 무례를 범하기도 전에 이미 나를 책망할 준비가 되어 있는 사람들임이 분명해. 나는 그렇게 나를 해치려고 하는 사람들을 격퇴한 적이 없는데 말이야." 그래서 나는 그에게 말했다. "내가 본 것은 그들이 여러 가지 경우와 다른 장소에서 또는 그들의 집에서 식사하고 또 형제들의 집에서 식사하는 것이었네. 나는 또한 그들이 자네 집에서 함께 식사하는 것도 보았네. 그런데 그들이 자네 집에서 식사할 때 다른 집에서 식사할 때와는 비교되고 무언가 어울리지 않는 것을 보았지. 생각해보게. 그들은 비난만 하고, 그들의 위약함이 널리 퍼져 있지만, 그들은 급속도로 빠르게 사악한 생각을 한다네. 그러니 어째서 자네는 이런 일을 대비하지 않는가? 이런 일이란 아무런 부담이 없고 아무런 가치가 없으며, 그들을 초대하는 것을 그만두거나 혹은 그들에게 편지를 보내고 나서 답을 얻기를 바라는 것을 말한다네. 사람들은 자네에게 그들을 맡기지는 않지만 자네에게 와서 답을 구하지. 만약 자네가 내가 말한 것을 시험해보고 싶다면, 그들에게 보내던 일

런의 편지나 책을 중단해보게. 그리고 만약 그들이 느리게 답하면 그들에게 화를 내보게. 그러면 자네는 보게 될 것이네."

아부 무암말이 답했다. "빵이라는 것은 식탁 위에 많이 놓여 있으면 남게 마련이고, 사람들이 먹다 남은 것은 얼룩이 묻고 기름이 묻어 더러워지는 법이지. 나는 얼룩지고 기름이 묻은 빵을 참고 볼 수가 없어. 먹다 남은 그런 빵을 다시 내놓는 것은 부끄러운 일이라고 생각하네. 그렇기에 먹다 남은 빵은 쓰레기가 되고 알라께서는 음식 쓰레기를 달가워하지 않으신다네." 그래서 나는 말했다. "사람들은 빵에 묻은 음식물 자국을 닦아버리고 그 빵으로 사리다 수프를 만들지. 만약 자네가 사람들이 했던 대로 그들의 방식을 답습했더라면 결과는 자네가 원하는 대로 그리고 내가 원하는 대로 되었을 것이야." 이번에는 그가 답했다. "자네는 내가 사리다 수프 만드는 방법을 알지 못한다고 생각하나? 또한 내가 사리다 수프를 무엇으로 만드는지 모른다고 생각하나? 어떻게 내가 사리다 수프와 함께 먹다 남은 빵을 떠올리는 것을 안 할 수 있겠는가? 아마도 사람들은 오랜 세월 내내 그것을 알고 있을 터이니, 그것은 수치일 것이야."

나는 말했다. "그런 일은 가족들에게 명령해야 한다네. 그러면 자네 가족이 얼룩진 후와리 빵을 다시 새것으로 만들어 싸구려지만 깨끗한 빵으로 채울 텐데. 기름 얼룩을 제거하기 위해 빵에 문지르고 잘라낸 자국이 있기는 하겠지만."

그가 답했다. "알라의 축복이 자네에게 있기를, 내겐 두 명의 부인이 있어 가족도 두 집이라네.[2] 한 가족은 이런 일을 대단히 잘 해내고 고급스럽지. 하지만 다른 가족은 백색의 고급스런 빵 후와리를 먹을 정도에는 도달하지 못했다네."

나는 말했다. "그런 경우라면 빵을 모두 싸구려인 쿠쉬카르로 만들게.

쿠쉬카르와 후와리는 질과 맛에서 차이가 나거든. 쿠쉬카르는 빵을 적게 대접한다고 비난받을 일도 없지."

그가 답했다. "아! 그거 좋은 생각이네. 그야말로 가장 공평하고 정곡을 찌르는 해답일세. 나는 여분의 빵을 그릇에 담고 손이 닿을 수 있는 가까이에 두겠네. 그러면 그 빵 그릇 가까이에 있는 사람이면 누구라도 빵을 달라고 따로 청할 필요가 없게 되지. 그리고 손님의 손 가까운 곳에 빵이 있으면 식탁 위에 손이 오가는 횟수도 많아지겠지."

내가 말했다. "손님이 빵을 더 달라고 청하는 것을 금하는 것은 손님이 그릇에서 빵을 꺼내는 것을 금지하는 것이네. 그러므로 내가 말한 대로 따르고 빵 값으로 지출하는 데서 쓰고 남은 여분의 돈은 자네가 바라는 대로 지출하게. 그리고 알아두게. 이런 방법을 일러주는 것은 자네가 그런 행동을 지속하게 놔두고, 자네가 빵 값의 차이에 대해 민감하게 반응하도록 두는 것보다 내게는 손해가 훨씬 크다네."

이윽고 점심 시간이 되었고 아부 무암말은 하인에게 소리를 질렀다. 그 소리는 무척 크고 단호한 것이었고, 목구멍 깊은 곳에서 나오는 소리였으며 장모음을 딱 부러지게 발음하고, 부자연스러울 정도로 단어를 내뱉으며, 함자[3]를 발음하고 무언가 큰 용단을 내린 듯한 것이었다. "무밧쉬르야, 사람 수대로만 빵을 가져오너라." 그래서 내가 말했다. "누가 빵의 몫을 임의대로 정하는가? 누가 이렇게 절대적인 결정을 내리는가? 손님 중 그 누구라도 자신에게 할당된 빵의 갯수에 만족하지 못한다면 그 손님은 주인이 더 내줄 것을 기대하거나, 포기하거나 혹은 다른 음식이 나오길 고대하며 손을 허공에 매달아놓는 것 중에 하나를 선택해야 하는 것이 아닌가? 그런데 일은 이미 원점으로 돌아갔으니 우리가 논의했던 것은 모두 헛수고였군."

아부 무암말이 말했다. "내가 깨달은 것이라곤 이런 말싸움을 견디느니 손님 초대를 포기하는 편이 훨씬 쉽다는 걸세."

나는 말했다. "의심할 여지가 없군. 내 생각에 자네는 정확하게 행동했네. 그리고 자네 자신에게 확신을 심어주었네. 만약 자네가 한 말을 지킨다면 말이야."

그는 늘 말했다. "애야! 고기 튀김을 가져오되 조금만 가져오너라. 그리고 시원한 물을 많이 가져오너라!" 또 이렇게 말하곤 했다. "세상의 모든 것은 나쁜 쪽으로 변해가고, 과거 상태에서 변형되고, 변경된다. 심지어 함께 식사할 때도 그런 일이 있다. 우리가 함께 식사하고 있었는데 알라께서 저주를 내릴 법한 한 사람이 있었다. 하인들은 그릇을 치우려고 손님 앞에 있던 그릇을 들어 올렸는데 나는 여태껏 그렇게 큰 그릇을 본 적이 없었다. 그릇 안에는 음식이 아직 남아 있었다. 그들은 구운 염소가 나올 차례라는 걸 잘 알고 있었다. 염소 요리는 만찬에서 주인이 손님에게 예의로 내놓는 것이자 음식의 제일 마지막 순서로 만찬의 종지부를 찍는 것이다. 또한 그것은 이제 식사를 그만 끝내고 편안하고 한가하게 쉴 시간이 되었다는 표시이기도 하다. 즉, 내온 염소 요리를 먹으려고 찢거나 망쳐버리면 안 되는 것이 수전노들의 불문율이다.

만약 수전노들이 진정으로 손님이 염소 요리를 들기 바랐다면 그들은 염소 요리를 다른 요리보다 먼저 내왔을 것이다. 그러면 사람들의 식욕이 염소 요리에만 집중될 테니까. 염소 요리가 나올 때 경솔하고 바보 같은 손님만이 그 음식에 손을 댄다. 아니면 여태껏 염소 요리 구경을 해본 적이 없는 촌놈만이 그 요리를 먹겠다고 손을 들고 그 밖의 음식을 기다리지 않는다. 이런 까닭에 수전노 아부 하리스 줌마이얀은 자신의 염소 요리에 아무도 손을 대지 않은 것을 보고 '사람들의 공격으로부터 안전하게 보호되었다'는 말을 했다고 한다. 만약 그가 이런 식으로 행동하는 사람들을 보지 않았더라면 분명 그처럼 말하지는 않았을 것이다. 사람들은 부카일라 알 고기[4]도 먹기를 꺼리곤 했다. 뿐만 아니라 사람들은 모두 달걀이 고스란히 접시에 남아 있는 채로 친구에게 넘겨주고, 그것은 식탁에서 거두어질 때까지 계속된다. 그러니 오늘 만약 당신이 단 한 번이라도 그 고기나 술라새[5]의 알을 쳐다보는 기쁨을 바랐다면, 당신은 그렇게 할 수 없었을 것이다. 왜냐하면 식탐이 많은 자들은 그런 맛있는 부위의 고기를 재빨리 먹어치우기 때문이다. 많은 사람들은 단지 예의가 없는 자들과·함께한다는 이유만으로 같이 식사하기를 포기해버릴 것이다."

그는 이렇게 말하곤 했다. "빵에 곁들여 먹는 버터, 치즈, 오일 등은 빵의 적이다. 그중에서도 가장 나쁜 적은 염장 양념이다. 만약 알라께서 염장 양념 혹은 소금에 보복하고, 그런 것을 너무 많이 먹은 사람이 물을 마시고 싶게 하여 그 사람을 구원하지 않았더라면,[6] 염장 양념이나 소금은 재앙으로 왔을 것이다."

그는 또 이렇게 말하곤 했다. "만약 사람들이 음식을 먹고 바로 물을 마셨더라면, 소화불량으로 고통받는 일은 없었을 텐데. 물을 가장 적게 마신 사람은 소화불량으로 가장 큰 고통을 받는다. 왜냐하면 물을 마실 때까지는 그 자신이 얼마나 많이 먹었는지 깨닫지 못하기 때문이다. 어떤 때는 자신도 모르는 사이 배가 부르게 된다. 따라서 자신의 필요량을 초과했을 때 소화불량에 걸린다. 만약 조금씩 물을 마셔가면서 식사를 했다면 어느 정도 음식을 먹었는지 알 수 있었을 것이다. 따라서 과식을 피하게 된다. 의사들은 내가 하는 말이 진실이라는 것을 익히 잘 알고 있다. 하지만 그들은 이런 내 견해를 받아들이면 실직하게 되어 생계를 꾸려갈 수 없다는 사실도 알고 있다. 몸이 건강할 때 사람들은 치료해줄 사람을 필요로 하지 않는다. 요즘 사람들이 말하길 티그리스 강물은 유프라테스 강물보다 몸에 더 이롭고, 인더스 강물은 발크 강물보다 몸에 더 좋다고 한다.

아랍 속담 중에 이런 말이 있다. '이것은 재물이 번창하는 몸에 좋은 물이다.' 이는 물이 사람을 건강하게 해준다는 사실을 증명한다.

그래서 사람들은 이런 말까지 한다. '나프타 유정이 있는 곳의 물은 원유 찌꺼기가 추출되는 곳의 물보다 훨씬 건강에 이롭다. 그러므로 당신들은 건강을 위해 점심을 먹은 후 반드시 물을 마셔야 한다.'"

아부 무암말은 이렇게 말하곤 했다.

"내가 하인에게 '애야 물을 좀 부어라' 혹은 '아무개에게 물을 좀 부어 드려라' 그러면 하인은 갈증을 해결해줄 만큼의 물을 그 사람에게 가져온다. 이럴 때 사람들은 무슨 생각을 하는가? 또 '내게 먹을 것을 가져오너라' 혹은 '아무개에게 음식을 좀 가져다 드려라' 그러면 하인은 그에게 (좌중에 있는 사람들이 다 먹고도 남을 정도의) 빵을 가져다준다. 음식과 마실 것은 서로 도와주고 동맹을 맺은 형제가 아니던가?"[7]

그는 또 이렇게 말하곤 했다. "만약 물 값이 싸지 않고 빵 값이 비싸지 않았더라면 사람들이 빵에는 욕심을 많이 부리지 않고 물을 삼가지 않았을 것이다. 사람들은 음식의 가격이 비싸거나 음식의 원료가 모자랄 때 그 음식을 매우 중시한다. 깨끗한 이 당근과 녹색의 압바스 콩은 쿠라산의 배나 정원의 바나나보다 훨씬 맛이 뛰어나다.

그러나 사람들은 짧은 식견으로 식욕을 결정짓는 까닭에 가격과 희소가치만을 최우선시한다. 보통 사람들의 식욕은 전통적이고 관습적이다.

아니면 그들이 특정한 음식을 높게 평가하는 선호 정도를 따른다. 나는 후추와 버터로 양념을 한 송로(松露)가 없이 식초, 올리브유, 무르리 소스를 넣고 끓인 당근 요리는 먹지 않는다. 왜냐하면 가격이 싸니까. 하지만 이것은 진짜로 건강식품이다. 아는 사람은 아는 것이고 모르는 사람은 모른다."

하루는 아부 무암말이 집에 있을 때 그의 친구가 왔다. 때마침 이미 방문객이 한두 명 있던 터였다. 그는 식탁에서 음식 접대를 피할 계략을 쓰고 있던 터였고, 카이스 이븐 주하이르,[8] 누할랍 아부 수프라, 카짐 쿠자이마, 그리고 하르사마 아으얀[9] 중 그 누구도 일어서지 못하고 있었다. 그의 계략은 아므르 이븐 아씨나 무기라 슈으바[10]도 알아채지 못하는 것이었다. 그는 종종 손에 이쑤시개를 들곤 했는데, 이는 그와 함께 점심 식사를 꿈꾸는 손님들의 희망을 포기하도록 하기 위해서이다. 그가 한두 명의 방문객을 식사에 초대했던 터에 만약 친구가 찾아오면, 그는 세번째 방문객으로 인해 화가 났다. 물론 그 사람을 초대한 게 사실이라 할지라도 그는 찾아온 친구 혹은 네번째 방문객에게 계략을 쓰거나 늦게 찾아온 두 사람이 그의 친구에 의해서 고통받는 걸 원했다. 그래서 그는 짐짓 나무라는 듯 큰 목소리로 방에 들어오자마자 샌들을 벗으면서, "무밧쉬르야(하인 이름), 아무개 씨에게 먹을 걸 갖다 드려라! 그분에게 함께 드실 걸 좀 가져다 드려라! 그분에게 무언가를 가져다 드려라!" 하고 계속 호들갑을 떨었다. 그의 이런 행동은 손님들에게 그가 너무 부끄러워하거나 화내거나 혹은 경멸에 차 있는 상태로 보이며, 종국에는 "나는 이미 식사했네"라고 말하기를 바라고 있다는 걸 알게 만든다.

손님은 기가 꺾여 움츠러든다. 그리고 "나는 이미 식사했네"라고 말

한다. 그러면 아부 무암말은 이미 기선을 제압했음을 알고 이 싸움에서
승리하고 손님을 완전히 이겼다는 것도 깨닫는다. 하지만 그는 이에 만족
하지 않고 "무슨 음식을 먹었나?" 하고 물어보아야만 직성이 풀렸다. 그
가 이런 질문을 던지면 그 손님은 어쩔 수 없이 거짓말을 꾸며대거나 핑계
를 댈 수밖에 없다. 그러면 그는 자신이 손님을 꼼짝 못하도록 결박시켰
다고 확신하면서 움직일 수 없는 상태로 그를 방치해둔다. 그는 이것으로
도 직성이 풀리지 않아 손님에게 이런 얘기까지 한다. "내가 아무개의 집
에 있을 때, 한 친구가 찾아왔지. 그는 찾아온 친구에게 점심 식사를 같이
하자고 했네. 하지만 그 친구는 제의를 정중히 사절했지." 그런 다음 무슨
생각이 들었는지 이렇게 말한다. "오늘 내가 자네들에게 접대하려 했던
음식에는 최고 진미로 꼽히는 부카일라[11]가 있었다네. 자네들이 참 좋아하
는 음식이지." 그러고는 손님을 가지고 노는데, 그는 가능성의 문이란 문
은 모두 닫아버리고 손님의 변심 가능성을 차단하면서 손님에게 두른 올
가미를 단단히 죄어버린다. 그래서 드디어 목적을 이루었다고 판단하면,
이렇게 말한다. "무밧쉬르야, 손님께서 이미 식사를 하셨고 그걸로 충분
하다시니, 여기에 놀잇감을 내어오너라."

　　한편 사람들이 음식상에 앉으면, 그는 그들 중 가장 수줍어하는 사람
이나 혹은 가장 음식을 잘 먹어치울 것 같은 사람 가까이 접근한다. 그리
고 그에게 좋은 이야기나 장편의 역사 이야기를 청한다. 특히 손이나 머
리로 행동을 많이 취하는 이야기만을 청한다. 이 모든 것은 손님이 음식
에 집중하지 못하고 이야기하는 데 바쁘도록 만들기 위해서이다. 그러다
가 좌중의 사람들이 음식의 일부를 먹어버리면 그는 좀 늘어지고, 이미
먹을 만큼 먹은 듯한 태도를 보이면서 손가락으로 뼈에서 고기를 뜯어낸
다. 마치 포만감을 느끼는 만족한 사람처럼. 하지만 그는 음식에서 손을

떼지는 않은 채 한 입 한 입 조금씩 먹으면서 손을 시간의 흐름에 매달아 둔다. 그러면 어쩔 수 없이 어떤 이는 음식 먹기를 포기하고 손을 거두어 들인다. 가끔은 좌중의 모든 이가 그렇게 하기도 한다. 그러면 그는 자신이 좌중의 사람들을 이미 제압했음을 안다. 그리고 그는 식탁 주위에 앉아 있던 사람들을 뿔뿔이 흩어지게 하여 원래 그들이 앉았던 자리로 돌아가도록 한다. 그리고 그 자신은 음식을 다시 먹기 시작한다. 마치 굶주린 사람이 음식을 먹듯이. 그리고 이렇게 말한다. "어떤 때는 먹기만 하고 또 어떤 때는 마시기만 하지!"

아부 무암말은 친구들이 아침 일찍 찾아오면 대부분의 경우 이렇게 말하곤 했다. "식전에 포도주 몇 잔을 마시지 않는 까닭은 무엇인가? 빈속에 포도주를 마시면 배 속의 해충이 다 죽게 되지. 속을 씻어낸다네. 왜냐하면 술이 위 속의 찌꺼기를 싹 씻어주거든. 뿐만 아니라 잠시 후면 식욕도 더욱 왕성하게 되지. 빈속에 술을 마시는 것은 배 속이 가득 찬 뒤에 술을 마시는 것보다 훨씬 낫다네. 잔뜩 먹고 술을 마시면 곤란한 문제가 발생하지. 더욱이 식후에 술을 마시는 것은 자네가 술꾼이라는 걸 증명하고 빈속에 술을 마시지 않는 사람은 청춘이 아니라는 걸 의미하지. 그리고 포도주를 마시는 사람들 사이에서 그런 사람은 수상쩍은 인물로 낙인 찍히지! 고기를 멀리했던 사람만이 빈속에 술을 마셔서 간에 영향을 미칠까 봐 두려워한다네. 이렇게 이른 아침에 한 모금 마시는 것은 자네에게 남아 있는 악취를 씻어내지. 소화되지 않고 남은 것을 일소해버려. 따라서 숙취의 약은 더 큰 잔에 술을 마시는 것뿐이라네. 아으샤의 시를 보니, 그는 이런 사실을 잘 알고 있었더군.

한잔 나는 마셨다네. 아주 맛있게.
한잔 더 마신 술은 약이 되었다네."

알라께서 당신을 보호하시길, 오늘이 바로 사람들이 한 조각의 음식도 쳐다보지 않고 배 속에 겨자씨만큼의 음식도 담지 않는 바로 그날이다. 이날은 기쁨으로 충만한 날이다. 왜냐하면 그는 음식을 조금 대접함으로써 이득을 취했고 술을 마시며 벗과 즐겼으므로.

한번은 아부 무암말이 바그다드에서 샵부타[12]를 샀다. 그것은 최상품 생선으로 값도 무척 비쌌다. 한동안 그 생선을 먹지 못했던 그는 생선을 안 먹고는 견딜 수 없는 바스라 사람이었다. 그는 이 생선을 아주 맛있게 요리할 참이었다. 생선은 비쌌지만 통통하게 살졌고, 무척 컸다. 아부 무암말은 생선을 먹고 싶은 욕망이 너무 강했다. 그래서 혼자라고 생각이 들었을 때 그 생선의 가장 좋은 부위를 차지하려고, 양 소매를 걷어 올리고 목표물로 향했다. 바로 그때 내가 시드리[13]와 함께 불쑥 그를 방문했다. 시드리를 보았을 때, 그는 죽음과 폭풍처럼 몰아치는 역병이 닥쳐왔음을 알았다. 그는 결코 피할 수 없는 운명을 보았으며 재앙을 목도한 것이었다. 그는 악마를 보았고, 거대한 바다 괴물이 자신에게 고통을 주리라는 것을 알았다.
얼마의 시간이 지나지 않아 시드리는 생선의 방광과 배 부위를 파 먹었다. 그러자 그는 내게 다가와서는 이렇게 말했다.
"아부 우스만, 시드리가 배 쪽을 무척 즐겨 먹는군!"
시드리가 생선의 윗부분을 잡고 양쪽 살코기를 다 벗겨 먹기 전까지 그 말은 좀처럼 그의 입에서 떠나지 않았다.

그는 내게 다가와서는 다시 이렇게 말했다.

"시드리가 목 부위를 매우 맛있게 먹는군!"

그는 마침내 시드리가 생선의 양쪽 면을 다 먹어치워버린다는 걸 알아차렸다. 만약 시드리가 그를 이성을 잃을 정도로 만들지만 않았더라면, 그의 가슴을 분노로 짓누르지만 않았더라면, 그를 마음 아프게만 하지 않았더라면, 그는 생선의 일부분이라도 먹을 수 있었을 것이다. 만약 그가 생선의 일부분이라도 먹을 수 있었더라면 그가 이토록 무모한 감정을 느끼거나, 짓누르는 고통을 느끼거나, 가슴 아프거나, 가슴 가득 분노가 차오르지는 않았을 것이다. 왜냐하면 그는 정말로 끝내주게 잘 먹는 사람이었으므로. 하지만 시드리는 아부 무암말의 분노의 불꽃에 기름을 부었다. 시드리가 그 생선의 맛난 부위 전부를 먹어치우는 동안 그는 그저 구경꾼으로 그 자리에 남아 있었다. 단지 그가 바랐던 것은 한 조각이라도 그의 몫이 있길 바랄 뿐이었다. 하지만 그에게 돌아온 것은 거센 분노와 무거운 상실감 뿐이었다. 그는 줄곧 생선이 조금이라도 남아서 그의 간절한 식욕을 해결해주고 조금이라도 그를 만족시켜주리라고 기대했다. 이것이 바로 그의 일생에서 마지막 궤적과 마지막 숨을 지켜줄 수 있는 것이었다.

시드리가 생선의 껍질까지 썰어서 꼴깍 삼켜버리는 것을 보고 그는 드디어 이렇게 말했다. "아부 우스만, 시드리는 정말 모든 걸 맛나게 먹는군!" 그때 그의 뱃속 깊은 곳에서 생성된 분노가 그를 덜덜 떨게 만들었고 결국 그를 사악한 자로 만들었다. 그는 계속해서 배 속의 음식물을 토해내었다. 그러고는 고열이 났다.

그는 참회하였고 향후로는 절대 마음 깊이 우러나서든 아니면 근검절약을 위해서든 간에 음식을 먹지 않을 것이며, 그 값의 고하를 막론하고 생선을 사지 않을 것이며, 사람들이 그에게 선물로 생선을 주어도 절대

받지 않을 것이고, 설혹 길에 떨어져 있어도 줍지 않을 것이라고 단단히
마음먹었다.

　이것이 내가 들은 이븐 아부 무암말의 이야기이다. 그는 이미 작고하
였다. 알라께서 그와 우리를 용서해주실지니.

제15장 아사드 이븐 자니의 이야기

아사드 이븐 자니로 말할 것 같으면, 그는 겨울이 되면 껍질이 벗겨진 밀짚으로 침대를 만들곤 했다. 왜냐하면 밀짚이 너무나 부드럽고 유연해서 벼룩이 밀짚 표면에서 잘 미끄러지기 때문이다.

그러다가 여름이 되어서 더위가 기승을 부리면 땅바닥을 파고 물 단지에 물을 여러 번 채워 바닥에 붓고 표면이 고르게 될 때까지 두 발로 밟는다. 그렇게 하면 그 집은 바닥에 습기가 있어 늘 서늘하다. 습기가 계속 있어 서늘함이 유지된다면 그는 여름 내내 그런 냉방 방법에 만족해한다. 설혹 여름이 끝나기 전에 건조해져서 집이 다시 더워지면 그는 또다시 바닥을 파고 물을 붓는다.

그는 이렇게 말하곤 했다. "나의 잠자리는 땅바닥이고 나의 잠자리에 부은 물은 내 우물에서 길어온 것이라네. 내 집은 아주 시원하고 냉방 비용이 훨씬 적게 들지. 나는 지혜롭게 기계 원리를 다룸으로써 그 누구보다 뛰어나다네."

그는 의사였는데, 한번은 환자가 별로 없을 때였다. 어떤 이가 그에게 말했다. "올해는 역병이 돌아서 전염병이 도처에 일고 있지. 자네는 오 랜 경험과 정확한 판단을 할 수 있는 식자야. 그런데 어째서 이렇게 환자가 없는 불황을 맞고 있는가?"

그가 답했다. "딱 한 가지를 말하겠네. 나로 말하자면 사람들은 내가 무슬림이란 걸 알고 있네. 사람들은 내가 의술을 연마하기 이전, 아니 어쩌면 내가 태어나기도 전부터 무슬림들은 의술이 뛰어나지 못하다고 굳건히 믿었다네. 내 이름은 아사드[1]라네. 그러나 내 이름은 살림, 지브라일, 요한나, 그리고 비라였어야 마땅하지.[2] 내 쿤야[3]는 아부 하리스라네. 이것 역시 아부 이사, 아부 자크리야, 아부 이브라힘이었어야 마땅하지. 나는 흰색 면으로 된 망토를 걸치고 있네. 이것 역시 검은색 실크로 된 망토였어야 하지. 내가 쓰는 언어는 아랍어라네. 이것 역시 준디 사부르[4]의 사람들이 쓰던 언어였어야 마땅하지."

제16장 사우리 이야기

알-칼릴 알-살룰리가 말했다. "하루는 사우리가 내게 다가왔네. 그는 쿠르시 알-사다카[1]에서 무르라 강[2]에 이르기까지 오백 자립의 토지를 소유하고, 비옥하기로 유명한 땅이란 땅만 골라서 다 사는 그런 사람이었지." 알 칼릴은 계속해서 이야기했다. "한 날은 그가 내게 다가와서 이렇게 얘기했지. '자네, 맛을 좋게 하기 위해 빵을 올리브 피클 즙에 적셔 먹어본 적이 있나?'"[3]

알-칼릴은 말했다. "나는 아니라고 말했지. 그러자 사우리는 계속해서 말했다네. '만약 그렇게 먹어보면, 알라께 맹세코, 그 맛을 결코 잊지 못할 거야.' 그래서 나는 대답했지. '그렇고말고, 알라께 맹세코, 내가 그렇게 해보면 결코 그 (이상한) 맛을 잊어버릴 수 없겠지!'"

사우리는 자식에게 늘 이렇게 말하곤 한다. "건대추이건 생대추이건 간에 다 먹고 나서 씨를 뱉어버리지 마라. 대추야자 씨를 삼키고 배 속으로 내려보내는 것에 익숙해지도록 훈련해라. 대추야자 씨는 배 속에서 기름과 결합되어 신장을 따뜻하게 지켜준다. 이런 예를 들자면, 젖을 짜내

는 염소의 배가 그렇고 모든 동물들은 야자 씨를 사료로 먹는다. 정말이
지, 네가 메론 씨나 대추야자 씨를 먹고, 보리를 우두둑 우두둑 깨물고,
자주개자리를 씹어 먹었더라면 너는 충분히 이런 것들을 빠르게 받아들일
수 있었을 것이다. 가끔 사람들은 연하고 즙이 많은 자주개자리 순을 먹
거나 이제 막 익은 껍질을 벗긴 보리, 풋대추 씨, 압축한 대추야자 씨를
먹기도 한다. 이제 너희에게는 해결해야 할 단 하나의 문제가 있다.

만약 너희가 따뜻해지길 바랐다면 비계를 구했어야만 했다. 어째서
너희는 땔감의 연기와 설탕의 추악함과 땔감을 사는 데 드는 비싼 비용을
대체할 수 있는 그 무엇인가를 구하지 않느냐? 비계는 심장을 편하게 해
주고 얼굴을 희게 해주고 붉은 얼굴을 검게 만든다.[4] 나는 대추야자 씨를
삼킬 수 있고, 또 그것을 암양에게 사료로 먹일 수도 있다. 나는 너희를
생각해서 이런 말을 해주는 것이다."

그리고 그는 늘 이렇게 말하곤 했다. "콩을 먹을 때는 꼬투리까지 다
먹어라. 콩은 말한다. '내 꼬투리를 같이 먹는 사람은 진짜로 나를 먹은 것
이고, 내 꼬투리를 제외하고 나를 먹은 사람은 내가 그를 먹을 것이다.'[5]
따라서 너희에게 필요한 것은 너희의 음식이 진정한 음식이 되게 하는 것
이고, 너희에게 음식으로 할당된 것을 진정한 음식이 되게 하는 것이다."

사우리는 사람들에게 큰돈을 빌려주곤 했다. 그에게는 유산을 물려줄
상속인이 없었고, 그는 늘 사람들을 조롱거리로 만들곤 했다. 그는 거래
입회를 설 때 이렇게 말했다. "자네들도 익히 알겠지만 내겐 상속인이라
곤 없다네. 따라서 내가 죽으면 이 재물은 아무개의 것이 되지." 이런 이
유로 많은 사람들이 그와 거래를 하고 싶어 했다.

내가 아주 오래간만에 그를 보았을 때 그는 샌들을 손에 들고 있거나,

뒤꿈치를 아프게 할 법한 찢어진 샌들을 신은 채 하루 종일 걷고 있었다. 그는 말했다. "마기승[6]들은 바스라, 바그다드, 페르시아, 아흐와즈 그리고 그 밖의 세상을 신디제 샌들[7]을 신고 자유롭게 누빈다." 그러자 사람들이 그에게 말했다. "마기승들은 그들의 종교에 의거해 양 발가락 사이를 끈으로 묶어 신는 샌들을 합법적인 것으로 간주하지 않는다. 따라서 당신은 그가 맨발이거나 혹은 신디제 샌들을 신은 경우만 볼 수 있다. 하지만 당신은 무슬림이고 부자이다." 그가 말했다. "재산이 많은 사람은 꼭 가난한 자와 도둑에게 적선하기 위해 지갑을 열어야 한다는 법이라도 있는가?"

그러자 사람들이 그에게 말했다. "이 둘 사이에 중도는 없는가?"[8]

알-칼릴이 말했다. "사우리가 이슬람 사원에서 검약으로 유명한 사람들의 모임에 참여했다. 그리고 거기서 무리 중 거침없이 말을 잘하는 한 사람의 이야기를 들었다. 그 사람이 말했다. '여러분이 사용하는 모든 것에 안을 덧대시오. 그렇게 하면 더 오래 사용할 수 있다오. 알라께서는 내세를 영원토록 만들고 현세는 덧없이 만들었소.' 그런 다음 그는 계속 말했다. '나는 안을 덧댄 옷 한 벌이 보통 옷 네 벌보다 오래가고 안을 덧댄 터번 하나가 네 개의 터번보다 오래가는 걸 보았다오. 이는 다른 이유가 있어서가 아니라오. 단지 두 겹으로 포개지는 것이 서로를 튼튼하게 해주고 주름이 서로를 강하게 만들어주기 때문이라오. 그러므로 여러분이 사용하는 갈대 자리나 야자수 잎으로 엮은 돗자리 또는 카펫에 안을 덧대 보시오. 그리고 점심 식사를 한 후 시원한 물 한 잔으로 배 속에도 안을 덧대보시오!' 그러자 사우리는 말했다. '자네가 말한 것 중 제일 마지막 말만은 충분히 이해하겠네.'"

알-칼릴이 말했다. "한번은 사우리가 몹시 열이 났다. 그의 가족과
하인들도 열이 많이 났고 그들은 고열 때문에 빵을 먹을 수가 없었다. 따
라서 안 먹은 빵만큼의 밀가루를 절약하게 되었다. 사우리는 몹시 기뻐하
며 말했다. '만약 우리 집이 아흐와즈 시장터나 카이바르의 나타 지방 혹
은 주흐파 계곡[9]에 있었더라면 매년 백 디나르씩은 식비에서 절약할 수 있
었을 텐데.' 끼니를 건너뛰어 밀가루를 절약한 이후로는 그 자신이나 식솔
들이 고열에 시달려도 그는 그다지 걱정하지 않았다.

그는 늘 이렇게 말하곤 했다. '만일 내가 어린 염소를 구입하는 사람
을 본다면 나는 그를 가엾이 여기겠네. 만일 닭고기를 구입하는 자를 본
다면 그를 혐오하겠네.[10] 그런데 만일 검은색 자고새[11]를 구입하는 자를 본
다면 그런 사람과는 거래도 안 할뿐더러 말도 섞지 않겠네.'"

사우리는 말했다. "근검절약의 기초는 — 이것은 필수 불가결이다 —
신발을 수선하고, 좋은 품질의 신발창을 선택하고 매일같이 기름칠해서
닦는 것이다. 수도승의 의복에 달려 있는 끈의 끝에 매듭을 지어놓는 것
은 사람들이 함부로 밟거나 찢어버리지 못하게 하기 위함이다. 필수적인
근검절약의 또 다른 예는 더러워진 칼란스와 모자를 뒤집어 쓰는 것이다.
그리고 뒤집어 쓴 쪽이 더러워지면 그때 세탁한다. 그 모자의 천으로는
예멘산(産) 세로줄 무늬의 천을 사용하라. 그러면 뒤집어 써도 표가 나지
않는다. 또 다른 근검절약의 방법 중에는 여름옷을 겨울에도 입으라는 것
과 만약 당나귀를 가지고 있다면 젖을 짤 수 있는 암양을 사라는 것이 있
다.[12] 당나귀를 취하는 것은 천 디나르의 수입보다도 더 낫다. 왜냐하면
당나귀는 여행하는 데 유용하고, 멀리 있는 물건이 필요할 때 가져오는
것이 가능하기 때문이다. 곡식을 갈 수도 있으므로, 그러면 너희는 방앗

간 주인에게 지불해야 하는 돈을 절약함으로써 득을 얻는다. 당나귀 등에
는 주인이 필요한 것과 나귀가 필요한 것을 함께 지고 올 수 있다. 예를
들어 땔감이 그렇다. 당나귀는 물을 길어올 수도 있다. 이 모든 것이 일
년간 쌓이고 또 쌓이면 큰돈이 된다."

그리고 그는 이렇게 말했다 "맹세컨대, 친절함은 행운을 가져오고 야
비함은 악운을 가져온다. 나는 마다리 지방[13]에서 생산한 어깨에 걸치는
옷을 사서 입었다, 알라의 뜻으로. 그것은 어깨에 걸치는 옷감과 망토용
으로 어찌나 좋던지. 그런 다음 나는 두건이 필요해서 또 마다리산(産)
천을 잘랐다. 알라께서는 알고 계시지, 그래서 그걸 두건으로 썼지, 알라
의 뜻으로. 그 다음에 나는 외투가 필요했다. 그래서 마다리산 천으로 사
이에 면을 넣고 누벼서 외투로 만들었지. 알라께서는 알고 계시지, 그런
다음 그걸 입었지, 알라의 뜻으로. 그리고 나머지 조각 중에서 멀쩡한 것
을 가지고 쿠션과 램프 덮개를 만들었지. 쿠션을 만들기에 작은 천 조각
은 칼란스와 모자를 만들려고 두었지. 그리고 그 나머지 천 조각은 유리
잔과 도자기 상인에게 팔았지. 그렇게 하고도 남은 자투리 조각은 하녀나
내가 쓸 걸레로 만들었다. 그리고 꼰 실이나 빗질한 면이 되어버린 것들
은 병의 윗부분에 쓸 마개로 만들었다."

나는 알-칼릴을 여러 차례 만났고 그에게서 '탐욕'에 대한 많은 이야
기를 들었다. 그는 바스라 사람이었는데 이븐 루그반의 사원[14]에 주로 있
으면서 바그다드에 머물고 있었다. 나는 그의 집에서 재물을 많이 가진
쉐이크를 본 적이 없었다. 그의 집에 모였던 사람들은 한결같이 인색하기
짝이 없는 수전노들이었다. 그들 중에는 이스마일 이븐 가즈완, 자으파라
이븐 사이드,[15] 카칸 이븐 사비흐, 아부 야으쿱 알-아으와르,[16] 압둘라 알-

아루디, 그리고 알-히자미 압둘라 이븐 카십이 있었다.

아부 압두 알-라흐만은 지독한 수전노인데 언변이 아주 좋은 이였다. 그는 탐욕에 대한 정당성을 그럴듯하게 늘어놓곤 했으며 탐욕을 옹호하며 다른 이들을 설득하곤 했다. 나는 사흘 이븐 하룬과 압두 알-라흐만을 제외하고는 이 책에 전적으로 기여한 이를 알지 못한다.

디르함은 우려의 집

아부 압두 알-라흐만은 아들에게 이렇게 말했다. "내 아들아, 네가 키라트[17]를 지출하는 것은 다나크(1/6디르함)를 지출하는 문을 여는 것이고, 다나크를 지출하면 그 다음엔 디르함을 지출하는 문을 열게 되고, 디르함을 지출하면 디나르를 지출하는 문을 열기 마련이다. 10은 너에게 100을 지출하는 문을 열게 할 것이고, 100은 1,000을 지출하는 문을 열게 할 것이다. 이런 순환은 네 재산의 근본을 모두 멸망시킬 때까지 계속될 것이고, 더 나아가 네 자산의 자취를 말끔히 지워버릴 것이다. 그러므로 내 아들아, '디르함dirham'의 진정한 해석은 '다르 알-함Dār al-hamm'[18]이다. 또한 디나르의 진정한 해석은 '유드니 일랏나르yudnī ilā 'l-nār,' 즉 '지옥의 불 가까이 가져가다'이다. 따라서 지출하는 돈을 대체할 것이나 대신할 그 무엇도 없이 지출하면 디르함은 지출한 사람의 '우려의 집'이 된다.

사람들은 디나르는 돈을 쓴 사람을 지옥의 불 가까이 데려간다고 했다. 왜냐하면 그가 지출한 돈을 대신할 무엇이나 그에 상응하는 대체물

없이 돈을 쓸 경우 그자는 덜덜 떨면서 가난한 채 정말로 일전 한 푼 없는 거지로 남기 때문이다. 결국 그는 어쩔 수 없이 생계를 꾸려가기 위해 비천한 방법을 택하고 먹고살기 위해 악의 길을 가게 된다. 먹고살기 위해 악의 길을 가는 것은 정의를 잃고 명예를 멀리하여 처벌을 숙명처럼 달고 다니게 하고 결국 지옥의 불로 들어서게 만든다."

그 디르함이나 디나르에 관해서 아부 압두 알-라흐만이 내린 해석은 그의 생각이 아니라, 이야기꾼인 압두 알-아을라의 판단이다. 사람들이 그에게 "왜 개를 칼라티Qalaṭi라고 부릅니까?" 하고 물으면, 그는 "작고 웅크리고 있기〔Qalla wa-laṭa〕[19] 때문이다"라고 대답했다. 그리고 사람들이 그에게 "왜 개를 살루키Saluqi라고 부릅니까?" 하고 물으면 그는 "살금살금 비밀리에 무엇인가를 빼내고 또 빼내온 물건을 던져버리기〔Yastalla wa-Yulqi〕[20] 때문이다"라고 대답했다. 또한 사람들이 그에게 "왜 참새를 우스푸르Uṣfūr라고 부릅니까?" 하고 물으면, "복종하지 않고 달아나기〔Aṣā wa-Farra〕[21] 때문이다"라고 그는 답했다.

그가 바로 늘 이런 류의 이야기를 말하곤 했던 압두 알-아을라이다. "가난한 사람의 어깨에 두르는 천은 숨겨놓은 것이 없는 천이다. 그의 마라크 수프는 묽고, 자르다카 빵은 반쪽이고, 작은 생선에는 많은 뼈가 있다."[22]

일부 코란의 주석학자들은 이렇게 주장했다. "노아는, 알라께서 그에게 평화와 축복을 베푸시길, 노아라고 불렀다. 단지 그가 늘 통곡을 했기〔Yanūḥ〕[23] 때문이다. 그리고 아담 역시 아담이라고 불린 이유는 그가 지상의 껍질을 베어냈기〔Adim〕[24] 때문이다." 그들은 "아담의 갈색〔Udmah〕[25] 피부가 바로 땅을 의미한다. 그리고 메시아Masiḥ는 항상 축복의 기름으로 발려 있기〔Musiḥa〕 때문에 그렇게 불린 것이다"라고 말했다. 하지만 일부 사람들은 이렇게 말했다. "왜냐하면 그가 늘 특정한 지방에만 거주하지 않았고, 땅을 측량하는 사람일 수도 있기〔Yamsaḥ〕[26] 때문이다."

이제 아부 압두 알-라흐만의 아주 기이한 행동에 관한 이야기로 돌아가보도록 하자. 아부 압두 알-라흐만은 양의 두개골을 즐겨 먹곤 하여 양의 두개골에 대해 묘사하고 찬양하곤 했다. 그러나 그가 양의 두개골을 먹는 날은 그렇게 많지 않았다. 희생제나 희생한 동물의 잔여분이 있을 때, 혹은 초대받은 결혼식장에서만 먹곤 했다. 그는 양의 머리에다 '결혼식'이라고 이름을 붙였다. 왜냐하면 양의 두개골은 여러 가지 다양한 맛으로 서로 조화를 이루고 있기 때문이었다. 종종 그는 양의 두개골을 '포괄적인 것'이라고 이름을 붙였고, 어떤 때는 '완벽한 것'이라고 이름을 붙이기도 했다.

그는 말하곤 했다. "두개골은 다양한 맛과 아주 즐거운 묘미를 포함하고 있는 단 하나의 어떠한 것이지. 솥의 음식이나 구이는 하나의 요리이지만, 두개골은 뇌를 포함하고 있고 그 뇌의 맛은 독특하지. 또한 뇌 안에는 두 개의 눈알이 있는데, 그 맛 역시 아주 독특하지. 그리고 양쪽 귀 사이에 있는 눈 밑에 처진 기름이 있는데, 그것만이 가지고 있는 맛은 어디에도 비할 수 없다. 이러한 눈 밑의 처진 기름은 뇌보다도 훨씬 맛있고, 버터보다 훨씬 부드러우며, 정제된 기름이 흐르는 것보다 훨씬 더 미끈거린다. 그리고 그 두개골 안에는 그것만이 가지고 있는 아주 고유한 맛이 있는데, 코의 뿌리 부분은 연골과 연결되어 있으며 이러한 것들은 각각의 독특한 맛이 있고 뺨 쪽에 있는 두 개의 살은 그 나름대로의 특이한 맛이 있다." 그는 자신의 지론을 고기 부스러기 한 점 한 점까지 남아 있는 모든 것들에까지 적용해서 말하곤 했다.

그는 또 이렇게 말하곤 했다. "두개골이란 것은 본체의 주인이고 뇌를 포함하고 있으며 뇌는 지성의 원천이다. 따라서 그 본류인 두개골로부터 가지가 펴져 나와서 신경이 있고 그러한 신경들은 감각을 소유하고 있다. 그리고 그 본체, 즉 육체는 바로 그러한 신경에 의해서 조율되고 있다. 심장은 단지 지성이 들어가는 관문에 불과하며 그 안에 있는 영혼은 무언가를 감지하고, 눈은 색을 판별하는 관문이다. 따라서 만약 지성이 머리에 있지 않았더라면, 그 지성은 머리가 베어져 날아가는 것의 결과로써 사라지지도 않았을 것이다. 따라서 두개골은 오감을 담고 있다."

그는 늘 시인[27]의 시를 인용하곤 했다.

> 그들이 나의 머리를 베어버렸을 때,
> 나의 머리 속에는 가장 중요한 것이 들어 있었네.
> 그리고 바로 거기에, 전쟁터에 나의 나머지 것이 남아 있네.

아부 압두 알-라흐만은 이렇게 말하곤 했다. "사람들은 늘 이렇게 말한다. '이것이 문제의 머리이다. 아무개는 기병대의 우두머리이다. 그는 부족의 장이다. 그들이 우두머리들, 지도자들, 그리고 사람들의 코이다.' 따라서 '머리'라는 단어에서 '우두머리'라든가 '지도자'라든가 '그 부족의 우두머리로 아무개가 되었다'는 말이 파생되었다. 하지만 머리는 단지 하나의 모델이고 우선권이 주어진다는 의미였다."

그가 두개골을 다 먹고 나면, 늘 두개골과 턱뼈를 개미구멍 가까이에 두곤 했다. 그래서 거기에 두었던 뼈에 개미들이 다 모여들면, 그는 그것을 물이 가득 찬 대야에다 넣어서 흔들었다. 그는 개미구멍이 있는 장소에서 이러한 동작을 계속 반복하였고, 종국에는 개미들을 그의 집에서 완전히 근절시켰다. 그가 이 작업을 끝냈을 때에는 이 뼈들을 땔감으로 쓰려고 불쏘시개를 모아두는 쪽으로 던져놓았다.

'두개골을 먹는 날'이 되면 그는 식탁에서 아들과 함께 자리를 하곤 했는데, 자리가 마련되기까지 아들은 그가 제시한 아주 긴 조건들을 어느 정도 수행해야 했다. 그가 아들에게 말했던 것 중에는 다음과 같은 것이 있었다.

"게걸스럽게 먹는 청년과 농장에서 일하는 일꾼들의 탐욕, 통곡하는 여인들[28]을 기피하기 위해 주위를 잘 살펴라. 또 소금 장사꾼들이나 진흙을 만지는 일꾼들을 멀리하라. 뿐만 아니라 사막의 아랍인들이나 혹은 손재주로 일하는 수공업자들을 잘 피하라. 너의 두 손 앞에 있는 것은, 바로 너의 운명인데, 운명이란 너에게 접근하고 너에게 일어나는 것을 의미한다. 그러므로 네가 명심해야 되는 것은 언제나 그 음식이나 자비로운 한 입, 그리고 탐욕스러운 한 조각에 아주 흔치 않은 일이 생길 수 있다는 것이다. 그러한 음식은 아주 존경받는 쉐이크나 총애받는 소년의 몫일뿐, 너는 그 양자 중에 어느 쪽에도 속하지 않는다. 너는 연회에 초대를 받을 수도 있고 결혼식 아침 식사 초대를 받아 친구의 집에 갈 수도 있을 것이다. 그런데 그때 마침, 너는 고기를 먹은 터라서 너의 친구가 오히려 너보다 훨씬 더 왕성한 식욕을 보일 수도 있다. 문제는 두개골 요리가 하나밖에 없으므로 요리의 일부를 사람들이 손대지 못하게 떼어놓고 나머지를 먹게 하는 것은 당연한 일이다. 게다가 나는 네가 한 번 이상 고기를 먹는 것을 용납하지 않는다. 왜냐하면 알라께서는 고기에 너무 집착하는 사람들을 미워하셨기 때문이다.[29] 우마르는 늘 이렇게 말하곤 했다. '동물들이 도살된 장소를 경계하라. 왜냐하면 그러한 곳에는 포도주에 중독되는 것과 같은 중독성이 있기 때문이다.[30] 고기에 중독되는 것은 마치 포도주에

중독되는 것과 같다.'

메시하는 고기를 먹고 있는 사람을 보면서 말했다. '고기가 고기를 먹고 있구나. 나는 이런 바람직하지 못한 행동을 보아 넘길 수가 없다.'

고기를 암시하면서 하림 이븐 쿠트바가 말했다. '고기를 너무 많이 먹는 것은 사자를 죽이는 것이다.' 또 알-무할랍은 이렇게 말했다. '식욕이 없는 사람에게 가져다준 고기는 붉은 색깔의 죽은 것, 시체에 불과하다.' 그리고 선현들은 말했다. '두 가지 붉은색이 남자를 죽이는데, 하나는 고기요 다른 하나는 포도주이다. 또 다른 두 가지 붉은색은 여자를 죽이는데 하나는 금이요 또 다른 하나는 사프란[31]이다.'"

"내 아들아, 너 자신이 조금씩 덜 먹고 모자란 듯 결핍된 상태에 익숙해지도록 노력하고, 또 식욕을 너 스스로 억제하는 것에도 익숙해지도록 하여라. 독사가 먹이를 덥석 무는 것과 같이 음식을 그렇게 덥석 물지 말 것이며, 말이 앞니로 우적우적 씹는 것과 같이 음식을 씹어대지 말 것이며, 암양이 계속해서 먹고 또 먹는 것과 같이 과하게 먹지 말 것이며, 낙타가 음식물을 꿀걱하고 재빨리 삼키는 것과 같은 행동도 하지 마라. 아부 다르라[32]는 예언자 무함마드의 교우들이 돈을 아주 자유롭게 쓰는 걸 보고 말하기를, '너희는 너희의 앞니를 가지고 갉아 먹고, 우리는 우리의 어금니를 가지고 음식물을 먹는다'고 했다. 그러나 부활의 날엔 알라와 함께할 것이다. 알라께서는 너희를 선호하셔서 사람으로 만들었고 야수나 맹수로 만들지 않으셨다. 그러므로 너희의 배 속을 음식물로 가득 채워 넣는 것을 항상 경계하고, 더불어 과식하거나 너무 빨리 먹어치우는 것 또한 경계하라. 옛 현인이 말씀하셨다. '만약에 네가 뚱뚱하다면, 고질병에 걸린 사람들 중에 너를 포함시켜서 세어야 하느니라.' 알-아으샤는 말

했다. '비만은 사람의 지성을 마비시켜 바보로 만든다.'

네가 반드시 알아야 할 것이 있는데, 그것은 포만감이 소화를 어렵게 만들고 그 소화불량은 결국 병을 가져오며 병은 죽음을 초래한다는 것이다. 따라서 비만으로 인해서 병에 걸려 죽은 사람은 부끄러운 것이며, 그것은 자기 자신을 죽인 것과 다름이 없다. 자기 스스로를 죽음으로 몰아넣는 것은 다른 이를 죽이는 것보다 훨씬 더 야비하고 몹쓸 짓이다. 전지전능함이 이름이신 알라께서는 이렇게 말씀하셨다. '너희 스스로를 죽이지 마라.'[33] 그것은 마치 우리가 우리 자신을 죽이거나 우리 중 한 사람이 다른 사람을 죽이는 것과 같은 일이다. 따라서 이것이 이 문구의 진정한 번역이다.

내 아들아, 살인자와 살해당한 자 모두 지옥에 갈 것이니라. 만약에 네가 노련한 내과 의사에게 물어보았다면, 아마 그들은 너에게 이렇게 많은 무덤의 대다수가 소화불량으로 죽은 사람들의 무덤이라고 말해주었을 것이다. 네가 반드시 깨달아야 할 것은 '한 끼를 영광스럽게 잘 먹고 그리고 죽는다'라고 이야기한 사람의 잘못된 생각 내지는 궤변을 반드시 깨달아야 한다는 것이다. 아들아! 그러므로 다음과 같은 말을 한 사람의 권고를 잘 새겨들어라. '자주 조금씩 음식을 먹으면 크게 음식을 먹고 싶은 마음이 들지 않는다.' 하산 바스리도 이렇게 말한 바 있다. '오, 아담의 자손이여! 네 배 속의 삼분의 일 정도만 음식으로 채우고 또 다른 삼분의 일 정도는 마실 것으로 채워라. 그리고 나머지 삼분의 일은 묵상과 호흡을 위해서 남겨두어라.' 바크르 이븐 압둘라 알-무자니는 말했다. '나는 포만감 대신 빈속에 먹어본 빵만큼 맛있는 것을 먹어본 적이 없고, 더불어 나는 직접 지은 옷을 입었을 때와 손을 씻을 필요가 없는 간소한 음식을 먹었을 때처럼 좋은 기분을 느껴본 적이 없다.'

내 아들아, 정말이지, 포만감에 싸여서 배가 나온 사람은 예배를 올릴 때 구부려 절할 수 없고, 알라 앞에서 부복할 수도 없으며 더욱이 알라 앞에서 그 자신을 공손하게 낮출 수도 없다. 따라서 금식은 건강을 위해서 좋고 하루에 한 끼 정도를 먹는 것도 괜찮은 일이다."

그런 다음 그는 계속 말했다. "몇 가지 이유로 해서 인도인들은 장수했으며, 사막의 아랍인들 역시 건강한 육체를 가지고 있었다. 하리스 이븐 칼라다[34]는 단호하게 말했다. '약이란 음식을 절제하는 것이고 질병이란 음식 위에 음식을 계속 꾸역꾸역 넣는 것을 말한다.'

그러므로 내 아들아, 무슨 까닭으로 아랍인의 마음이 순수하고, 무슨 까닭으로 베드윈 아랍인의 영혼이 진실되겠느냐? 또한 무슨 까닭으로 수도승의 육체가 건강해지겠느냐? 특히 수도승의 경우, 은둔지의 암자에서 오랫동안 지냄에도 불구하고 그의 몸이 건강한 것은 무슨 까닭이겠느냐? 수도승들은 관절염이라든가 뼈마디의 고통이나 혹은 종양이 없다. 바로 그 까닭은 수도승들이 음식을 조금 먹고, 여행을 다닐 때 가볍게 하고 다니며, 또한 편안한 마음으로 여행을 하기 때문이 아니겠느냐?

내 아들아! 이 세상의 부드러운 미풍과 인생의 정제된 영혼은 네가 배 속에 음식을 많이 넣고 생명을 단축하는 것보다 훨씬 값어치 있고 좋은 일이다. 그런데 어떻게 절약하면서 돈을 모으고 몸이 건강해지고 지성이 더욱 빛나고 또한 돈을 모으며 천사의 삶에 가까이 가는 이러한 방법을 바라지 않겠느냐?

내 아들아! 너는 도마뱀이 왜 생물 중에 가장 수명이 긴지 그 까닭을 아느냐? 그것이 이 세상의 미풍을 쐬었기 때문이 아니겠느냐? 알라의 사자께서, 알라의 평화와 축복이 그에게 있기를, 무슨 까닭에 '단식은 탐욕을 막아주는 것이다. 만약 그렇지 못하면 탐욕을 없애기 위해 배고픔을 방어막으로 만들라'고 하셨겠느냐? 너는 알라의 이러한 교훈을 잘 이해해야 되느니라. 왜냐하면, 바로 너야말로 이러한 이야기의 대상이 되기 때문이다.

내 아들아! 나는 이미 나이가 아흔이 되었지만 그럼에도 이가 하나도 빠지지 않았고 뼈가 어긋나지도 않았으며 근육이 부어오르지도 않았다. 나는 귀가 울리거나 눈물이 나거나 혹은 오줌이 새는 그러한 것도 전혀 없다. 이 모든 것은 내가 음식을 조금씩 먹었기 때문이다. 그러므로 네가 만약 너의 삶을 사랑한다면, 바로 나와 똑같은 방법을 취해야 할 것이고, 네가 만약 죽음을 사랑한다면 알라의 뜻을 거슬러서 너의 몸을 학대해도 좋으니라."

이제까지의 이야기가 바로 아부 압두 알-라흐만이 두개골을 음식으로 내놓는 바로 그날, 그 혼자 충고를 했던 것이다. 그의 식솔들은, 특히 그의 아이들은 너무나 배가 고픈 나머지 쓰레기 더미에서 먹을 것을 뒤지거나 혹은 뼈를 빨아 먹고 있었다.

그는 보름달이 떴을 때에만 두개골을 사곤 했다. 왜냐하면 보름달이 떴을 때에는 두개골 안에 내용물이 꽉 차기 때문이다. 그는 늘 어린 동물의 두개골을 사곤 했는데, 그 까닭은 어린 것의 두개골이 기름이 풍부하고 맛있으며, 눈 주변에 있는 지방이 늙은 동물의 것보다 맛있고 기름기도 풍부하기 때문이었다.

사람들은 초승달과 달이 뜨지 않는 밤에는 두개골과 피 사이에 잘 알려진 어떤 작용이 있으며, 그래서 봄과 가을에는 두개골이 질적으로 뚜렷한 차이가 있다고 말하곤 했다. 사막의 아랍인들은 초승달의 첫날밤에 자궁으로 그 빛이 들어갔을 때 잉태된 아기는 매우 몸집도 좋고 건강하지만,

달이 없는 밤에 자궁으로 잉태된 아이는 발육도 나쁘고 건강하지도 못하고 몸집도 말랐다고 믿고 있다.

이와 관련해서 시인은 이렇게 노래를 읊었다.

초승달이 뜰 때, 그녀는 생리를 끝마치고 정화된 상태에서 임신을 했다.

최초의 작은 빛이 나타나 그녀에게 빛을 발하고

그는 너무도 빨리 번영했다. 이미 임신을 한 그녀는 새끼에게 젖을 먹이지 않았다.

젖먹이가 많은데도 한 아이에게만 젖을 먹이는 것은 부끄러운 일이다.

아부 압두 알-라흐만은 바그다드에서 장사치들로부터 양의 두개골을 사곤 했는데, 이븐 루그반 사원에서 두개골을 팔던 장사꾼에게서는 절대로 사지 않았다. 그는 두개골을 꼭 토요일에만 사곤 했다. 겨울과 여름 사이에 두개골을 사는 일은 그에게 커다란 혼란을 주었으며, 그래서 어떤 때에는 이 계절에 두개골을 사고 또 다른 때에는 저 계절에 두개골을 사곤 했다. 그가 이븐 루그반 사원의 장사치에게서 구입을 꺼리는 이유는 바로 이 때문이다. 바스라의 사람들은 거세한 염소고기를 즐겨 먹곤 했는데, 양의 두개골은 염소의 두개골보다 훨씬 더 기름기가 있고 고기도 많고 가격도 싸고 품질 면에서 뛰어났다. 숫염소의 두개골은 거세한 염소의 두개골보다 고기를 훨씬 더 많이 가지고 있었다. 왜냐하면 거세한 염소의 가죽은 땀을 많이 흘리고 두개골 쪽에는 고기도 훨씬 적어서 그게 염소라 할지라도 가죽 쪽은 숫염소 가격의 1/10정도에도 팔리지 않았고, 두개골 역시 질적인 면에서 뛰어나지 못했다. 바로 그러한 이유로 인해서 그는 그 물건을 무시해버리고 다른 것을 찾곤 했다.

그가 양의 머리를 토요일에 사는 이유는 도살꾼들이 대부분 금요일에 도살을 하기 때문이다. 따라서 토요일에는 바로 전날 도살한 물량이 넘쳐난다. 또 다른 이유는 보통의 사람들이나 상인들 혹은 수공업자들이 바로 전날인 금요일에 고기를 충분히 먹었으므로[35] 토요일에 양의 머리를 먹고 싶은 마음을 훨씬 덜 느낄 것이라고 생각하기 때문이다. 따라서 토요일은 여전히 먹을 것이 남아 있고, 바로 그러한 이유로 인해서 사람들은 그렇게 고기나 두개골을 먹고 싶어 하는 욕망이 별로 없다. 또 사람들은 한 식탁에 좀처럼 고기나 두개골을 같이 올리지 않기 때문이다.

이제 그의 혼란스러움은 여름과 겨울 사이에 그 차이를 어떻게 잘 운영하여 절약의 방법으로 가꾸어나가는가에 있었다. 그의 머리에는 다양한 구실들이 떠올랐고 고기를 먹고 싶어 하는 욕망과 식욕을 자극시키는 생각들이 떠올랐다. 만약에 그가 여름에 고기를 샀다면, 그것은 바로 여름의 고기값이 훨씬 싸고 두개골이 공짜로 고기에 따라오기 때문이었다. 사람들은 겨울에는 진한 음식을 많이 먹지만 더운 여름날에는 그다지 많이 먹고 싶어 하지 않는다. 그래서 그는 가격이 싸다는 이유만으로 사기에 적절한 계절이 아님에도 불구하고 여름에 그것을 샀다. 하지만 겨울에는 그가 고기를 먹고 싶어 하는 마음을 조절하는 데 어려움을 겪었고, 그는 늘 이렇게 말하곤 했다. "겨울의 두개골 하나는 여름의 두개골 두 개하고 동일하다. 왜냐하면 축사에서 길러진 그러한 동물은 드넓은 벌판에서 목초를 뜯어 먹고 자란 것과 똑같지 않기 때문이며, 기름진 음식을 먹고 자란 동물이나 밧줄에 묶인 채 감금당해서 자란 것은 사막의 초목 위에서 자유를 누리며 자란 동물과 똑같지 않기 때문이다." 겨울이 되면 그는 그의 건강과 육체가 아주 좋은 상태로 되돌아올 것이라고 확신에 차 있었다. 그런데 한 가지 의심스러운 것은 그가 여름에 너무 많이 먹지 않았는가 하는 점이었다. 왜냐하면 여름에는 사람들이 두개골 요리를 먹고 싶어 하는 마음이 별로 없지만 그는 요리를 남기는 것이 죄악이라고 믿는 자였고, 남은 것을 무시하는 것도 큰 죄를 짓는 것이라고 생각했기 때문이다. 그래서 그는 늘 이렇게 말하곤 했다. "배가 부른 후에도 두개골을 먹으면 아마 나는 죽을지도 모른다. 하지만 여름에 내가 두개골 요리를 먹다 남겨두면, 그 이유는 잘 모르겠지만, 겨울에도 사람들이 나에게 음식을 남기라고 요구할지도 모른다. 나는 그것이 두렵다."

제17장 다양한 기담

물에는 물

막키가 내게 말했다. "어느 날 나는 안바리'의 집에 있었는데, 그의 어머니를 모시는 하녀가 빈 단지를 들고 왔지. '마님께서 여기에 보냉 물 단지가 있다고 들으시고는 오늘 날씨가 더우니 이 단지에 시원한 물을 가득 채워달라 하십니다.' 그러자 안바리는 대답했지. '너는 거짓을 말하는구나. 내 어머니는 빈 병을 보내면서 물을 채워달라 하실 만큼 사리분별 없는 분이 아니다. 가거라. 그리고 이 단지에 물을 가득 채워가지고 와서 내 물통에 부어놓거라. 그런 다음에야 내 물 단지에서 물을 가져갈 수 있다. 물에는 물로 서로 오는 만큼 가는 것이니.'" 막키는 계속 말했다. "안바리는 어머니가 본질에는 본질로 본질이 아닌 것에는 본질이 아닌 것으로 대가를 치르기를 원했던 거지. 그래서 그의 어머니가 차가운 것과 더운 것이라는 본질이 아닌 두 상태의 변화 이외에는 이익을 얻지 않기를 원한 거지. 결론적으로 본질과 본질이 아닌 것의 양으로 말하자면, 온 만큼

가는 것이지."

안바리와 그의 유모

막키가 말했다. "어느 날 내가 안바리의 집에 들렀더니 안바리는 대추야자 버리는 통을 옆에 두고도 반대편에 있는 유모에게 대추야자 씨를 던지고 있었네. 유모는 그 씨를 주워서 한참을 빨아 먹고 나서야 옆으로 치워두었다네." 나는 막키에게 물어보았다. "안바리가 대추야자 씨에 먹을 걸 좀 남겨두었나?" 막키는, "세상에 그럴 리가, 한번은 유모가 씨를 빨아 먹은 뒤 좀더 오랫동안 씨를 입 속에 넣어두고 머뭇거리자 안바리는 그녀가 마치 살인죄라도 저지른 듯이 소리를 질렀다네. 그녀가 한 것은 본질이 아닌 것을 그와 교환하고, 그에게 본질을 넘겨준 것뿐이야. 그녀는 씨앗의 달콤함을 취했고, 그 자리에 침의 축축함을 남겨두었던 거지."[2]

아부 쿠투바의 교훈

칼릴이 말했다. "아부 쿠투바는 삼천 디나르의 수확을 올릴 만큼 넓은 땅을 경작하지만 인색하기 짝이 없지. 그는 하수도 청소를 미루었다가 폭우가 내리는 날 혹은 배수의 흐름이 있는 날 청소를 한다네. 일꾼도 딱 한 명만 고용하고, 하수도 안에 있는 것을 꺼내 길에다 버리고 흐르는 물살이 오물을 씻어내리게 하지. 그의 우물 터와 오물을 쏟아 붓는 장소는 이백 큐빗[3] 정도 거리밖에 안 된다네. 단돈 이 디르함을 절약하려고, 한 달이나 두 달을 미루었다가 하수도 청소를 하고, 오물을 길 위에다 흘려 보내 사람들에게 피해를 준다네."

칼릴은 계속 말을 이어갔다. "하루는 우리가 쿠라이쉬 사람들과 함께 앉아 있었는데 우리와 함께 있던 아부 쿠투바가 청소부들이 일하는 것을 보고 있었지. 그들은 하수구 안의 오물을 꺼내서 길에다 버리고 하수구의 물살이 그 오물을 씻어 내려가게 했다네. 그러자 아부 쿠투바가 이렇게 말했지. '오리, 새끼 염소, 닭, 자고새, 보리빵, 멸치젓, 부추, 싸구려 생선, 이 모두가 여러분들이 보는 것으로 변하는 것 아니오? 그러니 비싼 값을 치르고 비싼 음식을 먹을 필요가 뭐 있겠소? 어차피 모두 똑같이 똥으로 변하게 될 텐데!'"

냄새 방귀와 소리 방귀

칼릴이 말했다. "아부 쿠투바가 이렇게 말했지. '여러분! 외출복이나 잠잘 때 사용하는 담요에 방귀를 뀌지 않도록 조심하시오. 왜냐하면 소리 없는 방귀는 이를 많이 불러 모으기 때문이요. 정말이오! 나는 지식에서 얻은 사실만을 말할 뿐이라오. 여러분은 방귀 소리가 피부를 태운다는 것을 알고 계시오?' 우리는 물었지. '어떻게 소리가 피부를 태운다는 말이오?' 아부 쿠투바는 '아랍어로 '파스와'는 소리 없는 방귀를 말함이오. 그런데 소리와 방귀는 모두 하나의 구멍에서 나오는 것이오. 그러니 어떻게 한곳에서 나오는 것이 하나는 좋은 냄새를, 다른 하나는 고약한 냄새를 풍기겠소? 그렇기에 이 사실은 여러분에게 소리는 그 구멍을 태운다는 것을 보여주는 것이라오'라고 말했다네."

칼릴은 계속 말했다. "세 형제가 있었지. 아부 쿠투바, 틸, 바니. 그들은 아탑 이븐 아시드[4]의 아들이라네. 그들 중 첫째는 함자가 핫지를 행하기 전에 순교했다고 말하면서 늘 함자 대신 성지 순례를 행하곤 했지.[5] 둘째는 순나의 가장 큰 잘못이 도살을 거부하는 것이라고 말하면서 아부 바크르와 우마르 대신 희생제에 쓸 가축을 도살하곤 했다네. 그리고 셋째는 아이샤가 희생제[6] 축제의 날에 금식한 것이 잘못된 일이라며 그러면 누가 그 아버지와 어머니 대신 금식을 하겠느냐며 자신이 아이샤, 알라의 축복이 그녀에게 있기를, 대신 아침을 먹는다고 말하면서 타슈리크[7]의 사흘 동안 아이샤를 대신해서 아침 식사를 하곤 했지."

노인의 푸념

동네 일을 훤히 알고 있는 한 여인이 내게 말했다.

"어느 동네 장례식에 할머니들이 모였다. 할머니들은 곡하는 여인[8]들이 이미 곡을 시작했다는 것을 알았을 때, 그네들끼리 따로 모여서 아들이 어머니를 어떻게 공양하는가에 대해 이야기했다. 모든 할머니들이 저마다 아들이 어느 정도의 용돈을 주는지 말했다. 잠시 후 한 노인이 이렇게 말했다. '필라와이 엄마만 말이 없네.' 필라와이 엄마는 자식에게 헌신적인 어머니였으나, 그녀의 아들은 겉으로는 효자인 척하지만 실제로는 인색함을 신앙처럼 받드는 인물이었다. 그는 바누 히산 묘역에 가게를 가지고 있었으며, 그곳에서 고물을 팔고 있었다. 노인은 필라와이 엄마를 쳐다보며 이렇게 말했다. '아드님에 관해 왜 한마디도 안 하는 거죠? 다른 할머니들은 이야기하는데. 필라와이가 엄마에게 잘하나요?' 그러자 필라와이 엄마가 말했다. '내 아들은 해마다 희생제가 되면 일 디르함씩을 주곤 했지요. 그런데 그것조차 끊어버렸어요.' 그 노인이 필라와이 엄마에게 말했다. '아드님이 겨우 일 디르함씩 주곤 했다고요?' '그것이 내게 주는 전부였다니까요. 그리고 가끔씩은 희생제 두 번에 한 번씩 일 디르함을 줍디다.' 그 노인이 말했다. '오! 필라와이 엄마, 어떻게 두 번의 희생제를 하나로 합친단 말이오? 아무개는 두 달을 한 달로 만들고, 이틀을 하루로 만들죠. 하지만 두 번의 희생제를 한 번으로 하는 것은 댁의 아드님만 하는군요. 그러니 누구도 아드님하고 엮이지 않으려 하는 거지요.'"

제18장 탐만 이븐 자으파르 이야기

탐만 이븐 자으파르는 식탐이 대단했고 지나칠 정도로 수전노였다. 그는 자신의 빵을 소비하는 사람이면 그 누구에게라도 온갖 구실을 다 대어서 그 사람을 궁지로 몰아넣곤 했다. 그리고 자신의 빵을 먹은 사람에게 피의 복수를 감행하곤 했다. 그는 자신이 한 행동이 합법적인 피의 복수였다며 자신의 행위에 대해 당위성을 주장하곤 했다.

그에게 술친구가 만약 "이 땅 위에 나보다 더 잘 걷는 사람은 없어. 그리고 나보다 더 육지의 표면에서 달리기를 잘하는 사람은 없을 걸세"라고 말을 한다면, 그는 이렇게 답을 해주었을 것이다. "오죽하겠나? 자네는 십 인분의 음식을 먹잖나. 자네의 두 다리가 모시고 다니는 것은 오직 배뿐이 아닌가? 정녕 자네에게 은총을 내리는 사람에게는 알라의 은총이 없을 걸세."

또 술친구가 예를 들어서 "정말 나는 걸을 수가 없네. 나는 매우 약하거든. 나는 한 삼십 걸음만 걸어도 숨이 차다네"라고 말한다면, 탐만 이븐 자으파르는 이렇게 답할 것이다. "자네가 어떻게 걷겠는가? 자네는 자

네 배 속에다가 스무 명의 짐꾼이 들 만큼의 음식물을 담아 두지 않았는
가? 음식을 적게 먹는 사람만이 재빠르게 움직일 수 있는 법. 그렇게 배
속에 음식을 가득 채우고서 누가 재빠르게 움직일 수 있단 말인가? 배에
음식이 꽉 찬 사람은 몸을 구부려서 절을 할 수도 없고 부복하기도 어려운
법이라네. 그러니 자네가 어떻게 많이 걸을 수 있겠는가?"

또 만약, 그의 술친구가 이가 아프다고 불평을 하면서 "어젯밤 이가
쑤시고 아파서 한숨도 못 잤다네"라고 말을 한다면, 그는 이렇게 답을 할
것이다. "놀랍군. 어떻게 이가 하나만 아프다고 불평을 하나? 나머지 이
에 대해서는 아프단 말을 안 하는군. 나는 자네에게 온전한 이가 남아 있
다는 것이 너무너무 놀랍다네. 이 세상 어떤 이가 탈곡기나 맷돌보다도
강할 수 있겠는가? 정말이지, 시리아의 맷돌도 이가 빠지고, 단단한 절구
도 계속해서 일을 하면 힘든 법이라네. 그동안 자네 이는 안 아프고 잘 견
뎌왔다네. 이를 좀 부드럽게 다루게나. 부드러움에는 행운이 있지. 그리
고 자신을 거칠게 다루지 말게나. 거친 것에는 불행이 따르는 법."

또 그의 친구가 "세상에나! 나는 철이 든 이후로부터 이에 대해서 불
평을 해본 적이 없고 이가 흔들린 적이 없다네"라고 말을 한다면, 탐만 이
븐 자으파르는 이렇게 말할 것이다. "미친놈! 그 이유는 간단하네. 음식
을 많이 먹어서 많이 씹는 것은 잇몸과 이를 단단하게 해주네. 뿐만 아니
라 무두질은 잇몸을 좋게 해주고 또 잇몸의 뿌리에 영양분을 넣어주고, 많
이 씹음으로써 이가 약해지는 것을 방지하지. 그런데 중요한 것은 그 입
이라는 것이 인간의 한 부분이니 인간은 그 스스로가 강인한 것이야. 많
이 움직이고 활동을 하면 인간의 육체가 강해지고 근육을 오랫동안 쓰지
않으면 약해지지. 마찬가지로 이도 같은 원리야. 그렇지만 부드럽게 해야
하지. 왜냐하면 피곤하면 힘이 빠지게 되고 모든 것에는 그 능력과 한계

가 있는 법이니까. 그러므로 자네의 이에 대해서는 불평을 하지 말게. 그리고 위장에 대해서도 불평을 하지 않는 게 좋을 걸세."[1]

만약에 한 친구가 "정말로, 나는 갈증을 느껴본 적이 없네. 내가 생각하건대, 이 세상에는 나보다 물을 많이 마시는 사람은 없는 것 같네"라고 말을 하면, 그는 이렇게 답을 할 것이다. "이 세상의 땅에게는 반드시 물이 있어야 하는 법이고, 또 흙에는 물을 적셔주고 대주어야 하는 법일세. 자네는 물이 풍부한 것과 물이 모자라는 상태가 필요하지 않았던가? 만약에 자네가 유프라테스 강의 물을 마셨더라면, 비록 자네가 한입 먹는 양이나 자네가 심하게 먹는 것을 내가 알고 있지만, 그럼에도 불구하고 나는 자네가 많이 먹는다고 생각하지 않았을 텐데. 자네는 무슨 일을 하는 건지 알고 있는가? 자네야말로 진실로 장난을 치고 있는 거라네. 자네는 자네 자신을 돌아보지 않았어. 그러니 자네 스스로에게 물어보게. 자네를 신뢰하고 있는 친구에게 물어보게. 그러면 자네는 티그리스 강의 물이 자네 배 속을 채우기에도 역부족이라는 것을 알게 될 거라네."

그리고 만약에 그 친구가 "나는 오늘 물을 한 모금도 마시지 않았어"라고 말을 하고, 또 "어제는 반 리터 정도의 물만을 마셨다네. 이 지구상에서 나보다도 물을 적게 마시는 사람은 아무도 없을 거야"라고 말하는 것을 듣는다면, 탐만 이븐 자으파르는 또 이렇게 답을 할 것이다. "그 이유가 무엇이냐 하면, 자네 배 속에는 마실 것이 들어갈 여지가 없기 때문이라네. 자네 배 속에는 음식이라는 보물이 가득 들어 있기 때문이지. 따라서 물이 들어갈 여지가 전혀 없는 거라네. 정말 놀라운 것은 어떻게 자네가 소화불량에 걸리지 않느냐 하는 것이라네. 식탁에서 물을 마시지 않으면 자기 자신이 어느 정도 음식물을 먹었는지 가늠할 수 없기 때문에 자신의 소화량을 넘어서서 음식을 먹는 사람은 소화불량에 걸려야 마땅하니까."

그리고 그의 친구가 "나는 어제 밤새 못 잤다네. 그래서 정말 괴로워 죽겠어"라고 말을 하면, 탐만 이븐 자으파르는 이렇게 답을 해주었을 것이다. "그렇게 많이 먹어서 만복감이 들고 위에 가스가 가득 찬 상태인데, 어떻게 수면을 취할 수 있겠는가? 사람들이 목이 말라서 잠을 깨는 게 사실이라면 자네는 잠자지 못했을 걸세. 왜냐하면 물을 많이 마시는 사람은 결과적으로 오줌을 많이 누게 되니까. 밤새도록 마시는 것과 소변을 보는 것으로 분주한 사람이 어떻게 잠을 취할 수 있겠는가?"

또 친구가 그에게 "나는 머리를 눕히자마자 아침까지 돌처럼 누워서 그대로 잠이 들었어"라고 말을 한다면, 탐만 이븐 자으파르는 이렇게 답을 해주었을 것이다. "그 까닭은 자네가 섭취한 음식이 자네를 취하게 만들고, 자네를 마취시키고, 또 자네 속을 부패시키고, 자네의 뇌와 정맥에 물이 많이 차게 했기 때문이야. 따라서 몸 전체가 음식으로 인해 휴식을 취한 것이지. 만약에 이것이 사실이라면, 자네는 밤낮으로 잠을 자야만 하네."

또 다른 그의 친구가 만약에 "나는 아침에는 식욕이 없어"라고 말을 한다면, 탐만 이븐 자으파르는 "자네는 적게도 많게도 먹지 않도록 조심하게. 왜냐하면 식욕 없이 적게 먹는 것은 식욕이 들어 많이 먹는 것보다 해롭다네. 식탁이 말하길,[2] '나를 동정해주시오. 그가 나를 원치 않기 때문이라오'라고 했네. 더욱이 자네가 오늘 어떻게 음식에 식욕이 일겠는가? 자네는 어제 이미 십 인분의 음식을 먹지 않았는가?"

그는 늘 술친구들에게 말하곤 했다. "취객과는 같이 음식을 먹지 말게나. 취객에게 약은 결국 또 술을 마시는 것이고, 취객은 소화불량에 걸리게 마련이라네. 만약에 계속해서 먹는다면 소화불량으로 고통받는 이는 피할 수 없이 죽음에 이르게 되기 때문이지. 그러므로 자네들은 부황을 뜬 후 혹은 출혈이 있거나 뜨거운 물로 목욕을 하고 난 직후에는 음식을 많이 먹지 말도록 하게나. 자네들은 반드시 여름에는 몸무게를 줄이도록 하게. 특히 고기를 피하도록 하게나."

또 이렇게 말하곤 했다.

"사람만이 사람을 타락시킨다. 방귀를 뀐 사람이나 혹은 빈말이나 썰렁한 이야기를 하는 사람의 경우가 그렇다. 만약에 그러한 사람들이 한 행위나 말에 대해서 웃어주지 않고, 좌중의 몇 사람이라도 그에게 고마워하거나 그의 이야기에 대해서 웃어주는 척이라도 하지 않고 놀라움을 표현해주지 않는다면, 방귀 뀌는 사람도 없을 것이고 그의 가족을 제외하고는 그의 이야기를 재미있게 들어주는 사람도 없을 것이기 때문이다. 아주 먹보나 혹은 식탐이 많은 대식가를 표현하는 말은 '누구누구는 정말 잘 먹네'이다. 그러면 그 말을 들은 그 사람은 정말로 음식 먹는 양을 늘린다. 심지어 그가 소화시킬 수 없는 것을 먹기도 한다. 왜냐하면 사람들이 그렇게 말을 하여 그를 먹는 쪽으로 유도하고 그에게 감탄을 보내기 때문이다. 그래서 이런 사람은 여전히 소속 부족이나 혹은 사람들에게 자신의 명분을 강요하고 여분의 음식을 먹어치우거나 여분의 음식도 남겨주지 않은 채로 떠나버린다. 그러므로 만약 사람들이, '아무개는 음식을 정말 잘 먹어'라는 말을 바꾸어서 '아무개는 정말 음식을 잘 못 먹어'라고 말을 한다면 그것은 정말로 자신이나 타인을 위해서, 또는 양쪽 모두를 위해서 이득이 될 것이다. 탐욕스러운 자(수전노)는 음식에 있어서 아직까지도 여전히 대식가를 초대해놓고 그에게 대접할 음식을 준비하면서, 사람들의 비난을 모면하고자 혹은 자신이 수전노라는 사람들의 선입견을 바꿀 목적으로 다른 것을 보여주려 한다. 만약에 튼튼한 이빨을 지닌 것이 덕목으로 간주되고, 그런 자가 사교 모임의 좌중에서 칭송을 받았다면, 예언자들이야말로 대식가들 중에서 가장 훌륭한 피조물이었을 것이다. 전능함이 그의 이름이신 알라께서는 이 세상 사람 중 그 누구에게도 하지 않았던 대우를, 음식을 많이 먹는 자에게 했을 것이다. 하디스에는 어떻게 적혀 있는가? 믿는 자들이여, 하나의 위에 들어갈[3] 정도의 음식만 먹어라. 위선자들[4]이야말로 일곱 개의 위에 들어갈 음식을 먹느니. 우리는 그들이 식탐이 많은 자나 혹은 대식가 혹은 음식을 많이 먹는 사람들을 욕하고 비방하는 것을 보지 않았던가. 그대들은 절제하고 소식을 하는 사람들을 찬양하는 것을 본 적이 없었던가. 알라의 사자께서, 알라의 평화와 축복이 그에게 있기를, 이미 '누구에게 날씬한 처녀를 보여줄 것인가?'라고 말하는 것을 들은 적이 있지 않았던가?[5] 그리고 어떤 사람이 아이윱 이븐 술라이만 이븐 압둘 말리크[6]에게 내뱉던 욕설 중에 이러한 대목이 있었다. '네 어미는 물을 너무 많이 마셔서 죽고, 네 아비는 음식을 많이 먹어 식체로 죽을 것이다.' 더욱이 당신들은 그 누구라도 그의 아버지가 음식을 많이 먹는다고 찬양받는 것을 들어본 적이 있는가? 혹은 '나는 음식을 많이 먹는 아랍인 누구의 자손이다'라고 말하는 것을 들어본 적이 있는가? 하지만 우리가 익히 보아왔듯이, 사람들은 포도주를 먹고 술 취한 사람이나 혹은 청년들이 많이 마시는 것에 대해서 칭송하고, 그들이 음식을 적게 먹는 것에 대해서도 칭송을 한다. 아랍인들은 그렇게 말했고 시인은 노래했다.

'만약, 고통을 느끼더라도 그에게 잘 구운 간 한 조각이 생긴다면, 그는 작은 잔으로 한 번 마시는 걸로 충분하다네.'

그 시인은 또 이렇게 말했다.

'그는 솥 안에 있는 것을 청하지 않을 것이고, 당신은 그가 부족 앞에서 뼈를 빨아 먹는 것을 보지 않을 것이오.'

시인은 계속해서 말했다.

'그는 차려진 요리의 다리를 덥석 물지 않는다. 지치고 병든 것이기 때문이다. 또한 사파르의 애벌레를 물지도 않는다. 왜냐하면 사파르는 배 속의 살아 있는 생물이기 때문에 과식과 소화불량 혹은 부패나 역겨움의 원인이 될 수 있기 때문이다.'"

하루는 탐만 이븐 자으파르가 포도주를 마셨다. 그때 가수가 그에게 칭송의 노래를 불러주고 있었다. 그러다 그는 너무 흥에 도취하여서 자신의 셔츠를 찢어버렸다. 그러고는 알-마흘룰이라 불리던 자신의 예속 평민에게 이렇게 말했다. "네 것도 찢어라, 제기랄." 그러자 알-마흘룰은—이 친구는 꾀가 대단했는데— 탐만 이븐 자으파르에게 이렇게 답했다. "아닙니다. 저는 절대 셔츠를 찢지 않겠습니다. 다른 옷이 없으니까요." 그러자 그가 말했다. "찢으래도! 내가 내일 다른 것을 주마." 마흘룰이 답했다. "그러면, 내일 찢겠습니다." 그러자 탐만 이븐 자으파르가 말했다. "내일 찢는 것은 아무 소용이 없다." 그러자 마흘룰은 답했다. "제가 지금 찢으면, 어떻게 새것을 얻기를 바라겠습니까?"

나는 탐만 이븐 자으파르와 그의 예속 평민인 마흘룰을 제외하고는 그 누구도 흥에 겨워서 옷을 찢는 상황에서조차 토론을 하고 득실을 따져보는 인간에 대해서 들어본 적이 없다.

제19장 다양한 기담

장님 알리가 유수프 이븐 쿨리 카이르를 방문했다. 집주인 유수프 이븐 쿨리 카이르는 이미 점심을 먹은 후였다. 그는 하녀에게 이렇게 말했다. "얘야, 가서 아부 하산(장님 알리의 별칭)의 점심을 가져오너라." 그러자 하녀는 "남은 음식이 없는데요"라고 대답했다. "가져오라니깐, 제기랄. 거기 있는 걸 그냥 가져오면 되잖아. 아부 하산에게 부끄러울 게 뭐가 있느냐?" 알리는 아마도 고기 국물이 묻어 있는 빵이나 먹다 남은 얇은 빵이나 대추야자 등 먹다 남은 음식들을 모두 모아서 가져오려니 생각했다. 그러나 하녀가 알리의 식탁에 올려놓은 것은 쌀로 만든 말라빠진 둥그런 빵뿐이었다. 그는 장님이었으므로 손으로 그 음식을 더듬으면서 식탁 위에 있는 것이 달랑 빵 하나란 것을 깨달았다. 그제야 그는 '아부 하산에게 창피할 것이 뭐가 있느냐'는 집주인의 말을 떠올렸다. 그것은 먹다 남은 음식을 주기 때문에 했던 말이 아니었다. 그는 단지 이런 일 때문에 그렇게 긴 말을 할 필요가 있었을까 하는 생각을 하게 되었다. 빵 한 조각을 대접받게 된 알리는 집주인에게 일침을 놓았다. "아니 겨우 이걸 가지고.

194

이런 젠장, 겨우 이 빵에다가 대고 그렇게 긴 인사 치레를 했단 말이오?"

    무함마드 하산 알-아스와드는 내게 이렇게 말했다. 면제품을 파는 자카리야가 들려준 이야기라고 했다. "알-가잘은 목화를 방적하는 사람인데 그는 내 상점 앞에 많은 땅을 지니고 있고, 그 토지의 반 정도를 어부에게 세를 놓아 집세로 톡톡히 수익을 보고 있는 사람이었다. 그런데 가잘의 사악함은 누구도 따라올 수 없을 정도였다. 그는 늘 집을 나설 때 자신의 옷소매에 둥그런 빵 한 조각만을 넣고 나간다. 그리고 그가 식사를 할 때는 그 빵에 아무런 곁들이는 것도 없이 달랑 그 빵만을 먹곤 한다.[1] 그런데 가잘은 그렇게 빵만 먹는 것이 지루해지면, 그의 집에 세 들어 사는 어부에게 한 푼 정도의 가격을 치르고 반건(半乾) 생선을 얻고는 하였다. 그의 행동을 보자면, 점심을 먹을 때에는 반건 생선을 함께 꺼내서 빵 표면에다가 생선을 한 번 문지르고 조금 떼어내서 빵 안쪽에 넣어 말아 먹는다. 가끔은 반건 생선의 배를 갈라 빵의 양쪽에다가 문질러서 먹기도 한다. 그러다가 반건 생선을 다 먹어버릴까 봐 덜컥 겁이 나 생선의 배 쪽을 특히 많이 문질러 먹고, 어부에게 소금을 달라고 해서 생선 배를 소금으로 가득 채워놓곤 한다. 그러면 다시 생선을 보존할 수 있을 뿐 아니라, 원래의 모양으로 되돌릴 수 있기 때문이다. 아주 가끔의 경우지만 정말 생선을 먹고 싶은 마음을 견딜 수가 없을 때에는 생선 코 부분의 끝 쪽을 조금 갉아 먹고, 맛을 느낄 수 있을 정도만 잘라내어 빵에 곁들여 먹곤 한다. 그가 이렇게 생선을 먹는 이유는 빵의 제일 마지막 조각을 먹을 때 그의 입에 오랫동안 그 맛이 남아 있도록 하기 위해서이다. 이렇게 그만의 특이한 절약 방식으로 그는 자신의 재산을 계속 모을 수 있었고 한 푼도 새어 나가지 않도록 단속할 수 있었다."

이븐 주담과 걸인

내 친구가 압둘라 이븐 알-무캇파으[2]로부터 들은 얘기를 해주었다. "이븐 주담 알-샵비는 늘 내 곁에 앉곤 했다. 그는 가끔 우리 집에 와서 함께 점심을 먹고 날이 서늘해져서야 떠나곤 했다. 나는 그가 정말로 부자임에도 불구하고 재물을 아끼는 데는 그 누구도 따를 사람이 없다고 생각했다. 그런데 그가 나에게 계속해서 자기 집으로 오라고 초대를 했다. 그렇지만 나는 계속해서 그의 초대를 거절했다. 그러자 그가 이렇게 말했다. '자네를 위해 희생하겠네! 자네, 나를 동정하며, 정말 내가 사람들이 말하는 그런 사람이라고 생각하나? 맹세코 아니라네! 마른 빵 조각, 소금, 그리고 물병에서 내어온 물만 대접할 것이네.' 나는 그가 진심으로 나를 초대하기 위해 설득한다고 생각하게 되었으며, 그 이유는 그가 수전노라고 비난받는 것을 모면해보려는 것이라고 생각했다. 그래서 내가 말했다. '이것은 사람들이 하인더러 우리에게 대접하라고 한 조각 빵을 가져오라고 한다든가 혹은 걸인에게 대추야자 다섯 개를 먹으라고 건네주라고 한다든가 하는 것과 마찬가지야. 이런 말은 사실 문자 그대로의 것보다는 몇 곱절이나 의미를 가지고 있는 것이지.' 누구도 친구를 바티나[3]에서 이렇게 먼 하르비야 지역까지 오게 해서 달랑 빵 한 쪽과 소금을 대접하리라고 나는 생각하지 않았다. 그의 집에 갔을 때 걸인이 나타나서는 문에 기대어 서서 '알라께서 여러분에게 지상낙원의 음식을 주셨을 테니까 먹고 있는 것을 좀 주세요'라고 구걸을 했다. 그러자 그는 '알라의 은총이 있기를'[4] 하고 대답했다. 그 걸인은 또 같은 말을 되풀이했고 그는 똑같이 그 말을 반복했다. 다시 한 번 걸인이 그에게 말을 하자 그는 이제 더 이상

참을 수 없다는 듯이 '꺼져버려라, 젠장. 싫다고 하지 않았더냐?'라고 말
했다. 사실 나는 그런 일을 이제껏 한 번도 본 적이 없었다. 걸인 앞에서
음식을 먹으면서 걸인을 거절한다는 것은 상상할 수 없는 일이었기 때문
이다. '꺼져버려라, 응? 제기랄, 그렇지 않으면 내가 당장 나가서 쫓아버
리겠어. 정말이지 네 다리를 물어뜯어버릴 수도 있어.' 이렇게까지 얘기하
자 걸인은 말했다. '알라께서 금하신 일이오. 알라께서는 구걸을 거절하
는 것을 금하셨소.' 그런데 심지어 당신은 거지인 내 다리를 물어뜯어버린
다는 말이오?' 그때 걸인을 향해 내가 말했다. '어서 가버리게. 그래야 자
네의 목숨을 구할 수가 있어. 내가 아는 것처럼 자네도 알지 않나? 지금
그가 하는 말은 진심이라네. 입에 발린 말이 아니라네. 어서 그가 가라고
했을 때 즉시 가버리는 게 자네 신상에 좋을 것이야.'"

일주일 식단

아부 야으쿱 알-다카난[6]은 늘 말하곤 했다. "돈이 생기고 난 이후엔
고기 없이 식사를 해본 적이 없다." 그것은 일종의 습관이었는데 금요일
만 되면 그는 일 디르함으로 쇠고기를 사곤 했다. 그리고 각각 일 다나크
어치의 양파와 가지와 골(骨)을 사고, 만일 그때가 당근 철이면 당근을
산다. 그리고 그것을 시크바즈 스튜 안에 넣고 요리를 한다. 그날 그와 가
족들은 빵을 먹으면서 스튜에 있는 양파와 가지, 당근, 뼈나 골수, 지방,
냄비에 뭉개져버린 고기들을 조금씩 맛본다. 토요일이 되면 그들은 빵을
스튜의 국물에다가 조금씩 적셔서 먹는다. 일요일이 되면 양파를 먹고 월
요일에는 당근을 먹는다. 그리고 화요일이 되면 그들은 골수를 먹고 수요

일이 되면 가지를 먹고 목요일이 되면 고기를 먹는다. 이것이야말로 그들이 어떻게 음식을 먹는가를 보여주는 방법이다. 그가 늘 "나는 돈이 있고 난 다음부터는 절대로 고기 없이 음식을 먹지 않는다네"라고 말하는 이유이다.

연기는 음식 맛을 죽인다

내 친구가 이야기해주었다. "우리는 알-자지라 지역 사람들과 함께 머물렀다. 그들은 혹독한 추위를 견뎌야 했고 그들의 땔감 나무는 최악의 종류였다. 그런데 그 지역 전체에 걸쳐서 위성류(渭成柳) 관목이 있었다. 우리는 이 지구상에서 위성류보다 훌륭한 것은 없다고 말했다. '그것은 아주 훌륭하지요'라고 그들은 대답했다. '하지만 그것은 우리가 도망가는 것으로 이득을 얻지요.' 우리가 물어봤다. '아니, 무엇 때문에 당신들이 도망을 간다는 말입니까?' 그러자 그들이 대답하기를 '위성류의 연기는 음식 맛을 다 죽여버리고 우리 집엔 식솔이 많기 때문이지요'라고 했다."

탐욕과 안락함 사이의 것

마지흐와 무다이비르[7] 사람들은 결점이 많았는데 그런 결점 중의 하나가 쿠쉬쿠난[8]이었다. 그것은 호두와 대추야자 등으로 속을 가득 채운 것으로 거칠거칠하고 입자가 굵은 보리 가루를 가지고 만든 것이다. 마지흐 사람들이 인색하기로 소문이 나 있지는 않았다. 그러나 그들은 최악의 상황에서 살고 있는 사람들이다. 그래서 그들은 생활하는 형편에 따라 손님을 대접한다. 내가 말할 수 있는 것은 겨우 인색함과 안락함, 비옥한 국가와 거친 땅에서의 삶 사이에 무엇인가를 모아놓은 수전노들에 대한 것이다. 가혹함 이외에는 아는 것이 없기 때문에 자기 자신에 대해서도 가혹하게만 하는 사람은 자신에게도 한 가지 길만 있고 대중에게도 한 가지 방법만 제시한다.

수전노의 정도를 넘어서

막키가 말했다. "아버지에게 술레이만 알-카스리'라고 불리는 삼촌이 있었다. 그는 아주 많은 재산을 소유하고 있었다. 그는 내가 어릴 때부터 여러모로 관심을 보여주었지만 단 한 번도 내게 무엇을 준 적은 없었다. 그런 면에서 그는 상상할 수 없을 정도로 탐욕을 넘어선 인물이었다. 어느 날 나는 그를 방문했는데, 그때 그는 테이블 위에 정말 몇 푼의 가치밖에 안 되는 싸구려 시나몬 과자를 올려놓고 먹고 있었다. 그가 거의 다 먹은 것 같아서 내가 손을 뻗쳐 한 조각 집으려고 했다. 그러자 그는 나를 바라보았고, 나는 어쩔 수 없이 내 손을 거둬들여야 했다. 그때 그가 이렇게 말했다. '아니, 그럴 필요까진 없어. 하지만 좀 여유롭게, 편히 마음을 먹거라. 그리고 무언가 좋은 상상이나 기대를 해보는 게 중요하지. 네가 남과 함께 있는 것은 바로 네가 하고자 하기 때문이지. 네가 여기서 나와 이렇게 함께 있는 것은 바로 네가 그렇게 하고 싶었기 때문에 이렇게 된 것이야. 먹어도 좋아. 다 먹으렴. 다 네 것이니깐. 모두 다 가져. 바로 너의 것이니까. 나는 너그러운 영혼을 지닌 사람이지. 알라께서는 네가 이 좋은 것들을 얻게 되어 내가 얼마나 기뻐하는지 알고 계시지.' 그 말이 끝났을 때 나는 그 자리에 그걸 남겨두고 떠났다. 그가 죽는 날까지도 나는 그를 두 번 다시 보지 않았고 그 또한 나를 보러 오지 않았다."

막키가 이렇게 말했다.

"술레이만은 내가 이므룰 카이스[10]의 시를 낭독하는 것을 듣고 있었다"라고. 그 시는 다음과 같다.

우리는 염소 떼가 풀을 뜯도록 한쪽으로 몰았고

그 모습은 마치 아주 늙은 야수 떼의 뿔이 바깥으로 삐죽삐죽 솟아 있는 것 같았다. 우리의 집은 버터기름과 말라붙은 우유 찌꺼기가 가득 엉겨 붙어 있었고

부자인 너와 비교하자면 우리는 배고프고 목마른 자들일뿐.

이 시를 듣고 술레이만이 이렇게 평을 해주었다고 했다. "글쎄, 의복에 관해서도 언급을 했다면 그 시는 훨씬 더 나았을 법하네."

그는 바로 그가 자신의 집을 늘릴 요량으로 아부 쿠바이스[11]를 애써 찾아다닐 때 야흐야 이븐 칼리드[12]에게 이렇게 말했던 사람이다. "당신은 스스로 산의 쉐이크에게 접근해서 그를 흔들어놓고, 그의 명성을 욕되게 했다." 사람들이 그에게 조금 웃고 얼굴을 많이 찌푸린다고 비난하자 술레이만은 이렇게 답했다. "내가 웃다가 그치는 이유는 다른 사람이 돈을 지출하면서도 웃고 즐거워하기 때문이오."

자히드와 마흐푸즈 나카쉬 이야기

마흐프즈 알-나카쉬가 나(자히드)의 동행이 되어 금요 사원에서 돌아오고 있었다. 나는 그의 집을 지나가게 되었다. 왜냐하면 그의 집은 우리 집보다 사원에서 더 가까이 있었다. 그는 자기 집에서 밤을 지내고 가라고 했다. "이렇게 비가 오고, 날씨도 추운데 가긴 어딜 가나. 내 집이 자네 집이지. 그리고 벌써 어두워졌는데 자네는 등불도 없지 않은가. 우리 집에 이 세상 누구도 구경 못한 초유와 최상품의 대추야자가 있다네."

나는 그를 따라갔다. 한참을 기다리게 한 뒤, 그는 초유와 대추야자를 내왔다. 이윽고 내가 손을 뻗어 집어 먹으려 할 때, 그가 말했다. "이보게, 아부 우스만! 본디 초유는 매우 끈적인다네. 지금은 밤도 몹시 깊었고, 더욱이 비까지 내리는 습한 밤이 아닌가? 자네는 고령에다가, 아직도 반신불수로 고통을 당하는 처지 아닌가. 게다가 자넨 늘 갈증을 느끼지. 또 자네는 본래 저녁을 안 먹지 않나? 그러니 만약 자네가 초유를 조금 맛만 본다는 건 쓸모 있는 일이 아니라네. 그건 먹은 것도 아니고, 그렇다고 안 먹은 것도 아닌 셈이지. 또한 본래의 습관을 위반하는 것이기도 하네. 자네는 조금 맛만 보고 그만두려 하겠지만 한번 맛을 본 이상 계속 먹고 싶겠지. 만약 자네가 초유를 많이 먹는다면, 나는 아주 불편하게 이 밤을 보내게 될 거야, 자네를 걱정하느라고. 왜냐하면 그걸 소화시킬 포도주나 꿀이 우리집엔 없거든. 나는 단지 상황을 분명히 해두기 위해 이런 말을 하는 거야. 자네가 내일 '만약에 그랬더라면' 하고 내게 말하지 않도록 하기 위해서라네. 정말이지, 나는 지금 사자의 양 이빨 사이에 처해 있는 상황이라네. 만약 내가 자네에게 초유와 대추야자가 있다고 말만 해놓고 내오지 않는다면, 자넨 이렇게 말하겠지. '그는 지독한 수전노야.'

하지만 만일 내가 그걸 내놓고도 자네에게 그 위험함을 경고하지 않는다면, 또한 자네에게 일어날 수 있는 모든 일들을 미리 언급하지 않는다면, 자네는 이렇게 말하겠지. ‘그는 나를 염려하지 않아. 내게 아무런 충고도 없었어.’ 따라서 나는 자네를 양자 모두로부터 벗어나게 하기 위해 이렇게 긴 설명을 하는 거라네. 자! 이제 선택은 자네에게 있네. 자네가 원한다면, 먹고 죽는 경우와 먹는 걸 참고 편안한 수면을 하는 경우가 있지.” 나는 그날 밤처럼 웃어본 적이 없었다. 결국 나는 그가 내온 초유와 대추야자를 모두 다 먹었다. 그리고 내가 밤에 먹은 음식을 소화할 수 있었던 것은 웃음과 활력 그리고 기쁨 때문이었다. 만약 그때 그 친구의 말을 이해할 수 있는 다른 누군가가 함께 그 자리에 있었더라면 나는 너무 웃어서 죽을 지경이 되었을지도 모른다. 그러나 함께 해주는 이가 없어 나 혼자만 웃었다.

아불 카마킴[13]이 말했다. “검약의 제1원칙은 내 손안에 들어오는 것이 무엇이든 간에 그것이 다시 손에서 나가는 일이 없도록 해야 한다는 것이라네. 일단 내 손안에 무엇이 들어오면 그것은 내 것이지. 그리고 그것은 나에게 속하게 되는 것이야. 만약 내게 속하지 않는다 할지라도 나는 그것을 내 손안에 넣어준 그 누군가보다는 그것에 대해 훨씬 더 많은 권한을 가지고 있어. 그러므로 누구라도 재물을 자기 손 밖으로 내보내서 남의 손에 보내는 사람은 그것을 그냥 스쳐 보내는 사람보다는 훨씬 더 자유로운 자라네. 그러므로 내가 재물을 어디에 사용하는가가 바로 다른 사람에게 자유롭게 그 재물이 갈 수 있도록 하는 첩경임을 항상 기억해야 한다네.” 한번은 한 여성이 아불 카마킴에게 이렇게 말했다. “오, 아불 카마킴. 제기랄! 나는 낮에 잠깐 하는 결혼[14]으로 남편을 얻었소. 그러나 지금은 남들에게 내 모습을 보여줄 정도의 예전 모습도 아니고, 이제 나는 그런 시간에 도달했소. 그러니 이 빵으로 머리에 바를 향료 기름을 이 동전으로 피부에 바를 수 있는 기름을 사다 준다면[15] 당신은 알라로부터 나에게 베푼 선행의 보상을 받을 것이오. 그리고 어쩌면 알라께서 그의 가슴 속에 그렇게 했던 것처럼 내게도 그런 사랑을 보여주실지 모른다오. 그러면 그분은 내게 살아갈 수 있는 생계를 제공해줄 것이오. 진정으로 나는 곤궁한 상태에 처해 있다오. 돈을 다 쓰고 바닥이 나서 아무것도 없는 상태라오." 그는 빵과 동전을 가지고 나갔으나 돌아오지 않았다. 며칠 뒤 그녀가 그를 보자 이렇게 말했다. "알라께서 금지하셨소. 당신은 나에게 한 행동에 대해서 조금도 죄책감을 느끼지 못한단 말이오?" 그러자 그가 "제기랄"이라고 욕을 뱉은 다음, "정말이지, 그 동전은 내 손에서 빠져나갔고 나는 너무나 걱정한 나머지 그 빵을 먹어버렸소"라고 대답했다.

위장에 있는 사랑

그는 어떤 여성을 끈덕지게 쫓아다니면서 사랑을 고백하고 추근거리다 심지어는 그녀가 자신에 대해서 동정심을 유발하게끔 비탄에 잠겨 그녀 앞에서 울기까지 했다. 그녀는 상당히 부자였으며 그는 가난했다. 그래서 그는 그녀에게 '하리사'라는 고기와 밀가루로 만든 빵을 구걸했다. 그러면서 말하기를 "정말 당신은 이 빵을 만드는 데 달인이구려"라고 했다. 그리고 며칠 뒤, 그는 그녀에게 양의 두개골을 달라고 괴롭혔다. 또 며칠 뒤에 그는 그녀에게 대추야자로 만든 케이크를 달라고 구걸했다. 또다시 그런 일이 있은 다음, 그는 그녀에게 '타파이샤일라'라는 고기와 야채와

향신료로 만든 스튜를 구걸했다. 그러자 그녀가 말했다. "이제까지 내가 보아온 남자의 사랑이라는 것은 가슴에, 즉 심장에 있고 간에 있고 혹은 내장에도 들어 있었소. 하지만 당신의 사랑은 당신의 위장을 벗어나지 못하고 있군요."

아불 아스바그가 말했다. 아불 카마킴은 약혼녀의 부족을 끊임없이 괴롭혔다. 그녀의 재산이 얼마만큼 있는가를 계산해보고 그 부족의 사람들에게 끊임없이 질문을 던졌다. 그러자 그들은 이렇게 말했다. "우리는 이미 당신에게 그녀의 재산이 어느 정도인가 이야기해주었습니다. 그러나 당신은 어떻습니까? 재산을 얼마나 가지고 있나요?" "나의 재산에 대해서 지금 질문을 하고 있는 것이오? 그녀가 가지고 있는 것만으로도 우리 둘에게는 충분하다오."

부자를 존경하다

나는 알-우불라[16]의 쉐이크 중의 한 사람이 한 이야기를 들은 바 있는데, 그 쉐이크는 바스라의 가난한 사람들이 우불라의 가난한 사람보다는 더 뛰어나다고 말했다. 그래서 나는 "어떤 점에 있어서 그들이 더 뛰어나다고 생각하십니까?"라고 물어보았다. 그러자 그가 바로 내게 던져준 대답은 바로 이것이었다. "그들은 부자에게 더 많은 존경심을 보내오. 그리고 그들은 자신의 의무를 훨씬 더 잘 안다오."

두 명의 우불라 사람이 설전을 벌이기 시작했고, 한 사람은 다른 사람의 거친 말을 그대로 들었다. 그러고는 두번째 사람이 먼저 사람에게 마찬가지로 말했다. 그때 나는 우불라의 사람들이 매우 거칠게 비난하는 것을 보았다. 나는 그 이유를 알 수 없었다. "왜 당신들은 그가 되받아서 말하는 걸 비난합니까?"

그들은 이렇게 말했다. "처음 말한 자는 부자이기 때문이오. 만일에 가난한 자가 부자에게 대드는 것을 허용해준다면, 우리는 우리 중에 가난한 사람들이 우리 중의 부자들과 피장파장이 되는 것을 허용하게 되는 꼴이 될 것이오. 그리고 그러한 일은 전적으로 피해만을 가져오게 될 것이오."

함단 이븐 사바하가 말했다. "리야가 내게 얼마나 허풍을 떠는지 아는가? 하지만 나는 그에게 허풍을 떨 수 없네. 왜냐하면 그가 나보다 부자이기 때문이라네." 그리고 그는 일순 침묵하더니 이렇게 말했다. "바스라 출신의 방문객이 우불라 사람과 편안히 지내고 있는데, 티그리스 강의 조류가 꽤 높이 올라오면 우불라[17] 사람들은 말하지. '평생 이렇게 높은 파도는 처음 보았어. 정말 파도와 함께 이렇게 여행을 하다니 얼마나 즐거운지 몰라. 밀물을 타고 바스라로 여행을 가는 것이 썰물 때 우불라로 여행하는 것보다 훨씬 좋아.' 그들은 그 바스라 손님이 직접 두 눈으로 밀물을 포착하고 무언가 생각해낼 때까지 이 말을 계속한다네."

아흐마드 이븐 알-카라키[18]는 지독한 수전노인데 자기는 신발 한 짝 사 신을 돈이 없다고 허풍을 떨어대는 사람이었다. 그는 늘 줍바 코트의 단추를 엇갈리게 채워 사람들이 보기에 마치 두 벌의 줍바 코트를 입은 것처럼 보이도록 했다. 그리고 칼라으 시장에서 야자 이파리와 잔가지를 벗겨낸 대추야자 한 무더기와 줄기가 그대로 있는 대추야자 한 뭉치를 사곤 했다. 짐꾼이 물건들을 그의 집 앞에까지 가지고 오면 그는 짐꾼으로 하여금 그곳에 잠시 기다리게 만든다. 그 이유는 이 광경을 본 사람들이 이 모든 것이 마치 자신이 소유한 땅에서 가지고 온 것처럼 생각하게 하기 위해서이다. 그는 늘 포도주 장수의 큰 술통을 빌려오곤 하는데, 그중에서 가장 큰 통을 살펴보고 골라내곤 했다. 그가 삯을 주지 않은 채 피하면 결국 그 짐꾼들은 문가에 기대어 서서 소리를 질렀다. "이렇게 포도주를 마시고 대추야자 주스를 마시고 하면서도 어떻게 한낱 짐꾼의 품삯을 떼먹을 수 있단 말이오?" 그러나 사실 그의 집에는 한 방울의 술도 없었다. 그가 시인이 읊는 시구를 들었다.

"나는 보았네. 당신이 빵을 그렇게 소중히 생각하는 것을.
당신은 구름 낀 하늘에서 그 빵을 계산하고 있네.
우리를 막으려고 우리에게 바람을 보내지는 않았네.
그러나 당신은 파리의 피해를 두려워하고 있다네."

아흐마드 이븐 알-카라키는 말했다. "어째서 그 시인은 사람들을 옹호하는가? 알라의 저주가 그에게 있기를. 맹세코, 내가 알 수 있는 것은 단지 그가 사람들에게 맛난 음식과 깨끗한 접시를 준비했으며, 사람들은 음식을 비우고 가볍게 식사를 했다는 것이네. 왜 그는 그들이 음식에 탐닉하고 눈과 코에 즐거움을 맛보게 내버려두지 않는가? 정말이지, 그는 훨씬 더 잘할 수 있는 사람이네. 자네들은 내가 손님이 음식을 역겹게 느끼도록 하녀에게 파리 한두 마리를 음식에 넣으라고 명령했으리라고 얼마나 여러 번 생각하는가? 알라께서는 우리를 그러한 사악함으로부터 보호하신다네."[19] 그가 계속 말했다. "그 시인의 말씀인즉, '당신에게 빵은 너무너무 값진 것이라는 걸 나는 알았다.'"

그는 계속 말을 이어갔다. "만일 내가 이 땅의 백성들에게 생명을 공급해주고 백성들의 주식이자 영양의 근원인 이것을 가지고 있지 않았더라면, 그렇다면 내가 무엇을 가지고 있어야만 하는가? 진정코, 나는 그것을 가지고 있소. 가지고 있소. 가지고 있소. 내가 평생 숨쉬는 동안, 그리고 내 눈에 물기가 마르지 않을 동안 내가 먹을 것을 가지고 있소."

나는 이브라힘 이븐 하니[20]가 이븐 카라키의 허풍에 대해서 말하는 것을 들었다. 그는 말했다. "하루는 내가 이븐 카라키의 집에 있었지. 그때 마침 행상이 '자두요, 자두요'라고 외치면서 지나가고 있었어. 그래서 내가 '자두가 왔네!' 하고 말하니, 그 사람이 이렇게 말하는 거야. '그래, 자두 장수가 왔어. 지난번에 많이 샀지.' 그 말을 듣자 나는 분노가 끓어올라서 그 자두 장사를 불렀다네. 그리고 이븐 카리키에게 다가가서는 이렇게 말했다네. '이 비열한 놈, 우린 아직까지 자두를 맛본 적도 없어. 그런데 많이 샀다고? 너는 우리의 친구들이 너보다 더 잘산다는 걸 알고 있으면서.' 나는 자두 장수에게 물었네. '얼마씩이오?' '일 디르함에 여섯 개입니다.' '며칠 후면 이 자두가 일 디르함에 이백 개 정도로 팔릴 것을 잘 알고 있으면서도 일 디르함에 여섯 개의 가격으로 샀다고 말을 하는 건가? 그러고도 많이 샀다고 말하나?' 그러자 그가 반박하길, '하나 주고 여섯 개 받는 것보다 더 싼 것이 무엇이 있겠는가?'"

살리흐 이븐 아프완과 하인

살리흐 이븐 아프완의 하인은 매일 밤 당나귀를 묶어두는 마구간에 불을 밝힐 기름을 달라고 하곤 했다. 그래서 그는 하인에게 매일 밤 삼 플루스를 주곤 했다. 화폐의 단위에서 일 타수즈는 사 플루스이다. 그는 늘 자신이 삼 플루스를 주는 이유에 대해 "타수즈는 너무 많고 그렇다고 일 전짜리 핫바를 주기에는 너무 적고. 그러니 활을 던지는 사람은 그 사이를 던지는 법이지"라고 말하곤 했다. 그리고 그는 아들에게 이렇게 말하곤 했다. "하지만 목욕탕 주인과 나룻배 사공에게는 일 타수즈를 주어야 한다. 그 사람이 네가 삼 플루스만 가지고 있는 것을 보면 네가 배에 타는 것이나 목욕탕을 쓰는 것을 허용하지 않을 것이니."

서두름은 사탄의 자식

아부 카웁이 말했다. "무사 이븐 자나흐가 그의 이웃을 라마단 금식이 끝난 후 이들 피트르[21]에 식사 초대를 했다네. 나도 거기에 섞여 있었지. 우리는 일몰 예배를 드렸는데, 이븐 자나흐가 그 예배를 선도했고 우리는 무사히 예배를 마쳤다네. 그가 우리에게 와서는 이렇게 말했지. '서두르지 말게나. 서두름은 사탄으로부터 온 결과라네. 하지만 우리가 어떻게 서두르지 않을 수 있겠는가? 전능하신 알라께서 말씀하셨다. 인간은 본디 서두르는 동물이다. 인간을 서두름의 창조물이라고 말씀하셨다.[22] 그러니 내가 말하는 것을 잘 듣게! 내가 말하려는 것은 맛있는 음식과 이기적인 것을 피하라는 것, 안내를 잘 따라서 얻는 좋은 결과, 그리고 은총

받은 삶에 관한 것이네. 자네들 중에 누군가가 손을 뻗어서 물을 달라고 이야기할 때, 자네들 앞에 쌀과 고기로 만들어진 바하타 수프나 혹은 주다바[23]라고 불리는 빵 부스러기 혹은 아주 향기롭고 맛이 좋은 반죽으로 만든 아시다가 있다면, 혹은 물을 마시거나 씹지 않고도 삼킬 수 있는 맛있는 음식이 있다면, 그리고 두 손을 쓸 필요도 없이 한 손으로도 꿀꺽 해치울 수 있는 그런 음식이 있다면, 한 손으로 먹는 데 전혀 불편함이 없고 눈 깜짝할 사이에 사라지는 음식이 있는데, 자네들에게 동료가 먹을 수 있게 기다리라고 한다면 기분이 어떻겠나? 하지만 그렇게 하지 않으면 자네들은 그를 딜레마에 빠지게 만드는 것일세. 우선 한 가지 가능성은 이렇네. 만약 음식을 다 먹기 전에 그가 음료수를 다 마시지 않으리라는 것을 깨닫는다면 그가 음료수를 마시려 하는데 그것을 못하게 하는 것이지. 또 다른 가능성은, 그를 화나게 만드는 것일세. 그는 자네들을 계속 저지할 필요를 찾을 것이고 어쩌면 서둘러서 뜨거운 음식을 한 입 삼키고 바로 자네 눈앞에서 죽겠지. 가장 가능성이 적은 것은 자네들이 그의 수전노 심보를 자극시켜 한입에 크게 먹도록 할 수도 있네. 이런 이유로 사람들이 베두윈에게 '왜 사리드 위에 있는 고기부터 먹기 시작하는가?'라고 묻자 베두윈들이 '그 이유는, 고기는 유동적이고 사리드는 움직이지 않기 때문이오'라고 대답한 걸세. 하지만 나는 그 음식이 내 것이므로 그렇게 행동하는 것이지. 만약 내 행동이 내 말에 위배되는 것을 본다면 자네들은 날 따를 필요가 없네."

아부 카웁이 말했다. "그이가 이미 손을 물에 댔을 때[24] 가끔은 우리 중 한 사람이 잊어버리고 음식 그릇에 손을 뻗는다네. 그러면 무사가 말하기를, '손! 잘 잊어버리는 양반아! 만약 아무것도 아니었다면, 나는 자네에게 자신이 하는 일을 모르는 척하는 사람이라고 말했을 텐데.'"

그는 말했다. "무사 이븐 자나흐는 밥알을 셀 수 있을 정도의 음식을 내왔다네. 누구라도 밥알의 수를 세길 원하기만 했다면 그것이 가능했지. 왜냐하면 음식 양이 너무 조금이었고 밥알과 밥알 사이가 벌어져 있었기 때문이라네." 그는 계속 말을 이어갔다. "그들은 밥 위에 대추야자 시럽을 끼얹었었는데, 그 양은 작은 컵의 반 정도였다네. 그날 밤 나는 그의 옆자리에 있었고 고기 한 점이 내 입에 들어 있었지. 그때 그는 나의 고기 씹는 소리를 듣고서 손뼉을 치며 이렇게 말했다네. '가루가 되도록 살 살게. 아부 카움, 잘 갈아보라고.' 그래서 내가 말했지. '젠장, 알라 앞에 부끄럽지도 않은가? 조각도 못 내는 크기인데 어떻게 갈란 말인가?'"

제20장 이븐 알-아카디 이야기

이븐 알-아카디는 친구들이 자신의 정원에 방문해주길 간절히 원하곤 했다. 하지만 나는 그가 어떤 경우라 할지라도 순수하게 그런 바람을 간직할 만한 사람은 아니라고 생각했다. 하루는 그를 방문했던 몇 사람에게 내가 물어보았다.

"얘기해보게. 무슨 일이 있었는지."

그러자 그를 방문한 적이 있던 친구는 이렇게 말했다.

"비밀을 지킬 수 있나?"

"물론이지, 내가 바스라에 머무는 한 꼭 지키겠네."

그러자 그는 입을 열었다.

"그는 우리에게 주려고 탈곡소에서 탈곡하기 전의 쌀을 사서 직접 가져왔다네. 알라께서 창조하신 것 중에 그가 가져온 것이라곤 달랑 쌀뿐이었지. 우리가 그의 농장에 이르렀을 때 그는 일꾼들에게 탈곡을 시켰네. 그들은 쌀알을 흩어놓고 체질하고, 또 떨어진 낟알들을 탈곡했지. 그는 사온 쌀을 모두 다 탈곡하고 다시 쌀알을 불어서 털고, 체질하고 떨어진

알갱이를 탈곡했지. 또 한 번 체질. 낱알까지 일일이 탈곡하고 난 뒤 그는 일꾼들에게 그 곡식을 자신의 소와 방아를 이용해서 빻도록 명했지. 쌀을 빻는 작업이 끝나자 그는 일꾼에게 물을 끓이기 위한 불쏘시개를 모으도록 했다네. 그러고는 쌀가루를 반죽하도록 했지. 끓인 물로 반죽을 하면 빵이 더 크게 부풀기 때문이야. 그리고 일꾼에게 빵을 만들도록 했다네. 하지만 이 모든 것을 하기에 앞서 일꾼에게 갈고리를 끼워 작은 크기의 생선이 물길로 도망가지 못하도록 구멍을 모두 막도록 하더군. 그렇게 해서 일꾼들은 룸만과 샬라비'의 굴 속에 손을 넣었다네. 우리가 물고기를 잡자 빵을 굽는 불에 같이 넣어서 구웠지. 그렇게 하면 따로 땔감을 쓸 필요가 없거든. 이른 아침부터 밤늦게까지 지치고 배고프게 기다렸지. 결국 우리의 저녁 식사는 검은 빵과 샬라비 생선구이였다네. 그보다 더 사악하게 굴 수는 없지." 나는 그에게 말했다. "그런데 그는 왜 자신의 토지 중 일부를 타작마당으로 택하지 않았을까? 그러면 손님에게 밥을 씨 뿌리듯 조금만 줄 수 있고, 결국 선택은 그의 손아귀에 있는 것인데. 만약 그가 자네에게 음식을 빨리 주길 원했다면, 간단한 한끼 요리를 줄 수 있었을 텐데. 만약 그가 시간을 끌기 원했더라면 요리 시간이 오래 걸리는 자우하리²를 대접하면 되었을 텐데."

그러자 그가 말했다. "정말이지, 만약 그가 이런 소리를 들었다면 그렇게 했을 걸세. 알라, 알라시여 우리를 불쌍히 여기소서. 우리는 불쌍한 사람들입니다. 만약 우리가 무언가라도 할 수 있는 능력이 있다면, 제발 이런 시련을 더 이상 내리지 마십시오!"

제21장 다양한 기담

술은 모든 것을 잊어버리게 한다

막키가 내게 말했다. "이스마일 븐 가즈완의 집에서 하룻밤 묵게 되었는데, 이스마일은 내가 무와이스의 집에서 저녁 식사를 끝냈으며 술도 한 통 가지고 있음을 알고 있었지. 밤이 깊어지자 나는 졸렸고, 그래서 깔개 위에 팔베개를 하고 누웠네. 그 집에는 기도용 깔개 하나와 쿠션 하나, 그리고 베개 하나뿐이었지. 이스마일은 베개를 내게 던졌네. 나는 베개를 사양했고 우리 두 사람은 계속 옥신각신했네. 이스마일은 '세상에 이럴 수가 있나! 내게 베개가 있는데도 손님에게 팔베개를 하도록 할 수는 없는 일이지'라고 주장했네. 결국 나는 베개를 받아서 뺨에 받쳤지. 하지만 잠자리가 바뀌었고 바닥도 편치 않아서 잠들지 못하고 뒤척이고 있었네. 이스마일은 내가 잠든 걸로 생각했는지, 내게 다가와서는 살그머니 베개를 빼냈네. 내가 눈을 뜨고 그를 보았을 때 그는 이미 베개를 내 머리 밑에서 빼낸 상태였지. 나는 한바탕 웃고 그에게 말했네. '그렇게까지 할 건

무언가?' 그러자 이스마일은 '나는 자네 머리를 똑바로 해주려고 왔다네.' '베개를 가져가도 난 아무 말 하지 않아.' 이스마일은 계속 변명을 늘어놓았네. '정말로 자네 머리에 베개를 잘 받쳐주러 왔었는데, 베개를 만지는 순간 내가 무엇 때문에 왔는지 잊어버렸어. 술이 원수야. 정말이지 술은 모든 걸 잊어버리게 한다니까!'"

수전노는 관대한 자보다 이성직이다

히자미와 막키, 그리고 아루디가 내게 이야기했다. "우리는 이스마일이 이런 말을 했다고 들었다네. '일반적으로 수전노들이 돈을 많이 쓰는 이들보다 훨씬 이성적이라오. 우리는 여기에 여러분과 함께 있소. 우리 중 일부는 수전노이고 또 일부는 관대한 자라오. 어떤 쪽이 더 이성적인지 잘 살펴보시오. 여기 나와 사흘 이븐 하룬, 카칸 이븐 수바이흐, 자으파르 이븐 사이드, 히자미, 아루디, 아부 야으쿱 알-쿠라이미가 있다오. 아부 이스하크를 제외하고 누가 당신과 함께 식사를 해본 자가 있소?'"

막키가 내게 이야기해주었다.

"한번은 내가 이스마일에게 말했지, '나는 그 누구도 다른 사람을 위해 그렇게 돈을 쓰는 사람을 본 적이 없어.' 그가 답했다. '만약 돈을 쓴 일이 알라를 만족시키고, 동의를 얻었다면, 알라께서는 땅 끝에서부터 그들을 향해 사악함과 비열함을 함께 모으시지는 않았을 것이라네. 만약 그런 지출이 합당한 것이었다면, 권능이 그의 이름이신 알라께서 그의 모든 창조물 가운데 그들을 시험하지는 않았을 것이야.'"

탐맘 이븐 아부 누아임이 내게 이야기했다.

"우리 이웃 중에 결혼하는 이가 있었다네. 그런데 그가 결혼식 때 대접할 후식을 모두 팔루다크[1]로 만들어버린 거야. 사람들이 그에게 말했지. '비용이 많이 들었겠네요?' 그는 답했지. '많은 비용을 감당했지만 한시라도 빨리 여자들의 재촉으로부터 해방되었죠.[2] 알라께서 여성에게 저주를 내리시기를!'"

부전자전

옛날에 들은 이야기 중에 이런 것이 있다. 사람들이 말하길, 아주 지독한 수전노가 이맘이 되었다. 그는 수중에 일 디르함이 들어오면 그것을 놓고 연설을 하는데, 확신에 찬 어조로 이렇게 말한다. "내가 너의 희생양이 되겠다." 그러고는 너무 오랜만에 수중에 돈이 들어왔다고 말한다. "얼마나 많은 곳을 여행했니? 얼마나 많은 지갑 속에 들어갔다 나왔니? 얼마나 많은 비천한 인간들이 너를 지갑에서 들어 올렸니? 얼마나 많은 지체 높은 이들이 너를 하찮게 대했니? 이제 내게 왔으니 너는 두 번 다시 지갑 밖으로 나가서 햇볕을 볼 일이 없을 게다." 그런 다음 그는 지갑에 디르함을 떨어뜨리면서 이렇게 당부한다. "자, 알라의 이름으로 이곳에 머무르렴. 이곳에는 굴욕, 경멸, 괴롭힘이 없단다." 그래서 그는 디르함을 지갑에 한번 넣으면, 두 번 다시 밖으로 꺼내는 일이 없었다.

그 수전노의 식솔들이 탐욕을 비난하거나 아무리 여러 번 돈을 쓰라고 종용해도 그는 버틸 수 있는 한 버티면서 식솔들의 요구를 거절했다.

그러던 어느 날 그가 무엇인가를 사려고 지갑에서 일 디르함을 꺼낸 적이
있었는데, 그때 마침 뱀을 다루는 마술사가 일 디르함을 얻기 위해 독사
를 풀어주는 것을 보았다. 그는 자신에게 말하길 "사람의 생명을 구하는
데 쓰이는 돈을 먹고 마시는 데 낭비할 수 있는가? 정녕, 이것은 알라께
서 내게 주신 교훈이다!" 그러고 나서 그는 식솔들에게 돌아갔다. 물론
일 디르함은 그의 지갑에 다시 넣어둔 채로. 식솔들은 그의 지나친 근검
절약으로 더 큰 시련을 겪었으며 그가 빨리 죽어서 이 고생에서 벗어나길
갈구했다. 마침내 그가 죽자 식솔들은 이제 편한 날이 왔다고 생각했다.
그의 아들이 재산과 집을 차지하게 되었다. 아들은 일가 식솔들을 모아놓
고 물었다. "부친께선 평소 빵에 무엇을 곁들여 드셨나? 빵에 곁들여 먹
는 음식이 파산의 가장 큰 원인이 된다."

"어르신께선 빵에 치즈 한 조각을 곁들여 드시곤 했습죠." 하인들이
답했다.

"보여다오!"

그들이 가져온 치즈의 표면에는 움푹 패인 표시가 있었다. 아들은 물
었다. "동굴처럼 푹 파진 이유가 무엇이냐?"

"어르신께선 절대로 치즈를 잘라 드신 적이 없습니다. 단지 치즈 표
면을 살짝 긁어서 드셨죠. 오랜 세월 그러다 보니 치즈 표면에 움푹 구멍
이 생긴 겁니다."

"나를 위해 그렇게 하신 거군. 그렇게 해서 오늘날 내가 이런 부를 누
릴 수 있게 된 거야. 하지만 만약 내가 이 사실을 알았더라면 돌아가신 분
께 신의 가호를 빌지는 않았을 것을."[3]

그들이 물었다. "도련님 같으면 어찌했을 것 같소?"

"치즈는 멀리 두고 빵으로 한 번씩 끝을 묻히는 척만 해도 충분해."

216

마지막 구절이 나를 특별히 놀라게 한 것은 아니다. 왜냐하면 탐욕에는 끝이 없는 법이니까. 다만 인구에 회자하는 이야기나 있을 법한 이야기, 혹은 논쟁이나 행동 양식을 이야기할 뿐이다. 앞에 소개한 주인공으로 말할 것 같으면 바로 이런 부류에 속한다.

이븐 주하나 알-사카피야가 말했다. "나는 포도주를 청하는 이의 부탁을 거절하는 사람을 보고 놀랐다네. 왜냐하면 포도주는 피가 흐른다거나, 부황을 뜨거나, 손님이 왔거나, 신선한 생선 요리를 먹을 때 혹은 약으로 마시는 경우에만 필요한 법이지. 나는 사람들이 집에 포도주를 가지고 있으면서, 방바닥에 놓거나, 벽에 쌓아놓거나 심지어 그것을 팔거나 모으거나 하면서 남에게 포도주를 청하는 이를 본 적이 없다네. 포도주는 요구하기에 적절한 것이고 선물하기에도 적절한 것이지. 기본적으로 포도주는 흔하고 값도 싸다네. 그럼에도 불구하고 포도주 주기를 거절하는 사람들의 이유는 무엇일까?

조금이라도 베푸는 미덕을 아는 사람이라면 그 누구도 포도주 내주는 것을 거절하지 않지. 이제까지 나는 한 번도 포도주 주는 것을 꺼려해본 적이 없다네. 왜냐하면 내가 술친구들에게 술을 내주는 것을 금지한다면 나 역시 그런 대접을 받을 것이기 때문이지. 나는 내게 손해를 주지 않는 것을 통해 '관대한 자'라는 명성을 얻을 것이라네. 그러니 누가 자신에게 손해를 주지 않는 것을 통해 관대한 자라는 명성을 얻는 일을 그만둘 수 있겠는가. 심지어 어떤 이는 자신의 손해를 감수하면서도 '관대한 자'라는 명성을 얻는데." 이븐 주하나는 자신이 포도주를 내주어서 얻게 된 관대함에 대해서만 언급하였고, 술친구들을 내쫓아서 얻은 평판에 대해서는 언급하지 않았다.

아스마이⁴ 혹은 다른 친구가 말했다. "사람들이 아라비아산(産)이 아닌 말에 미드얀 출신 사람을 싣고 왔다네. 그는 구유에 말을 매었지. 잠에서 깨었을 때 말이 사료를 먹고 있는 것을 보고 나서 또 잠이 들었다는군. 그가 다시 깨어났을 때까지도 말은 사료를 먹고 있었지. 그러자 그는 마구간지기를 향해 소리쳤다네. '이놈아! 저 말을 팔거나 선물로 주거나 돌려주거나 목을 쳐버려라. 나는 잠을 자는데 저놈의 말은 잠도 안 자고 내 사료만 축내고 있구나. 저놈이 내 재산을 뿌리째 뽑아먹겠다.'"

아부 하산 알−마다이니가 말했다. "마다인 지역⁵에 대추야자 장사가 살고 있었네. 그런데 그 집 하인이 가게에 들어오기만 하면 대추야자를 훔쳐가는 것 같았지. 그래서 하루는 그가 하인을 막고서 그 진위를 물었네. 그렇지만 하인이 정색을 하며 부인했다네. 그러자 그는 흰색 무명 천 조각을 가져오라 하여 하인에게 말했지. '이 천을 씹어보아라.' 하인이 주인의 명대로 흰 천을 씹었더니 그 천에 대추야자의 단내와 노란 찌꺼기가 묻어났다. '이것이 내가 모르는 새 매일같이 네가 저지른 짓이구나. 썩 내 집에서 나가거라!'"

우리 이웃에 바누 아사드 출신 사람이 있었다. 그런데 그 집 소작인의 아들이 대추야자나무에 올라가면 루타바를 따 먹고 한입 가득 물을 머금고 내려왔다. 사람들이 "아이가 입에 있던 물을 삼키고 대추야자 열매를 실컷 따먹고는 나무에서 내려올 때면 손에 오줌을 받아서 입에 머금고 내려온다"고 집주인에게 일러주었다. 잘 익은 대추야자는 주인집 아이들에게는 쉽게 먹을 수 있는 것이지만, 소작인의 아이들은 이런 역겨운 방법을 써서라도 먹으려 한다.

그는 계속해서 말했다. "이런 일이 있은 다음부터 집주인은 열매를 따러 아이들을 올려보낼 때 입에 염료를 탄 노란 물, 붉은 물, 초록 물을 머금어 보냈다. 이것은 나무 꼭대기에서 또다시 장난질을 칠 수 없게 하기 위함이었다."

걸인 박대

수전노 다르다리쉬의 이웃인 알-미스리가 내게 말했다. "하루는 이븐 알-아카디의 집에 있었는데 그가 찾아온 거지를 거칠게 몰아내더군. 다른 거지가 오자 이번에도 몰아냈지. 그 거지는 분을 삭이지 못하고 있었어. 그래서 내가 집주인에게 다가가서 이렇게 말했지. '어찌 걸인을 이렇게 박하게 대하나!' 그러자 그가 말했다. '이보게, 자네가 보고 있는 저들 대부분이 나보다 더 낫다네.' 그래서 내가 말했지. '나는 자네가 단지 그 이유로 그들을 미워한다고 생각지는 않네.' 그는 답했다. '할 수만 있다면 거지들은 내 집을 망가뜨리고 내 인생을 송두리째 거두어들일 걸세. 그들이 구걸할 때마다 그에 응했더라면 나 역시 이미 오래전에 거지들과 같은 신세가 되었을 거야. 그럴진대 자네는 나를 그 지경으로 만들고 싶은 사람들을 내가 얼마나 미워해야 한다고 생각하나?'"

다르다리쉬의 형은 매사에 있어서 아우와 함께했다. 그리고 아우와 마찬가지로 수전노였다. 그런데 아우는 어느 금요일 날 그 집 문 앞에 서 있는 우리들 앞에다가 루타바 한 접시를 차려놓았다. 그런데 그 루타바라는 것이 바스라에서 돈으로 계산하면 몇 푼 안 되는 것이었다. 우리가 그것을 먹고 있을 때 그의 형이 왔다. 그 형님은 우리에게 인사하지 않았을 뿐 아니라 집으로 들어가면서도 한마디도 말을 건네지 않았다. 우리는 그런 행동이 굉장히 흔치 않은 일이라고 의아하게 생각했다.[7]

사실 그 형님은 지나칠 정도로 상냥한 사람이었고, 그런 상냥함을 자신의 재물을 지키기 위한 예방법으로 사용하곤 했다. 그의 형은 인색함과 허세가 모인다면 살해를 당할 수도 있다는 것을 잘 알고 있었다. 그(화자)는 이렇게 말했다.

"우리는 그가 그렇게 행동한 까닭을 알 수 없었다. 그리고 동생도 형이 그러는 이유를 알 수 없었다. 그래서 그다음 주 금요일이 되었을 때 동생은 또 루타바 접시를 내왔는데, 우리가 그것을 먹고 있을 때 그는 집에서 나가면서 우리에게 인사를 건네지도 않았고 또 우리 앞에서 잠시 멈춰서지도 않았다. 우리는 그러한 행동을 의아스럽게 생각했다. 그의 속내가 뭔지 도대체 알 수가 없었다.

세번째 금요일이 되었을 때 이븐 알-아카디의 형은 똑같은 일이 일어나는 것을 목도하였고, 그래서 아우에게 편지를 썼다. '아우야, 너와 나 사이의 동업 관계는 자식이 많지 않을 때에만 가능한 것이다. 그렇지만 자식 수가 많다면 그 이야기가 달라진다. 왜냐하면 내 자식과 너의 자식이 서로 반목과 대립의 관계로 변모하지 않을 것이라고 확신할 수 없기 때문이다. 바로 여기에 내 이름으로 된 재산이 있고, 그리고 거기에 아우의 지분이 있다. 또 아우님의 이름으로 된 재산에도 내 지분이 있지. 뿐만 아니라 내 집에는 금은이 있고, 또 아우 집에도 금은이 있다. 그런데 우리는 상대방에게 얼마만큼의 재물이 있는지 정확하게는 알지 못한다. 만약에 알라께서 우리의 앞길에 제대로 된 명령을 내려주신다면, 아우님의 자식

들과 나의 자식들 간에 분쟁이 발생할 수도 있고, 그리고 아우네 여자들
과 내 집에 있는 여자들 간에 어떤 소요나 시끄러움 같은 것이 발생할 수
도 있다. 그러므로 오늘 내가 아우님에게 제시하고자 하는 의견은 아이들
이나 여자들이 만들어낼 수도 있는 이러한 골칫거리의 싹을 잘라버리자는
것이다.'

　　아우는 형의 서신을 읽으면서 그 문제가 굉장히 심각하게 다가왔고 섬
뜩하게 느껴졌다. 그래서 그는 여러모로 심사숙고를 해보았지만 여전히
이해가 가지 않는 구석이 있었다. 그는 자식들을 불러서 약간 심각한 어
조로 말했다. '아마도 너희들 중 누군가가 한마디 말이라도 실수를 저질
렀거나 혹은 우리 집안의 여자가 이러한 불운의 원인이 되었을 수도 있
다.' 그렇지만 그는 가족들과 이러저러한 이야기를 나눈 끝에 가족들이 모
인 뜨락에서 그들의 결백함을 깨닫게 되자 이내 맨발 바람으로 형님의 집
으로 걸어갔다. 그래서 형에게 이렇게 말했다. '무슨 까닭으로 재산을 나
누고 각각의 소유로 분리하자는 것입니까?'

　　그러자 형이 이렇게 대답했다. '지금 사원에 있는 판단자[8]들을 불러
오너라. 그래서 그들로 하여금 내가 이 재산에 있어서 너의 대리인이 되
었음을 선서하게끔 해라. 그리고 내 집 안에 있는 모든 것을 너의 집으로
이전시켜라. 그리고 즉시 나를 조사해보아라. 그래서 만약 조금이라도 속
임수를 쓰거나 재산에 관해서 계략을 쓴 것을 발견해낸다면, 네가 원하는
것은 모두 네 것이 될 것이다.' 그러자 동생이 대답했다. '지금 제가 원하
는 것은 제 질문의 답변입니다.' 형이 말했다. '그렇다면 지금 이 자리에
서 내가 위반한 부분에 대해서 찾은 것이 있으면 답을 해보아라. 나는 답
변이 필요하다.' 그러자 동생이 말했다. '형님께서는 한 치도 위반하신 것
이 없습니다.' 그는 애원하면서 형님의 집에서 한낮 동안이나 머물렀고,

결국은 한밤중까지 머물며 대답을 들으려고 갖은 애를 썼다. 결국 그 형은 이 일로 몹시 지쳤고, 자신이 할 수 있는 한 버티다가 이렇게 말했다.

'그러면 왜 대추야자 접시를 문 앞에 차려놓았는지, 그리고 또 우리 집 앞길 위에다 왜 대추야자나무로 얼기설기 엮은 돗자리를 깔아놓았는지, 그리고 시원한 물을 왜 사람들에게 제공했는지, 그리고 사람들이 왜 내 집 문전에 금요일만 되면 그렇게 모여드는지, 그러한 것들에 대해서 내게 설명을 해보아라. 네가 오는 사람들에게 자선을 베풀고, 관대함을 보여주는 것을 네가 못 보는 장님이리고 생각했더냐? 네가 오는 사람들에게 그저 대추야자 한 접시를 제공하면 그것으로 일이 끝나는 것이 아니라 그 다음에는 그것보다 더 큰 것, 설탕을 제공하게 될 것이고, 또 그 다음날에는 비싼 히바스 대추를 대접하게 될 것이다. 그리고 금요일에만 하던 것을 일주일의 다른 날에도 하게 되고, 그렇게 되면 간단하게 대추만 대접하던 것이 점심으로 바뀔 것이고, 또 점심은 저녁으로 바뀔 것이고, 또 그것은 옷을 내주는 일로도 바뀔 것이고, 뿐만 아니라 새끼 염소 요리로 바뀌거나 혹은 양의 요리 혹은 큰 연회를 베푸는 일로 점점 더 발전되어 바뀔 것이다. 정녕, 나는 내 집 안에 있는 재산과 내가 소유하고 있는 모든 것들이 이러한 일을 통해서 바깥으로 나가는 것에 대해 몹시 슬퍼서 운다. 너는 상인이 얼마나 어렵사리 돈을 모으는지 아느냐? 그 상인은 한 푼에서 시작해서 두 푼, 그리고 반 전, 이런 식으로 돈을 모으느니라.'

형은 계속 말했다. '내가 너를 위해 희생하겠다. 너는 내가 거지가 되어 싸구려 음식인 루타바조차 먹지 못하게 되기를 바라느냐? 또 다른 일로 말하자면, 절대로 사람들에게 말을 건네지 마라. 네가 주의해야 하는 것은 두 번 다시는 실수를 저지르지 말아야 한다는 것이다. 처음에 네가 그러한 자선을 베풀면 사람들의 탐욕은 슬그머니 네게 기대하게 된다. 그

222

리고 그러한 기대치는 만약 네가 그들의 기대치를 충족시켜주지 않을 때 적개심으로 바뀐다. 그러므로 이 일에서 나오되, 그 일을 시작한 것처럼 조심조심 차근차근 빠져나와라. 네가 내 충고를 따르면 너는 안전하게 될 것이다.'"

아부 후다일과 닭

　아부 후다일은 무와이스에게 닭 한 마리를 선물로 주었다. 그런데 사실 그가 선물한 닭이라는 것은 무와이스가 자기 집에 가지고 있던 것보다 썩 뛰어난 것이 아니라 오히려 더 못한 것이었다. 그렇지만 무와이스는 아부 후다일의 성의와 보내준 마음이 고마워서 닭고기가 기름지고 아주 맛있고 부드러웠다고 감탄을 연발했다. 무와이스는 아부 후다일이 굉장한 수전노라는 것도 알고 있었으므로 그가 이렇게 닭 한 마리를 보내준 것이 매우 큰일이라고 생각했었다.

　며칠 후 아부 후다일은 이렇게 말했다.

　"아부 이므란(무와이스의 별명), 그 닭고기 어땠는가?" 그러자 무와이스는 "정말 대단했어"라고 답했다. 아부 후다일이 "자네 그 닭고기의 품종이 뭔지 아는가? 나이가 얼마나 됐는지는 아나? 닭이라는 것은 말이야, 모름지기 그 품종과 얼마나 오래되었는지에 따라서 맛이 좌우된다네. 자네 말이야, 우리가 무얼 먹여서 그 닭을 기름지게 만들었는지 아나? 그리고 우리가 그 모이를 어디에서 주는지는 알고 있나?" 이러한 종류의 자화자찬이 끊임없이 계속되자 결국은 다른 사람들이 아부 후다일을 비웃기에 이르렀고, 우리는 모두 다 그 웃음의 의미를 알고 있었지만 아부 후다일 자신만은 몰랐다. 그런데 아부 후다일은 가슴이 따뜻한 사람이었고 천성이 착하고 매우 단순한 성격의 소유자였다. 그래서 사람들이 닭에 대해서 이야기할 때면, 그는 항상 "아부 이므란, 그때 내가 선사했던 그 닭고기와 비교해서 어떤가?"라고 말했고, 또 사람들이 오리나 염소 혹은 낙타나 소에 대해서 언급하면 반드시 "이 낙타의 품질은 바로 내가 주었던 그 닭고기와 비교하면 어떤가?"라고 말했다. 아부 후다일은 작은 새나 커다란 야수의 통통하게 살진 부분에 대해서 사람들이 말할 때면, 반드시 "아니야. 아니야. 그때 그 닭고기만 못해!"라고 밀했다. 그리고 사람들이 어떠한 동물의 고소한 부위에 대해 말할라치면 그는 "소라든가 오리, 생선의 배 부분, 닭의 고소한 기름기 부분에 대해서 말을 하자면, 특히 바로 그때 내가 무와이스에게 선물했던 그 닭고기의 기름이 최고지"라고 말했다. 사람들이 어떤 날의 날짜에 대해 말을 하거나 혹은 누군가가 도착하는 일에 대해 언급을 할라치면 "아! 그 일은 내가 자네에게 닭을 선물한 시점으로부터 일 년 후의 일이군." 혹은 "누가 도착한 날과 내가 자네에게 닭을 보낸 날의 간격은 하루밖에 안 나는군." 이런 식으로 말하곤 했다. 그래서 결국 아부 후다일에게 매사의 기준은 그 닭이 되었고, 기준 날짜 역시 닭을 선물한 그 시점이 되었다.

하루는 그가 무함마드 이븐 알-자흠[9]에게 다가갔다. 그때 나는 그의 집에 내 친구들과 함께 있었는데, 그가 무함마드 이븐 알-자흠에게 다가가서는 이렇게 말하는 것이었다.

"나는 매우 관대한 사람이라네. 그리고 내게는 저축한 것이라고는 별로 없지. 바로 나의 이 두 손이 많은 것을 벌어들였지만, 역시 나의 이 두 손이 바보처럼 모든 것을 다 써버렸다네. 자네는 내가 몇 번이나 십만 디르함을 우리 가족 모임에서 형제들에게 나누어줬는지 알고 있는가? 아부 우스만, 자네는 그것을 알고 있지. 알라의 이름으로, 아부 우스만! 그래서 내가 자네에게 묻는 거야. 자네 그걸 알고 있지?” 나는 이렇게 답했다 “아부 후다일! 자네가 하는 말에 한 치의 의심도 없다네.” 하지만 아부 후다일은 내가 이 정도의 말을 하는 것으로는 만족하지 않아서 결국 내가 사람들에게 증언을 하기에 이르렀다. 그러나 그는 내가 증언을 하는 것으로는 만족하지 못해서, 결국 나는 아부 후다일의 관대함에 대해서 맹세까지 하게 되었다.

제22장 아부 사이드 알-마다이니 이야기

이맘이었던 아부 사이드 알-마다이니는 수전노였다. 우리는 그때 바스라에 있었다. 그는 매우 큰 규모로 이나' 사업을 했으며 그 세계에서는 매우 영향력이 있었다. 그는 지성인이고 언변이 좋았으며 재치 있게 이유를 댈 줄 알았으며 생각이 깊은 그런 사람이었다. 나는 친구들이 '음식을 빨아 먹는 사람'의 사악함에 관해 아랍인들의 견해를 해석하는 것을 듣고 놀라곤 했다. 내 친구들은 말했다. "모든 사악한 자는 수전노이지만 모든 수전노가 사악한 것은 아니다. 왜냐하면 '사악한'이라는 말은 탐욕, 감사할 줄 모르는 것, 비열함에 적용되기 때문이다."

아부 자이드가 말했다. "아부 사이드 알-마다이니는 사악하다. 그리고 그는 사악한 자에게 변명을 부여한다. 그런데 여기서 전자인 '사악한'은 내가 해석한 것이지만 후자는 그 의미가 '사악한 자에게 변명을 부여해주는 이'이다. 따라서 빨아 먹는 사악한 사람에 대해 말하자면 그는 컵에 우유를 따라 마시지 않고 젖꼭지에서 우유를 직접 빨아 먹는 사람이다. 그 이유는 우유 잔에 조금이라도 남을 우유가 아까워서이다."

사웁 이븐 샤흐마 안바리[2]는 함단[3] 출신의 아내에 대해 이렇게 말했다. "자네가 말해준 그 이야기는 젖꼭지를 빠는 여자에 대한 것인데, 그녀는 컵을 밀쳐놓은 채 젖꼭지에서 우유를 빨아 먹었다."

카디만은 젖꼭지를 의미한다. 그는 그녀의 이런 행동에 대한 이야기를 듣고는 그녀와 이혼했다. 그가 이혼하자 사람들은 말했다. "탐욕은 남자에게만 불명예스러운 것이지.[4] 여성에 대해 탐욕스럽다고 비아냥거리는 걸 들어본 적이 있는가?" "내가 말하는 뜻은 그게 아니었네. 나는 아내가 자신과 같은 아이를 낳을까 봐 두려웠어."

라피으 이븐 후라임[5]이 말했다.

"너는 앉은 채 우유를 마시는구나.

너의 잔이 있는데도 가끔씩 너는 젖을 빠는구나."

아부 사이드 알-마다이니는 알라께 자신이 양의 주인이 되게 하시고 낙타의 주인이 되지 않도록[6] 간절히 원한다. 우유 잔이 있음에도 양의 젖꼭지에서 바로 우유를 빨아 먹기 위해서이다. 아랍인은 가끔 친구들과 논쟁을 하면서 이렇게 말했다. "자네가 거짓말쟁이라면 앉아서 우유를 먹겠지. 즉 알라께서는 자네에게 낙타의 자비로움을 주는 대신에 양의 사악함을 주실 것이라네."

소매는 걷고 샌들은 들고

우리는 젖을 빨아 먹는 이의 사악함에 대해 얼마나 놀랐는지 모른다. 그런데 아부 사이드 알-마다이니는 이보다 한 수 위이다. 그는 빵을 양념용 식초 단지에 담가서는 빵이 식초를 완전히 흡수할 때까지 꺼내지 않고 그냥 둔다. 그는 돈 거래 업자들과 수전노들과 함께 둥그렇게 모여 앉아 토론을 하는데 그들은 돈을 아끼는 방법에 대해 말하곤 한다. 그들은 아부 사이드가 오 디르함의 빚을 독촉하러 매일 쿠라이바[7]에 급하게 가곤 한다는 이야기를 들었다. 그들은 말했다. "이건 큰 실수로군. 대단한 손실이야. 모름지기 사람은 반드시 단호해야 하지만 손실을 초래해서는 안 되는 법. 하지만 우리 친구는 스스로 모든 문제를 자초했구먼."

그들은 아부 시이드의 주변에 모였다. "우리는 자네가 도저히 속내를 헤아릴 수 없는 일을 하는 것을 목격했네. 자네가 저지른 실수는 다른 누가 저지른 실수보다도 훨씬 큰 것이라네. 그 일은 우리를 혼란스럽게 한다네. 그러니 그 진상을 자세히 이야기하게. 왜냐하면 우리는 그 일로 무척 고심하고 있기 때문이지. 왜 자네가 고작 오 디르함을 받으러 쿠라이바에 가는지 그 이유를 말하게. 우리가 걱정하는 것은 자네가 병이 나 드러누울까 하는 것이지. 자네는 이미 인생을 많이 살았네. 만약 자네가 병들면 작은 것을 잃지 않으려 하다 큰 것을 잃게 되는 것이라네. 두번째로 자네는 지칠 대로 지쳐 있지. 만약 자네가 저녁을 먹는 습관이 있었다면 이 일로 인해 반드시 저녁을 좀더 많이 먹어야 할 것이고, 만약 저녁 식사를 거르는 습관이 있었다면 저녁 식사를 먹게 되겠지. 이 모든 것을 고려해보면 자네가 쓰는 비용이 오 디르함보다 더 크지. 그런데도 비싼 의복을 닳게 하면서 시장통을 가로질러 그곳에까지 가는가? 붐비는 시장통에서는 여기저기서 사람들이 자네의 의복을 끌어당길 게 뻔하고 그러면 옷은 다 닳아빠질 것이고, 뿐만 아니라 샌들에도 구멍이 생기고 더 빨리 닳게 될 것이야. 바짓가랑이가 더러워지고 닳게 되는 것은 물론이고, 까딱하다가는 샌들이 미끄러져서 찢어질 수도 있지. 결론적으로 푼돈에 얽매여 잃게 되는 것이 훨씬 크다는 얘기야. 자네가 얻는 것은 아무것도 없어. 자네는 우리의 귀감이 되는 사람이네. 우리는 모두 자네가 이 일에 관한 비밀을 털어놓기를 바라네. 왜냐하면 우리 모두는 자네가 매사에 옳게 행동한다고 생각하는 건 아니거든."

아부 사이드가 대답했다. "자네들이 언급한 육체적 쇠약함에 대해서 말하자면 이렇다네. 내 몸은 너무 편하고 또 운동이 적어서 오히려 나는 걱정을 하고 있다네. 나는 이제껏 짐꾼이나 야간 순찰 대원보다 건강한 육체를 지닌 사람을 본 적이 없네. 이보게들, 만약 그런 사람들이 나보다 앞서 죽는다면 그들은 운동하는 습관을 몸에 들이지 않아서이지. 사람들은 이렇게 말하지 않아. '정말이지, 아무개가 수금원보다 더 건강해!' 이것은 달리기에서 수금원이 다른 이들과 대별된다는 것을 뜻하지.

가끔씩 나는 일 때문에 집에 머물 때면 운동 부족이 염려되는 까닭에 계단을 오르락내리락하곤 하지. 먼 거리에 있는 것에 대한 선입견에 대해 말하자면, 가까이 있는 것을 끝마치기 전에는 멀리 있는 것에 눈길을 주지 않는다네. 또 자네들이 언급한 바 있는 음식 먹는 양이 느는 것은 내 스스로 잘 알고 있지. 그리고 내 심장은 내면으로부터 피곤한 날인지 휴식을 취해야 하는 때인지를 감지한다고 확신한다네. 그래서 언제 쿠라이바에 가야 하는 날인지를 내게 알려주지. 자네들이 언급한 대로 시장통에서 여러 사람과 부딪히는 경우에 대해서 말하자면, 나는 시장 사람들이 예배를 위해 일어나기 이전에 시장의 중심을 가로질러 간다네. 그리고 돌아올 때는 시장 외곽으로 온다네. 또 신발과 바지가 빨리 닳아빠지는 것에 대한 방책은 이렇다네. 나는 집에서 나가 채무자의 집 근처에 가까워질 때까지 신발은 손에 들고 바지는 팔 위에 걸치고 간다네. 그래서 채무자의 집에 도착하면 바지를 입고 신을 신지. 마찬가지로 그의 집에서 나오는 즉시 바지와 신을 벗어버린다네. 그런 날이면 신과 바지는 더할 나위 없이 좋은 상태라네. 더 할 말이 있는가?"

그들은 "아닐세"라고 답했다.

그는 "여기에 자네들이 모두 언급한 중요한 한 가지가 더 있다네" 하고 말했다. "무엇인가?" "근처에 살고 있는 이가 몇천 디나르를 빌려갔다면 그는 내가 멀리 사는 소액 채무자에게도 얼마나 혹독하게 빚 독촉을 하는지 알게 되기 때문에 딴 생각하지 않고 내 돈을 제때에 갚을 걸세. 또한 이 방법온 내기 빌려준 돈이 무사히 돌아오는 것 이외에도 내 육체에 긴 휴식을 가져다준다네. 내가 원하는 방법을 수행하기 위해 휴식 시간을 쪼개야 하기 때문에 나는 휴식을 그만두는 것을 택한다네. 다른 한 가지는 만약 큰 것에서 득이 없었다면, 또한 내가 빚 독촉에 유명한 사람이 아니었다면 이렇게 작은 금액은 포기했을 것이라는 점이네. 하지만 내게 돈을 빌려간 사람들에게 혹시나 생길 수도 있는 탐욕스런 기대를 잘라버리기 위해서 내 방법은 그들에게 일말의 기대도 허락하지 않는다네."

그러자 그들이 일어서서 한 목소리로 "그만 됐네, 정말이지, 우리는 더 이상 자네에게 다른 문제에 대해 묻지 않겠네"라고 말했다.

왜 옷을 세탁하지 않나?

아흐마드 알-막키가 내게 이야기해주었다. 아흐마드 알-막키는 무함마드 알-막키의 형인데, 그 둘은 아부 사이드와 채무 관계를 맺고 있었다. 아흐마드 알-막키가 나에게 이야기해준 아부 사이드의 언행은 너무나도 기괴한 것이었다.

아흐마드가 말했다. "내가 하루는 아부 사이드에게 이렇게 말을 했지. '정말이지, 자네는 돈도 많아. 그리고 자네는 내가 모르는 것들도 알고 있지. 그런데 말이야. 자네 옷이 너무 더럽지 않나? 왜 그 옷을 세탁하라고 하인에게 명하지 않는가?' 그러자 아부 사이드가 이렇게 응답해왔네. '만약에 내가 돈이 별로 없다면, 그리고 자네가 아는 걸 나는 모르고 있다 해도, 그럴 때도 자네는 나에게 이런 말을 할 것인가? 사실은 나도 이 옷을 세탁하는 문제에 대해서 벌써 육 개월 전부터 아주 심사숙고하고 있지, 그러나 아직까지도 내게 명확한 해답이 떠오르고 있지 않다네.' 또 한번은 그가 내게 말했다. '옷이 더러워지면 몸도 더러워지게 되지. 그건 마치 녹이 철을 좀먹는 것과 마찬가지야. 그렇게 되면 연이어서 옷이 땀에 자꾸 절게 되고, 옷을 구성하고 있는 직조 위에 먼지가 가득 쌓이게 되고, 또 더러움이 가득 쌓이다 보면 직조가 다 엉클어지게 마련이야. 계속해서 옷이 땀에 절었다가 말랐다가 하면 먼지가 더 쌓이고, 그러면 직조가 점점 더 더러워지고 엉클어진다는 결론이지. 옷의 직조의 날실이 때를 먹고, 그러면 방적한 상태가 아주 바싹 마르게 되거든. 이것은 결국 아주 지독한 냄새를 가져오게 되고 옷의 외형도 상당히 보기 안 좋아지게 되지. 사실 나로 말하자면, 나는 채무자의 문간에 늘 서성이는 그런 사람 아닌가? 그런데 나는 내가 그렇게 더러워진 옷을 입고 있으면, 채무자들 집 안에 고용되어 있는 하인이라는 것들이 얼마나 행색으로 사람을 판단하고 대하는지 잘 알고 있다네. 이런 상황에서 만약에 내가 지저분하고 제대로 행색을 못하는 옷을 입고 그들의 엄숙한 장례식장에라도 갈 경우라면 어떻게 된다고 생각하는가? 십중팔구는 하인들이 내게 거친 언사를 퍼붓거나 또 그것도 모자라서 나를 바깥으로 내쫓을 걸세. 그것은 결국 검소함을 지키려다가 커다란 손해를 보는 결과이지. 그래서 이런저런 생각들을 다 해보다가 '그럼 옷을 세탁할까?' 하는 마음도 들었다네. 그런데 막상 그렇게 하려니 또 그 반대되는 생각이 내게 드는 거야. 그것은 결국 내가 옷을 세탁하는 시점을 결정할 때는 신중하고, 아주 이성적인 판단을 내려야 한다는 것이지."

그는 계속해서 이렇게 말했다. "우선, 옷을 세탁하게 되면 첫번째 드는 손해가 결국 물과 비누에 있는 거야. 집안의 하녀는 일을 한 번이라도 더 하면 조금이라도 음식을 더 많이 먹게 되겠지. 그리고 비누란 석회와 마찬가지라서 자꾸 쓰면 작아지지. 뿐만 아니라, 세탁에 따르는 여러 가지 위험이 계속되어서 결국에는 옷을 표백하고 마구 두들기는 그런 작업에까지 이르게 되는 거야. 옷이 표백하는 사람의 손에 넘어가게 되면, 그는 내 옷을 함부로 잡아당기고 문지를 테고, 그리고 결국 옷은 어딘가에 걸리게 되겠지. 내 옷을 세탁하는 그날 나는 집에 앉아 있어야 되고, 내가 집에 앉아 있기만 하면 반드시 뭔가 돈을 써야 되는 일이 생기고, 아주 여러 가지 성가신 일들이 내 앞에 펼쳐지기 때문에 나는 아주 곤혹스럽지. 그리고 또 옷은 반드시 두들겨서 마름질을 해야 되는데, 내가 만약 그것을 집에서 두들기면 찢어지기 쉬우니 결국 전문으로 표백하는 사람에게 보내야 하는데 그 사람들은 그걸 너무 지나치게 해서 결국 내게는 큰 손실이지. 십중팔구는 그 옷을 표백하는 사람이 너무 지나치게 해서 옷을 손상시킨단 말이야. 그게 가장 나쁜 일이야. 내가 집에 앉아 있거나 혹은 채무자들의 집을 일일이 찾아다니거나 간에 사람들은 나에 관해 여러 가지 악성 루머를 퍼뜨리는데, 내가 사고를 당했다든가 병에 걸렸다든가 그런 식으로 나를 몰아붙이는 걸 나도 알고 있어. 그런 일은 사람들에게 이전에는 가지고 있지 않았던 잘못이나 심술, 탐욕을 가져오지.

그리고 또 생각해보게. 만약에 내가 잘 세탁되어서, 하얗게 되고 세

232

탁하기 전보다 훨씬 더 좋은 품질로 제대로 잘 말라서 좋아진, 깨끗하고
말쑥한 의복을 입는다면, 내 몸이 지저분하고 내 머리가 너무 흰 현재의
상황과 너무나도 대비가 된다네. 세상일이라는 것은 모든 것이 다 연결되
어 있거든. 그러니 그전에 지저분한 옷을 입었을 때는 내 몸이 지저분하
건, 머리가 많이 희었건, 내 몸에서 냄새가 나건 간에 별로 구분이 되지
않았지만, 과거에는 그렇게 신경 쓰지 않아도 될 부분들을 이제는 신경
쓰고 구분하게 되겠지. 결국 내가 목욕을 하러 가야 되는 상황에 이르게
될 거야.

그런데 내가 목욕을 하게 된다면, 앞에서 말했던 것처럼 옷을 마름질
하면서 처하게 되는 위험뿐만 아니라 더욱 커다란 손실이 다가오는데, 그
것은 내게 아주 젊고 예쁜 아내가 있다는 거지. 만약에 아내가 제대로 옷
도 빨아 입고 머리 손질도 하고 머리도 감고 말쑥한 복장을 하고 있는 나
를 본다면, 그녀는 향수를 뿌리고 제일 좋은 옷을 골라 입고 내게 와서 나
를 유혹할 거야. 나는 결국 수말이거든. 그리고 일단 그 수말이 한번 흥분
하게 되면 억제하기가 힘든 법이야. 그래서 내가 만약에 그녀와 하룻밤
지낼 마음이 든다면, 그녀는 나의 탐욕, 나의 육욕을 눈치 채게 될 것이
고, 그렇게 되면 나는 훨씬 더 큰 흥분을 느끼게 될 것이야. 우리는 결국
물을 데워야 되고 무엇보다도 더욱 나쁜 것은 그녀가 임신을 하게 된다는
것이지. 그렇게 되면 결국 그녀는 유모를 필요로 하게 될 것이고 종국에
우리는 끝없는 깊은 수렁에 빠지게 될 거야."

많은 이야기를 들었지만, 아흐마드는 많은 일 중에 일부를 잊어버렸
다고 했고, 나도 들은 이야기를 잊어버렸다.

아부 사이드는 그의 수전노 짓거리와 탐욕스러움 이외에도 아주 불같

은 성질의 소유자였고 거만하기가 이루 말할 수가 없었다. 하루는 그가 사키프 출신의 사람에게 천 디나르를 갚으라고 빚 독촉을 하기 위해 갔다. 사실 그 돈은 갚을 날짜가 거의 다 됐기 때문이었다.

그는 빚 독촉을 하러 가서는 그 사키프 출신의 사람과 자리를 하곤 했고, 그때마다 그곳에 머물면서 그와 함께 점심을 먹었다. 그런데 그가 계속 빚을 갚지 않고 너무 오랫동안 연기하는 일이 빚어지자, 그는 어느 날 식사를 하는 식탁에서 그 사키프 가문의 남자에게 이렇게 말을 했다. "자네가 나에게 갚아야 될 이 돈은 결국 이슬람의 보시, 즉 자카트를 해야 한다는 생각이 드네. 왜냐하면 이 돈이 내 수중에서 빠져나갈 당시 나는 이미 하나의 사실을 깨닫고 있었는데, 그것은 자칫하면 돈을 잃기 십상이거나 혹은 그 돈의 반환을 계속 연장해주어야 한다는 생각이었네. 내가 돈을 회수하는 데 많은 어려움이 있을 거라는 것도 나는 이미 알고 있었지. 게다가 나는 자네에게 저리(低利)를 허용했는데, 그것은 내가 자네로부터 돈을 빨리 되돌려받으려는 생각에서 그렇게 했다네. 하지만 그렇게 저리로 이 돈을 자네에게 빌려주지 않는 것이 나을 뻔했다는 생각이 드는군. 나는 저리의 조건으로 이 돈을 자네에게 빌려주었고, 상환 기일을 1년이나 더 연장해주었지만, 또 자네에게 한두 달 더 그 돈을 쓸 수 있도록 허락을 했네. 물론 그것은 자네가 아주 예의바르게 돈을 좀더 빌려달라고 얘기를 했기 때문에 그랬던 거지. 그러한 상태로 한두 달이 흘렀고 이제 내가 볼 때 자네는 남의 돈을 꿔 가놓고 싼 이자로 쓰고 있으니, 자네한테는 이득이 되는 셈이지만 나로서는 싼 이자로 자네에게 돈을 빌려주고 있으니 손실이 분명하네. 나는 계속 자네에게 빚을 갚으라고 독촉을 해야 하고, 자네는 아주 오랜 시간 동안 나의 독촉을 무시하는 척 그렇게 지내고 있네."

여기까지의 연설은 아부 사이드가 계속 밥을 먹으면서 좌중에게 이야기한 것이다. 그러자 사키프 가문의 다른 남자가 그에게 다가가서는, 만약에 그가 단순히 돈을 받기만을 원했다면, 이러한 연설은 사원에서 행해져야 마땅하지 이렇게 점심 식사를 하면서 해서는 안 된다고 말했다. 그러자 그는 밥 먹는 것을 중단한 채, 너무나도 흥분하고 분노에 찬 얼굴로 상대를 응시했다. 마치 금방이라도 폭발할 듯한 모습으로 이렇게 말을 했다. "자네는 에미도 없군. 나는 빵을 식초 단지에 적셨고, 좋게 이해하려는 생각만으로 끝냈다네. 나는 가난한 사람들을 증오하고 부자들을 좋아한다네. 나는 굴욕을 당하고 고통스러워하는 것을 싫어하기 때문에 가난함도 아주 증오한다네. 자네는 어미도 없어! 자네 얘기는 내가 점심을 먹기만을 바랐다는 건가? 정말이지, 나는 그가 나와 함께 식사하는 것을 부끄러워하고, 그가 관대해져서 내 빚을 빨리 해결하도록 하기 위해 함께 식사를 했네."[8]

그런 다음 그는 차용증서를 들고 일어나서는 찰흙으로 만들어진 도장을 떼어내서 그것을 벽에다가 깨질 정도로 문질러댔다. 그리고 차용증서 위에 쓰인 글씨에 침을 뱉고는 다른 한쪽에다가 그것을 문질러댔다. 그런 다음 그는 그것을 찢어서 날려버렸다. 그리고 그는 점심 식사를 하고 있던, 방에 있던 모든 사람들을 향해 이렇게 말했다. "이게 바로 아무개가 내게 빚졌던 천 디나르라오. 나는 그것을 그로부터 받았고, 그는 이제 드디어 나의 빚 독촉으로부터 해방이 됐다오" 하고 자리를 박차고 나왔다.

그가 이런 일을 하자, 빚을 진 장본인이 친구인 제삼자에게 다가와 이렇게 말했다. "무엇 때문에 자네는 그런 말을 했는가? 왜 자네는 내 식탁에서 그 사람에게 그러한 말을 했나? 왜 어떤 일이 벌어지고 있는지도 모르는 사람에게 이런 말을 했는가? 내가 진짜로 원했던 것은 대추야자를 팔 때까지 시간을 좀 끌어보려고 했던 것이었다네. 대추야자가 잘 여물 때까지 좀 기다리기를 원했던 것이었어. 하지만 자네가 그에게는 좋은 일을 했지만, 우리에게는 나쁜 일을 한 거지. 왜냐하면 자네는 돈을 너무 급하게 재촉했기 때문이지. 자, 그러니 이제 시장에 가서 되는대로 이 대추야자를 팔아 그가 돈을 받을 수 있게 하게."

그런 다음 그는 그에게 돈을 건네주었지만 그는 받기를 거절했다. 결국에는 그 문제로 인해서 아주 야단법석이 일어났을 때, 아부 사이드는 말했다. "내 생각에는 당신의 친구가 그런 말을 한 원인은 그가 아랍인이고 나는 비아랍인 예속 평민이기 때문인 것 같네. 만약에, 비아랍인 예속 평민을 대신해서 중개자를 내세운다면, 나는 이 돈을 받겠네. 하지만 그렇지 않다면, 나는 받지 않겠네." 그래서 사키프 출신의 그 남자는 바스라의 슈우비야 추종자들 모두를 모아서 그에게 그 돈을 받으라고 탄원하도록 만들었다.

다른 이야기

아부 사이드는 하녀에게 집 바깥으로 쓰레기를 내보내는 것을 금하곤 했다. 그는 하녀에게 자기 집에서 세 살고 있는 모든 집에서 나오는 쓰레기를 한곳에 모을 것을 명했고, 이따금씩 자리를 잡고 앉아서 하녀가 양동이에 쓰레기를 담아와서 앞에 널어놓도록 명하곤 했다. 그는 하녀로 하여금 쓰레기 더미를 샅샅이 조사하게끔 명했다. 그 쓰레기 더미에서 일 디르함짜리라도 발견하게 되면, 그 돈은 바로 아부 사이드의 지갑으로 들어가서 그가 사용하였고, 주화 혹은 보석의 파편 같은 것들은 따로 모으곤 했다. 쓰레기 더미에서 조그마한 양모 조각이라도 발견할라치면, 그는 조각들을 계속 모았다가 낙타 안장을 만드는 사람에게 팔았고, 양털로 된 외투의 한 조각이라도 발견하면, 그것은 넝마주이에게 팔았다. 마찬가지로 그곳에서 발견되는 모든 것은 상관있는 쪽으로 팔려 나갔는데, 도자기라든가 혹은 유리잔 같은 것들이 발견되면 그러한 종류의 물건을 만드는 사람에게 팔았다. 만약에 쓰레기 더미에서 석류 껍질을 발견하면, 석류 껍질은 암갈색이므로 염색하는 곳에 팔았다. 병을 발견하면, 유리잔을 취급하는 곳에 팔았다. 쓰레기 더미에서 대추야자 씨라도 발견될라치면, 그것은 질이 떨어지는 대추야자 판매상에게 팔았고, 자두 씨가 발견되면 자두를 재배하는 사람에게 팔았다. 못이라든가 철 조각 같은 것은 대장간에 팔았고, 양피지 두루마리 같은 것을 발견하면 직조 공장에 팔았고, 때로는 물병의 윗부분을 덮는 얇은 종이 조각을 만드는 곳으로 팔려 나가기도 했다. 나뭇조각이 발견되면, 그것은 당나귀의 안장을 만드는 사람에게 팔았고, 뼛조각이 발견되면 그것을 땔감으로 썼다. 어쩌다 사금파리 파편이라도 나올라치면 새로운 탄누루 빵을 만드는 화덕 가게에 팔았으며, 깨진 기와라든가 잡석과 같은 것들은 모아서 건축 현장에 팔았다. 그리고 나머지 쓰레기 더미는 잘 저어보고 뒤집어보고 섞어보고 나서는 조각의 크기대로 순서대로 잘 정렬시켜서 탄누루 빵 오븐에 땔감으로 넣을 작정으로 한켠에 잘 치워놨다. 그러다가 쓰레기 더미에서 송진 덩어리라도 발견되면, 그것은 송진 가게로 팔려 나갔다. 한번은 그냥 흙덩어리가 쓰레기 더미에 있었는데, 그는 그 흙덩어리를 가지고 벽돌을 만들거나 혹은 팔거나 아니면 자기가 원하는 무언가를 만들고 싶어 했다. 그런데 그가 그 흙을 가지고 벽돌을 만들려면 물기를 제대로 뿌려야 하는데, 물기를 그런 데 낭비하고 싶지는 않았다. 그래서 집에 있는 모든 사람들에게 예배드리기 전에 세정 의식을 하고 나서 그 물을 그 흙덩어리 위에 다 흩뿌리라고 말했다. 그는 흙이 촉촉해지길 기다렸다가 벽돌 형태로 만들어서 사용했다.

아부 사이드는 늘 "내가 알고 있는 절약법을 깨우치지 못하는 자는 쓸모없는 놈이다. 그런 인간은 배려할 필요가 없다"라고 되뇌곤 했다. 그런데 세입자들에게 속해 있던 무엇인가가 없어지는 경우, 예를 들어서 쓰레기 더미에서도 무엇인가가 없어지는 경우가 있는데, 그럴 경우에 그는 세입자들에게 이렇게 말했다. "오늘 밤에 쓰레기 더미를 바깥에 다 내놓으시오. 그렇게 되면, 아마도 훔쳐간 사람이 후회를 하고 바깥에 내놓은 쓰레기 더미에 훔쳐간 것을 되돌려놓을지도 모르오. 왜냐하면 쓰레기를 갖다 놓기 위해서 사람들이 많이 왕래하기 때문에 가져간 사람이 돌려놓기 좋다오." 실제로 그런 일이 일어났다. 그래서 도난당했던 물건들은 쓰레기 더미 위에 던져졌고 사람들은 그들의 쓰레기 더미 위에다가 쓰레기를 던지곤 했다. 그리고 집주인인 그는 누군가가 거기서 뭔가를 빼내가지 않는가를 살피고 염탐하곤 했다. 만약에 쓰레기 더미에서라도 뭔가 쓸 만한 물건을 건져가는 사람이 발견되면 그는 그 물건 값을 내놓으라고 요구했고 결국 그 값을 받았다. 바로 이 이야기가 아부 사이드의 이야기이다.

제23장 아스마이 이야기

한 무리의 사람들이 어떤 상인과 더불어서 아스마이에게 왔다. 그런데 그 상인은 아스마이의 대추를 사서 아주 큰 낭패를 본 사람이었다. 반면 아스마이는 큰 이득을 보았다. 그는 아스마이에게 가격을 조금 낮춰줄 수는 없는지, 다시 한 번 생각해달라고 간절히 원했다.

아스마이가 대답했다. "자네들, 코란에 근거한 불공평한 나눔에 대한 이야기[1]를 들어본 적이 있는가? 정녕코, 이것이야말로 지금 자네들이 자네들의 쉐이크에게 하라고 압력을 넣고 있는 일이라네. 그가 물건을 내게서 살 때야 자신이 이득을 보는 것이고 내가 손해를 볼 거라고 생각했겠지. 이것은 자네들의 부친인 아부 알-안바스[2]의 거래라네. 그러니 자네들은 가서 나를 위해 이러한 조건으로 이라크의 곡식을 사게. 나는 정말 그가 신뢰할 만한 자인지 아닌지 알지 못한다네. 여기 한 가지 방법이 있는데, 그것은 자네들을 위한 것이지 나를 위한 것은 아니네. 자네들이 나를 견뎌내지 못해도 나는 자네들을 견뎌내야만 한다네. 정녕코, 자네들은 그와 함께 내게 오지도 않았었지. 하지만 자네들은 그의 권리를 지켜주고 이득을 챙겨주어야 한다는 의무감에 사로잡혀 있지. 자네가 했듯이 내가 그의 이익을 미리 결정하고 그를 어떠한 상황에 처하도록 했던 적이 있는가? 나는 그의 변명을 알지 못하고 그는 나에게 반항해서 이렇게 할 만한 권리가 없다네. 그러니 우리 둘이 그 손해의 차이를 똑같이 반씩 나누지. 이 결정은 아무런 책임이 없는 사람이 책임져야 할 사람을 만족시켜주기 위해 내린 것으로 상당히 정당한 대접이라네."

그들은 모두 일어나서 다시는 되돌아오지 않았고, 그 상인은 그의 권리를 주장했던 것을 거두어 들였으며, 절망과 자포자기에 빠졌다.

제24장 아부 우야이나 이야기

와실의 여동생의 아들인 자으파르가 내게 이야기했다. "내가 하루는 아부 우야이나에게 이야기를 했지. '아내에게 고기의 행방을 물은 그 남자는 적절하게 행동했다. 그 아내는 고양이가 고기를 먹었다고 했고, 그러자 그는 고양이를 저울에 올려놓고 무게를 재보고는 이렇게 말을 했지. 이게 고기 무겐데, 그러면 고양이는 어디로 간 거지?' 당신 넌지시 암시하는 것 같은데'"

자으파르는 계속해서 말했다. "정녕, 자네야말로 그러한 일을 할 만한 자격이 있네. 백 살 가까이 나이가 든 노인이 있었는데, 그는 들어오는 수입은 많았고 부양할 가족은 적었지. 그가 학문과 지식을 토론하라면서 돈을 내놓았는데, 종교와 관련된 학문은 바로 그가 기쁨을 느끼는 대상이자 그의 전문이었네. 그는 대추야자나무를 키우는 일꾼들도 관리하고 시장 일에도 관여하고 바스라의 유명한 시장인 알 칼라아 시장에도 관여하고 있었네. 그런데 자네는 이 사람에게 하중이 나갈 만큼의 석고를 요구하고 이 정도 길이의 티크 나무를 요구하며, 잘 구워진 벽돌 한 짐을 요구하고 그 밖의 이러저러한 것들을 요구한다. 어째서 모든 것들을 감내해야만 하고 어째서 이런 일들을 다 견디고 이런 것들에 관여해야 하는가? 만약 자네가 장래가 촉망되는 그러한 젊은이였다면, 자네는 어떻게 될 것인가? 그리고 만약에 자네가 체불해야 할 돈이 있고 많은 식솔들이 딸려 있는 사람이었다면, 자네는 어떻게 될 것인가? 최근 나는 자네가 다 떨어진 옷을 입고 맨발로 한낮에 돌아다니는 것을 본 적이 있네."

자으파르가 계속해서 말했다. "내가 얼마나 더 참고 견뎌야 하는가? 나는 이런 이야기를 들었다네. 자네가 한 조각의 멜론을 잃어버리고는 저녁에 그 멜론이 어디 갔느냐고 묻자, 집안 식솔들이 고양이가 먹었다고 이야기를 했지. 그러자 자네는 남은 멜론 한 쪽을 고양이 앞에다가 던지고는 사람들이 거짓말을 하는지 혹은 참말을 하는지를 시험해보려고 했지. 그 고양이가 던져준 멜론을 먹지 않자, 자네는 식솔들에게 멜론 한 통의 온전한 값을 다 물어내라고 요구했지, 그러자 그 식솔들은 자네에게 그때는 밤이었고 만약 그놈이 이웃의 고양이가 아니었다면 멜론을 먹었을 것인데, 멜론을 먹은 그놈은 우리 집의 고양이처럼 보였다고 말을 했다더군. 자네는 멜론 조각을 그 고양이 앞에 던졌는데, 당시 그 고양이는 이미 그 멜론으로 배가 꽉 차 있었기 때문에 먹을 턱이 없었지. 그래서 사람들이 고양이 배가 좀 꺼졌을 때 다시 한 번 실험을 해보는 게 어떻겠느냐고 제안을 했지만, 자네는 그것을 거절하고 그들에게 그 멜론 값을 물어내게 했지."

아부 우야이나는 대답했다. "이런 제기랄! 맹세코, 내가 여기에 온 것은 그들이 잘못되는 것을 막아보려던 계획이었네. 그것은 바로 나 스스로가 부패를 삼가고 멀리함으로써 그렇게 하려고 한 것이었어. 지야드가 그의 유명한 연설에서 이렇게 말씀하셨지.[2] '정말이지, 내가 너희에게 거짓말을 할 지경에 이르렀을 때, 나는 바로 너희 때문에 진실을 보여주기 위해서 여기에 이르렀다.' 우선, 자네가 나를 비난하는 것과 관련하여서 나는 이런 말씀들을 예로 들어야겠네. 대추야자나무가 내 손에 있었다면, 그리고 사람들이 내게 최후의 심판의 날이 다가온다고 말했다면, 나는 서둘러서 나무를 심었을 것이네. 그리고 또 아부 앗-다르다아는 죽을병에 이르자 이렇게 말을 했네. '나와 결혼해주오. 나는 총각으로 알라를 뵙는 일을 증오하기 때문이라오.' 이와 관련해서 코란에서는 인간에게 결혼을 강력히 권고하고 있기 때문이지.³ 또 아랍 사람들은 이런 말들을 하곤 하네. '여름에 뇌를 많이 쓰는 사람은 겨울에는 그의 수프 냄비를 부글부글 끓인다. 즉 여름에 열심히 일하는 사람은 겨울에는 따뜻한 수프를 먹을 수 있다는 뜻이다.' 마크라즈는 이렇게 말했네. '게으름이나 나태는 아주 편안하고 안락한 침상이다. 그러나 무딘 사람만이 그렇게 편안함과 안락함을 찾는다.' 압둘라 이븐 와합⁴은 이렇게 말했네. '휴식을 사랑하는 사람은 결국 피곤함을 얻게 된다.' 우마르 이븐 카탑은 그의 유명한 연설에서 이렇게 말씀하셨지. '너희들은 휴식을 취하는 것을 경계하라. 그것은 마치 족쇄와도 같으니.' 그리고 계속해서 말씀하셨네. '만약에 인내심과 감사함이 두 마리의 낙타라면, 나는 그 두 마리 중 어느 것을 타야 할지 잘 모르겠다. 즉 그만큼 인내심과 감사함이 우리 인생에서 중요한 것이다.' 또 그분께서는 말씀하시기를, '아라비아 북부 부족인 마으다드는 용감하기로 유명했다. 마으다드 부족의 복장을 하고 아주 활기차고 거친 인생을 살아라. 말의 등자(鐙子)를 잘라버려라. 말을 타고 도약의 발판을 넓혀라'라고 하셨네. 한편 그분께서는 아므르 이븐 마으디 카립이 우마르 이븐 카탑에게 자신이 설사를 했다고 불평을 하자, 이렇게 말씀하셨네. '한낮의 더운 열기가 너를 그 지경으로 만들었구나. 그러니 맨발로 걸어

라. 그리고 언제 도망을 쳐야 할지 모를 때까지 맨발로 걸어다녀보아라. 일하는 것은 근면함이고 한가한 것은 부패가 되느니.' 그리고 그분께서는 사이드 이븐 하팀에게 이렇게 말씀하셨네. '내가 너에게 편안한 삶을 경계한 바 있다. 그것은 마치 네가 죄악을 경계하듯 해야 하느니라. 내가 너에게 기꺼이 말하니, 너는 그 두 가지를 다 두려워해야 하느니라.' 또 이렇게 말씀하셨네. '일하지 않는 이가 일하는 사람보다 나쁜 평판을 얻기가 쉽다.'

아쿠숨 이븐 사이피'는 이렇게 말했네. '나는 세상의 모든 일에 크게 관여하지 않는다.' 그러자 사람들이 이렇게 말했네. '만약 당신께 버터와 우유가 충분히 있을 때도 그렇게 말씀하시겠습니까?' 그러자 이렇게 말했지. '그렇다. 나는 나태한 버릇을 정말로 증오한다. 당신들은 내가 예언자의 충고나 혹은 정통 칼리파들의 말씀, 그리고 아랍인의 속담이나 그 밖의 여러 가지 말씀들을 어기는 것을 본 적이 있는가?'"

제25장 다양한 기담

무함마드 이븐 아슈아스[1]가 야흐야 이븐 칼리드[2]와 점심을 먹고 있었다. 그때 사람들이 올리브기름의 우수성과 또한 그것이 정제 버터보다 우수하며, 덜 여문 올리브유가 지하 저장고에 있는 덜 여문 올리브 피클보다 우수하다는 것을 주제로 토론을 벌이고 있었다. 그러자 무함마드가 이렇게 말했다. "내게 이 세상 어떤 사람도 그렇게 훌륭한 것을 보지 못했을 정도로 아주 값어치가 있는 올리브유가 있다오." 그러자 야흐야가 이렇게 말했다. "조금 맛을 볼 수 있을까요?"

그러자 무함마드는 하인을 불러서 말했다. "창고에 가서 오른쪽 방향으로 네번째 단지에 들어 있는 것을 조금 가지고 오너라."

야흐야가 말했다. "당신은 어떻게 올리브유가 저장되어 있는 장소까지 기억을 하십니까? 정말 놀랍습니다."

아사드 이븐 압둘라가 쿠라산의 통치자로 있던 시절 그의 전속 요리사가 지나칠 정도로 많이 익힌 고기를 내어 상을 차려놓았다. 그런데 그는 고기가 부드럽게 익은 상태의 것을 늘 즐기곤 했다. 그래서 요리사에게 이렇게 말했다. "네가 한 일을 내가 모를 줄 알았더냐? 너는 맛있는 고기를 너무 지나치게 익혔다. 그리고 모든 고기에서 나오는 기름을 즙으로 짜서 그것으로 이득을 얻은 것이다." 그러자 그때 그의 형이 이 말을 듣고, "무식한 주인이 학식이 있는 주인보다는 훨씬 더 낫다"고 말했다.

어떤 사람이 자우하리의 집에서 늘 음식을 먹곤 했다. 이 사람은 식사 때를 맞추어서 한 치도 어긋남이 없이 정시에 나타나곤 했는데, 이미 여러 사람이 식사하고, 상이 차려져 있는 상태에서 그가 오면 그는 늘 이렇게 말했다. "알라의 저주가 알-카다리아 사람들[3]에게 있기를. 과연 누가 내가 이 음식을 먹는 것을 막을 수가 있겠는가. 알라의 뜻으로 기록되어 있는 판[4]에 내가 음식을 먹을 것이라고 씌어 있는데 말이다."

그런데 그가 그러한 일을 너무 자주 하자, 리햐흐라는 사람이 그에게 이렇게 말했다. "여보게! 그러면 아침이나 혹은 저녁에 나타나보게. 그때도 자네가 자유의지를 믿는 알-카다리아 사람들에게 저주를 퍼부을 것을 찾는다면, 카다리야 사람들에게 저주를 내리고 그들의 아버지와 어머니에게도 저주를 내리게."

하인이 칼리드 이븐 사프완에게 자두가 가득 담긴 쟁반을 가져왔다. 그것이 선물이든 정원에서 금방 따온 것이든 간에 하인은 그렇게 가지고 왔다. 하인이 그 앞에 자두 바구니를 내려놓자 칼리드 이븐 사프완은 이렇게 말했다. "만약에 네가 이 자두 바구니에서 하나를 꺼내 먹었다는 것을 내가 알지 못했더라면, 너한테 맛을 보라고 하나쯤은 줄 수도 있었을 게다."

라마단이 이렇게 말했다. "내가 아흐와즈의 쉐이크와 함께 배 안에 있었을 때였다. 나는 배의 끝 부분에 있었고, 그는 앞부분에 있었다. 점심시간이 되자 그는 자기가 가지고 온 바구니에서 닭고기와 어떤 새 종류로 만든 요리를 꺼내더니 내게는 음식을 권해보지도 않은 채 이야기를 하면서 음식을 먹기 시작했다. 그런데 배 안에는 그와 나밖에 없었다. 그래서 내가 한 번은 그를 쳐다보고 또 한 번은 그가 손에 들고 있는 음식을 번갈아 쳐다보았다. 그러자 그는 내가 그 음식이 탐이 나서 먹고 싶어 한다고 상상을 하기에 이르렀다. 그는 내게 이렇게 말하는 것이었다. '어째서 그렇게 의미 있는 눈초리로 바라보나? 음식이 있어서 먹는 사람은 나와 같은 사람이고 음식이 없어서 바라보는 사람은 자네와 같은 사람이네.'"

라마단은 계속해서 이렇게 말했다. "나는 그를 바라보았고 그는 나를 쳐다보고 있었다. 그러자 아흐와즈의 쉐이크가 이렇게 말을 했다. '이보게! 나는 좋은 음식만 먹는다네. 맛이 없는 음식은 결코 먹지 않지. 그런데 나는 자네의 시선이 무척 탐욕스럽고, 자네의 눈이 음식을 낚아채는 듯한 눈이라서 두렵다네. 그러니 내게서 시선을 거두게나.' 나는 그를 공격해서 내 왼손으로는 그의 수염을 낚아채고 오른손으로는 그의 손에 있는 닭고기를 낚아채서는 그걸 가지고 그의 머리통을 실컷 때려주었다. 결국에는 그 닭고기가 내 손에서 다 산산조각이 나고 말았다. 그러고 난 다음 내 자리로 돌아오자 그는 얼굴과 수염을 문질러서 닦고는 내게 가까이 다가와서 이렇게 말했다. '내가 자네에게 말하지 않았나? 자네의 눈이 나를 욕보일 눈이고, 자네는 필경 눈으로 나를 욕보일 것이라고 내가 말하지 않았는가?' 그래서 내가 말했다. '이 눈에 무슨 사악함이 있다는 것인가?' 그러자 그는 '사악함이 깃들여 있는 눈은 아주 불쾌함이 있는 눈이네. 그리고 자네의 눈은 내게 최악의 역겨움을 표시했지.' 나는 이제까지 한 번도 그렇게 웃어보지 못한 정도로 웃었다. 우리는 그가 전혀 무례함을 행하지 않은 것처럼, 내가 그를 비열하게 다루지 않았던 것처럼, 아무 일도 없었다는 듯이 서로 이야기를 나누었다."

이러한 작은 이야기들은 우리 친구들의 이야기이거나 혹은 우리 눈으로 직접 본 이야기이다. 그런데 아스마이라든가 아부 우바이다, 그리고 아부 알-하산의 이야기로 말하자면 이 책에서 내가 언급한 열 개 남짓한 이야기를 빼고는 그들의 이야기를 이 주제와 관련해서는 더 이상 찾을 수 없었다.

사람들이 말했다. "무기라 이븐 압둘라 이븐 아부 아킬 알-사카피⁵에게 품질이 좋은 염소가 한 마리 있었다. 그가 쿠파의 통치자로 있었을 때, 염소 요리는 주로 음식이 다 끝난 다음에 그의 식탁에 내어져 오곤 했다. 좌중의 손님 중 누구도 그 염소고기에 손대지 않았다. 왜냐하면 그 주인인 사카피가 전혀 손을 대지 않았으므로. 하루는 이 염소고기에 어떠한 사연이 있는지 전혀 알지 못하는 베두윈 아랍인이 그 고기를 먹었다. 그는 고기를 먹는 것만으로 만족하지 못하고 심지어는 뼈에 붙어 있는 살코기까지 다 발라 먹었다. 그러자 주인은 아랍인에게 이렇게 말했다. '이보게, 자네는 복수라도 하려는 건가? 이 염소의 어미가 뿔이나 머리로 자네를 들이받은 적이라도 있는가?'"

아스마이는 늘 이렇게 말하곤 했다. "이보게나, 이 싸구려 뼈에 복수하기를 원하나? 그 어미가 자네를 뿔로 들이받기라도 했는가?"

아스마이는 계속 이렇게 말을 했다. "압두 알-라흐만 이븐 타리크가 순찰대의 우두머리로 있었던 시절, 자신의 순찰대에 소속된 부하에게 이렇게 말을 했다. '만약 자네가 아미르의 염소고기를 식탁에서 먹는다면, 내가 자네에게서 일 년치 순찰의 임무를 면해주겠네.' 그런데 이 이야기가 아미르의 귀에 들어갔다. 그는 핫자즈에게 불평을 터뜨렸고 핫자즈는 결국 압두 알-라흐만 이븐 타리크를 직위 해제하고 그 자리에 지하드 이븐 자리리를 임명했다. 그런데 사실 지하드 이븐 자리리는 압두 알-라흐만보다 훨씬 더 진절머리 나는 사람이었다. 하지만 그는 새로운 상관을 어찌할 수가 없었다. 왜냐하면 새 상관은 핫자즈가 보낸 사람이었으므로. 알-무기라는 그가 금요 예배에서 연설을 할 때면, 항상 이렇게 말하곤 했다. '쿠파의 시민들이여! 누군가 여러분에게 부패한 일이나 혹은 악한 일을 시키면 여러분은 아미르에게 가서 그를 중상모략하시오. 알라께서 그에게 저주를 내리고 또 외눈박이 그의 어미에게 저주를 내릴지니.' 사실 지하드의 어머니는 외눈이었다. 그래서 사람들은 '이 세상의 어떤 암시나 비유도 알-무기라의 암시나 비유보다 나은 것은 없었노라'고 말하곤 했다."

지야드의 염소 요리

사람들이 말했다. "지야드 알-하리스[6]에게 아주 좋은 염소가 있었는데, 그것은 지야드가 손끝도 대지 않았고 다른 누구에게도 손대지 못하게 하는 좋은 염소였다. 그런데 라마단 달 중 하루 그가 사람들에게 식사를 대접하게 되었는데, 식사의 좌중에 모인 사람 중에는 아슈압도 있었다. 그가 그 염소고기에 관심을 보이자 지야드가 이렇게 말했다. '감옥의 죄수들에게 예배를 주도하는 이맘이 있는가?' 그러자 사람들은 '아니요'라고 답했다. 그러자 지야드는 '그렇다면 아슈압이 그들을 인도해서 예배를 드리도록 하게.' 그러자 아슈압이 말했다. '혹은 다른 대안이 있는가? 알라께서는 아미르를 번영하게 하셨다.' 지야드가 말했다. '그게 무슨 말인가?' '맹세컨대, 나는 절대로 염소고기를 먹지 않는다네. 나는 이혼을 세 번 하면서 맹세를 했는데 그것은 다시는 염소고기를 안 먹는다는 것이라네'라고 답했다.

그들이 말했다. '압둘 말리크 이븐 카이스 알-디으비가 바스라의 귀족 양반을 저녁에 초대했다. 압둘 말리크는 음식을 무척 아끼는 수전노였으나 돈에는 너그러운 이였다. 바스라의 귀족 양반은 시종을 거느리고 왔다. 압둘 말리크가 그들을 보고는 시종에게 다가가서 이렇게 말했다. '여기서 사라지고 천 디르함을 받는 게 낫지 않은가?' 결국, 압둘 말리크는 천 디르함의 손실을 감수하면서까지 빵을 한 조각도 대접하지 않고 지켜냈다."

한 베두윈 아랍인이 술레이만 이븐 압둘 말리크 앞에 있는 닭고기를 먹었다. 그러자 술레이만 이븐 압둘 말리크는 그에게 "네 앞에, 그리고 네 옆에 있는 음식이면 충분할 텐데"라고 말했다. 그 아랍인이 답했다. "내가 먹은 이것은 금지된 것이란 말이오? 그렇다면 가져가시오. 알라께서 당신에게 아무런 축복도 주시지 않을 테니."

그들이 말했다. "무아위야는 킵바[7]를 즐겨 먹곤 했다. 어느 날, 사으사아 이븐 사우한이 그와 점심을 함께하는데 무아위야 앞에 놓여 있는 킵바까지 먹었다. 그러자 무아위야가 말했다. '먼 곳의 식량까지 갖다 먹는군.' 사으사아가 답했다. '굶주린 자는 먼 곳까지 식량을 구하러 가는 법.'"

그들이 말했다. "히샴 이븐 압둘 말리크는 친구들과 함께 자신 소유의 정원으로 들어갔다. 그곳에는 과일나무와 열매가 있었는데, 그는 친구들에게 그것들을 맘껏 먹게 했다. 그들은 그에게 알라의 축복이 있을 거라는 인사로 답했다. 그때 히샴이 하인에게 말했다. '애야, 그들이 먹은 것들을 뿌리째 뽑아라. 그리고 그 자리에 올리브 나무를 심어라.'"

그들이 말했다. "무기라 이븐 압둘라 이븐 아비 아킬 앗-사카피가 친구들과 대추야자 열매를 먹고 있었다. 그런데 갑자기 램프가 꺼졌다. 그들은 대추야자 씨를 구리 접시에 던지고 있었는데, 갑자기 두 개의 씨가 떨어지는 소리가 들렸다. 무기라가 외쳤다. '누가 한 번에 두 개씩 먹었나? 누가 장난치는 건가?'"

그들이 말했다. "후와이팁 이븐 압둘 웃자가 무아위야에게 사만 오천 디나르를 받고 집을 팔았다. 사람들이 그에게 한마디씩 했다. '자네, 부자가 되었네!' 그러자 그가 되물었다. '애가 여섯인데, 사만 오천 디나르가 무슨 소용이겠는가?'"

그들이 말했다. "걸인이 칼리드 이븐 사프완에게 다가서자 그가 일 디르함을 주었다. 거지는 너무 적은 돈이라고 생각했다. 그때 칼리드가 이렇게 말했다. '멍청한 놈아! 일 디르함은 십 디르함의 1/10이야. 그리고 십 디르함은 백 디르함의 1/10이지. 백 디르함은 천 디르함의 1/10이지. 물론, 천 디르함은 만 디르함의 1/10이고. 이렇게 해서 일 디르함이 무슬림의 보상금으로 커지는 게 보이지 않느냐?'"

그들이 말했다. "빌랄 이븐 아부 부르다가 바스라의 통치자로 있을 때의 일이다. 그는 한센병이 걱정거리였다. 사람들이 그에게 버터 녹인

물이 효험이 있다고 말해주었다. 그는 버터 녹인 물에 몸을 담그고 있다가 나와서는 하인들에게 그 버터를 굳혀서 팔라고 명했다. 그해 바스라 사람들은 버터 먹는 일을 꺼려했다. 금식월인 라마단 달이 끝나고 축제를 할 때 사람들은 그의 집에 초대되어 음식이 차려진 식탁 주변에 둥글게 앉아 있었다. 금식을 끝내고 식사를 해도 좋다는 소리가 울리자 빌랄은 예배를 위해 일어섰다. 그러나 다른 이들은 주저했다. 만약 그들이 예배를 드리려고 자리에서 일어나면, 빵 굽는 이들이 와서 차려진 음식을 다 거두어 가버릴 것이기 때문이었다."

그들이 말했다. "우마르 이븐 야지드 알-아사디는 기름을 넣고 관장을 했다. 배 속에서 조짐이 일 때 그는 응당 변소로 달려가야 하지만 그러길 꺼렸다. 왜냐하면 배출된 기름이 아깝기 때문이었다. 그는 대야에 걸터앉아 볼일을 보고 하인에게 명한다. '기름만 잘 걸러라. 램프에 사용하도록.'"

그들이 말했다. "그의 이웃이 우리에게 말했다. '나는 그가 하나의 이쑤시개로 한 달을 사용하는 걸 보았다. 그는 점심을 먹고 나면 언제나 이쑤시개 윗부분을 조금 긁어버리고 이를 쑤신다. 그리고 필통의 홈에 그걸 다시 넣어둔다.'"

그들이 말했다. "디라 알-다르라가 칼리드 이븐 사프완과 함께 식사를 하는데, 칼리드 이븐 사프완 앞에는 닭고기 요리가, 디라 알-다르라 앞에는 올리브가 놓였다. 디라 알-다르라는 닭고기를 뚫어져라 쳐다보았다. 그러자 칼리드는 '닭고기가 먹고 싶은가 보지?' '누가 나를 막겠는가?' 칼리드가 말했다. '그렇다면 자네와 내가 내 음식을 가지고 똑같이 나눌 수밖에.'"

그들이 말했다. "아부 아슈하브의 손이 누마일라 이븐 마르라 알-수으다 앞의 음식에 뻗쳤다. 그러자 누마일라가 말했다. '네 몫이 배당되었다면 그에 만족해야지. 남의 것을 넘보면 쓰는가.'" 그들이 말했다. "그는 팔천 디르함을 밀가루 상인에게 빚지고 죽었다."

그들이 말했다. "하캄 이븐 아이윱 알-사카피는 바스라 너머 히자즈 지역의 통치자였다. 그는 자리르 이븐 아이윱 알-사카피를 이라크의 통치자로 명했다. 그는 '자리르 알-아타르라크'[8]라는 별명을 가지고 있었다. 하캄은 야마마 지역에 있는 동안, 소풍을 가면서 아타르라크를 초대해 함께 점심을 먹곤 했다. 그는 초대한 이의 앞에 놓여 있던 검은 메추라기를 먹었다. 그래서 하캄은 그를 관직에서 해임하고 그 자리에 누와이라 알-마지니를 임명했다. 아타르라크의 사촌이었던 누와이라는 이렇게 시를 읊었다.

이라크에 사냥감이 있었지. 만약 당신이 그 사냥감에 만족했더라면 하캄의 새 요리를 당신에게 나누어줘도 충분했을 텐데.
만약 낙타고기가 당신의 식욕을 불러일으키려는 시점이었더라면 병든 암낙타의 살코기를 먹는 걸 멈출 수 없다.
수맘초로 뒤덮인 음료수를 가죽 부대에서 마신다. 그 안에 있는 신선한 우유는 고기를 먹고 싶게 한다.

누와이라가 관직에 임용되었을 때 그는 누와이라가 아타르라크의 사촌이라는 소식을 들었다. 그는 누와이라를 해직시켰다. 이에 누와이라는 이렇게 말했다. '아부 유수프! 당신이 내 충정을 알았더라면, 나의 신실함을 알았더라면, 내 대신 무할라카를 그 자리에 임명하지 않았을 텐데. 도적 떼의 우두머리 살리흐도 나를 이기지 못하지. 아타르라크의 죗값을 내게 치르라하지 마시오.'"

한번은 어떤 사내가 하캄 앞에 놓여 있는 달걀을 먹었다. 그러자 그가 말했다. "먹게나. 그것이 암탉이 태어나서 한 번 낳는 마지막 달걀이니." 그 후로 그 사나이는 죽을 때까지 다시는 하캄 근처에 얼씬도 하지 않았다.

하캄은 하인 다섯 명을 거느리고 휴가를 즐기러 갔다. 그들은 오백 인분의 음식을 가지고 갔다. 그는 하인들과 음식을 먹는 것이 부담스러웠다. 그런데 배가 너무 고팠다. 그는 채소밭에 주저앉아 길고 하얀 무를 뽑아 씻지도 않고 그대로 먹었다. 너무 배가 고팠기 때문이다. 그는 가장 가까이 앉아 있는 하인 중 한 명에게 이렇게 말했다. "만약 저놈들(나머지 네 명)이 가고 없었더라면, 우리는 제대로 먹을 수 있었을 텐데."

그들이 말했다. "압두 알-라흐만 이븐 아부 바크라가 무아위야의 식탁에서 식사를 하고 있었다. 그는 게걸스레 먹어 젖히는 압두 알-라흐만을 보았다. 저녁 식사 시간이 되었고 아부 바크라는 무아위야에게 갔다. '게걸스레 먹어 젖히던 자네 아들에게 무슨 일이 있는가?' '아프다네.' '그와 같은 아이는 절대 아픈 것을 원치 않지.'"

어느 베두윈 아랍인이 하루는 아부 알 아스와드 앗-두왈리와 함께 식사했다. 아부 아스와드는 이자가 엄청나게 게걸스레 식사하는 꼴을 보았다. 그의 행동이 너무 역겨워서 두려움마저 느꼈다. 그래서 물었다. "이름이 무언가?" 그러자 "루크만"[9]이라고 대답했다. "자네 가족들은 진실을 말하는군. 자네야말로 루크만이다."

그들이 말했다. "그에게 딱 한 사람만이 앉을 자리와 앞에 작은 쟁반을 하나 올려놓을 만한 공간이 있는 가게가 하나 있었다. 그는 그 가게의 바닥을 높여 누구도 그보다 더 높이 서지 못하게 만들었다."

그들이 계속 말했다.

"그러던 어느 날 한 베두윈 아랍인이 때를 기다리다가 말을 타고 그에게 왔다. 그러자 그와 앉은 높이가 같게 되었다. 그는 기름병을 하나 들고 그 안에 조약돌을 넣었다. 만약 아랍인이 다가왔다 싶으면, 기대어 앉는 자세를 바꾸는 것처럼 하면서 조약돌이 든 기름병이 덜거덕 덜거덕 소리 나게 했다. 그러면 말이 놀랐다. 아랍인은 말을 가게 주인이 있는 곳으로 계속 끌어당겼고, 가게 주인은 소리를 계속 내었고, 말은 기겁을 하였다. 그런 다음 그 아랍인은 두 번 다시 그에게 오지 않았다."

제26장 아부 알-아스 이븐 압두 알-와합 이븐 압두 알-마지드 알-사카피가 사카피에게 보내는 편지

자비로운 알라의 이름으로

당신은 알-아스마이의 옆에 앉아서 사흘 이븐 하룬에 대해 경탄을 보내고, 이스마일 이븐 가즈완의 수전노적 경향에 동의하는 듯합니다. 이븐 무샤리크와 연합하여 무와이스 이븐 이므란을 공격하고, 이븐 알-타왐[1]에게 자주 오가고, 당신의 돈과 타산적인 돈 관리에 대한 끊임없는 이야기, 그리고 사업을 경영하고 선택하는 것, 상품을 매력적으로 꾸며 잘 팔리게 만드는 것, 사업이 계속 잘되도록 하는 방법과 이자 등을 어떻게 올리느냐에 대한 이야기를 듣고 보니 이 모든 것은 당신이 악의를 가지고 있다는 증거라는 걸 알았습니다. 그리고 이 모든 것은 당신에게 숨겨진 병이 있음을 보여주고, 돈을 쓰는 자의 사고방식에 대해서 충격을 표시하는 것이고, 그들에 대해서 무절제하게 비난을 하며, 그전에 그들의 말이 지루하고, 행동 또한 불쾌하다고 말하던 일전의 태도에서 후퇴한 것이고, 수치심을 보이는 증거이기도 합니다. 돈을 축적하는 데 열심인 사람만이 그것을 축적하는 데 대한 말에도 몰두하기 마련이고, 돈을 쓰는 데 인색한 사람만이 수전노들과 같은 생각을 가질 수밖에 없습니다.

당신이 사흘 이븐 하룬의 금언—"휴전 상태에도 긴장을 늦추지 않고, 확신을 갖고 모든 걸 대처해야 한다. 가장 불쾌한 태만의 유형은 지불 상환을 연기하는 것이다. 뻔뻔한 자에겐 뻔뻔하게, 올바른 자에겐 올바르게 대우하라. 그래야만 재앙을 극복할 수 있다. 유지하고 남는 잉여 재물은 운명의 장난에 버티는 버팀목이다. 그러므로 우리가 부귀영화를 성취하기 전에는 어떤 지혜로움도 인정받을 수 없다. 그 재물은 잉여로 넘쳐나는 것이 아니라 인생의 재앙을 방어해주는 최소한의 엄폐물이라는 것을 알아야 한다"—을 암송하는 것은 당신이 이러한 사고방식을 숭상하고, 사흘 이븐 하룬의 길을 따르려고 한다는 태도를 보여주는 증언이기도 합니다.

"지옥의 불에 빠져 있는 대부분의 사람들은 여자들과 가난뱅이들이며, 천국에 있는 대부분의 사람들은 순진한 생각을 가지고 있고 보상을 충분히 주는 넓은 정원의 주인이자 부자들이기도 하다"라는 아스마이의 담화를 당신이 인정한다는 것은 내가 당신을 바라보는 시각이 옳다는 증거입니다.

당신이 선호하는 이븐 가즈완의 발언은 이렇습니다. "당신들은 좋은 음식, 멋진 옷, 맛있는 술, 그리고 감정 풍부한 노래를 즐길 권한이 있다. 나는 부자의 명예, 결과를 적당히 보살핌, 많은 재물, 위험한 환경으로부터의 안전, 다른 사람에게 비굴하게 행동하지 않는 것과 식솔들의 복지를 위해 물자를 제공하는 것을 자랑스럽게 생각한다. 전자는 당신들의 기쁨이고, 후자는 나의 기쁨이다. 후자는 혹여라도 내가 비난받지 않도록 하기 위한 생각이며 전자는 다른 사람의 인정을 얻어내기 위한 너희들의 생각이다. 근심 걱정 없는 건강한 사람만이 그런 인정에서 이익을 창출해낼 수 있으며, 진실된 감각과 개념을 가진 자만이 즐거움을 느낄 수 있다. 그러나 가난한 사람은 그러한 인정이 필요하지 않고 그런 인정받은 음식을 찾기 위해 많은 노력이 필요하다. 당신이 선택한 음식은 인분으로 변하고 술은 소변으로 바뀐다. 그리고 건물은 파편들로 변한다. 노랫소리는 바람 부는 소리에 불과하고 남성의 명예 추락, 손상을 초래하는 어리석음, 멀어져가는 방울 소리에 다름 아니다. 당신의 쾌락은 가난을 가져오는 중요한 원인이고 남성의 품위를 무너뜨린다. 반면에 나의 쾌락은 부에 이르고, 남성의 품위를 유지한다. 그러므로 나는 짓는 데에 충실하고 당신은 부수는 데 전념한다. 나는 새끼를 꼬나, 당신은 그것을 푼다. 난 쾌락을 자제하며, 영속적인 명예를 추구한다. 당신은 남성의 명예를 모두 잃는 것과 더불어 영원한 불명예를 얻는 것에만 몰두하고 있다."

난 당신의 발언의 요지를 잘 이해하고 있으며 무엇을 얘기하고 싶어 하는지 알 수 있습니다. 그것이 보여주는 바는 당신이 천성에 저항하고, 이전의 태도에서 후퇴하며 이전에 즐겨했던 것에 반대되는 상황을 즐기고, 당신이 전에는 매우 꺼려했던 것을 좋아한다는 것입니다. 그것을 버리고 멀리하기 바랍니다. 알라께서는 부당하게 행동하는 자들만을 멀리하십니다. 그 시인은 다음의 시를 읊을 때 당신에 대해서 매우 잘 알고 있었습니다.

만약, 당신이 수전노의 죽음에 대해서 듣는다면
그렇다면 말하라.
이 멸망은 자비심과는 거리가 멀 것이라네.
그의 후손들에게 그의 재산은 천국이며
그가 죽은 후의 몸은 흙과 벌레의 것이라네.

또 다른 시인은 이렇게 노래했습니다.

무덤 안에서 한때는 아름다웠던 그의 얼굴이 썩어가고 있다네.
이제 그의 재산은 모두 적들의 손에 들어가 나뉘었네.

내가 당신 재산의 대리인과 당신 자손들의 고용인을 볼 때까지 나를
죽이지 않은 알라께 경의를 표하는 바입니다. 당신은 계절이 끝나기도 전
에 가난을 재촉하며 살았습니다. 혹자가 쾌락을 맛보지도 못하고 채찍질
의 형벌을 받는 것과 다르지 않습니다. 전 재산을 다 써버리고, 그의 가족
에게 악영향이 미치는 것을 지켜보면서, 적들이 그가 겪고 있는 불행을
악의에 찬 눈길로 바라보는 상황이 절친한 친구들을 잃고, 가족들의 원망
어린 시선과, 성글고 보잘 것 없는 옷, 그리고 맛없는 음식에 대해 분노하
는 것보다 더 중요한 것입니까? 이 모든 것은 수전노의 움켜쥔 손, 탐욕
의 정점을 관통한 상태이고 사악함을 향해 서두른 것이며 지출을 보류한
결과입니다. 반면 돈을 쓰는 자는 허가를 얻었고, 풍족함을 즐겼으며, 자
신의 능력을 잠재워두지 않았습니다. 그는 빚을 갚고 저축을 하는 데에
똑같은 비율의 돈을 투자하고, 돈을 움켜쥐고 있는 사람은 다른 사람을
위해 고된 노동을 하고 자신은 이득을 못 보며 고통스러워합니다. 돈을
쥐고 있어야 한다는 정당성을 제공하기 위해 그는 욕구를 억제하고 심한
비난과 모욕도 참아내는데, 그러면 언짢은 감정이 그의 정신과 육체, 그
리고 생활 방식과 마음의 행복을 지배하는 힘 자체를 지배하게 됩니다.
　당신에게는 이미 사악한 기운이 뻗쳐와 있습니다. 그 기운은 이미 약
점을 파고들었고, 병폐가 퍼지고 있으며, 그에 따른 급속한 부식이 당신

도 모르는 사이에 덮치고 있습니다. 이런 교리는 사키프의 순수한 종족의 성정이 아닙니다. 뿐만 아니라 쿠라이쉬의 천성도 아닙니다. 확실히 당신은 열등한 인종의 아버지를 갖게 되었습니다. 그건 열등한 인종의 어머니가 당신을 망쳤기 때문일 겁니다. 무아위야가 말했습니다. "바누 압두 알-무탈립[2]의 후손 중 관대하지 않은 자는 아랍인이 아니고 외국인이다. 주바이르 가문[3]의 사람 중 용감하지 않은 자는 불청객일 뿐이다. 바누 알-무기라의 사람 중 거만하지 않은 자는 의혹 있는 가문에서 출생한 자들이다." 살므 이븐 쿠타이바가 말했습니다. "만약 사카피가 식사에 즐거운 노래를 가미시키지 않고 그 자신의 가치를 아주 낮게 만들며 돈을 쓸 의도 없이 자기중심적으로 행동하는 것을 보면 정말로 그의 가치가 아주 낮다고 생각하라." 이븐 아부 부르다가 말했습니다. "만약에 사키프가 젊고 어리석지 않았다면 바스라의 사람들에겐 돈이 없었을 것이다."

알라께서는 관대하시기 때문에 수전노처럼 행동하지 않습니다. 진실되게 말하며 거짓말을 하지 않습니다. 약속을 지키며 속이지 않습니다. 인정이 많으며, 경솔하게 행동하지 않습니다. 정의롭지 않게 행동하지도 않습니다. 너그러움을 요구하고 수전노처럼 행동하는 것을 금합니다. 우리에게 정의롭게 행동하기를 요구하며 속이는 것을 금합니다. 인정 많게 행동하기를 바라며 경솔한 행동을 금합니다. 자신을 위해 택한 것을 우리에게 요구하며, 자신이 만족하지 않은 것만을 우리에게 하지 못하도록 합니다. 사람들은 한 목소리로 말하였습니다. "알라께서는 가장 너그러운 분 중에서도 가장 너그러우시며, 가장 영광스러운 분 중에서도 가장 영광스러운 분입니다." 그들이 말한 것처럼 "자비로운 분 중에서도 가장 자비로우시며, 가장 훌륭하신 창조주입니다." 거지들에 대한 훈계, 그들에게 관대하라고 교육시키며 그들은 말했습니다. "알라와 아량을 두고 겨루려고 하지 마시오. 알라께 전지전능함은 그의 이름이며, 알라께서는 가장 너그러우시면서 영광스럽습니다." 그분은 숭고함 그 자체이시며, 그 이름은 성스럽습니다. 그분은 자신에 대해서 말씀하시기를 "관대함을 소유하고, 관용을 소유하며 그(알라) 외에 다른 신은 아무도 없다"라고 하셨습니다. 그리고 또한 말하길 "위엄과 관용을 갖고 있다"고 하셨습니다.

사람들은 알라의 사자에, 그분께 알라의 평화와 축복이 있을지니, 대해서 말했습니다. "그는 한 푼도 돈을 축적하지 않았고, 벽돌을 쌓지도 않았습니다." 그럼에도 그는 아라비아 반도를 소유하였으며, 보시를 걷었고, 멀리는 예멘 지역의 변방까지 이라크의 이다르 지역,[4] 오만의 시흐르 지역 등에서도 돈으로 공물을 징수받았습니다. 그럼에도 그는 갑옷을 저당 잡힌 채 빚더미에서 죽었습니다. 그는 한 번도 무엇을 요청하지 않았고 "아니"라고만 말했습니다. 하지만 누군가 그에게 요청하면 주었고, 그가 약속한 것과 기대치를 높였을 때 그의 약속은 마치 혹자의 눈앞에 잘 정돈된 것처럼 보이고 마치 만족한 것처럼 그의 기대치를 높입니다. 시인들은 그의 관대함을 극찬하며, 연설가들은 그의 너그러움에 대해 높게 평가합니다. 단 한 사람에게 그는 수많은 양과 낙타 떼를 선사할 수 있을 겁니다.[5] 아랍의 왕들이 최대한 줄 수 있는 것은 백 마리의 낙타이며, 그래서 사람들은 "그는 낙타 백 마리를 선물했다"라고 말합니다. 이렇게 말할 수 있는 경우는 누군가를 극도로 찬양하려고 할 때뿐일 것입니다. 그는 오아시스에서 낙타들이 밀치며 뒤엉켜 있을 때 천 마리의 낙타를 한 사람에게 주었으며, "너야말로 진정한 예언자라고 나는 맹세한다. 여기는 인간의 영혼이 선해지는 그런 곳이 아니다"라고 말했습니다.

하쉼은 쿠라이쉬의 사람들에게 자랑하며 "우리는 음식을 주는 데 아주 너그럽지만, 가장 머리를 많이 자르기도 한다!"라고 말했습니다. 일부 울라마[6]들은 그들을 "관대하고, 유명하지만 독설을 퍼붓기도 한다"고 평한 바 있습니다. 탐욕스러운 자, 관대한 자 중간에 위치한 모든 사람들은 탐욕을 비난하고, 관대함을 칭찬하는 데에 의견의 일치를 보고 있습니다. 또한 거짓말을 하는 것을 비난하고, 진실을 칭찬하는 데에도 의견의 일치를 보입니다. 그들이 말했습니다. "관대함의 최고봉은 너그럽기 힘든 일에 관대한 것이다." 그들은 관대하게 행동하는 데에 필요한 것들을 거의 갖고 있지 않은 사람을 견뎌야 하는 상황과 최대한 노력하고 모든 것을 베푸는 사람에 대해서 지금까지 얘기해왔습니다. 그들은 돈을 관대히 주는 사람보다 자선을 베푸는 사람이 더 월등하다고 생각합니다. 시인 파라즈다크가 말했습니다.

그러한 시간에 하팀[7]은 종족의 사람들과 함께했다네,
관대한 하팀은 자신을 그들과 함께하도록 하였다네.

파라즈다크는 물을 관대하게 베풀었던, 카읍 이븐 마마를 인용한 사람이 아니었습니다. 나는 아랍의 어떤 사람도 하팀이 재물을 너그럽게 나누어준 관용의 정신을 어리석다고 말하는 것을 들어보지 못했고, 아무도 자신을 희생한 카읍에 대해서 어리석다고 비난하는 것을 들어보지 못했습니다. 반면에 사람들은 카읍의 이러한 행동을 이야드[8] 부족이 지니고 있는 자부심의 근원으로 여기고 있습니다. 그리고 하팀의 영광스러운 자기희생의 행동은 타이 부족, 카흐탄 부족, 그리고 아드난 부족을 넘어 아랍은 물론이고 비 아랍인에게까지, 또한 아라비아 반도의 모든 주민들에게, 반도 너머의 지방에 살고 있는 인류에게 관대한 위업으로 전수되었습니다.

전지전능이 이름이신 알라를 묘사하는 것에 위반하려는 자, 알라의
사자, 그분께 알라의 평화와 축복이 있기를,라는 호칭을 허용하는 것을
위반하는 자, 그리고 아랍인 모두가 미덕으로 지니고 있는 천성에 반하는
자는 우리 중에 불신자를 제외하고는 없습니다. 나는 너그러운 사람을 증
오하고 경멸하는 공동체를 본 적이 없습니다. 그러나 당신은 그런 사람을
사랑하고 존경합니다. 지나칠 정도의 관용을 베푼다 하더라도 관용 있는
사람을 증오하거나 경멸하는 사람은 본 적이 없습니다. 나는 그의 미덕에
관해서 연구하고 그의 훌륭한 성질에 대해서 자세히 조사하는 사람을 본
적이 있습니다. 그들은 그가 하지 않은 훌륭한 행동에 대해서도 덧붙여
칭찬하고는 합니다. 그가 한 번도 생각한 적이 없는 너그러운 행동에 대
해 찬사를 보내기도 합니다. 그래서 그들은 현세에서 찬사는 두 배가 된
다고 주장했습니다. 마치 의로운 행동이 내세에서 두 배가 되는 것처럼
말입니다. 네, 그들은 그의 아주 사소한 행동이라도 찬사를 보냅니다. 그
리고 남모르게 한 행동에도 찬사를 보냅니다. 그리고 나는 바로 이 사람
들이 수전노에게는 완전히 정반대의 태도를 보이고 정반대의 관점을 갖고
있는 것을 발견합니다. 나는 한 순간 그들이 수전노를 증오하고 다음 순
간 그들을 경멸하는 것을 발견합니다. 매우 강렬한 증오심으로 그들은 수
전노의 아들과 친족들 또한 미워합니다. 그가 절대 생각해본 적도 없는
천박한 이야기와 그가 행하지 않은 탐욕의 상황을 그의 소행으로 간주합
니다. 그들은 관용 있는 사람을 대하는 것처럼 수전노들을 같은 방식으로
두 배의 해악을 끼치는 인물로 간주합니다.

나는 아직 관대한 자의 재물로 향하는 재앙이 수전노의 재산을 향하

는 것보다 더 빨리 닥치는 것을 본 적이 없습니다. 그리고 나는 수없이 많은 가난에 빠진 수전노들을 보았습니다. 사람들의 시각에서 수전노는 그 자신에게 탐욕스러운 사람일 뿐만이 아니라 '탐욕'이라는 이름을 얻을 법하고 비난을 얻을 법한 자들입니다. 또한 그들은 재물을 추구하면서도, 자신을 욕망에 계속 복속시키고 만족해하면서도 마지막까지 추구하며 욕심을 부리는 사람으로 간주됩니다. 감사의 결과를 빚어내야 하고, 누군가의 이름을 칭찬으로 언급하고, 보상을 쌓아두는 것처럼 관대하게 행동해야 하는 일에도 수전노처럼 행동한다면 그 사람에게 수전노라는 호칭이 적용됩니다. 수전노는 스스로에게 짐을 부과합니다. 비용을 지불해야 할지도 모르고 남자와 여자 하인, 탈것과 화려한 옷, 멋있는 옷을 취해야 할지도 모릅니다. 그러한 것들은 관용 있는 사람의 지출 비용을 능가하며, 자비로운 마음의 관대함보다 몇 배나 큰 경비가 들 것입니다. 그러나 그의 돈이 없어지면 그는 사정없이 비난받습니다. 그의 경제적 여건이 악화되면, 잘못을 질책받게 됩니다. 어쩌다 키얀[9]의 사랑이 그의 마음을 사로잡으면 그는 고자인 척할 겁니다. 그는 사냥을 광적으로 좋아하고 승마를 너무 좋아할지도 모릅니다. 그가 돈을 낭비하는 방식은 결혼식, 출생, 연회, 할례 축하연, 갓난아이의 머리를 깎은 것을 기념하는 축제, 집을 다 지은 것을 축하하는 축제 등등입니다. 어쩌면 그의 재산은 사업 실패나 빚보증으로 인해 매각당할 수도 있습니다. 어쩌면 그는 매우 지독한 수전노이고, 자신의 호칭을 너무 사랑할 수도 있습니다. 그의 탐욕은 더욱 지저분하고 그의 추악함은 더욱 심해질지도 모릅니다. 결국 그는 모든 재산을 써버리고 가득 찼던 창고를 텅 비게 할지도 모릅니다. 그러나 그는 아무 보답도 받지 못하고 빗발치는 비난에서 자유롭기 힘들 것입니다. 당신은 사기를 당하고, 사랑에 빠지고, 돈을 날리며, 갖지 않은 것을 부풀려 말하는 수전노를 본 적이 없을 겁니다. 또는 건축이나 연금술에 돈을 다 쓰거나 헛된 욕심과 잘못된 희망으로 재물을 탕진하거나 권력자가 되기를 원한다든지, 후원자가 되어 돈을 쓰는 수전노를 본 적도 없을 것입니다. 권력을 갖고, 그로 인한 파생 효과에서 시작된 고난이 금과 은을 쌓는 것에서 비롯된 고난을 능가합니다. 나는 수전노가 식탁을 차리거나 과일을 사는 일에 매일 천 디르함을 쓰는 것을 본 적이 있습니다. 매일 결혼 기념식을 그의 집에서 치릅니다. 왜냐하면 수전노에게 있어서 이슬람을 비방하는 사람들은 그의 식탁에서 두번째의 빵을 비난하는 사람보다 훨씬 더 쉬운 상대이기 때문입니다. 그에게는 종교의 지팡이를 부러뜨리는 일이 빵을 조각내는 것보다 더 어렵다고 여겨지지 않습니다. 그는 자신의 명예가 훼손되는 것은 중요하게 생각하지 않고, 자신의 식탁에 있는 사리다 수프를 나누는 것을 가장 큰 파괴로 생각합니다.

　수전노들의 재산은 불행의 공격을 받기가 쉬우며, 재난은 그들에게 더 큰 해를 끼칩니다. 그들이 알라에게 가장 조금 기대고, 알라의 기대도 가장 적게 받고 있기 때문입니다. 하지만 관대한 자는 그가 알라께 의존하건, 알라의 큰 기대를 받고 있건 간에 모든 상황에서 알라에게 의존하며 더욱 큰 만족을 느낍니다. 어떤 일이 일어나든지 간에 그는 자신의 고집만 주장하는 사람이 아니며, 자신의 이성에만 기대는 사람도 아니고, 준비해놓은 탁월한 선택과 가혹한 경계심에 의존하는 사람 또한 아닙니다. 수전노가 재앙을 구실로 대고, 시간을 전복시키는 나쁜 생각을 하더라도 어쨌든 그는 불운을 창조하고 세월을 만들고 그 세월 속에 사는 인간을 창조해내신 창조주가 빚어낸 악운의 결과물입니다. 사건의 운명을 쥔 창조주에 의해서만 사건들이 일어납니까? 세월을 고안하신 분에 의해서만 그 세월이 달라집니까? 우리는 그것들의 이유를 알 수 없지만, 이 모든 것이 목적을 향해 가고 있다는 것을 확신하지 않았습니까?

　그들(수전노)이 가난을 두려워하지 않고 부를 축적하고 지출을 금하는 것이 그들의 전통이거나 자연스러운 것이라는 증거는 이렇습니다. 당신은 왕국이 풍부한 물자로 가득 차 있고 수입이 충분하며 적들이 잠잠할 때도 그 왕이 수전노라는 것을 알 수 있고, 당신의 왕국이 가난해지고 재산이 줄어들며 적들이 활발히 움직이더라도 그 왕국의 왕은 관대한 사람이라는 것을 발견할 수 있기 때문입니다.

　나는 흑인이 무엇을 생각해내거나 발전시키는 것과 관련해서 가장 한정된 족속들이란 것을 알고 있습니다. 그리고 어떠한 일의 결과를 분석하는 데 가장 게으른 족속들이란 것도 알고 있습니다. 만일 그들의 활수함이 칼날의 뭉뚝함과 지식의 부족에서만 비롯되었다면? 페르시아인들은 비잔티움인들보다 천성적으로 더욱 탐욕스럽고 비잔틴 사람은 슬라브족보다, 전체적으로 남자들이 여자보다 탐욕스러운 수전노여야 합니다. 마찬가지로 소년들이 여자들보다 더 관대해야 합니다. 이성적으로 가장 작은 탐욕은 이성적으로 많은 관대함보다 더욱 이성적이이야 합니다. 사악함으로 자주 회자되는 개도 너그러움의 상징인 수탉보다 상황을 간파하는 데 한 수 위여야 한다고 할 수 있습니다. 사람들은 이렇게 말했습니다. "그는 부리로 새끼들에게 먹이를 주는 어미 새보다 너그럽다," "썩은 고기를 먹고 있는 개보다 더 사악한," "뼈다귀 앞의 개보다 더 지저분한." 또 사람들이 말하길, "개를 굶기면 당신을 따라올 것이다," "개의 기쁨은 주인의 가난함에서 비롯될 수 있다," "개를 살찌게 하면, 그것이 당신을 잡아 먹을 것이다," "막 태어난 아기 앞에서의 개보다 더 사나운," "하우말[10]의 개보다 더 배고픈," "그는 개보다 더 입이 거칠다," "아무개가 개의 분비물을 모았다," "개에게 말하듯 저리 가라," "우리 속의 개처럼, 먹이를 먹

지도 않고 다른 동물이 먹이를 먹게 두지도 않는다"라고 합니다. 시인이
이렇게 노래했습니다.

> 암낙타는 한밤에 여행을 하다 쉬고 있다네
> 아르즈 가문의 사람은 개보다도 더 사악하다네.

전능함이 이름이신 알라께서 말씀하시기를 "그는 개의 성질을 가지고
있다─네가 만일 그를 공격한다면 개는 혀를 내밀고 숨을 헐떡거릴 것
이고, 네가 만일 그를 내버려두어도 개는 혀를 내밀고 헐떡거릴 것이다."[11]
이런 유추를 통해서 마르우의 사람들은 가장 지적인 피조물이 되고, 쿠라
산 사람들은 가장 박식한 사람들이 되었습니다.

우리는 관대한 자가 사치의 이름을 피해서 관용을 베푸는 것으로 도
망치는 것을 발견하지 못합니다. 마찬가지로 수전노가 사려 깊지 못하다
는 이름을 피하고, 부끄러워하는 자가 수줍음이라는 이름에서 피하는 것
을 발견하지 못합니다. 굳은 심지를 가진 연설가가 오만하다고 불린다면
그는 불행해집니다. 만약 관용의 미덕에서 출발한 것이 아니라면 지나쳐
서 적정선보다 더 지출하는 사람들은 관대한 자를 제외하고는 미덕의 이
름을 증오할 것입니다. 그런 선행은 그의 가치를 명백하게 하고 그의 미
덕을 보여줄 것입니다.

돈은 유혹하고, 영혼은 탐심을 품습니다. 재물은 구하기 힘들며 영혼
은 그 구하기 힘든 것에 욕심을 부립니다. 영혼은 돈의 풍족함으로 다른
사람들을 앞지르고자 시도하는 것에 대해서 약합니다. 왜냐하면 생각이나
의견이 없는 사람은 부자에게서 얻을 것이 전혀 없더라도 그에게 존경심
을 품기 때문입니다. 옛 시인이 이렇게 노래했습니다.

그녀의 사랑은 금지되면 될수록 더욱 커져간다네.
금지된 사람에 대한 사랑은 커져만 가네.

페르시아 책 중에 이런 말이 있습니다. "제아무리 강건한 사람이라도 감금당하면 치욕을 당한다." 무아다 알-아다위야[12]가 말하기를, "능력이 있는 사람은 미움받고 경멸당한다"라고 했습니다.

만약 그들이 자식을 위해서 돈을 축적하고 자식을 위해 돈에 욕심냈더라면 그들은 구하려던 것의 대부분을 구하고, 그들이 가지려고 하는 것의 많은 양을 저금통에 남겨두게 될 것입니다. 일부 부모들의 이런 행동은 상속자들에게 증오심을 불러일으키게 합니다. 그리고 자식들로 하여금 부모가 오래 장수하기를 바라지 않도록 하게 합니다. 만약 그들이 자손들을 위해 돈을 벌고 축적했다면, 환관들은 재산을 모으지 않을 것이고 수도승들은 보물을 모으지 않을 것입니다. 그리고 임신을 못하는 여자는 욕심에서 벗어날 수 있을 것입니다. 그러나 그가 그토록 돈을 모으는 데 명분으로 삼았던 자식이 죽은 다음의 일이라면, 그토록 돈에 집착했던 이유는 단지 돈을 모으기만을 원했고, 지출을 꺼리고 돈을 모아두려고만 했었기 때문이 아니겠습니까?

평범한 사람들도 돈을 추구하는 데에 뒤쳐지지 않습니다. 그러나 물건을 독점하는 사람들과 수전노들은 그들의 노력에 제약을 두지 않으며, 부를 달성한 후에도 잉여 물자를 쓰지 않으며, 돈을 추구하는 것과 인색함을 늦추지 않습니다. 왜냐하면 그들은 덧없는 삶을 살기 때문입니다.

만약 그들이 영원한 삶을 확신했더라면 그런 잉여를 무시했을 것입니다. 따라서 수전노는 부지런하며 평범한 사람들은 뒤쳐지지 않는 정도입니다. 강인한 성품과 대단한 욕심, 그리고 곧은 시각. 내가 당신에게 말한 것과 겨루어 보지 않는 사람은 평범한 주민이거나 비천한 수전노입니다. 그래서 그는 자식들을 위한다는 구실을 대고 시절의 변화를 두려워한다는 명분을 주장합니다.

　알라의 사자께서, 알라의 평화와 축복이 그에게 있기를, 거짓말을 하였지만 너그러운 성품의 사절에게 말했습니다. "알라께서 그대를 사랑하는 성품을 지니지 않았더라면 나는 당신을 종족의 사절로서 받아들이는 것을 거부했을 것이다." 알라의 사자는, 알라의 평화와 축복이 그에게 있기를, 이런 질문을 받았습니다. "당신은 백인 여자들과 황색 낙타들을 원합니까?" 그는 "그들이 누구인가?"라고 말했고, "무들리즈의 자손"이라고 그들이 대답했습니다. 그러자 그는 "그들은 손님에 대한 환대를 너무 잘하고 가족의 유대를 너무 잘 유지한다. 그러니 그들을 공격하지 말라. 그들은 가축을 도살하면 피를 흐르게 하고,[13] 탈비야[14]를 하면, 큰소리로 계속해서 읊는다"라고 말했습니다. 그는 후원자들[15]에게 물어보았다. "너희들의 주인이 누구냐?" "수전노라 비난을 받기는 하지만 잣드 이븐 카이스"[16]라고 그들이 대답하였습니다. 그러자 그는 말했다. "어떤 질병이 탐욕보다 더 사악하겠느냐? 그것이 가장 나쁜 질병이다." 또 그는 후원자들에게 말했습니다. "사실 나는 너희에게 두려움이 많고 열정이 적을 때에만 너희들에게 알려주었다. 어떤 사람이 바다로 가는 것은 그에게 탐욕이 있다는 걸 증명하기에 충분하다." "만약 아담의 아들이 가축으로 가득한 오아시스를 두 개 가지고 있다면 그는 세번째 것도 원했을 것이다. 아담의 아들은 지상에서만 만족하지만, 알라께서는 회개하는 사람에게는 누그러지신다." 그는 또한 말했습니다. "관용은 예의범절의 한 부분이며 예의범절은 믿음의 한 부분이다." "알라께서는 관대하시며 관대한 자를 좋아하신다." 그는 또한 "나누어주어라, 빌랄[17]아, 군주의 어떤 약점도 두려워하지 마라." "남에게 사악하게 굴지 마라. 그래야 나중에 너희도 나쁜 대우를 받지 않을 것이다." "손해가 조금 있더라도 야박하게 계산하지 마라. 그래야 당신도 야박한 계산을 당하지 않는다." 사람들이 물었습니다. "당신에게 남아 있는 것 중에 아무 소용이 없는 것이 무엇입니까?" 그는 금과 은을 '두 개의 돌'이라고 칭했습니다. 그는 이 두 가지의 가치를 낮추고, 민초들이 그것에 유혹을 느끼지 않게 되길 원했습니다. 그는 카이스 이븐 아심[18]에게 말했습니다. "너의 재산 중 일부는 먹어서 소비하고 입어서 닳아빠지고 (남에게) 주어서 없어진 것이다. 그 밖의 것들은 자손들에게 갈 것이다."

시인 나미르 이븐 타울랍[19]이 말했습니다.

모으고 저축하시오. 그녀는 나에게 권유했다.
그녀 스스로는 운명이 변화하는 데 대해서 거짓을 이야기하지 않는다.

우리는 관용 있는 기부자들을 보아왔다.
신뢰받는 내 형제여! 잘 베푸는 사람들은 항상 베푼다.

그들이 나를 거쳐갈 때, 당신(아내여!)은 거기에 있었다.
나는 관대한 그들이 여기에 있고 당신이 가기를 바란다.

아! 수치스럽다. 나의 울림은 나의 땅을 건조하게 만들고 고립시
킨다.

나의 가족들, 친구들과 멀어지게 만든다.

당신은 내가 아낀 것들이 남은 것의 주인이 아니고
나의 몫에서 내가 쓰는 것이라는 걸 보게 된다.

키우는 낙타가 그의 것으로 계산되고
낙타를 길들이는 데에 그는 뼈 빠지게 고생하리라.

그가 아닌 소유자가 어느 날 낙타 무리를 몰고 갈 것이고
그는 무덤과 묘비명을 바꿀 것이고 거짓말하며 도망갈 것이다.

그는 또한 시에서 이렇게 표현하였습니다.

그녀는 내가 첩들에게 훌륭한 낙타와 가죽 그리고 포도주를
사주자 울기 시작했다네.

그들에게 네 마리 어린 낙타 고기를 그릇에 담아 주었고
또 네 마리의 낙타 고기를 대접해주었다네.

너는 그러한 질투심 때문에 우는가?
울지 말아야 할 눈에서 눈물이 나오는구나.

내 형제들이 왔을 때.
그들이 나와 즐기며 편히 보내게 하라.

그들을 나의 침상에서 떠나게 하지 마라.
언젠가 나의 침대는 비게 될 것이다.

아디야,[20] 그의 집, 말, 그리고
떨어지지 않는 포도주에 대해서 물어보지 그러느냐.[21]

또한 시인 알-하리스 이븐 힐리자[22]는 이렇게 노래했습니다.

청년이 열심히 일하더라도 그에게 죽음은 다가온다네.
그의 운명은 이미 정해져 있고
아무리 정성스레 재산을 관리하더라도
그는 재산을 탕진할 가장 추악한 인간을 남긴다.
새끼를 밴 낙타를 쫓아버리지 마라.
낙타의 젖이 아직 남아 있으니[23]
어떤 결과를 낳을지 너는 알지 못하니.

알-후달리가 말했습니다.

관용을 본받아라. 모두 본받아라.
소비하고 교체하라.

바람이 몰고 간 모든 것들은 곧 가라앉을 것이다.

한 여인이 말했습니다.

당신은 첩에게 훌륭한 말들과 젖이 많은 낙타들, 메뚜기처럼 펄펄
달리는 양들을 주었지요. 생전에는 있겠지만, 모두 없어질 것입니다.

타밈 이븐 무그빌[24]이 말했습니다.

소비하고 교체하라. 재물은 빚에 불과하다.
시간과 더불어 먹어버려라 — 시간도 돈을 먹으니.

아부 알-다르르가 말했습니다.

당신은 한 쌍의 재산을 가지고 있다. 상속자와 재앙이다.

알-후타이야[25]가 말했습니다.

항상 좋은 일을 하는 자는 그 대가를 충분히 받을 것이다.
알라와 사람들 간의 관습은 절대 그 빛을 잃지 않을 것이다.

구전된 이야기에는 이런 말이 있습니다.
"현세에서 친절한 행동을 하는 사람들은 내세에 친절을 보상받을 것
이다."

그리고 속담에는 "개한테라도 친절하게 대하라" 하는 말이 있습니다. 전지전능이 이름이신 알라께서 말씀하셨습니다. "원자(原子)의 무게만큼 선한 행동을 하는 사람은 그것을 볼 수 있으며, 원자의 무게만큼 악한 행동을 하는 사람도 그것을 볼 수 있다."[26]

아이샤는 포도 알에 대해서 말했습니다.
"그것은 사실 원자의 무게만큼이나 적다."
따라서 사람들이 이런 속담을 말합니다.
"작은 양도 주기 싫어하는 사람."

살므 이븐 쿠타이바가 말했습니다. "그들 중의 한 명은 적은 양의 음식을 대접하는 것을 부끄러워한다. 그러나 하나도 대접하지 않는 것이 더 큰 잘못이다." 그는 또 "어떤 이는 자신에게 남아 있는 것보다 더한 양을 주기도 한다"고 말했습니다. 알라의 사자는, 알라의 평화와 축복이 그에게 있기를, 가난한 자가 베푼 양이 적고 부자가 베푼 양이 많아도 가난한 자가 베푼 선행을 부자가 베푸는 선행보다 더욱 더 높게 평가했습니다. 사람들이 말했습니다. "양이 적더라도 호의를 베푸는 것을 꺼려하지 말라."
알라의 사자께서는, 알라의 평화와 축복이 그에게 있기를, "대추야자 반 조각이라도 적선하였다면 지옥 불에서 너를 구할지니"라고 말했습니다. 또한 "갈라진 발굽을 주더라도 거지를 쫓아 보내지 말라," "양의 발굽만을 주더라도 거지를 쫓아 보내지 말라," "산만큼 어마어마한 보답을 가져올지니 한 숟갈이라도 경멸하지 말라"고 말씀하셨습니다. 알라의 말씀 중에 이런 것이 있습니다. "알라는 고리대금을 없애고 자선 구호금을 증가시킬 것이다." 알라의 사자께서, 알라의 평화와 축복이 그에게 있기를,

말하기를, "밧줄의 끝을 주더라도 거지를 쫓아 보내지 말라" 하셨습니다. 아랍인들이 말했습니다. "당신의 형제가 다가와서 양모로 옷 짜는 것을 완성하도록 도와달라 부탁하면 그를 위해 해주어라." "완성하는 청을 거절하는 사람은 매우 인색하다."

　그들이 말했습니다. "수전노는 자신이 무엇인가를 요청할 때는 '지금 당장'이라고 부탁하고 타인이 요청해오면 '다음에'라고 미룬다." "만약 그가 베풀기를 요청받는다면 부정할 것이고, '만약 그가 무엇인가를 준다면 그것은 증오의 감정일 것입니다." "그는 듣기 전에 미리 거절하고 이해하기 전에 화부터 낸다." "누군가가 구걸하면 수전노는 무감각하게 가만히 있고, 관용을 가진 사람은 선행을 기꺼이 베푼다." 예언자께서, 알라의 평화와 축복이 그에게 있기를, 말씀하셨습니다. "천국에서 두 사람의 전령관이 매일 선포한다. 한 명은 '오! 알라시여, 돈을 많이 쓰는 자는 금방 채워냅니다'라고 말하고, 또 다른 자는 '욕심이 많은 자는 빨리 파멸합니다'라고 한다." 사람들이 말했습니다. "세 사람 중 가장 악한 자는 비난하는 자입니다[27]—그는 자신의 우유와 남의 우유까지 금하려 합니다." 전지전능함이 이름이신 알라께서는 말씀하시길 "수전노는 타인에게 수전노가 되라고 명한다" 하셨습니다.

　격언에 이런 말이 있습니다. "만일 운명이 그를 수전노에게 내몬다면 그것은 그에게 동물 다리의 골수를 먹이는 것처럼 사악한 상황이다." 예언자께서, 알라의 평화와 축복이 그에게 있기를, 말씀하셨습니다. "정의를 말하라. 그리고 자비를 베풀라" 또한 "어머니에게 복종하지 않는 것과 여아를 생매장하는 것을 금지한다." 위대함과 영광이신 알라께서 말씀하셨습니다. "사랑하는 자와 가난한 자, 고아, 포로에게 음식을 주어라."

“너희가 사랑하는 것을 쓸 때까지는 선의를 얻을 수 없다. 사랑하는 것들을 쓸 때까지는.” 또한 “사람이 가난하다 할지라도 그들을 사랑하고, 그들이 악의를 품고 있더라고 그들에게 베풀어야 한다.” 사람들은 재앙 앞에서 인내하고, 그 인내의 결과로 이렇게 말했습니다. “날이 밝을 때 부족민들은 밤의 여행을 찬양한다.” 사람들이 말하길, “근심, 그리고 우리는 근심을 쫓아버린다”라고 했습니다.

알-쿠라이미가 말했습니다.

관용 없이 각자의 마음에 높이 솟은 부분이 있네. 그곳에는
가파른 오르막이 있지만 내리막은 쉬운 길이라네.
각각의 선물에는 청년이 얻고 싶은 바람이 있네.
만약 이루어지면 그가 얻는다 해도 아낌없이 준다네.

사람들이 말했습니다. “사람들이 할 수 있는 최선은 다른 사람에게 잘하는 것이고, 사람들이 할 수 없는 최악은 다른 사람에게 악하게 하는 것이다.” 또 사람들이 말했습니다. “재물의 최선은 네가 이득을 본 것을 말한다.”

사람들은 이렇게 말했습니다. “노인이 청년의 욕심으로 재물을 대하는 것은 얼마나 이상한 것인가?”

라자즈[28] 운율을 쓰는 시인이 말했습니다.

우리 모두는 오랫동안 살길 바란다네.

아, 그런 희망은 다 헛것에 불과하다네.

우바이드 알라 이븐 이크라쉬[29]가 말했습니다.

"시간은 배반하고, 그의 상속자는 시기하며, 승자는 악의를 품고 있
다. 그러므로 배신과 후손들의 시기심을 항상 경계하라." 그는 또한 "아
담의 아들은 노쇠해졌지만 두 가지만은 젊음을 유지했는데, 그것은 욕심
과 희망이다"라고도 말했습니다. 사람들은 자기 혼자 먹는 사람을 보고
부끄러운 일이라고 말하곤 했습니다. 그들은 말했습니다. "이븐 우마르[30]
는 절대 혼자 먹지 않았다." 또 그들은 말했습니다. "하산 알-바스리는
절대 혼자 먹지 않았다." 무자쉬으 알-라바이가 그들이 말하는 것을 들었
습니다. "탐욕스러운 자는 부정한 자보다 더 변명이 많다." 바크르 이븐
압둘라 알-무자니가 "만약 사원에 사람이 가득 차고 누가 그들 중 가장
나은 사람인가?" 하고 내게 묻는다면 나는 이렇게 말할 것입니다. "그들
중 최고는 바로 그들이다." 예언자께서, 알라의 평화와 축복이 그에게 있
기를, 말씀하셨습니다. "내가 너희의 악함을 지적하지 말아야 하느냐?"
그들은 대답하였습니다. "예, 그렇습니다. 알라의 사자시여." 그가 말했
습니다. "혼자 내려오는 자는[31] 남에게 주기를 거부하고 노예를 때리는 자
이다." 장례식에 있던 한 여인이 말했습니다. "사실 당신의 재물은 당신
의 배 속으로 들어가지 않았고, 당신의 명령은 아내에게 먹히지 않았다."

제27장 이븐 알-타왐의 반박 편지

그 서신이 이븐 알-타왐에게 도달했을 때 이븐 알-타왐은 서신을 보낸 아부 알-아스와 경쟁 관계가 되거나 혹은 관계가 서먹해질까 두려워 그에게 답변하기를 꺼려했다. 그러나 그가 답신을 보내지 않음으로써 이 문제가 더욱 심각하게 될까 두렵기도 했다. 그래서 그는 아래의 글을 쓰고 알-사카피에게 보냈다.

자비롭고 축복이신 알라의 이름으로,

나는 아부 알-아스가 나에 관해 이야기한 것을 들었다. 그리고 그가 나의 이름을 더럽히려는 사악한 의도를 가진 것도 알았다. 만약 그가 내게 답장을 보낸다면, 그의 두번째 말에 대한 나의 답장이 그의 첫번째 것에 대한 답장보다 더 낫지 않다는 것을 제외하고는 내가 그에게 답장을 쓰는 데 다른 장애는 없다. 내가 만약 그의 첫번째 말에 답장을 쓰고 또 두번째 말에 답장을 보내는 경우에는 송사를 벌이고 결국에는 중재자를 찾는 것을 각오한다는 것이다. 그렇게 일을 벌이는 사람은 이미 소송을 그의 운명으로 받아들이고, 바보 같은 행동을 그의 운명으로 생각한다.

　　문제의 원인을 직시하는 사람만이 소송을 불러오는 일로부터 자신을 보호할 수 있다. 알아께서 보호하는 사람만이 어리석음을 갖고 있는 완고함에서 보호받고, 그 완고함에 면역을 갖게 되는데, 이런 자만이 균형 잡힌 성격과 확실한 생각을 지닌다. 유머 감각이 적당한 균형을 유지하고 사고가 적당히 균형 잡힌 사람은 중도적인 행동에 익숙하다. 그의 행동은 항상 부족함과 지나침의 중간에서 찾을 수 있을 것이다. 부조화가 항상 부조화를 일으키듯이 조화로운 행동은 항상 조화로운 것을 불러오기 때문이다. 악을 추구하는 마음을 갖고 있는 자는 어떤 비난으로도 돌릴 수 없다. 그에게는 파괴 외엔 목적이 없다. 동요하고 불안정한 사람은 적당한 접근이나 방향을 갖고 있지 않다. 그에게는 마법의 주문도 계략도 통하지 않는다. 이 지구상의 모든 불안정한 사람은 자제심이 부족하고 바람이 부는 대로 움직인다.

　　그러므로 자신의 생각이 없는 멍청이와는 결별하라. 불안정한 사람에게는 선함이란 없고, 새로운 개념이나 고집 센 말 따위는 깨닫지 못한다. 불안정한 사람은 완고한 사람보다 못한데 그 이유는 불안정한 사람은 자기가 어떠한 단계에 있고 어떠한 방향으로 나아가는지를 알 수 없기 때문이다. 그래서 그것은 지적인 사람이 바보를 속이는 게 아니라 지적인 사람을 속이는 것과 비슷하다. 왜냐하면 지적인 사람이 일을 처리하는 것은 익히 알려져 있는 대로이고 생각하는 경로는 조직적이며 의견은 간단명료하기 때문이다. 그러나 바보가 일을 다루는 방향은 하나의 정해진 방향이 아니다. 설혹 길을 모르는 사람이 그에게 길을 잘못 알려주면 그는 그냥 그 길로 가기 때문이다. 한 가지 일에 대한 정확한 정보는 하나이지만 하나의 문제에 대한 잘못된 정보는 셀 수 없이 많다. 완고한 자는 신속하게 살해한다. 그러나 불안정한 자는 시간을 질질 끌고 상대방에게 고통을 주면서 살해한다.

만약 내가 "내 말은 그를 가리키는 것이 아니다. 내가 토론을 벌인다면, 그를 대상으로 하지 않는다. 그러나 나의 말은 당신을 가리키는 것이다"라고 했을 때, 그들은 이렇게 말한 바 있다. "너의 비밀을 지켜라. 비밀은 네 몸의 피와 같은 것이다. 네 자신이 없어지건 혹은 너를 이루고 있는 것이 없어지건 간에 비밀은 제 몸의 피와 같은 것이다."

문집 알-안바리가 말했다. "돈이 권리 행사를 할 수 있는 것은 대단한 일이 못 된다." 일을 올바르게 하려다가 생기는 손해는 그 일 자체보다 큰 것이다. 이러한 관점에서 그들은 낙타에 대해서 말했다. "피가 흐르는 것을 막는 것만이 유일한 방법이었더라면, 낙타와 그 밖의 것들의 가격을 정하는 것은 옳은 가치가 있다."[1] 그들은 돈을 지키는 것이 모으는 것보다 어렵다는 결론을 내린 바 있다. 따라서 한 시인이 이렇게 노래했다.

당신이 모으고 싶어 했던 부를 유지하는 것은
축적하는 것보다 훨씬 어렵다네.

그러므로 땅을 구입하는 자가 파는 사람에게 답변하는 것을 보면 그 이유를 알 수 있다. 땅을 파는 자가 구입하는 자에게 말했다. "내가 천천히 농작물을 수확하고 대단한 수고를 하여 그 땅을 당신에게 넘겼소." 그러자 땅을 구입하는 자가 말했다. "나는 천천히 돈을 모았으나 한순간에 지출하여 당신에게 땅값을 지불하였소."

돈은 이 세상을 움직이는 축이다. 돈이 오가는 방식과 부에 중독되는 것과 그것의 흥망성쇠는 어렵다는 것을 알아라. 만약 재물의 수호자가 건전한 이성을 지니고 건전한 사지를 가졌다면, 그는 돈이 빠져나가려 할 때 이성으로 대처하고, 돈에 쇠고랑을 채워 더욱 단단히 조일 것이다. 그러나 나는 재물을 경영하기에 너무 약하고 너무 염려만 한다는 것을 발견했다. 그들의 표현인 "조용한 재산"²이라는 것에 속지 말라. 왜냐하면 그것은 어떤 연설가의 훌륭한 연설보다도 훨씬 달변이고 어떤 중상비방보다도 한 수 위의 것이기 때문이다. "이 두 개의 돌"³이라는 그들의 말도 믿지 말라. 진정으로 그 두 개의 돌이 견고한지, 복종적인지, 내 손에서 벗어나기 싫어하는지, 그리고 내 품안에 오래 머물 것인지 의심하라. 왜냐하면 그 두 개의 돌이 하는 일은 조용하지만, 정상적인 예의를 파괴하며, 주인에게 착 달라붙어서 사나운 사자나 젖어드는 독보다 더욱 큰 위력을 갖기 때문이다. 당신이 적당한 조치를 취하지 않으면 돈은 다 사라져버려서 되찾지 못할 것이며, 당신은 가난보다는 무덤이 낫고 사람들로부터 능욕을 받는 것보다는 감옥이 낫다고 생각하게 될 것이다.

이러한 나의 말은 당신에게 영원한 달콤함을 약속하는 쓴 소리다. 그러나 아부 알-아스의 말은 영원히 쓴맛을 품고 있는 달콤한 말이다. 그러니 믿을 만한 사람의 말에 의지하라. 그리고 나뭇가지를 타고 있는 카멜레온이 당신보다도 더 의지가 확고하다는 것을 믿지 말라. 시인은 말했다.

그들이 기르는 탄둡나무의 카멜레온은 어떤가?
다른 가지를 붙잡지 않은 상태에서 나뭇가지를 놓치지 말라.

주의하라!

더 나은 것이 그 자리를 채우기 전까지 당신의 재물 중 한 푼이라도 꺼내 쓰지 않도록 주의해야 한다. 재물의 많은 양만을 고려하지 말라. 만약 그 높은 모래언덕에서 한 알의 모래라도 빼서 쓰고 그 자리를 메우지 않았더라면 나머지 재산도 다 없어졌을 것이다. 사람들은 관용과 그것을 베풀었을 때 얻게 되는 존경에 대한 얘기를 많이 한다. 관대함과 고결함에 대해서 얘기한다. 그런데 사람들은 사치를 관용으로 또 관대함으로 여긴다. 그것은 나약함과 허풍의 산물인데도 그렇게 될 수 있겠는가? 어떻게 선물이 그 정도를 넘으면 사치가 되고 관대함이 정도를 지나치면 잘못이 되는 것인가? 잘못된 것이 관대함이라면 인색함이 정도에 합당한 것이 아닌가? 알라께서 당신을 보호하길, 사치는 불복종이다. 만약 신에 대한 불복종이 관용이라면 그에게 복종하는 것은 인색함일 것이다. 두 가지를 모으는 것은 하나의 이름이고, 이 두 가지를 아우르는 것은 하나의 판단이며, 옳은 것의 반대가 틀린 것이다. 마치 진실의 반대가 거짓이고, 충성의 반대가 배반이고, 부당함의 반대가 정당함이고, 앎의 반대가 무지이듯이 이런 특성들은 하나의 이름으로 모이고 하나의 판단이 그것들을 아우를 것이다.

나는 알라께서 사치를 나쁘게 평가하고 경멸을 나쁘게 생각하며[4] 아사비야[5]를 싫어하신다는 것을 알고 있다. 그분은 사치에 대해서 일일이 열거하셨지만 경멸에 대해서는 자세히 얘기하지 않으셨다. 왜냐하면 인간이 소속 집단의 사람들에게 애정을 보이는 것은 아사비야에서 비롯된 것이 아니고, 독재정치에 대한 혐오감은 이슬람 이전 시대의 경멸에서 비롯된 것이 아니기 때문이다. 사실 아사비야는 정도를 넘었고, 경멸도 정도가 지나쳤다. 나는 아랍어로 혐오감이란 단어가 찬사와 비난의 뜻으로 쓰인다는 것을 알고 있다. 그러나 '아사비야'와 '사치'는 오직 비난조로만 쓰인다. 무지한 사람만이 '사치'라는 명사에 기뻐한다. 혹은 아무도 그에게 사치스럽다는 말을 안 해주어서 그는 '사치'라는 명사를 기쁘게 맞이한다. 심지어 그는 관용의 정도를 넘어서고, 자신의 가치를 정할 때 남에게 베푸는 정도를 기준으로 삼고, 종국에는 잘못된 사고방식으로 자신을 내몰아 가는 경우도 있다. 만약 그가 이 밖의 것들로 기뻐했다면, 그를 칭송한 자는 잘못을 범하고, 제자리가 아닌 곳에 일을 꽂아두는 형국이 된다.

그들은 관대함에 대해서 많은 말들을 했다. 관대함은 비난할 여지가 없는, 칭찬할 만한 성질과 마찬가지로 부족함과 약점이 없다. 조상들은 관용이 부유함에서 비롯된 것이며, 부유함은 어리석음을 유발하며, 어리석음의 이면에는 이성이 결여된 멍청한 사람이 있다고 말했다. 그들은 페르시아 왕인 키스라가 이렇게 말했다고 했다. "배가 고플 때는 관용을 베푸는 사람의 공격에 맞서 싸우고 배가 부를 때는 사악한 자에 맞서라." 배고픈 자는 정의롭지 못하고, 성내고, 타인을 배려하지 않는다. 혹은 거짓을 말하고 비천하게 굴고 사악하게 군다. 배고픈 자는 타인에게 불의로 대하고 혹은 자신에게도 부당하게 한다. 어쨌든 부당함은 사악함이다. 관대한 대접을 받아야 할 필요가 없는 이에게 관대하게 구는 것이 관용이라면 그런 대접을 마땅히 받아야 하는 사람에게 베푸는 것은 관용이 아니다. 알라를 위해서라면 관대함은 알라께 감사해야 하는 것이다. 감사는 관용이다. 그런데 그렇게 하는 것이 불복종이라면 어떻게 관대함이 관용이 되겠는가? 또한 당신의 호의를 불복종을 향하는 것과 연관시키는 자 그리고 당신의 은혜를 알라의 분노를 초래하는 것과 연관시키는 자가 과연 어떻게 관용있는 자가 되겠는가? 관용은 복종이며, 인색함은 불복종이고, 해야 할 정도를 지나친 것은 관대함이 아니며, 감사하지 않는 것 역시 관용이 아니다. 만약 정도에서 너무 지나치게 하는 것이 관대함이라면 정도보다 부족한 것 역시 관대함이다.

만약 당신이 대중이 하는 말을 의도한다면, 대중은 그 예로 적합하지 않다. 왜냐하면 그들은 어떤 일을 고려하지 않고, 판별하지 않고, 반영하지 않고, 비교하지 않기 때문이다. 그런 사람이 어떻게 예가 되겠는가? 당신이 시인들의 말과 자힐리야 시대의 무지한 사람들이 했던 말을 의도한다면, 비록 그들이 아무리 나쁘게 말했더라도 그것이 우리가 공부하고 학습하는 것보다 훨씬 더 장점이 많다는 사실에 의심의 여지가 없다. 관용에는 감사가 뒤따르기 마련인데, 그것은 마치 탐욕에는 비난이 따르는 것과 같다. 받는 사람이 원하지 않는다면, 선물은 받는 이에게 기쁨이 되지 않을 것이다. 주는 이의 의도가 있는 조건이 붙는 경우라면 선물을 받는 이는 감사도 의무로 하게 된다. 관용을 베풀면 결국 그것이 그 자신에게 돌아온다. 만약 그 돌아오는 방향이 자신이 아니라면 그는 당신에게 관용을 베풀지 않을 것이다. 만약 그런 일이 당신이 아닌 다른 사람을 통해서도 가능하다면 그는 당신에게 관용을 베풀지 않을 것이다. 그러므로 당신 자신을 그가 필요할 때 닿을 수 있는 교각이 되고 그의 사랑이 도달할 수 있는 준마가 되도록 하라. 내가 앞서 했던 몇 마디 말이 아니었다면, 당신에게는 분명 그가 감사를 표시하는 것이 의무가 되도록 할 권리가 있을 것이다.[6] 비록 당신이 그로부터 이득을 취했다 할지라도 이런 사람에게 감사하는 것은 의무가 아니다. 그가 관용을 베푼 것은 결국 그 자신을 위한 일이었다. 왜냐하면 만약 당신이 아닌 다른 사람을 통해 그가 취할 수 있는 이득을 구할 수 있다면 그는 굳이 당신에게 관용을 베풀지 않았을 것이 분명하기 때문이다.

만약 그가 당신에게 관용을 베풀었고 당신에게 이익이 되도록 의도했으며 그 이득이 조금도 자신에게 돌아가지 않도록 했다면, 그는 정말로 관용을 베푸는 자로 묘사되고 이성적인 논쟁에 있어서 이익을 준 것에 감사받는다. 그분은 바로 그 누구도 필적할 자가 없는 알라 한 분이시다. 따라서 사람들이 베푼 관용의 덕을 입은 우리가 사람들에게 감사하는 것은 두 가지 경우이다. 하나는 헌신의 행위이다. 우리는 알라께 부모를 공경하겠다고 맹세했다. 비록 부모가 악마라 할지라도 부모를 공경하고, 우리가 그분들보다 낫다 해도 우리보다 나이가 많은 분들을 공경하겠다고 했다.[7] 두번째는 자신이다. 일을 파악하지 못하고 의미를 구분하지 못하는 한 첫번째 것은 관용 있는 자에 의해 베풀어진 사랑에 기인한다. 자신에게 돌아올 이득을 생각하거나 처음부터 그것을 의도하지 않았다 하더라도 말이다.

나는 사람이 친구에게 선물을 주는 것은 알라 혹은 알라 이외의 사람을 위해서 하는 것에 지나지 않는다는 것을 발견했다. 만약 그것이 알라를 위해서 한 일이라면 그 보상은 알라의 책임이다. 논리적으로 보면 왜 내가 그에게 반드시 감사해야 하는가? 만약 그가 나 아닌 한번 스쳐가는 과객을 우연히 마주쳤더라면, 그는 나에게 아무런 선물이나 도움을 주지 않았을 것이다. 그가 나에게 선물을 주었다면 그것은 좋은 평판을 위해서이다. 그것이 나에게 준 이유라면 그는 나를 자신의 사업에 사다리로 이용한 것이고 자신의 목적을 위한 방법으로 이용한 것이다. 혹은 그가 진심으로 아픔을 느껴서 나를 동정하고 부드러운 마음으로 베푼 것일 수도 있다.

만약 그런 이유로 그가 내게 선물을 베풀었다면, 선행이라는 약으로 자신을 치료한 것이고 이는 마치 자신의 목에 걸린 밧줄을 헐겁게 만든 사람의 경우와 마찬가지이다. 만약 그가 단지 보상을 염두에 두고 남에게 베푼 것이라면 이런 경우는 우리가 익히 잘 알고 있는 경우이다.

　만약 그가 내 손이나 혀가 두려워서, 혹은 내가 그를 도와주고 지원
하도록 하기 위해 베푼 것이라면, 이것은 바로 앞에서 내가 묘사했고 자
세하게 분류했던 바로 그 경우이다.

　관용이란 단어는 두 가지의 기본적인 요소를 갖고 있다. 하나는 실제
감각이고 다른 하나는 은유이다. 실제 감각이란 알라로부터 생겨나는 것
이고 은유는 관용이란 이름에서 파생된 것이다. 알라를 위한 관용이란 찬
양받을 만한 일이고 알라에 대한 복종이다. 알라로부터의 선물이 아니라
면, 알라를 위한 선물이 아니라면 그것은 관용을 의미하지 않는다. 당신
은 사람들이 사치라 칭하는 것에 대해 어떻게 생각하는가?

　당신은 내가 설명하고 제시하는 것을 완전히 이해해야만 한다. 이득
추구, 재물 취득, 사기로 재물 갈취, 사악한 방법으로 밥벌이를 하는 기생
인간들은 도처에 만연하고 사회를 위험에 빠뜨린다. 더욱이 많은 사람들
이 올바름과 명예, 수호와 보호를 자처하고 나서는데 그 이유는 많은 이
득을 챙기기 위해서이다. 당신은 다수의 일반 시민에 대해 어떻게 생각하
는가? 또한 자신들의 더 나은 삶을 위해 일반 군중에게 감명을 주는 연설
법을 알고 있는 시인들과 웅변가들에 대해서는 어떻게 생각하는가? 그들
은 이미 평안함에서 무관심으로 경계를 넘은 부자들을 좋아하는 무리이다.
이런 부자들은 재물을 지키는 보초나 보호자도 필요없다. 그들을 경계하
라. 그리고 그들 중 어느 한 사람이 멋진 옷을 차려입어도 그에 신경을 쓰
지 말라. 일개 거지가 그보다 더 만족하기 때문이다. 그가 타는 것에 신경
쓰지 말라. 거지가 그보다 더 정직하기 때문이다. 당신은 그가 고관대작
의 옷을 입고 있어도 그 아래에 거지의 피부를 숨기고 있다는 것을 깨달아
야만 한다. 또한 그가 제아무리 왕의 육신을 하고 있다 할지라도 그의 영
혼은 가장 비천한 사람의 것임을 알아야 한다. 그들의 거지와 같은 모습

은 제각각이고, 그들의 요구도 다양하지만, 그들은 어쩔 수 없는 거지들이다. 그러나 어떤 이는 비싼 옷을 요구하고 다른 이는 넝마를 요구한다. 어떤 자는 몇 푼 안 되는 돈을 요구하고 다른 이는 큰 돈을 요구한다. 그러나 그들이 추구하는 방향은 이것과 같다. 이들의 삶의 방식은 이것과 같다. 그들의 기술과 방법에 따라 그들이 요구하는 수준이 달라지는 것뿐이다. 그들이 당신에게 거는 주문과 치는 함정을 조심하라. 당신의 재산을 노리는 그들의 계략으로부터 재물을 지켜라. 그들의 마법이 당신의 마음을 훔치고 당신의 눈을 현혹시킨다는 가정하에 항상 행동하라. 알라의 사자께서, 알라의 평화와 축복이 그에게 있기를, 말씀하시기를, "마법은 웅변의 한 방법이다"라고 했다. 우마르 이븐 압둘 아지즈[8]는 한 사내의 애길 듣고 "이것은 정말로 합법적인 마법이다"라고 했다. 알라의 사자께서, 알라의 평화와 축복이 그에게 있기를, 말씀하시기를, "감언이설로 속이지 말라"고 했다. 그러므로 그들의 칭찬을 들을 때 항상 주의하라. 왜냐하면 면전에서 칭찬을 받아들이는 것은 자찬에 만족하는 것이기 때문이다.

　　당신들의 돈은 그걸 원하는 이들을 위해 쓰여질 만큼 많지도 않고, 그걸 요구하는 이들을 만족시킬 만큼 충분하지도 않다. 당신이 그들처럼 분노로써 그들을 만족시킨다면 그것은 '명백한 손해'[9]일 것이다. 화난 사람이 만족한 사람보다 몇 배나 더 많다면 어떻게 할 것인가? 화난 사람의 독설에 가득 찬 풍자는 만족한 사람의 칭송보다 훨씬 더 파괴적인 손실이다. 그들이 철 화살촉으로 당신을 공격하고, 그다음 사람이 화살을 겨눈 채 차례대로 다가올 때, 당신은 재물을 주어 만족시켜주었던 사람 중에 단 한 명도 당신을 대신해서 그들을 향한 풍자시를 만들거나 당신을 방어해주는 이를 보지 못했다. 오히려 그는 당신을 자신의 화살이 꽂히는 과녁으로 만들 것이다. 그리고 이렇게 말할 것이다. "그가 그들을 만족시켰더라면, 어떤 대가를 치러야만 했을까?" 당신이 모두를 만족시키는 것이 불가능한 일이라면 어떻게 그들을 만족시킬 수 있는가? 선조들은 이렇게 말했다. "어떻게 서로 적대 관계에 있는 사람들을 모두 만족시킬 수 있단 말인가?" "둘 다를 거부하는 것이 모두에게 더욱 좋은 일이다."

　　나는 당신에게 사기 치는 자들이 투쟁하는 곳에 대해 경고한다. 나는 당신을 사기당한 자들이 있는 곳보다 위에 올려놓으려고 한다. 당신은 자신의 피부가 그런 일에 아무런 영향을 받지 않고, 자신의 마음이 전혀 문제를 느끼지 않을 정도로 일에서 초래되는 난관을 견디고 삶의 고통을 삼키고, 고역의 짐을 감내하고, 한 잔의 수치심을 마시는 일을 견뎌내는 그런 사람이 아니다. 당신과 같은 사람들이 느끼는 가난은 두 배나 더 고통스럽다. 고통을 전혀 모르던 사람의 고통은 훨씬 아리기 때문이다. 언제나 가난했던 사람은 악한에게 익숙하고, 시기하는 자의 즐거움이 그의 운명에 끼어들지 않는다. 가난한 자는 가난하다고 남으로부터 책망받지 않고, 다른 이들에게 훈계를 위한 경고감이 되지도 않는다. 가난한 자의 이름은 계속 기억되고, 자식은 아비가 죽은 후 제 아비를 저주한다.

　　남에게 얹혀서 먹고 사는 사람들[10]의 이야기와 사기꾼들의 주문으로부터 나 자신을 구하라. 사람들은 계속 낭비에 처한 자신들의 재물을 지키려 하고 모든 종류의 낭비를 멀리한다. 그리고 꾸며낸 시에서, 조작된 역사에서, 그리고 위조된 책을 통해 우리가 보는 것에서 나를 구하라. 이 시대의 어떤 이는 이렇게 말했다. "귀족적 행동은 책에만 남아 있지 다 사라져버렸다."[11] 그러므로 당신이 아는 것에만 매달리고, 모르는 것은 아무것도 신경 쓰지 말라.

　　당신은 자신의 돈을 사람들에게 나눠주는 사람을 본 적이 있는가? 결국 사람들은 부자가 되고 그는 가난하게 되는 결과를 초래하였다. 가난해졌을 때, 그가 그들에게 인사하면 그들은 그에게 건성으로 인사했다. 당신은 그들이 그를 바보라 부르거나, 혹은 아예 그를 피해버리거나, 아니면 "왜 그는 자신이 그동안 선호하고 앞세우고 특별히 관심을 가졌던 아무개에게 자신의 곤경을 호소하지 않지?"라고 말하는 것을 본 적이 있는가? 그들 중 어떤 이는 그가 하지도 않은 나쁜 짓을 했다고 그에게 누명을 씌울 것이다. 그럼으로써 그들은 그에게 베풀기를 거부하고, 거절하는 변명으로 삼을 것이다.

전능함이 이름이신 알라께서 말씀하셨다. "다리가 옷에 덮히지 않은 채 드러나고,[12] 예배용 깔개에 엎드리는 날, 그들은 수치심에 감싸인 채 시선을 아래로 두는 일을 할 수 없을 것이다. 그러나 그들이 평온했을 때는 예배용 깔개에 엎드리곤 했다." 나는 당신이 평온한 마음과 명예를 지니고 있고 많은 재물을 지닌 채 좋은 환경에 있을 때 당신에게 충고하고 당신을 꾸짖고 명령하고 금지할 수 있는 사람이다. 그러므로 조심하라. 내일 당신이 병들고, 당신의 명예가 사라지고, 가난해지고, 나쁜 환경에 처한다면, 난 당신을 비난하고 꾸짖기 위해 일어서지 않을 것이다.

고통의 극단은 목을 내밀고 칼이 떨어지기를 기다리는 것이 아니다. 왜냐하면 그 시간은 짧고 느낌은 마비되기 때문이다. 진정한 고통의 극단은 이미 빈곤이 시작되었는데 아직도 시간은 많이 있고, 상황을 타개할 방책은 불가능할 때이다. 그리고 당신은 책망하는 친구, 악독한 사촌, 질투심 많은 이웃, 적으로 변한 친구, 이혼을 주장하는 아내, 다른 주인을 원하는 여종, 주인을 기만하는 노예, 심한 말로 당신을 비난하는 아들을 대하게 될 것이다. 그러므로 내가 지금까지 당신에게 열거해준 고통의 상황 중에서 칭송을 잃어버리는 상황은 어디쯤 위치하는가를 생각해보라.

더욱이 칭송이란 음식과 같아서 당신은 칭송을 계속 키울 수 없다. 칭송은 자양분을 공급하지만 그것을 빼앗길 수도 있다. 사람들의 선행의 많은 부분은 사라지게 되고 더욱이 선행의 기억은 그 사람의 죽음과 함께 사라질 것이다. 칭송받던 사람들이 죽자 부족 사람들이 그의 평소 선행에 대해 입을 다물었다. 그때의 시를 본 적이 없는가? 또한 매사에 있어 부족함이 나타나면 시인은 그 부족함과 관련하여 시를 지어 제 몫을 차지했다. 그때의 시를 본 적이 없는가? 권력이 외국인의 손에 넘어가고 외국인은 아랍인의 계보를 보호하지 않고,[13] 마카마[14]를 보존하지도 않는다. 왜냐하면 자원이 풍부한 곳에서 산 사람이나 부에 중독된 사람은 쉽게 잊어버리는 경향이 있고, 마음속으로 그런 일들을 생각하는 데 부족하기 때문이다. 궁핍한 사람은 아랍의 계보나 전통에 몰두하고 연구를 많이 한다. 부자들의 결함은 멍청함을 유산으로 남긴다는 것이다. 반면 가난한 자의 미덕은 사고에 몰두한다는 것이다. 만약 당신이 부와 자신을 무시하는 것을 하나로 묶는다면, 부는 당신을 중독시킬 것이다. 부의 중독성은 기생 인간들의 소망이며 사기꾼들의 습관이다. 만약 당신이 잠자는 이의 운과 짐승의 삶에 만족하지 않는다면 그것은 당신이 부자의 정신적 완전함과 부의 명예와 권력의 기쁨, 노예의 영민함과 가난한 자의 사고력과 방랑자의 지식과 학자의 탐구 정신을 하나로 모으길 좋아한다는 것이다. 당신은 지출을 경제적으로 하게 될 것이고, 어떤 재앙도 받아들일 준비가 되어 있고, 사기꾼으로부터 자신을 지킬 준비가 되어 있는 것이다.

벌건 대낮에 도둑들이 벌이는 술책, 한밤중 강도들의 술책, 밤의 부랑자들의 술책, 연금술사들의 술책, 시장 장사치들의 사기, 장인들의 사기, 전쟁을 좋아하는 이들의 계책, 기생 인간들의 술책과 무엇이든 가지려는 자들의 술책은 끝이 없다. 만약 당신이 점쟁이의 예언과 마법, 부적과 독을 모았더라면, 그런 간계함이 사람들 사이에 더욱 심하게 확산되었을 것이고, 몸속 깊숙이 확장되었을 것이고, 심장의 중심부와 대뇌피질, 그리고 간의 내부로 파고들었을 것이다. 그런 계략은 뻗쳐오는 식물의 뿌리나, 자식이 아비를 쏙 빼닮는 것보다 훨씬 더 직접적 방법과 멀리까지 볼 수 있는 능력을 가지고 있다. 아무리 높고 견고한 담을 쌓고 튼튼한 자물쇠를 채운다 해도, 비상구를 굳게 만들고 요새 성채에 들어앉아 단단한 문과 교대로 보초를 서는 보초탑이 있는 궁성과 가장 무서운 무기를 들고 엄격한 통제하에 있다고 해도, 당신이 큰 손해를 가져오고 지속되는 사악함을 진행시키는 것을 그만두면 재물을 지키려고 보초를 서거나 지키려고 애쓸 필요도 없다. 그런데 당신이 그들에게 바늘귀만큼이라도 여지를 남겨놓는다면 그들은 그것을 대로(大路)로 만들 것이다. 그러므로 문을 철통같이 만들어 항시 닫아두라. 아예 잠가두라. 그것이 훨씬 나을 것이다. 그대를 제외한 어느 누구도 열 수 없는 자물쇠를 구할 수만 있다면 차라리 그것이 그대의 단호한 의지에 부합될 것이다.

만약 당신이 당신만이 아는 곳에 문을 만들고, 당신만이 열 수 있도록 잠가놓았더라도 그들은 당신 위로 올라가 그 문에 도달할 것이다. 만약 당신이 천장을 카펠라 별까지 올렸더라면, 그들은 그 문에 도달하기 위해 당신의 발밑에서부터 땅을 팔 것이다. 아부 알-다르다으는 "신자의 집에 있는 다락방은 얼마나 정교한 은둔처인가"라고 말했고, 이븐 시린은 "은둔은 헌신이다"라고 말했다.

그들의 달콤한 말은 지출의 과도함을 부르고, 당신은 그들의 식욕을 위해 귀하고 드문 요리를 바치게 될 것이다. 이것은 남의 재물로 배를 채우며 사는 사람이 친구에게 했던 말이다. "그는 암양 고기를 먹고 가죽으로 만든 포도주 용기로 마신 후 트림을 한다. 어찌나 음식을 많이 먹고 트림을 크게 했는지 만약 맷돌이 트림에 연결되어 있었다면 곡식을 갈고도 남았을 것이다." 다음 사람의 이야기는 이러하다. 그가 사람들이 있는 곳에 들어섰을 때, 사람들은 술을 마시고 있었고, 그 자리에는 무희도 있었다. 사람들이 "당신이 원하는 가락을 말해보게"라고 말하자, 그는 "난 프라이팬의 지글거리는 소리를 제안하오"라고 했다.

알-미드야니의 말도 위와 같은 상황이다. "일곱 개의 바나나와 블루베리 향을 섞은 낙타젖 한 사발을 아침으로 먹은 사람은 카바의 향기로 트림을 한다." 그들이 기생 인간들의 앞에 달콤한 견과류 케이크를 차려놓고 말하는 것도 같은 상황이다. "어느 것이 더 좋으냐, 이것 혹은 아몬드 젤리 혹은 아몬드 케이크?" 그는 답했다. "나는 사람이 없는 데서 판단을 하고 싶지 않습니다." 아부 알-하리스 줌마인이 일부 통치자들에게 묻는 질문도 같은 상황이다. "왕이시여, 바구니 안에 무엇이 있습니까?" "네 어미의 음핵이 있다." "그렇다면 그것을 한 입 깨물게 해주십시오"라고 그가 말했다. 알 자루드 이븐 아부 사브라와 빌랄 이븐 아부 부르다[15]의 담화가 같은 상황이다. 알 자루드가 그에게 말했다. "내게 압두 알-아을라[16]와 그가 제공한 음식에 대해 묘사하시오" 그는 "빵장수가 압두 알-아을라에게 다가와 '집에 있는 재료가 무엇입니까?' 하고 묻자, 그는 빵장수가 직접 그가 가진 것을 볼 때까지 '염소 요리용 이러저러한 재료와 오리 요리용 이러저러한 것을 가지고 있소' '암염소 요리용 이런 재료를 갖고 있소'라고 말했소"라고 말했다. "무엇이 그를 그렇게 하도록 만들었소?"라고 아부 부르다가 물었다. "모든 사람이 각기 원하는 음식이 나올 때까지 먹는 것을 참았다가 종국에는 원하는 것을 먹을 것이오." "그런 다음엔?" "그 다음에는 식탁이 차려지고 사람들은 넓게 흩어지고, 한 덩어리로 모이고 심각하게 있다가 사과할 것이오. 결국 그들이 백기를 흔들면, 그는 수타조가 땅에 배를 깔고 앉듯이 춥고 배고픈 자가 걸신 들린 것처럼 먹고 또 먹겠지요"라고 그가 응답했다. 후세 사람이 말했다. "난 빵 껍데기와 검은 후추가 뿌려진 사리다 수프, 훔무스[17] 한 접시, 그리고 고기와 거위 날개를 마치 고약한 후견인을 만난 고아가 음식을 보고 마구 먹듯이 먹어치웠다." 그들 중 어떤 이는 음식을 개발하는 데 여러 민족이 맡은 부분에 대해 질문을 받았다. 그러자 그가 "그리스인들은 수프와 요리의 속에 넣는 재료에 일조했고, 페르시아인은 차갑고 달콤한 것에 일조했다"고 말했다. 우마르는 "페르시아 요리에는 잘게 다진 고기 요리와 시큼한 음식이 있다"고 말했다. 다우사르 알-마디니는 "우리는 밀가루를 섞은 고기 요리와 튀긴 고기 요리, 베두윈족은 빵 반죽 초유와 메뚜기, 송로버섯, 응고된 우유와 함께 타고 난 재로 구운 빵, 신선한 버터, 대추야자가 있다"고 말했다. 그 시인은 이렇게 시를 읊었다.

> 응고된 우유를 셔츠처럼[18] 입힌 빵
> 그리고 버터를 듬뿍 입힌 대추야자의 말을 원하지 않았더냐!

그들의 음식에는 지방이 위에 동동 뜨는 우유, 대추야자로 걸쭉하게 만든 시럽, 대추야자 케이크, 대추야자와 마른 치즈, 그리고 설탕을 섞은 와티아가 있다. 한 아랍 베두윈은 말했다. "우리에게는 참새의 입과 같은 밀이 있다. 우리가 먹는 빵은 밀을 올리브기름으로 반죽해서 구워 만든 빵이다. 불 붙은 석탄 재가 등짐 보따리 속에 꾸려 넣은 것이 빠져 나오듯 떨어진다. 그리고 그는[19] 빵을 조각내고, 그 빵은 광활한 사막을 배회하는 하이에나처럼 녹아내린 기름에 흘러다닌다. 그리고 그는 이빨이 날카로운 도마뱀의 목처럼 생긴 대추야자를 우리에게 가져다주었다." 보리와 밀로 만든 죽은 베두윈 아랍인이 있는 자리에서 경시당했다. 그러자 그자가 말했다. "밀죽을 깔보지 말라. 밀죽이야말로 여행자의 친구요, 급히 요기를 해야 하는 자의 식사요, 일찍 일어나는 이의 아침 식사요, 병자의 간호 식품이요, 우울한 기분을 낫게 해주는 약이요, 원기 회복제요, 새살을 돋게 하는 특효약이요, 거의 만병통치약으로 소개되고 있기 때문이다. 아무런 양념도 없이 먹으면 담을 치료하고, 버터와 함께 먹으면 피를 맑게 한다. 너희가 원하기만 하면 그것은 사리다 수프요, 원하기만 하면 그것은 달콤한 젤리요, 원하기만 하면 그것은 음식이요, 원하기만 하면 음료가 되는 것이다." 초대받지 않은 곳도 찾아다니고, 대식가이며, 남에게 빌붙어 살고, 무위도식하는 뚱뚱한 사람이 이런 질문을 들었다. "어떻게 하면 그렇게 살이 찌는가?" 그러자 그가 답했다. "난 뜨거운 음식을 먹고 차가운 음료를 마시지. 난 왼쪽으로 눕고 내 돈을 절대 쓰지 않고 음식을 먹지." 그 시인은 이렇게 읊었다.

부유함에서 비롯된 음식이 가득 찬 배는 아무 소용이 없다.
비록 이것이 몸에 좋을지라도!

다른 이가 "왜 그렇게 뚱뚱한 거요?"라는 질문을 받자, 그는 "생각을 조금 하고, 항시 편한 마음을 갖고 배불리 먹고 잠을 잔다오"라고 대답했다. 알-핫자즈가 가드반 알-카바으사리[20]에게 "왜 그렇게 뚱뚱한 거요?"라고 묻자, 그가 "밧줄과 많은 목초 때문이오"[21]라고 답했다. 그리고 "아미르의 손님은 누구나 뚱뚱해진다오"라고 했다. 또 다른 사람이 "당신은 피부가 참 좋습니다"라고 말하자 그는 말했다. "밀 눈과 어린 염소를 먹는다오. 또한 신선한 제비꽃 향료를 뿌리고 리넨을 입는다오.”

정말이지, 만약 구걸에 응한다면, 관용으로 베푸는 선물은 불명예스러운 것이 될 것이다. 올바르게 선회하고 있는 중심은 명예로운 이득과 지출을 경제적으로 하는 것이다. 한 아랍인이 이렇게 말했다. “알라여! 저는 당신이 주신 양식으로부터 당신에게 피난처를 구합니다.” 그가 상속받은 재물(낙타)이 어머니의 혼인 지참금이었다는 것을 알았을 때 한 말이었다.

어떤 거지가 알-후타히야[22]보다 절박하고 사악하게 구걸을 하였는가? 누가 자리르 알-카타피[23]보다 더 사악하고 인색한가? 누가 이븐 하르마[24]보다 더 탐욕스러운가? 누가 이븐 아부 하프사[25]의 먼지를 쪼갤 수 있을 것인가? 누가 아부 아타히야[26]의 곁불을 쬐곤 했는가? 누가 아부 누와스보다 탐욕스럽고, 누가 아부 야우쿱 알-쿠라이미보다 더 주도면밀하고 돈을 많이 벌겠는가? 누가 이븐 하르마보다 더 많이 최상품의 양을 도살했는가? 누가 알-쿠라이미보다 더 많이 비방용 창을 던지고[27] 한 번도 차려진 적 없는 음식을 대접했는가? 이븐 야시르[28]에 대한 당신의 입장은 무엇인가? 이븐 아부 카리마에 대한 당신의 태도는 무엇인가? 누구도 그의 나쁜 점에 대해서 일언반구도 말하지 않는데, 당신은 왜 알-라카쉬[29]의 단점에 대해서 말을 아끼지 않는가?

베두윈 아랍인들이 정착 아랍인보다 훨씬 나쁘다. 그들은 구걸에 도가 텄으며 너무나 충동적이고 아첨을 잘한다. 칭찬을 해도 거짓이요, 조롱을 해도 거짓이다. 절망을 말해도 거짓이고, 열망을 말해도 거짓이다. 의심스러운 인물과 바보를 제외하곤 그 누구도 그에게 접근하지 않는다. 오직 그를 사랑하는 자만이 그에게 무언가를 줄 수 있다. 그와 같은 콩팥을 가진 자만이 그를 사랑한다.

당신은 득이 되는 일에 나서는 것은 꾸물거리면서 쓸모없는 일에 나

설 때는 얼마나 기민한가! 만약 이것이 당신이 좋아하는 시라면, 당신이
시인의 언어에 의지한다면, 그 시인은 이렇게 읊었을 것이다.

> 적은 돈이라도 그대가 잘 간수한다면 오래 지속된다.
> 제아무리 많은 돈도 잘못 사용한다면 곧 사라질 것이다.

알-샴마크 이븐 디라르[30]가 말한 바 있다.

> 돈을 소중히 다루면 필요를 충족시켜주고
> 공손히 구걸하는 것이 훨씬 적절하다.

우하이하 이븐 알-라줄라흐[31]가 말했다.

> 부자가 그대를 기만하지 않게 하라.
> 자유 아니면 죽음을 택하라!
> 부자를 그대의 사촌이 되게 하라.
> 아버지나 어머니 쪽의 삼촌이 되게 하라.
> 나는 알-자우라에게 평생을 바칠지니.
> 자신의 부족민에게 관대한 자는 실로 재물이 많은 자이다.

그는 또한 이렇게 말했다.

> 친척과 혈족들에게서 독립하라.
> 자신의 부족에게서 독립한 자는 부자이니.

침착함과 예의를 차려 적을 대하라.
운명에 대항해 갑옷을 입은 자가 하듯이 그렇게 행동하라.
감춰진 적의가 그대를 기만하지 않도록 하라.
피 흘리며 고통스러운 등이 말 안장의 방석을 두드릴지도 모른다.

사흘 이븐 하룬이 말했다.

만약 어떤 사람이 내게 너무 인색하게 한다면,
그것은 나의 방식이 아니다.
그의 도움을 필요로 하지 않는 나를 볼 것이다.
그러나 나와의 오랜 유대를 두려워하지 않는다면,
나를 보지 말아야 한다.
쉬쉬거리는 소리를 내며 우유를 짜내라.[32]
나는 재물의 장점을 취하려고 재물을 구걸하지 않는다.
사람들에게 재물을 구하는 자는 가난하기 때문이다.

아부 알-아타히야가 말했다.

그대는 친구로부터 자유롭지 못하다.
친구의 형제는 운명이다.
그대가 친구를 한 순간이라도 필요로 했다면
그 순간에 그는 그대에게 침을 뱉을 것이다.

우하이하 이븐 알-줄라흐가 말했다.

내가 마음의 평정을 누렸더라면

나는 새벽에 따뜻하고 신선한 우유 한 잔을 찾고,

깔개 위에서, 소녀들과 유희를 즐기고, 검고 붉은 입술

그녀들의 치아를 통해 난 잔자빌 포도주[33]를 한 모금씩 마신다.

그러나 내가 태어났다면, 그것은 재물을 의미한다.

그러므로 태어난 이후에는 재물에 탐욕을 보이거나 활수하게 베푼다.

또 다른 이가 말했다.

돈을 잘 다루시오, 아부 무슬리흐[34]

돈을 잘 다루는 것이 가난보다 나은 것이니

그대는 보지 못했는가? 자신의 부족에 영광을 더욱 많이 가져다 주는 자를.

그들은 그가 부자라는 걸 배운다.

우르와 이븐 알-와르드[35]가 말했다.

내가 부자가 되려고 애쓰고 열망하도록 하라.

왜냐하면 나는 보았기 때문이다.

사람들, 그들의 사악함은 가난이라는 것과

그들의 자긍심에서 가장 먼 것들, 가장 경멸되는 것을

그의 귀족적 출생과 장점은 인정되어도

그는 무리 속에서 가장 *끄트머리*에 위치할 것이다.
부인이 그를 경멸하고, 부족의 막내조차 그를 조롱하고,
그러나 그대들 자만심으로 가득차 부자와 마주치게 될 것이다.
모든 것이 그의 마음에서 떠나고,
그에게 잘못은 조금밖에 없다. 잘못이란 본래 많은 법
그러나 부자들은 모든 것을 용서하는 지배자이다.

사이드 이븐 자이드 이븐 아므르 이븐 누파일[36]이 이렇게 노래했다.

나의 두 아내는 거짓을 말한다. 그들이 말하는 것은
내게 거짓말을 했고, 오늘이 부끄럽다.
내 재물이 적다는 것을 알면
두 아내는 내게 이혼을 요구할 것이다.
그 두 사람은 이미 나를 거절한 바 있다.
내 재물이 많아질 수도 있다.
내 등은 빚의 무게로 휘어진다.
내게 있는 노예와 은화가 보일 것이다.
하인들―10명의 하인들의 몫.
축복 속에서 뽐내며 걷는다.
두 아내는 말할 것이다,
"이제 그대의 지팡이를 내리시지요"[37]
부자만이 사랑받는 것처럼 보인다.
가난한 자들은 가난 속에서 산다.
소꿉친구의 비밀을 벗겨낸다.

그러나 부자는 모든 악행을 가져온다.

또 다른 이가 말했다.

내게 있어, 재물이란 내가 버리지 않은 면을 가지고 있다.
내게 있어 유희란 나태함을 가지고 있다.

알-아크나스 이븐 시합[38]이 말했다.

난 오래 살았다. 사랑하는 이는 나의 친구.
난 나의 형제들을 지켰다.
이제 내가 젊음을 빌려 값을 치렀다.
오늘날 내게 있어 재물이란 지키는 자와 획득하는 자를 의미한다.

이븐 알-디바 알-사카피[39]가 말했다.

노예에게 했던 부당한 대우가 내게 돌아올 때까지
욕망에 복종하는 나 자신.
내가 그런 욕망을 끼고 온 것을, 내가 대추야자를 팔았을 때,
나를 껴안고, 입맞춤하며 "당신의 포로가 되겠노라"고 한다.[40]
따라서 누구든 부를 찾은 자는 부가 남아 있게 한다.
이를 위해 모든 노력을 기울인다.

그리고 그가 말했다,

돈을 많이 모은 자, 그러나 그 대가로 지혜가 없다.
흉작의 해를 대비해 작년의 풍작을 지킨다.
그는 자신의 개에게 하듯 사람들을 경멸한다.

옛 속담에 이런 말이 있다. "구걸을 위해 손을 뻗기 전에 애써 일해라."

라키트[41]가 말했다.

"침략은 낙타의 젖을 더 많이 생산케 하고, 무기를 더욱 날카롭게 한다."

이브 알-무아파가 말했다.

느슨함이 그의 딸인 무능력과 결혼했다.
그가 그녀와 결혼할 때 마흐르[42]를 주었다.
평평한 침대를, 그리고 그가 그녀에게 말했다.
"누워라! 불가능한 것이다. 그것은 마치 가난을 잉태해야만 하는 것과 같다!"

우스만 이븐 알-아스는 말했다. "당신에겐 현세의 시간과 내세의 시간이 있다." 알라의 사자께서, 알라의 평화와 축복이 그에게 있기를, 말씀하셨다. "난 너희에게 쓸데없는 이야기, 많은 질문, 그리고 낭비를 금한다." 그는 또 "최고의 빈민 구호품은 부를 남겨주는 것이고, 윗손이 아랫

손보다 나아야 하고,[43] 기부는 가정에서부터 시작해야 한다"고 말씀하셨다. 알라의 사자는 또 이렇게 말씀하셨다. "1/3과 1/3은 아주 많다.[44] 너희는 자손에게 부를 남겨주어라. 그들이 사람들에게 구걸의 손을 내미는 것보다 훨씬 낫다."

이븐 압바스가 말했다. "나는 사람들이 1/3보다 적게 유산을 받기를 희망한다. 왜냐하면 예언자께서, 알라의 평화와 축복이 그에게 있기를, '1/3 더하기 1/3은 아주 많다'고 말씀하셨기 때문이다." "자신이 지켜주어야만 하는 사람들이 멸망하도록 두는 것은 분명 죄이다." 당신은 내가 여전히 다른 이를 부유하게 만들면서 나 스스로는 가난해지고 내 부양가족을 돌보지 않는 대가를 치르며 다른 이들의 부양가족을 돌봐주는 것을 관용과 관대함으로 간주한다. 이러한 맥락에서 이븐 하르마가 말했다.

마치 타조처럼 자신의 알을 사막에 버려둔다.[45]
날개로 다른 타조의 알을 감싸며.

이런 맥락에서 다른 시인은 또 이렇게 노래했다.

자신의 가까운 사람들은 잃게 하고 다른 사람들은 이득을 얻게 하네.
그는 명령을 실행하지 않았다. 다만 옳은 것을 명할 뿐이다.

또 다른 이가 말했다.

남의 아기에게는 젖을 물리고 자신의 아이는 돌보지 않았다.

그녀는 아무 일도 하지 않은 것이다.

축복과 고귀함이신 알라께서 말씀하셨다. "쓸데없이 낭비하지 말라, 낭비하는 자들은 악마의 형제이다."[46] 또한 이렇게도 말씀하셨다. "그들은 무엇으로 자선을 베풀어야 하는지 물을 것이다. 그러면 여분이라 말하라!" 알라께서는 '여분'을 허용하셨지만 지나칠 정도로 베풀어서 자신이 곤란해지는 것은 허용하시지 않았다. 즉 알라께서는 잉여를 허락하셨지만 기본 재산까지 쓰는 것은 허락하시지 않았다.[47]

카읍 이븐 말리크[48]는 자신의 재산을 기부하길 원했다. 그러나 예언자께서, 알라의 평화와 축복이 있기를, 말씀하시기를, "자신을 위해 돈을 갖고 있어라"라고 했다. 예언자께서는 재물을 기부하는 것을 금한 반면 너희는 사람들이 돈을 낭비하도록 했다!

가일란 살라마[49]가 자신의 재산 모두를 기부했으나 우마르는 다시 그 재산을 환수하도록 한 후에 가일란 살라마에게 이렇게 말했다. "만약 그대가 죽는다면 나는 그대의 무덤에 아부 리갈[50]의 무덤에 있는 것과 같은 묘비를 세워주겠다." 전능함과 고귀함이신 알라께서 말씀하셨다. "부자들이 돈을 쓰게 놔둬라. 그리고 살림이 넉넉지 못한 사람은 알라께서 그에게 주신 것들을 쓰게 하라"[51] 예언자께서, 알라의 축복과 평화가 그에게 있기를, 말씀하셨다. "그곳까지 그대를 데려가는 것만으로도 그대에겐 충분하다." "양은 적어도 정신을 만족시키는 것이 많은 양으로 정신을 현혹시키는 것보다 더 낫다." 축복과 고귀함이신 알라께서 말씀하셨다. "그들은 지출할 때 낭비하지도 인색하지도 않았다. 항상 그 사이의 중용을 택했다"[52] 예언자께서, 알라의 평화와 축복이 그에게 있기를, 말씀하셨다. "여행에서 동료들에게서 떨어져나온 자는 길을 걸어갈 수도 낙타 등에 앉아 있을 수도 없다."

고귀함이 이름이신 알라께서 말씀하셨다. "너희 손이 너희 목에 족쇄가 되지 않도록 할 것이되 또한 너무 펼쳐도 아니 되니(과분하게 자선을 행하여 스스로가 빈곤해지는 것도 곤란하다) 이는 너희가 비난을 받지 아니하고 빈곤하지 아니하도록 함이다."[53] 이것을 고려했을 때, 사람들은 말했다. "재물의 최고 장점은 너희에게 이득을 주는 것이고 최고의 미덕은 중용을 취함에 있다. 이제 막 걸음마를 뗀 자의 가장 큰 실수는 최고의 속도로 내달리는 것이다. 가장 좋은 것은 양극단 사이에 위치하는 것이다." 사람들이 말하길, "모자라는 자와 넘치는 자 사이에 알라의 종교가 있다"고 했다. 그들은 또 속담으로 이런 말을 했다. "궁수는 중간을 노린다." 그들이 말했다. "너희는 반드시 적절함을 지켜야 한다. 너무 많이도 너무 적지도 않게." 또 그들이 말했다. "살찐 가축과 비쩍 마른 가축의 사이." "삼킬 만큼 너무 달지 않게 내뱉을 만큼 쓰지도 않게." 그들은 이런 속담을 말했다. "갈증을 다스리는 것은 마지막 한 방울까지 마시는 것을 뜻하지 않는다." 그들이 말했다. "끈을 묶는 자여! 끈을 풀 때를 생각하라!" 그들은 또 말했다. "목마를 때는 홀짝이며 마시는 것이 더 효과적이다. 약간이라도 오래 지속되는 것이 한꺼번에 많은 것보다 낫다."

아부 알-다르다으가 말했다.

"난 허영심으로 휴식을 취한다.
지루하기 짝이 없는 현실의 짐을 내 등짝에 짊어지길 싫어하면서."

그 시인은 노래했다.

　　난 진정으로 달콤한 사람이다.
　　고통이 나를 집어삼킨다.
　　난 진정으로 고집 센 사람이다.
　　그러나 나를 제어하기는 어렵지 않다.

　　사람들은 제대로 이끌어주는 사람을 비난하고, 씀씀이를 경제적으로 하는 사람을 훈계하며 말했다. "탐욕스런 사람은 정의롭지 못한 사람보다 훨씬 더 변명을 많이 한다." 그들은 또 말했다. "서둘러 남을 책망하는 것은 정의롭지 못하다." "아마도 그는 당신이 미처 깨닫지 못하는 변명거리를 갖고 있을 것이다." 그리고 "남을 비난하는 사람들은 비난받는 자들이다." 알-아흐나프가 말했다. "비난받는 자는 잘못이 없다." "거지에게 돈을 주는 것은 거지의 탐욕을 부채질하는 것이고 성가시게 구는 친구에게 돈을 주는 것은 그와 공범이 되는 것이다." 예언자께서, 알라의 평화와 축복이 그에게 있기를, 말씀하셨다. "오직 세 가지 경우에만 구걸이 정당하다—가난, 엄청난 빚, 그리고 고통을 유발하는 피[54]의 경우이다." 시인은 이렇게 노래했다.

　　자유는 비난받고, 지팡이는 노예를 위한 것이다.
　　답이 없는 자에게는 담요도 없다.

　　그들이 말했다. "구걸이 계속되면 거절도 계속된다." 그리고 "사기 치는 걸인들에게 베푸는 것을 경계하라. 또한 사기당하는 자 역시 알라의 은혜나 보상이 없다." 그들이 이와 관련해 이렇게 말했다. "두 마리 당나귀 중 가까운 쪽에 화살을 겨냥하지 말라." 그가 말했다. "만약 거지에게 동냥을 주면 그대의 치명적인 부분이 적의 것보다 더 많이 노출된다." 그들이 말했다. "칼집과 함께 하늘을 나는 것이 더 낫다."[55] 아부 알-아스와드가 말했다. "자신을 치욕스럽게 하는 것은 결코 명예스러움이 아니며, 비난을 초래하는 것은 관용이 아니다." 수중에서 돈이 나가게 그냥 두는 사람은 가난해질 것이고, 가난해진 사람은 자신을 비굴하게 만들고, 비굴함은 곧 치욕이다. 만약 관대함이 너그러움의 형제라면, 경멸하는 거절은 자비로움보다 낫다. 조상들이 말했다. "알라여, 저를 사악한 물에 휘젓지 마소서. 그러면 전 사악한 자가 됩니다." 그 시인이 노래했다.

운명이 걸을 때 한 발짝 내디뎌라.
운명이 뛸 때 같이 뛰어라.

후세의 시인은 이렇게 노래했다.

내게 하이에나 가죽으로 만든 샌들 한 켤레가 있었다,
맨발은 신발을 닳아빠지게 했을 텐데.

그는 그렇게 말하는 사람의 말을 정녕 믿었다. "필요한 자는 진정으로 용서하고, 보답을 바라는 자는 인내한다." 그들이 데시무스[56]에게 "시장에서 음식을 먹는가?"라고 했다. "만약 데시무스가 시장에서 시장기를 느꼈다면 그곳에서 먹을 것이다"라고 그(사으사아 이븐 사으한)가 응수했다. 그가 말했다. "가뭄으로 고통받는 자는 은둔처를 찾을 것이고 굶주린

자는 몸을 낮추게 될 것이다." 그리고 이렇게 말했다. "너희는 은혜가 도
망가지 않도록 경계하라. 은혜는 의심을 기피하는 여자와 같다. 모든 탈
주자들이 돌아오는 것은 아니고, 또 모든 도망자들이 포기하는 것도 아니
다." 알리 아부 탈립이 "후퇴했다가 진격하는 것은 드물다"라고 했다. 사
람들은 말했다. "음식을 자주 먹으면 식욕을 없애고, 너무 서두르면 일만
더뎌진다." 그리고 그들은 "한 끼의 성대한 식사와 죽음!"이라고 말한 이
를 비난했다. 그들이 말했다. "눈으로 확인한 후에는 더 이상 추적하지 말
라!"[57] 또 그들이 말했다. "그가 생각하는 것을 극복하는 자가 되지 말라.
또한 그가 확신하는 것을 뛰어넘지 말라." 그러므로 당신이 어떻게 돈을
지출하고 왜 그래야 하는지를 살펴보라. 그들이 말했다.

"소중한 것이 사라지는 것보다 더 나쁜 것은 그 뒤에 오는 고통이다."

시인은 이렇게 노래했다.

만약 당신에게 일어난 일이 큰일이라면
평정은 사라지고 더욱 큰일이 온다.

재난으로 가난해지는 것이 당신 스스로가 저지른 나쁜 행실(과도한
지출)에 의해 가난해지는 것보다 더 낫기 때문이다. 스스로 자신의 부를
낭비하는 자는 한숨 쉴 자격도 없고, 다른 이들에게 비난받거나, 작은 동
정, 나쁜 행실에 뒤따르는 심술궂은 장난마저도 받을 자격이 없을 것이다.
그런 자에게는 엄청난 재앙과 친구로부터의 하대만이 있을 뿐이다.

우마르 알-카탑은 쿠라이쉬의 청년에게 그들의 낭비벽과 경쟁하여
낭비하는 것에 대해 이렇게 말했다. "진정으로, 나는 그들이 가난해지는

것보다 그들의 행복이 더 큰 걱정거리이다." 그는 늘 "나에겐 가난한 자를
부자로 만드는 것이 부패한 사람을 올바르게 개조하는 것보다 더 쉬운 일
이다"라고 말하곤 했다.

당신 자신에게 카우타아[58]보다 더 악운이 되게 하지 말라. 또한 당신
의 일가에게 알-바수스[59]보다 더한 악운이 되게 하지 말라. 당신 부족에게
만쉼[60]의 향기보다 더한 흉조가 되게 하지 말라. 누구든 자신의 재물을 남
에게 지배하도록 허락한 자는 자신의 재물을 남에게 파는 중재자로 전락
하고, 종국에는 후회할 것이다. 그리고 스스로를 비난하게 된다. 당신이
훌륭한 성인군자를 만나는 날 당신에게 행운이 있을지니.

어떤 시인들은 이렇게 말했다.

> 내가 보기에
> 모든 종족은 자신들의 명예를 지킨다.
> 그러나 술고래에게는 명예가 없다.
> 그들의 술잔이 한 바퀴를 돌면, 그대는 그들의 형제이다.
> 그들 모두 낡은 결속, 역겨울 뿐이다!
> 무시하는 발언을 하지 말라, 내가 선포하건대,
> 하지만 난 방탕한 자들, 잘 알고 있다.

이런 특징은 술을 즐기는 사람들 중에 만연해 있지만, 오늘날에는 일
반 사람들 사이에도 만연해 있다. 알-아드바트 쿠라이으[61]가 몇몇 부족을
찾아갔을 때 그들이 그의 이웃을 홀대했다. 이 일은 사으두 족속에 의해
상처받은 후에 일어난 일이다. 알-아드바트 쿠라이으는 이렇게 말했다.
"모든 오아시스에는 사으두 족속이 있다."

　그러니 당신은 내 말을 따르라. 아부 알-아스의 말은 무시하라. 다음과 같이 말하는 자의 말을 따르라. "둥지를 틀게 하라. 그러나 바꾸지는 말라!" "실체가 떠난 후에 그림자를 뒤쫓지 말라." "네 물 단지를 처음 내리는 비로 채워라." "의심 가는 것은 버리고, 의심가지 않는 것을 추구하라." 당신의 형제는 당신을 진실로 믿는 자이고, 당신의 욕망이 아닌 지식에서 오는 자이다. 당신의 형제는 당신에게 행복을 위한 진심 어린 충고를 해준다. 그러므로 형제의 비난으로부터 당신은 도망칠 수 없었다.

　다른 이가 말했다.

　　그대를 속이지 않는 자는 진정한 그대의 형제이다,
　　그대를 돕기 위해 스스로 상처를 입는 자 또한 그대의 형제이다.

아비드 알-아브라스[62]가 말했다.

　　그리고 그대는 알아야 한다!
　　그대와 함께하지 않는 자는 그대를 즐겁게 할 수 없다.

　당신 마음속에서부터 우러나오는 훈계, 당신이 이성적으로 판단하여 갖게 된 견해가 있는 한, 또한 솔직한 충고를 해주는 신실한 형제나 매력적인 고관대작의 충고를 듣는 한 당신은 여전히 행복한 자이다. 당신이 이 중 하나라도 갖고 있지 못하다면 필연적으로 고통스러운 재앙이 당신을 덮칠 것이고, 그 효과는 지속되고 명성에 흠집이 난 채 평생 당신을 따라다닐 것이다. 그래서 그들은 이렇게 말했다. "재물의 좋은 점은 당신에게 혜택을 주는 것이다." 그리고 당신에게 "교훈을 주는 재물은 잃은 것이 아니다"라고 했다.

모름지기 재물이라 함은 깊은 바다에서, 산꼭대기에서, 관목이 빽빽하게 찬 곳에서, 바위투성이의 황야에서, 평지에서, 계곡에서, 대로에서, 지구의 동·서에서도 동경의 대상이고 추구의 대상이다. 돈은 명예와 굴욕, 충성과 배반, 경건과 부도덕성과 함께 추구된다. 돈은 진실과 거짓, 외설 그리고 아첨과 함께 추구된다. 돈을 추구하는 데는 갖은 수단과 방법이 사용된다. 돈을 위해서라면 알라를 믿는다고 했던 사람이 알라를 부인하기도 한다. 뿐만 아니라 고상한 인격을 추구했던 것처럼 우둔함을 추구하기도 한다. 그들은 모든 곳에 돈을 위해 덫을 쳐놓고 모든 길목에 포획의 그물을 쳐놓는다. 오직 승리만을 목표로 하는 사람이 당신을 뒤쫓는다. 병에서 치유될 때까지 결코 잠을 자지 않는 이는 당신을 시샘한다. 피의 복수를 원하는 자는 침착해질 것이고 복수의 대상도 침착해질 것이다. 그러나 탐욕스런 자는 결코 조용해지지 않을 것이다!

사람들이 하는 말에 따르면, 이 지구상 어디에도 중간 크기, 멀리 떨어진 곳 혹은 땅끝 마을은 없다. 그러나 당신은 메디나, 바스라, 그리고 히라의 사람들을 발견했다. 그리고 당신은 그곳에서 부자를 향한 가난한 자들의 증오의 시선, 군주가 되고자 하는 성급한 바람, 두 발로 걷는 자들이 말 탄 자를 향해 보내는 증오, 서로 다른 종류의 사람들끼리 보이는 시기심을 알았다.

그러므로 만약 당신이 주의하지 않는다면, 양동이에서 당신 몫을 챙기지 않는다면, 결단을 내리는 법을 배우지 않는다면, 경제적으로 지출하는 자들과 함께 자리하지 않는다면, 시류를 깨닫고 자신의 때를 잘 알아채지 않는다면, 또 당신이 재물을 다 잃어 가난하다고 스스로가 상상할 정도로 당신의 왼손이 오른손을 의심하고 당신이 듣는 것과 보는 것을 의심할 정도까지 남에게 자신을 부각시키지 않는다면 당신을 믿는 사람보다 당신을 의심하는 자가 많을 것이고, 당신에게 충성하는 자보다 당신을 경계하는 자가 많을 것이다. 그러면 당신은 납치당하고, 약탈당하게 될 것이다. 그리고 그들은 당신의 돈을 없앨 것이다. 그들은 조금씩 침략해 낭비라는 질병을 가져오고, 당신에게 어떠한 치료도 해주지 않을 것이다.

그들이 말한 바 있다. "돈을 가진 자는, 그가 아무리 아둔하다 할지라도, 돈을 지키려 할 것이다. 따라서 다른 아둔한 친구들보다 더 못하지 않다." 그들이 말하길, "영리한 여자는 양털 없이 물레를 돌리지 않는다. 그 상태로 천을 짜는 여자보다 아둔한 사람은 없다"고 했다. 우리의 선조가 말했다. "가족의 욕망이 재물을 잃게 만들었다." "그들은 양치기가 없지만 마음껏 우유를 짰다." 당신의 돈은 이로 야금야금 뜯어 먹히는 데서 안전할 수 없다. 그래서 이런 말이 있다. 풀 뜯을 동물도 없는 방목지, 낙타 없는 목초.[63] 당신이 최대한 할 수 있는 것은 절약이라는 올바름을 실천하며 당신의 배를 채우고, 당신의 식솔을 보호하고, 불행을 막아주는 것이다. 재물이란 본디 간수를 소홀히 하고 우유를 많이 짜면 오래 지속되지 못한다. 그러므로 일에 대처할 때 현명하라. 당신의 돈을 지키는 데 앞장서라. 돈을 지키는 사람은 두 가지 가장 고귀한 것을 지키는 것이다. 그 두 가지는 바로 신앙과 명예이다. 이런 말이 있다. "화살에는 사냥을 위해 깃이 붙어 있고, 뿔싸움에서는 뿔이 긴 암염소가 이긴다." 아랍인들은 식객이 세상 물정을 모르는 자와 함께 있는 것을 볼 때 이런 말을 한다. "너는 그를 이리저리 끌고 다니다 눈물짓게 만드는 일을 해서는 안 된다."

예언자께서, 알라의 평화와 축복이 그에게 있기를, 말씀하셨다. "사람들은 머리빗 살처럼 모두 똑같다. 한 사람은 형제를 통해 여럿이 된다."

자신을 생각하는 것과 똑같이 당신을 생각하지 않는 친구의 우정에서는 아무런 이득도 없다.

그러므로 당신 친구들의 천성이나 특징과 익숙해지도록 하라. 만약 그들이 이런 성격을 지니고 있다면 당신이 판단하라. 만약 그들이 당신과 다른 성격을 지니고 있다면, 당신도 그에 부합하는 행동을 하라.

나는 코란이 당신에게 하도록 명령한 것만 당신에게 명령한다. 그리고 알라의 사자께서 당신에게 충고한 것만 나 또한 충고한다. 또한 올바른 사람들끼리 서로 훈계하는 것만 나 또한 당신에게 훈계한다. 알라의 사자께서, 알라의 평화와 축복이 그에게 있기를, 말씀하셨다. "밧줄로 낙타의 다리를 묶고 알라를 믿어라." 무타리프 시크키르가 말했다. "가파른 절벽 아래서 잠을 자는 사람이라면 누구나 알라를 믿을 결심을 한 자이다. 그가 절벽에서 몸을 던지게 하라. 그는 알라를 믿는 자이니."[64] 알라께서 명하신 바 있는 스스로를 보호함은 어디에 있는가? 또한 알라께서 금하신 바 있는 자신을 위험에 처하게 하는 것은 어디에 있는가? 그 누구든 예방책 없이 안전을 바라는 사람은 헛된 바람을 품는 자이다. 알라께서는 당신이 명령한 것을 위해서만 인간의 바람을 채워주신다. 그분께서는 당신이 원인 제공을 한 희망만을 실현시켜주신다. 우마르가 역병을 피해 도망치자 아부 우바이다가 그에게 말했다. "그대는 알라께서 정한 것으로부터 도망치는가?" 그러자 우마르가 답했다. "그렇다. 나는 알라께서 정해주신 것을 향해 달린다." 그는 이런 질문을 받았다. "알라께서 정해주신 운명을 경계하는 것이 쓸모 있을까?" 그가 답하였다. "만약 경계함이 쓸모없다면, 알라의 명령은 무모하게 될 것이다." 변명을 하는 것은 알라에 대한 믿음이 있다는 것이다. 예언자께서, 알라의 평화와 축복이 그에게 있기를, 현재 법정 소송 중에 있는 사람에게 말씀하셨다. "알라께 만족한다." 알

라게 그대의 변명을 하라. 어떤 일이 당신의 능력을 벗어났을 때, 이렇게
말하라. "나는 알라께 만족한다." 그 시인이 이렇게 노래했다.

나처럼 식솔이 딸려 있는 사람은 궁핍해진다.
재물을 너무나 많은 방식으로 써버리고,
자신을 변명하기 위해 혹은 필요한 것을 얻기 위해
자신을 변명하는 자는 자신이 바라는 모든 걸 얻게 되었다.

다른 이가 말했다.

만약 판관이 부당하게 결정한다면
그것은 내가 비난하지 않는 여러 가지 사건들 이후의 일이다.

주하이르 알-바비가 말했다. "알라께 의지하면, 내가 돈을 쓸 때 그
대가가 내 지갑으로 돌아온다고 확신하게 된다. 나는 그 대가가 재물이
되어 내 지갑으로 돌아오도록 한다. 내가 돈을 지키지 않을 때는 돈이 안
전하다고 확신할 때이다. 나는 알라께 의지하지 않았다는 것을 너희에게
증언해달라고 요청한다! 알라께 의지함은 단지 알라께서 보시기에 네가
칭찬할 만한 일을 하고 네가 그분의 축복 속에 위치한다는 걸 알고, 그 대
가로 현세이건 혹은 내세이건 간에 보상이 있는 것이다." 그리고 그가 말
했다. "왜 아부 바크르가 무역을 했는가, 왜 우마르는 무역을 했는가? 우
스만은 왜 무역을 했는가? 왜 알-주바이르는 무역을 했는가? 왜 압두
알-라흐만은 무역을 하였는가?" 그리고 왜 우마르가 사람들에게 무역을
하도록 했고, 어떻게 사고팔도록 지시했는가? 우마르가 왜 다음과 같이

애기했는가? "만약 당신이 낙타를 샀다면, 크고 튼튼하게 키워라. 만약 낙타의 품질이 좋다는 소문을 얻지 못한다면 그 모양새의 뛰어남으로라도 팔릴 것이다." 왜 우마르가 다음과 같이 애기했는가? "영향받기 쉬운 것들과 운명의 재앙을 분산시키고 양의 머리를 두 쪽으로 만들어라." 자신이 만든 거대한 부(富)에 대한 질문을 받았을 때, 왜 우스만은 이렇게 애기했는가? "난 이윤을 얻지 못한 적이 없었다." 왜 그들은 이렇게 말하는가? "아무리 값이 싸도 녹초가 된 짐승 또는 악한 짐승은 사지 말라."[65] 왜 알리 이븐 아부 탈리브가 자신의 조카인 압둘라 이븐 자으파르에게 돈을 가치 없는 것에 쓰지 말 것이며, 기분 내키는 대로 함부로 쓰지 말라고 금했는가? 그렇게 말한 데는 감사의 말을 거머쥐고 좋은 명성을 얻으려는 것 이외에 다른 이유가 있는가? 어느 한 사람이라도 술과 도박, 거짓과 지탄받을 일에 돈을 쓰라고 말한 사람이 있는가? 당신이 관용이라 부르고 관대함이라고 여기는 것 이외의 것에 돈을 쓰지 말라고 한 자가 있는가? 그들의 관대함 때문에 관대한 자를 금지하고 그들의 온후함 때문에 온후한 자들을 금하는 걸 본 사람이 누구인가? 아부 바크르 이후에 당신은 어떤 이맘을 원하는가? 이후에 당신은 어떤 후손을 택하겠는가?

어떻게 우리가 신망, 올바름을 유지하는 것, 역경을 참아내는 것, 대식가, 식객, 기만적인 아첨꾼, 음식에 대한 탐욕이 끝없는 자, 재물을 얻기 위해서는 어떤 일이라도 하는 자, 친절함에는 조금도 주의를 기울이지 않는 자, 자신이 끝없는 탐욕을 부리는 것에 상관하지 않는 자, 음식을 먹을 때 단 한 번의 망설임이나 사양도 없는 자, 이 모든 군상들을 참아내는 일을 희망할 수 있겠는가? 어떻게 이것이 음식이 되었는가? 그리고 어떻게 그것이 이유였고 그것으로 판단했단 말인가? 당신에게 돈이 조금밖에 없다면 그것은 오직 당신 가족들을 위한 것이다. 만약 돈이 많다면 당신이 겪게 될 역경(돈 쓸 일)에 대비해두어라. 잘못 인도된 사람만이 앞날에 대해 안전함을 느끼고, 게으른 자만이 안전에 현혹당한다. 그러므로 불운이 가져올 재앙을 항시 경계하고 약삭빠른 자들의 사기술을 주의하라. 당신 몸속의 지방은 당신이 음식에 곁들이는 양념에서 비롯된다.[66] 만약 당신이 양념을 찾는다면 여윈 당신이 지방덩어리인 다른 이보다 더 낫다. 창이 날카롭고 문이 견고한 것이 얼마나 더 나은가!

한 여인이 아랍인에게 말했다. "만약 당신이 저와 결혼한다면, 난 당신에게 모든 걸 제공할 것입니다." 그러자 그가 다음과 같은 시를 노래했다.

만약 내게 당신의 재물만이 전부라면, 나에게는 가난과 부끄러움만이 있을 것이다.
내게 다가올 보상과 좋은 명성이 사라질 것이다.
이윤이 자신의 것이 아닐 때 재물의 장점은 무엇인가
우리 부족의 쉐이크는 자신의 일을 명령하지 않는다.

알-마을루트 알-쿠라이[67]가 이런 시를 노래했다.

아부 하니, 사람들에게 구걸 말고,
알라의 장막으로 그대의 부끄러움을 숨겨라.

알라의 도량은 넓다.
만약 그대가 사람들에게 한 줌의 흙을 구걸하며 "주세요"라 말한다면, 그들은 싫증내고 거절할 것이다.

제28장 다양한 기담

이제 이야기는 다시 수전노들의 이야기, 그들의 진귀한 변명, 그리고 설교로 돌아간다.

이븐 하산이 말했다. "우리 이웃에 가난한 아우와 부자인 형이 있었다네. 그런데 부자인 형은 탐욕스럽기가 이루 말할 수 없고, 허풍이 대단히 심한 사람이었지. 하루는 그 형이 아우에게 이렇게 말했다네. '이런 빌어먹을 놈. 나는 책임져야 될 식솔이 많고 정말로 가난하지만, 너는 부양해야 할 가족도 별로 없으면서 부유하다. 하지만 너는 이제까지 한 번도 도움을 준 적도 없고 네 재산의 일부를 떼어 내게 준 적도 없었지. 난 이제까지 너보다 더 지독한 수전노를 본 적도 들은 적도 없다.' 그러자 아우가 형에게 말했네. '이런 젠장! 사실은 형님이 생각하는 것과 같지 않소. 내게는 형님이 생각하는 만큼 재산이 있는 것도 아니고, 또 형님이 말씀하시는 것처럼 내가 욕심이 많거나 좋은 환경에서 살고 있는 것도 아니라오. 정말이지, 만약에 내게 백만 디르함이 있었더라면 오십만 디르함은 형님에게 드렸을 것이오. 그런데 형님은 형편만 된다면 오십만 디르함을 형제에게 나누어주겠다는 사람을 어떻게 수전노라고 부를 수 있겠소?'"

발카 수프를 대접하던 사람'으로 말하자면 나는 그 수프를 별로 좋아하지도 않고, 또 이 식탁에 놓이곤 했던 것들도 그다지 좋아하지 않았다. 하지만 한 가지 내가 정말 경탄하는 것은 그가 어떻게 그러한 식탁을 관리하고, 또 손님들에게 음식을 대접하지 않으려고 술수를 부리고, 종국에는 대접을 안 할 수 있느냐 하는 점이었다. 그는 굉장히 뛰어난 달변가였으며, 또 여러 가지 이론에도 아주 박식한 사람이었다. 그래서 내가 그의 식탁에 앉아 있는 대부분의 경우 그는 아주 많은 이야기들을 해박한 언술로 풀어내곤 했는데, 그가 설명해주는 그 다양하고 좋은 이야기들 중에 자선을 베푼다는 등의 내용은 없었다. 나는 '자선'과 같은 단어를 그로부터 결코 들어본 적이 없다. 그의 혀에는 이런 종류의 단어가 존재하지도 않았으며 혀와 마찬가지로 그의 마음속에도 존재하지 않았다.

타히르 아시르가 내게 이야기해준 것은 내가 위에서 말한 것을 더욱더 확실하게 확인해준다. 그가 말했다. "로마야말로 국가 중에서 가장 탐욕스러운 수전노의 국가라네. 왜냐하면 당신들은 로마 사람들의 언어에서 '관대함'이라는 단어를 찾아볼 수 없기 때문이지." 그는 계속해서 말했다. "사람들이 이름을 붙이는 것은 그들이 사용하기 위해서 필요한 것에만 의미를 부여하는 것이지. 따라서 필요치 않은 것에는 이름을 붙이지 않기 마련이지." 사람들이 말했다. "페르시아의 속임수를 지적할 수 있는 것은 그들의 언어에는 '충고'를 의미하는 하나의 명사가 없다는 사실에서 알 수 있다. 옛 말씀에 이런 말이 있다. '충고'가 마음의 평화만을 의미하는 것은 아니다. 그것은 어쩌면 그 사람이 정직하게 되는 것일 수도 있다. 그 사람이 당신에게 조언을 구해야 하는 이유가 발생하는 것은 아니다. 하지만 그가 당신에게 답하는 것으로, 그가 당신을 어떻게 생각하느냐에 따라 당신이 이득을 볼 수도 있다. 그래서 페르시아 사람들의 언어에는 각기 '건전'이라는 명사와 선의를 의미하는 명사, 건전한 충고를 뜻하는 명사, 그리고 옳은 곳으로 너희를 인도해간다는 의미의 명사가 있다. 그러므로 그들에게 충고란 아주 다양한 종류의 명사들인 것이지. 하지만 그 모든 것이 의미하는 것을 하나의 명사로 모아놓는다면 그것은 바로 아랍어에 있는 것이지. 그러므로 이러한 측면에서 그들을 사기성이 있다고 비난하는 자는 부당함을 저지른 것이다."

이브라힘 이븐 압둘 아지즈가 내게 이렇게 말해주었다. "하루는 내가 라쉬드 알-아와르[2]의 집에서 점심을 먹고 있었다네. 하인들이 우리에게 사바키의 바야훈[3] 생선 요리를 내왔는데, 그것은 '알-두르라즈'라고도 불리는 것이었네. 나는 한 마리를 가져다가 머리를 자르고 또 그것을 옆으로 놓았다네. 그 다음에 배 쪽에서부터 두 토막으로 잘랐고, 등뼈를 빼내고 뒤집어서 배 속에 있는 것들을 다 빼내고, 또 꼬리 부분이나 날개도 다 빼내었지. 그런 다음 나는 그 생선을 한입 정도 되는 크기로 만들어 두었다가 그것을 먹었다네. 그런데 라쉬드는 그 생선을 가져가서는 그저 반으로 뚝 잘랐지. 그런 다음 한 토막씩 한 입 크기로 만들어서 먹었다네. 그는 머리나 꼬리도 자르지 않은 채로 먹었지. 나는 내 나름대로 음식을 먹고 있었고 그는 그 나름대로 먹었는데, 그는 내가 그런 식으로 생선을 먹는 것이 내심 불만이었지만 참고 있었지. 결국 인내심의 한계에 이르자 그가 내게 이렇게 말하는 것이었어. '이보게,[4] 음식을 먹을 때는 말이야. 좋은 것도 먹어야 하지만 나쁜 부분도 먹어야 하는 거라네.'"

이브라힘 이븐 압둘 아지즈는 계속 말했다. "라쉬드 알-아와르는 늘 이렇게 말하곤 했지. '나는 흑인과 이스파한 사람과 함께하는 경우를 제외하곤 대추야자를 제대로 먹어본 적이 없다네. 흑인에 대해서 말하자면 그들은 절대로 대추야자 중에서 좋은 부분만을 골라 먹지 않지. 반면에 나는 골라 먹지. 이스파한 사람들로 말하자면 그들은 대추야자가 나오면 자기 앞으로 한 주먹 갖다 놓고 그것만 먹는다네. 그 한 주먹이 다 끝날 때까지 자기 앞에 놓인 것만 먹지. 다른 것은 거들떠보지도 않아. 이건 매우 공평한 일이라네. 그중에서 좋은 것을 골라 먹는 일은 아주 나쁜 짓이고, 불공평한 짓이란 말야. 그러니 만약에 앞사람이 그중에서 좋은 것을 골라 먹은 경우라면 대추야자가 남았다 한들 나머지를 먹어야 하는 식솔들한테는 기쁜 일이 아니지.' 또 그는 이렇게 말하곤 했다네. '그러므로 자네가 그 대추야자 접시에서 손가락을 이리저리 휘둘러가면서 골라서 먹으려고 하는 것은 예의범절에 어긋나는 행동일세. 비록 그것이 대추야자이건 다른 음식이건 말이야.'"

음식 먹기와 물 마시기

무사 이븐 자나흐의 형의 아들이었던 사리아 이븐 무카르람이 말했다. "우리 중에 한 사람이라도 식사 중 물을 마시는 경우가 생기면 그때는 상대방이 물을 다 마실 때까지 모두 음식 먹는 것을 중지하라." 그런데 어느 날 밤 식사 때였다. 막상 우리가 그의 명령을 따르지 않고 있다는 것을 깨닫자 그는 우리 앞에 함께 먹는 음식이 놓여 있는 쌀 요리 접시에 손가락으로 금을 그었다. 그리고 말했다. "이쪽 부분은 내 몫이다. 그러니 건드

리지 마라. 그래야만 내가 음식을 먹으면서 물을 좀 마음 놓고 마실 수 있
겠다."

이런 이야기들은 이 책의 앞부분에도 이미 나와 있고, 이 이야기도
그것들 중 하나이다.

막키가 말했다. 막키는 바스얀의 집에서 아침과 저녁을 늘 먹는 사람
중 일부에게 이렇게 말했다. "제기랄. 어째서 너희들은 그의 음식을 삼키
느냐? 그가 '내가 너희들에게 음식을 베푸는 것은 오직 알라를 위해서다'
라고 말하는 것을 들으면서도 어찌 그의 음식을 삼키느냐? 뿐만 아니라,
그는 음식을 내놓으면서도 '나는 너희들로부터 어떤 보상이나 혹은 어떤
감사의 말도 원하지 않는다. 내가 너희에게 음식을 내놓는 것은 오직 알
라를 위해서만이다'라고 말하는 것을 들으면서도 말이다. 더구나 그는 코
란의 좋은 구절 혹은 여러 시편의 좋은 구절 중에 축복의 구절은 절대 읽
지 않고, 반드시 이 구절만을 식사 때 너희에게 읽어주지 않더냐. '너희
들은 진정으로 다음의 시인이 말하는 것과 정반대이다.'

타일라 이븐 무사위르의 낙타 젖은
그가 그것을 가지고 있는 한 내게는 금지된 것이었다네.
이므란 이븐 아우파의 음식 역시
그의 배 속으로 들어가는 한 내게는 그림의 떡이었다네.
그런데 그 두 가지 음식, 우유와 낙타 젖이 그들의 목으로 술술
잘 넘어간다는 것은
바로 그들에게 음식을 허락하는 것이며, 그것은 즉, 사악함을 뜻
하는 것이라네."

또 그는 계속해서 말했다. "너희들이 경이로움을 느낄 때마다, 나는 쉰 명의 아랍인에 대해 경이로움을 느낀다. 그 쉰 명의 아랍인 중에는 아부 라피으 알-킬라비가 있다. 그는 음탕한 시인이었는데, 아부 우스만 알-아와르⁵의 집에서 함께 아침 식사를 하고 있었다. 내게 기독교인의 음식으로 아침 식사를 하는 것은 코란을 암송하고 또 진리를 말하는 무슬림들의 음식으로 아침 식사를 하는 것보다 훨씬 더 어려운 것이었다."

쉐이크와 대추야자

아부 만주프 알-사두시⁶가 나에게 이야기해주었다. "나는 아버지와 함께 있었는데, 우리 곁에는 그 부족의 예속 평민인 쉐이크가 함께 있었다네. 우리는 우불라 강 위에 있는 한 초소를 지나가게 되었지. 그때 우리는 몹시 피곤에 지쳐서 그 초소 옆에 앉아서 쉬었는데, 얼마 지나지 않자 그 초소에 있던 보초가 설탕 대추야자와 검은 자이스란 대추야자⁷를 한 줌씩 내오더니 우리 앞에 놓았다네. 우리와 함께 있던 쉐이크는 대추야자를 널름널름 주워 먹었지. 그런데 아버지는 하나도 먹지 않아서 나도 먹을 수가 없었다네. 사실 무척 먹고 싶었지만 먹을 수가 없었지. 그러자 그 초소에 있던 보초가 아버지 곁으로 다가와서는 이렇게 말했다네. '왜 안 드시는지요?' 그러자 아버지께서 말씀하셨지. '사실은 나도 몹시 먹고 싶다네. 하지만 내가 생각하건대 그 대추야자 농장의 주인은 자네더러 지나가는 행인에게 이런 좋은 품질의 대추야자를 대접하라고 허락하지는 않았겠지. 만약에 자네가 우리에게 아주 흔한 샤흐리즈나 알-바르니와 같은 값

싼 대추야자를 내왔더라면 내가 먹었겠지.' 그러자 그때서야 가장 연장자
였던 그 쉐이크가 '정말이지, 나는 그렇게 깊게 생각하지 못했습니다'라고
말했다네."

다른 이야기

막키가 이야기했다. "이스마일 이븐 가즈완이 예배를 드리려고 사원
에 들어섰네. 그런데 이미 사람들이 줄을 서서 꽉 차 있던 상태라 그가 설
수 있는 공간이 없었다네. 그래서 그는 줄의 끝에 서 있는 한 쉐이크가 약
간 뒤로 물러서면 함께 서 있을 생각으로 그의 옷을 잡아당겼고, 쉐이크
가 뒤로 한 발자국 물러서주자 이스마일은 자기가 설 수 있는 공간이 생겼
음을 발견했지. 그래서 그는 그 쉐이크가 섰던 그 자리에 두 발을 디디고
서버렸다네. 그 쉐이크는 자리를 빼앗기게 되자 바로 그 이스마일 븐 가
즈완의 뒤에 서서 그를 비난하며 알라에게 그에게 저주를 내리라고 욕을
하고 서 있었다네."

남의 음식으로 생색내는 자

수마마는 잘 모르는 사람이나 그의 하인들과 식사해야 할 만하다고 여
기는 사람과는 함께 식탁에 앉는 것을 꺼렸다. 하루는 대추야자 상인인
카심이 그의 오찬 때까지 그가 피하고 싶어 하는 사람들을 붙들어 기다리
게 하였다. 수마마는 카심의 이런 행동을 참았다. 그러나 카심의 이런 행

동이 반복되자 수마마의 인내는 한계에 도달했고 소리를 지르고 말았다. 그는 카심에게 돌아서서 이렇게 말했다. "왜 이러는 것인가? 내가 그들을 원했다면 분명 초대를 했을 것이고 나의 전령이 내 초대를 전달했을 것이네. 그런데 자네는 왜 내가 잘 알지 못하는 자를 내 오찬 때까지 기다리게 하는 것인가?" 카심은 이렇게 대답했다. "난 그저 당신이 관대한 사람처럼 보이길 원했고 사람들로부터 당신에 대해 떠도는 탐욕스럽다는 비난과 악평을 막아주고 싶었다네."

얼마 후 식객들 중 한 사람이 집으로 돌아가려 하자 카심은 그에게 이렇게 말했다. "어디로 향하시는가?" 그는 "화장실에 가야겠기에 집으로 가려 하오"라고 대답했다. "이곳에서 해결하시게. 화장실도 깨끗하고 시중드는 하인도 일이 없어 대기하고 있네. 아부 마은(수마마) 앞에서는 부끄러워할 필요가 없네. 그의 집은 곧 형제*의 집이 아닌가?" 그래서 그 사람은 안으로 들어와 화장실을 썼다. 며칠 후 카심은 다른 사람을 붙들었고 그 후 또 다른 사람을 붙들었다. 수마마는 그 어느 때보다 격노했다. 수마마는 분에 차 이렇게 말했다. "이 작자는 내가 관대한 사람으로 보이게 하려고 사람들을 내 오찬 때까지 붙들어두고 종국에는 내 집에서 화장실을 쓰게 하는 구나. 왜? 사람들이 누구 집에서 화장실을 쓰지 않는다면 그 집 주인이 음식에 인색하다는 뜻이니까! 사람들이 '아무개는 사람들이 자기 집에서 식사하는 것을 싫어해'라고 말하는 것은 들어본 적이 있다. 그러나 난 누구도 '아무개는 사람들이 자기 집 화장실을 쓰는 걸 싫어해'라고 말하는 것을 들어본 적이 없다."

카심은 대식가이고 올챙이배였다. 여럿이 함께 식사할 때 그의 식사 예절은 매우 지저분한 수준이며, 남의 음식에는 아주 관대하면서도 자기 음식에 대해서는 몹시 치사하게 굴었다. 예의나 남들에 대한 배려라고는 들어본 적도 없는 사람 같았다. 자신의 무례함으로는 성에 차지 않았는지 아들 이브라힘도 마찬가지였다. 그런데 아들 이브라힘의 식사 예절은 추잡스럽기로는 카심의 배는 되었다. 어쩌다 이들 부자가 수마마의 식탁에 함께할 때면 그들 좌우에 있는 사람은 누구도 최고급 요리를 한 점도 먹을 수가 없었다.

어느 날 카심의 앞에 큰 그릇에 담긴 사리다 수프가 놓였다. 그 수프에는 찢은 빵이 회교 사원의 뾰족탑처럼 쌓여 있었고, 위에는 살점이 풍성하게 많은 뼈가 화관처럼 씌워져 있었다. 카심은 자신의 앞에 놓여 있는 음식을 취하고, 그의 오른편에서 취하고, 그러고서는 그와 수마마 사이의 사람들 앞에 놓여 있는 것에서도 취했다. 그러다 보니 수마마 앞에는 뼈 한 조각만 남게 되었다. 이제 그는 왼편으로 기울더니 다시금 똑같은 짓을 했다. 그 와중에 그의 아들은 그를 흉내 내고 똑같이 하고 있었다. 수마마는 사리다 수프의 고명이 다 사라지고, 약탈당할 대로 당해 이제 벌거숭이가 된 데다 카심과 그의 아들 앞에 있던 그 많던 고기는 다 사라지고 이제 자신 앞에 단 한 조각만 남았음을 깨닫자 그 남은 한 조각의 고기를 들어 카심의 아들 이브라힘 앞에 두었다. 이브라힘은 나머지 고기 한 점을 사양하여 되돌리지 않고, 이를 수마마의 관대함과 친절함의 행위로 받아들였다.

카심은 오찬을 마치고 내게 이렇게 말했다. "수마마가 내 아들에게 특별히 보여준 관대함을 다들 보았는가?" 그의 이런 말에 나는 "이런 망할! 이 땅 위에 자네 가족이 먹는 고기 뼈보다 더 재수 옴 붙은 고기 뼈는 없을 것이네! 그것은 끝 간 데 모르는 분개의 행위였으며 그런 분개는 그가 자네에게 합당한 벌을 내릴 때까지는 그를 떠나지 않을 것이네. 그가

자네의 잘못을 벌하면, 정말이지, 자네는 죽은 목숨이야. 그럴 수 없다면,
그의 분노는 자네에게 합당한 다른 보응을 찾게 할 것이네. 저지르지 않
은 잘못을 벌하는 방법도 수없이 많고, 작심을 하고 캐면 잘못이라 여길
수 있는 일을 저지르지 않은 사람은 없지. 그런데 머리에서 발끝까지 나
쁜 짓으로 가득 차 있는 자네는 어떨 것 같은가?"

수마마는 파사티트[9] 지역에 살 때 사람들을 아침 식사에 초대하곤 했
다. 사람들은 저마다 탄원과 청을 써서 들고 그에게 모여들었다. 이슬람
신학자들 사이에는 예의 없는 자들이 있었고, 이들은 이슬람 신학을 대표
하는 사람들이나 신학의 권위자들에게 성가시고 귀찮은 사람들이었다. 자
신이 뜻하지 않게 이들에게 걸려들었음을 깨달았을 때 수마마는 저녁 식
사를 하고 있는 그들에게 다가와 훈계했다. "고귀하고 전능하신 알라께서
는 '알라는 진실을 부끄러워하지 않는다'[10]고 말씀하셨다. 당신들 모두가
진실해야 할 의무가 있다. 자신의 청원이 나에게 도달하지 않은 자는 앞
서 청원한 자들과 같이 존경받을 것이다. 마찬가지로 내가 당신들 모두에
게 베풀었더라면 여러분 중 누구도 다른 이들보다 우선할 수 있는 사람은
없다. 마찬가지로 내가 음식을 대접할 수 없거나 적절하게 하지 않는다면
여러분 중 그 누구도 다른 이보다 더 존경받거나 다른 사람을 공격하거나
할 권리가 없다. 내가 당신들 몇몇을 가까이 데려오고, 나의 문을 당신들
에게 열고, 여러분 중 더 많은 이들을 내게서 멀리하고, 나의 문을 그들의
면전에서 닫는다면, 내가 당신들을 안으로 들이게 허락한 것은 나를 위한
구실이 아니고, 다른 이들이 나에게 청원을 못하게 막으려 한 것도 아니
다." 그러자 그들은 떠났고 다시 돌아오지 않았다.

아부 무함마드 알-아루디는 말했다. "사람들 간에 싸움이 일자 가수

가 일어나 그들을 중재하려 했다. 그는 늙고 허약한 수전노였다. 한 남자가 그의 목을 잡고 조르기 시작하자 그는 '내 밥줄, 내 밥줄'이라고 소리쳤다. 그러자 그 남자는 씩 웃더니 그를 놓아주었다."

이븐 아부 카리마가 내게 말했다. "사람들이 노래꾼 알-키나니에게 커다란 저장용 단지를 주었다. 그가 떠날 때에 이르자 사람들이 이 단지를 문가에 두었지만 그는 대신 날라줄 짐꾼을 사지 않았다. 그러나 노래꾼의 체면 때문에 단지를 직접 나를 수도 없었다. 그는 단지를 걷어찼고, 단지는 그 힘이 닿는 데까지 굴러갔다. 그는 누구도 자신이 무엇을 하고 있는지 볼 수 없도록 길가에 붙어 서 있었다. 그러고선 단지로 다가가 다시 단지를 걷어차 굴러가게 했고, 그는 다시금 길가에 붙어 서 있었다. 이렇게 반복해서 그는 집까지 도착했다."

사람들이 말했다. "이브라힘 압둘라 알-하산의 서기 압두 알-누르가 믿음 있는 자 아미르 아부 자으파르를 피해 바스라의 압두 알-카이스의 집에 숨어들었다. 사람들이 그를 쫓는 소리가 어느 정도 잦아들고 부족이 자신을 확실히 보호해주고 있다는 생각이 들자, 그는 건물 옆면으로 나와 누구인지 볼 수는 없었지만 부족의 말소리를 듣는 것에 만족했다. 그의 오랜 외로움에 일종의 위안거리로 삼을 수 있었기 때문이다. 하루하루가 아무 일 없이 흘러가자 그는 벽에 들여다볼 수 있을 만한 구멍을 냈다. 하루하루가 더 흘러가자 못질을 해 잠가둔 문틈으로 밖을 엿보기 시작했다. 그러더니 문을 조금씩 열어 머리를 밖으로 낼 수 있을 정도가 되자 얼굴을 보였다. 의심이 갈 만한 것이 보이지 않자 현관으로 나왔고, 더 익숙해지자 현관문으로 나와 앉았다. 그러더니 예배드리는 곳에서 사람들과 함께 예배를 드리고 다시 돌아오곤 했다. 심지어는 건물 밖에 나가 앉기도 했다. 부족 사람들은 아랍인들이었는데, 그들은 대화 중에 적절한 시나 속담, '아랍인 전투의 날'이나 '마카마'와 같은 역사적 내용을 인용했다. 하지만 그는 침묵했다. 어느 날, 씩씩한 젊은이 하나가 어릴 때부터 배운 예법을 어기고 그에게 말했다. '쉐이크여, 우리 부족 사람들은 여러 가지 주제에 대해 대화를 나누고 때로는 소문을 이야기하기도 하며 풍자시를 인용하기도 합니다. 당신이 어느 부족에 속하는지 말해주신다면 우리가 당신의 심기를 불편하게 할지도 모르는 이야기는 피하겠습니다. 설혹 우리가 풍자시나 소문에 대해 전혀 이야기하지 않는다 하더라도, 몇몇 아랍인들을 칭송하고 노래하는 것이 당신께 거북한 것이 되지 않으리라 확신할 수 없습니다. 우리에게 당신의 혈통을 알려주신다면 우리는 당신의 부족을 빈정대는 시나 당신의 적을 칭송하는 시를 당신이 듣지 않게 하겠습니다.' 그러자 그들 중 한 쉐이크가 그 젊은이의 뺨을 치고는 이렇게 말했다. '네 어미가 그렇게 가르치더냐! 카와리지[11]의 심문과 다를 바 없는 심문이로다. 남들의 잘못을 들추어내려는 자의 조사와 다를 바 없는 조사로다. 마음속에 의구심을 불러일으키는 것을 버려 의구심을 잠재우는 것으로 채우고, 분명 그를 즐겁게 할 것이 아닌 바에야 침묵하는 것이 옳지 않겠느냐?'" (그 사람들은 계속 말을 이어나갔다) "압두 알-누르가 이렇게 말했다. '내 상황이 부분적으로는 이 일로 인해 불편해져 나는 타밈 부족 지역으로 거처를 옮겼고 그곳의 믿을 만한 자의 집에 묵으며 집주인의 신뢰를 얻었다. 나는 그 부족의 관습을 알게 될 때까지 신분을 숨겼다. 이 사람의 집 측면에는 변소가 붙어 있었는데, 막다른 골목이었고 거리에서 지나가는 모든 사람이 배설물이 떨어지는 곳을 볼 수 있었다. 집주인은 생활이 꽤나 궁했지만 내가 머무르면서 형편이 좀 풀리게 되었다. 사람들이 지나가면서 배설물이 모인 곳을 계속 쳐다보았는데, 내가 그들이 무슨 생각을 하고 있었는지 알 리 없었다. 어느 날 그곳에 앉아 있는 중에 문간으로 모여드는 사람들의 목소리에 나는 깜짝 놀랐는데, 집주인이 계속 부인하며 타이르는 소리도 섞여 있었다. 이웃들이 모여 그를 둘러싸고 있었다. '우리가 보는 것이라고는 누룩 없는 빵처럼 마른 빵과 짐승의 배설물 같은 것이 전부인데, 당신 집 별관에서 떨어지는 이 무른 똥은 무엇인가? 이것은 신선한 음식을 먹었다는 뜻인데, 당신이 은둔하여 신분을 숨기는 자를 숨겨주고 돈을 받는 것이 아니라면 이런 것이 나올 리가 있겠는가?' 우리의 선조는 이렇게 말했다.

불결한 것에는 장막을 쳐라.
선행은 네게 장막을 치게 하지 않는다.

'이자가 관에서 쫓는 자가 아니라면 분명 그는 은둔하여 몸을 숨기지 않았을 것이오. 그가 이 지역에 재앙을 몰고 온다면 우리 모두가 안전하지 않을진대 당신은 당장에 생활이 나아진다고 결국 당신을 어디로 인도할지, 당신 부족 사람들이 무엇을 당하게 될지 아무런 신경도 쓰지 않는구려! 그러니 그를 우리에게 내보이든지, 우리에게서 멀리 내치시오!'"

압두 알-누르가 말했다. "나는 이렇게 말했다. 정녕코! 그건 추론이지만 무드리즈 족속의 추론은 아니오. 우리는 모두 알라에 속하오. 나는 천국에서 벗어나 지옥으로 온 것이오! 나는 타밈족인 당신들이 이토록 비열하리라고는 예상하지 못했소. 더불어 이전에 숨어지냈던 압두 알-카이스의 거처가 그토록 관대와 관용의 장소였다는 것도 생각하지 못했소."

나는 알-아스마이가 어느 날 그와 함께 배석한 자들에게 돌아와 그들의 생활 방편과 그들이 먹고 마시는 것에 관해 질문할 때 함께 있었다. 그는 그의 오른편의 남자에게 이렇게 말했다. "아무개 아버지여, 당신은 빵에 어떤 것을 얹어 먹는가?" "고기"라고 그가 대답했다. "매일 고기인가?"라고 그가 물었다. 그러자 "그렇소"라고 그가 대답했다. "노란 것(사프란)과 흰 것(우유), 붉은 것(지방이 없는 고기), 우유에 적신 대추야자의 열매, 신 것, 단 것, 쓴 것과 함께?"라고 그가 묻자, "그렇소"라고 그 남자가 대답했다. "참으로 형편없는 먹거리이다." 알-아스마이가 말했다. "이는 알-카탑가(家)의 먹거리가 아니었노라. 우마르 알-카탑은, 알라여 이자를 긍휼히 여기시고 어여삐 여기소서, 이를 매로 다스리고 이렇게 말씀하셨소. '고기에 중독된 자는 술에 중독된 자와 다를 바 없느니라.'"

그런 다음 알-아스마이가 옆 사람에게 물었다. "아무개 아버지여, 당신은 빵에 무엇을 얹어 먹는가?" "얹어 먹는 것은 다양하고 그 색깔도 많소"라고 그 사람이 대답했다. "얹어 먹는 것 중에 버터도 있는가?"라고 알-아스마이가 물었다. "그렇지요"라고 그가 대답했다. "버터와 지방이 있는 고기를 함께 식탁에 올리기도 하는가?"라고 알-아스마이가 물었다. "예"라고 그가 대답했다. "이는 알-카탑가의 먹거리가 아니었노라. 우마르 알-카탑은, 알라여 이자를 긍휼히 여기시고 어여삐 여기소서, 이를 매로 다스렸다. 그가 여러 가지 음식을 조리하는 여러 개의 솥을 보면 하나의 솥에 함께 부어 넣고 이렇게 말씀하셨다. '아랍인들이 이것을 먹었더라면 분명 서로를 죽였으리라.'"

그런 다음 알-아스마이는 다른 이에게 다가가서 이렇게 물었다. "아무개 아버지여, 그대는 빵에 무엇을 얹어 먹는가?" "기름기 많은 고기와 젖먹이 새끼 염소의 고기요"라고 그가 대답했다. "그것들을 최상품인 후와리 빵에 얹어 먹는가?"라고 알-아스마이가 물었다. "그렇습니다." 그의 대답이었다. "이는 알-카탑가의 먹거리가 아니었노라. 우마르 알-카탑은, 알라여 이자를 긍휼히 여기시고 어여삐 여기소서, 이를 매로 다스렸다. 그가 한 이런 말씀을 듣지 못하였는가? '내가 최상품의 밀빵과 새끼 염소 고기와 같은 좋은 음식들을 먹어보지 못하여 알지 못한다고 생각하는가?' 그분이 좋은 음식을 멀리하고 그것을 먹는 것을 자제함을 너희는 알지 못하겠는가?"

그런 다음 알-아스마이는 다음 사람을 보고 이렇게 물었다. "아무개 아버지여, 그대는 빵에 무엇을 얹어 먹는가?" "우리는 대개 도살한 낙타의 고기를 먹소이다. 그 고기로 튀김을 만들고, 남은 것 일부는 구워 먹소이다." "그러면 낙타의 간과 혹을 먹고 당신이 먹을 기호품을 스스로 만들지 않는가?"라고 알-아스마이가 물었다. "그렇습니다"라고 그가 대답했다. 알-아스마이가 말했다. "이는 알-카탑가의 먹거리가 아니었노라. 우마르 알-카탑은, 알라여 이자를 긍휼히 여기시고 어여삐 여기소서, 이를 매로 다스렸다. 그가 한 이런 말씀을 듣지 못하였는가? '내가 간이나 간을 길게 썬 조각을 조리하고 고기를 잘 굽고, 겨자와 건포도로 양념을 만들 줄을 모른다고 생각하는가?' 그분이 이런 것들을 먹는 건 기피하지만 그런 음식을 알고 있었음을 너희는 정녕 깨닫지 못하는가?"

그러고는 알-아스마이는 다음 사람에게 이렇게 말했다. "아무개 아버지여, 그대는 빵에 무엇을 얹어 먹는가?" "고기를 조각내어 다져 조리한 것, 카비스 당과(糖菓)와 아몬드 젤리입니다"라고 그가 대답했다. "페르시아 사람들의 음식과 코스로에스의 먹거리와, 밀의 속과, 벌꿀과 순수

한 버터"라고 그가 하나씩 언급했고, 알-아스마이는 그 하나하나마다 "이
는 알-카탑가의 먹거리가 아니었노라. 우마르 알-카탑은, 알라여 이자를
궁휼히 여기시고 어여삐 여기소서, 이를 매로 다스렸다"라고 덧붙였다.

　알-아스마이가 훈계를 끝냈을 때 그들 중 하나가 그에게 다가와 이렇
게 말했다. "아부 사이드여 당신은 빵에 무엇을 얹어 먹습니까?" 이에 대
해 알-아스마이는 이렇게 대답했다. "하루는 우유요, 하루는 올리브기름
이요, 하루는 지방이요, 하루는 마른 대추야자 열매요, 하루는 치즈요, 하
루는 마른 빵만이요, 하루는 고기니 이것이 알-카탑가의 먹거리로다."

　그러고 나서 그는 또 이렇게 훈계했다. "아부 알-아쉬합은 이렇게 말
씀하셨다. '알-하산(하산 알-바스리)은 매일 식솔들에게 반 디르함어치
의 고기를 사주었다. 고기 값이 비싸면 일 디르함어치의 고기를 사주었다.
그의 수입이 없어지자 그가 먹는 고깃국은 비계로 만든 것이었다."

　쿠라이쉬 출신의 한 사람이 내게 이렇게 말했다. "베풂을 거절하는
데 능하지 못한 자는 베푸는 데도 능하지 못하다." 그리고 그의 아들에게
는 이렇게 말하곤 했다. "아들아, 적절하지 않은 때에 베푼다면 이는 네가
사람들에게 선물을 요구하는 것에 다름 아니며 네게 주어지는 것은 아무
것도 없을 것이다."

　그러자 알-아스마이는 우리에게 이렇게 말했다. "너희들은 좌절이
만족보다 드물며 더 존경받는 것임을 아느냐? 탐욕은 탐욕일 뿐이요, 탐
욕스런 자는 탐욕하는 이유를 꿰뚫어보지 않느니라. 진정한 탐욕과 거짓
된 탐욕을 구별하지도 못하느니라. 부양 가족은 두 종류로 구성되어 있다.
그것은 썩어빠진 탐욕과 끝없이 맷돌질하는 이빨이다. 그리고 탐욕을 없
애는 것은 이빨을 없애는 것보다 더욱 힘든 것이다. 그들은 부양가족이란

돈 먹는 벌레이며 부양가족을 둔 자는 결코 재물을 모을 수 없다고 확언했다. 내가 말하건대 욕망은 애벌레가 미치지 못하는 먼 곳까지 꿰뚫고 들어가며 부양가족이 미치지 못하는 영역까지 도달한다. 알-하산은 이렇게 말했다. '정도(正道)를 걷는 자는 누구도 가난해지지 않을 것이라.' 바스라의 쉐이크는 이런 질문을 받았다. '당신에게는 재물이 늘지 않는데 무엇을 잘못한 것입니까?' 그는 이렇게 대답했다. '재물보다 아이들을 많이 낳았기 때문이며, 다른 이들은 아이들이 아니라 재물을 낳았기 때문이다.' 나는 재물 축적보다 아이들을 많이 낳았지만 낭비하지 않는 현명한 재정 관리로 자신의 부를 회복한 자를 보았다. 그러나 나의 탐욕이 조절되고, 내 식탐이 참을성 있게 견디는 것은 본 적이 없다."

이야스 무아위야[12]는 이렇게 말했다. "일천 디르함의 빚을 지게 되는 자라도 분별 있게 관리하면 갚고도 부족함이 없을 것이라. 그가 이천을 빚져도 분별 있게 관리하면 갚고도 부족함이 없을 것이라. 그러나 그가 이천을 빚지고 삼천을 쓰면 그의 땅을 팔아도 빚을 갚을 수 없다."

알-아스마이는 아부 리나[13]가 그에게 해준 이야기를 들려주었다. 아부 리나는 이렇게 말했다. "나는 지야드가 아미르였을 때 그를 보았는데 노새를 타고 야자수로 만든 고삐 줄을 그의 목에 두르고 노새 목에 누워 지나갔다. 살므 쿠타이바까지도 혼자 나귀를 타곤 했는데 사천의 무사가 그를 따랐다. 아미르였던 알-파들 이사는 그가 나귀를 타고 있는 것을 보고 이렇게 말했다. '천한 짐승이 예언자를 태우고, 권위 있는 자가 수수한 옷을 걸쳤도다.' 만약 아부 사야라께서 아랍인을 마흐리의 낙타나 귀한 말에 태워 전방으로[14] 내보내려 하셨다면 분명 그렇게 하셨을 것이다. 그러나 그는 올바르게 안내하길 원하셨다.

우마르가 탄 조랑말이 그를 태우고 기운차게 걸었다. 우마르는 조랑말에서 내려 그의 교우들에게 이렇게 말했다. '이 악마를 멀리 끌고 가라.' 그러고 나서 교우들에게 말했다. '알라께서 너희를 영예롭게 만드시는 방법 외에는 영예를 구하지 마라.'"

"나는 조상님을 존경했는데 그 이유는 그분이 이렇게 말한 것 때문이었다. '나는 예배 시간을 알리는 소리 외에는 사람들이 흔히들 하는 것 중 어느 것도 잘 알지 못한다.' 나(아스마이) 또한 그렇게 말하니, 사람들이 허영을 쌓고 높은 건물을 지어 남들보다 더 높은 지위에 올라서려고 하는 한 그들은 계속해서 내리막길을 걷는 것이다. 이 시대에 내가 보고 들은 것 가운데 가장 놀라운 것은 무와이스 이므란이 누가 먼저 조랑말을 탔느냐를 가지고 아부 우바이둘라 살만보다 더욱더 뽐내려고 하는 것이었느니라. 상인이 조랑말을 타는 것과 허영이 무슨 상관이 있느냐? 조랑말을 타는 상인은 소를 타는 아랍인과 다를 바가 무엇이 있겠느냐!"

"그들이 천막 정자 아래 앉아 집 안에는 목욕물을 받아놓게 하고,[15] 얼음과 바질을 매일 공급하고, 여종과 무희 그리고 거세한 사내아이를 돈을 주고 불러들였는데 그때에 사람들이 위탁금을 돌려달라고 요구하고, 판관이 고아들의 재산과 상속자가 없는 땅을 돌려줄 것을 명한다면, 그들은 분명 과거의 신앙과 삶의 방식과 검소한 씀씀이로 돌아갈 것이다. 수입이 있는 자들과 영예로운 신분의 사람들과 귀족 집안의 사람들이 그들을 보게 되면, 자신들보다 차림새와 외모에서 열등한 것을 탐탁지 않게 여기므로 그들은 자멸하고 멸망한다."

아부 야쿱 알-쿠라이미가 말했다. "자으파르 야히아 알-바르막키는 무언가 필요한 것이 있어서 아스마이의 집 문 앞에 도달했다. 그가 그의 종복 하나에게 일천 디나르가 든 자루를 주며 이렇게 말했다. '내가 돌아오는 길에 알-아스마이의 집에 들를 것인데 그는 내게 말을 걸어 나를 웃게 할 것이다. 너는 내가 웃는 것을 보거든 이 자루를 그 앞에 가져다 두어라.' 그는 알-아스마이의 집에 들러 주둥이가 깨진 커다란 물 항아리와 손잡이가 깨진 주전자, 금간 곳을 손본 나무 그릇과 커다란 그릇 하나가 조각조각 깨어져 널브러진 것을 보았다. 바닥에는 예배할 때 쓰는 낡은 카펫이 깔려 있었는데 그 위에는 다 떨어진 검은 망토가 놓여 있었다. 그는 그의 종복에게 눈짓으로 자루를 아스마이 앞에 놓지 말고, 그에게 아무것도 주지 말 것을 알렸다. 알-아스마이는 아이를 잃은 자, 분노에 사로잡힌 사람도 웃게 만들 수 있는 그 어떠한 것도 남겨두지 않았고 약간의 미소조차 지을 만한 것도 두지 않았다."

어떤 이가 알-바르막키에게 말했다. "나는 자네가 한 두 가지 일 중 어느 것이 더 놀라운 것인지 분간이 되지 않네. 알-아스마이가 자네에게 웃지 않을 수 없는 것들을 보여주었을 때 자네가 웃음을 참고 웃지 않은 것과 그에게 선물을 주리라 생각했다 마음을 바꾼 것 말이네. 두 가지 일 모두가 내가 아는 자네와는 너무 다르군." 그는 이렇게 말했다. "제기랄! 늑대를 경계하는 양치기는 양들을 잔혹하게 다루는 법이고, 염전에 씨 뿌리는 농부는 가난을 추수하게 되는 법이네. 정녕, 그가 가난함을 겉으로 드러내 진실을 숨긴다는 것을 내가 알았다면 받은 호의를 구전(口傳)으로 알리는 그를 염려하지 않을 걸세. 입으로 하는 찬사가 한 사람을 부유하게 만듦으로써 행하는 말없는 찬미와 비교할 수 있겠는가? 혀는 거짓을 말할 수 있지만, 상황은 거짓을 말하지 않지. 누사이브[16]가 이를 너무나 잘 표현했지.

사람들이 가던 길을 멈추어 네가 받을 응당한 찬양을 말로 한 것
이다.
만약 그들이 침묵하여 말이 없었다면, 네게 가득 찬 행장을 주기
위함이라.

자네는 아바르위즈[17]의 석관에서 그를 찬양한 것이 시난 아부 하리사
의 가문을 칭송한 주하이르의 시보다 더 큰 칭송임을 알아야 하네. 왜냐
하면 시인은 거짓과 진실을 모두 말하기 때문이지. 그러나 칼리파를 알현
하기 위해 대기실에 모여드는 자들은 한순간에 거짓을 말하고 그 다음 순
간에 진실을 말하는 그런 법은 없네. 따라서 나는 더 이상 어떤 조치도 취
하지 않을 것이네."

알-아스마이는 자신이 돈을 꾸러 다니거나 일정한 봉급을 받게 되는
처지가 되지 않게 해달라고 알라께 간절히 기도하곤 했다. 알라께서는 그
에게 끊임없는 은혜를 베푸시어, 그는 사람들에게 돈을 꾸어주고 여러 사
람에게 봉급을 주는 사람이 되었다. 어느 날 두 사람이 그에게 접근했는
데, 하나는 그에게 봉급을 청했고 다른 하나는 그에게 돈을 꿔줄 것을 청
했다. 두 사람이 한꺼번에 붙들자 그는 혼란스러웠고 다른 일을 생각할 수
가 없게 되었다. 그는 돈을 꿔주기를 청한 자에게 다가가 이렇게 말했다.
"일이란 상황의 변화에 따라 변한다. 시대마다 나름대로의 방식이 있
고 모든 것에는 그 운명이 있다. 그리고 알라께서는 '매일 새로운 일을 처
리하신다.' 이슬람 법학자는 길에서 우연히 값진 것을 발견해도 그냥 지나
치고 그것을 취하지 않는다. 결과적으로 그가 아니라 다른 이들이 그것을
발견하고 취할 욕심이 들게 된다. 그 시대 대부분의 사람들은 자신에게

위탁하여 맡겨진 것은 되돌려주지만 횡재는 자신의 것으로 여긴다. 그러나 사람들이 변화하고 부도덕해지면 법학자도 길에서 주운 횡재를 취하고, 그에게 찾아오는 어떤 유혹도 견뎌내고, 불편함도 감내한다.”

　나(알-아스마이)는 이런 이야기를 들었다. “어떤 이가 그의 친구에게 돈을 꿔달라고 부탁하려고 찾아갔는데, 그 친구는 그를 문 앞에서 기다리게 하더니 집으로 들어갔다가 마치 전쟁터에 나가는 것처럼 허리띠를 두르고 나왔다. 기다리던 친구가 ‘자네, 무슨 일이 있나?’라고 물었다. ‘나는 자네와 한판 싸우려고 하네. 주먹질도 하고 입씨름도 하고 야단법석을 떠는 거지.’ ‘도대체 뭣 하러 그러나?’라고 그가 물었다. 그의 친구는 이렇게 대답했다. ‘왜냐하면 자네가 내 돈을 가져가게 되면 둘 중 하나가 될 것이기 때문이네. 돈을 가지고 도망을 가거나 아니면 상환을 미루겠지. 자네가 그 돈을 자선금이나 선물로 받게 된다면 나는 분명 자네에게 그 돈의 소유권이 있다고 간주할 것이고 이에 대해 자네는 고마워할 것이네. 만약 자네가 그 돈을 대부금으로 빌려간다면, 대부금 상환을 연기하거나 법정에 서게 되는 것이 일반적이지 않은가. 내가 자네를 법정에 고소하게 되면 내가 자네를 화나게 하는 것이고, 내가 자네를 화나게 하면 자네는 내게 불쾌한 말들을 할 것이네. 그러면 자네는 내게 상환 체불과 불쾌한 말들, 불친절함, 그리고 내가 자네에게 돈을 빌려준 호의를 묵살하여 이 모든 것을 합한 것을 나에게 가할 것이고 자네는 더 부당한 사람이 될 것이네. 자네가 그렇게 하면 나 역시 화가 날 것이고, 자네가 느끼는 것과 같은 감정을 내가 느끼면 나도 자네와 똑같은 행동을 할 것이고, 그러면 자네와 나는 아랍인들이 말하는 것과 같은 상태가 될 것이네. 아랍인들이 이렇게 말하지 않았는가? “나는 분노하고 나의 친구는 목메어 우는구나.” 우둔함과 배은망덕한 탓에 분노와 화로 가득 찬 이에게 무엇을 기대하겠는가? 그래서 난 집에 들어가 이 허리띠를 차고 나왔고, 내가 앞으로 하게 될 것을 오늘 자네에게 미리 하려 하네. 그러면 자네는 미움과 분노를 겪지 않은 채 충고만으로 아픔을 느낄 것이고, 그렇게 되면 두 가지 경우에서 느끼게 되는 아픔의 차이만큼, 그리고 전자에 비해 후자의 경우에 늘어날 것, 즉 서로에게로 향한 독설만큼은 겪지 않아도 될 테니 득을 보는 것이 아니겠는가?'

이러할진대, 나는 자네와의 우정을 너무 아끼고, 자네를 향한 나의 우정의 몫을 아까워하기에 이를 깨뜨릴 위험에 내던질 수 없는 것이요, 자네를 도와 우리의 관계를 끊을 수 없는 것이니, 내가 자네를 이 시대 사람들 중 하나라 여김을 탓하지 마시게. 자네 생각에는 자네가 다른 이들보다 고결하며 그들의 생각과는 다르다고 여기겠지만 말이네. 그러니 사람들에게 보이지 않는 자신만의 생각을 종용하지 말게. 그것은 자네가 그들을 부당하게 다루는 것이네."

그런 다음 그가 말했다. "대부란 상환을 조건으로, 저축이란 보존을 조건으로 이루어지는 것이네. 사람들이 이런 말을 하곤 했지. '제일 잘 달려야 하는 말은 빌려준 말이다.' 그 이전에 이런 이야기도 있었지. '제일 잘 돌봐주어야 하는 말은 빌린 말이다.' 또 그 이전에 이런 말도 있었지. '살살 다루게, 빌려온 말이네.' 다른 사람이 이렇게 말했다. '그럼 죽여버려. 빌리는 것은 부패라네.' 이제 이 장을 마쳐야겠네.

또 사람들은 이렇게 말했지.

옷을 허리띠로 졸라 매고 이익이 오면 놓치지 않게 준비하고 있으라.

너의 이마를 마늘로 문지르고[18] 운명을 맞을 준비를 갖추고 있으라.

그리고 걸을 때는 너의 날개를 낮춰 겸손함을 표하라.

신탁된 고아의 재산을 얻게 될 때까지.

수탁자(受託者)들과 집행인들이 재산을 다 먹어치우고, 유산 분배 조정자들과 환전상들이 배를 채우려 할 때, 재산을 보존해 땅에 묻어두어야 한다. 차라리 땅에 묻혀 썩어가는 것이 부도덕한 사기꾼과 신탁 재산을 빼앗는 비열한 자들이 이를 먹어치우게 하는 것보다는 낫기 때문이다. 이와 함께 아크삼 사이피가 그의 시대에 한 말도 명심해야 한다.

'여인이여, 돈을 꿔달라는 청을 받으면 어떻게 하겠는가?' '저는 가문에 수치가 되는 것입니다'라고 그 여인이 대답했다.

그러므로 나(알-아스마이)는 오늘 빌린 것이나, 공탁받는 것이나, 돈을 빌려주는 것이나, 정해진 봉급을 주는 것을 그만두겠다. 나는 내 말과 행동이 일치하지 않는 것을 싫어한다. 이제, 돈을 꿔달라는 청에 대해서, 내가 왜 자네에게 내 견해를 알려야 하는가?

고정된 봉급이란 재무청만이 내줄 수 있는 것이다. 내가 자네에게 일 디르함이라도 준다면, 나는 내 금고의 문을 활짝 열게 되는 것이고, 그렇게 열린 문은 산이나 모래사막으로도 막을 수 없을 것이다. 내가 철옹성과 같은 성벽을 금고 앞에 쌓을 수만 있다면 실로 그렇게 할 것이다. 돈을 가진 자 앞에는 사람들이 큰 입을 쩍 벌리고 있다. 아무것도 얻을 수 없다는 확실한 체념 이외에는 아무도 그들을 막지 못한다. 이들은 단 한 번이라도 맛을 보게 되면 아귀같이 달려드니, 암양도, 암낙타도, 염소 털도, 양모도 산 것이건 죽은 것이건 그 어떤 가축도 남지 않을 것이다. 자네는 자신의 쉐이크에게 무슨 짓을 하려는 것인지 깨닫지 못하는가? 자네가 바라는 것은 그 쉐이크를 거지로 만들려는 것이네. 자네가 그를 거지로 만들어버리고 나면, 자네는 그를 죽인 것과 다름 없다네. 믿음이 있는 자의 영혼을 죽이면 어떤 일이 일어나는지는 알고 있지 않은가?"

알-아스마이가 이자에게 "나는 자네와의 우정을 너무 아끼고, 우리 우정에서 자네에게 향한 나의 몫을 너무나 아까워하기에 이를 깨뜨릴 위험에 내던질 수 없는 것이다"라고 말했던 것을 수마마가 이븐 사피리에게 한 말과 비교해보면 다음과 같다. 수마마는 그에게 이렇게 말했다. "네 어미를 내 눈앞에서 간하는 놈아![19] 내게 측은히 여기는 마음이 있기에 너에게 독설을 퍼붓는 것이다." 이는 수마마가 그에게 어미를 간하는 자라고 부른 데 대해 미안한 마음이 들었을 때 한 말인데, 수마마는 자신의 편에서 보자면 그 독설이 그에게 베푸는 호의요, 은혜라고 생각했다.

나(자히드)는 두 사람이 수마마를 찾아왔을 때 그와 함께 있었다. 찾아온 자 중 하나는 "청이 하나 있네"라고 말했고, 수마마는 "나 역시 그대에게 청이 하나 있네"라고 말했다. "자네의 청은 무엇인가?"라고 찾아온 자가 물었다. "자네가 내 청을 들어주겠다고 약속할 때까지는 말하지 않겠네"라고 수마마가 말했다. "약속하네"라고 찾아온 자가 말했다. "내 청은 자네가 내게 청하지 말아달라는 것이네"라고 수마마가 말했다. "하지만 나의 부탁이 무엇인지 모르지 않나"라고 그가 말했다. "그렇지, 난 자네의 청이 무엇인지 모르지"라고 수마마가 말했다. "그렇다면 어찌 그러는가?"라고 그가 물었다. "청이 있다고 했고, 청이란 것은 원래 성가시지 않은 것이 없지"라고 수마마가 대답했다. "그렇다면 자네의 청을 들어준다는 내 약속은 취소네"라고 그가 말했다. "약속은 내가 받았는데 자네가 취소할 수는 없지"라고 수마마가 말했다.

함께 온 다른 사람이 수마마에게 말했다. "만수르 알-누으만의 청을 가지고 왔네." 수마마가 대답했다. "'수마마 아쉬라의 청이 있네'라고 말하게. 그대의 청을 들어주는 사람은 나고, 내 청을 들어주는 사람은 만수르 아닌가? 그 청을 들어주겠네만 다른 사람도 내 청을 들어줘야지." 그러고서 수마마는 계속 말을 이었다. "나는 통치자의 얘기도, 백성들에게서 짜낸 돈 이야기도 하려는 게 아니네. 청이란 다른 청을 낳게 마련이기 때문이지. 자네에게 베풀라고 오늘 부탁하는 사람은 내일이면 다른 자에게도 베풀라고 부탁을 할 것이네. 나로서는 내가 가진 돈을 자네에게 바로 줘버리는 것이 훨씬 쉽지. 그러나 난 돈이 없고, 돈이 있다 한들 끝없이 반복되는 지출에 남아나는 것이 없을 것이네. 허나 난 자네가 좋아하는 사람을 비난할 것이네. 자네가 원하는 모든 것을 내가 비난함은 자네를 위한 나의 임무이지." 내가 수마마에게 말했다. "자네가 예전에 그 누구에게도 청하지 않았던 자를 비난한다면 어떻게 하는가? 그가 자네에게 어떻게 갚지?" 그러자 수마마는 너무 크게 웃은 나머지 벽에 기대지 않을 수 없었다.

　한번은 아부 함맘 알-사누트[20]가 찾아와 그가 압바단 지역의 리바트[21]에 지었던 수마마의 집수리에 대해 말했다. "당신은 제가 잊고 있었는데 저를 욕보이셨습니다. 저는 그 집에 자브리야 사람들[22]이 살고 있다는 말을 들었을 때 헐어버리기로 결정했었습니다." 그는 말을 했다. "세상에나! 네가 신의 은혜와 집을 부숴버린다니, 신의 말씀을 추구하고자 머물렀던 집이 아니더냐?" 그는 계속 말을 이어갔다. "놀라셨습니까? 저는 제가 야지드 하심이 큰길에 짓기를 포기하고 큰길에서 떨어진 길에 사원을 지었다는 말을 들었을 때, 또 그가 이슬람 신학에 혼란을 야기해 큰 해를 입히며 무으타질라 추종자들에 반대하고 샤미리야[23]를 지지한다는 말을 들었을 때, 제가 그를 위해 지었던 사원을 헐어버리고 싶었습니다." 아부 함맘이 사원을 원했더라면, 그는 그 사원이 들어선 지역 모두를 수마마에게서 사들여 가축의 우리로 만들었을 것이다. 그 말이 수마마에게 딱 들어맞아 보였지만 수마마는 그 말의 옳고 그름을 고려하지 않았다.

어떤 자가 알-가디리에게 걸어와 이렇게 말했다. "당신의 친구 알-카디미가 대로에서 강도를 당했소." "그래서 내게 원하는 것이 무엇이오?"라고 그가 물었다. "그가 잃은 것을 당신이 물어주시오"라고 그자가 말했다. "그러면 대로에서 강도를 당한 것은 그가 아니라 내가 아닌가!"라고 그가 말했다.

환전상 이븐 아쉬카브에게 친구가 찾아와 돈을 꿔달라고 부탁하자 그가 대답했다. "자네가 내가 거절하길 원한다면 난 분명 그렇게 말할 것이고, 변명을 늘어놓길 원한다면 나는 그렇게 할 것이고, 손 벌리는 형제를 둔 자가 즐겨 쓰는 완곡한 말을 원한다면 내가 그런 말을 하겠네. 허나 내가 보기에는 단도직입적으로 사실을 받아들이고 마음속에 담긴 말을 뱉어내는 것이 가장 좋네. 못 빌려주겠네! 자네가 날 대신해 변명거리를 찾아준다면 자네 마음이 더 편하지 않겠나. 그렇게 하지 않는다면, 그것은 자네만 손해지!"

알-파이드 야지드는 곤궁한 지경에 처해 스스로에게 말했다. "정녕, 먹고살 것이 아무것도 남지 않았구나. 칼은 뼈에 닿았고,[24] 추수해 내가 팔려면 아직 한참 있어야 되는구나. 이런 불운한 형국을 무함마드 압바드[25]에게 알리는 것이 상책이겠구나. 그는 내 사정을 훤히 알고 있고, 내가 거짓

없이 거래하고, 신속히 셈을 치르고 그러기 위해 내가 어떤 방법을 기대하고 있는지를 잘 알고 있으니 말이다. 내가 그의 마음에 들게 편지를 쓴다면 그는 분명 내가 지금 처한 곤궁을 즉시 벗어날 수 있게 해줄 것이다."

그는 펜을 들고 종이를 가져와 편지를 쓰기 시작했는데, 그 편지는 편하고 쉬운 말투에 그가 지금까지 무함마드의 청에 응한 것과 다를 바 없이 무함마드도 그의 청에 응할 것이라 믿어 의심치 않는 확신에 찬 글이었다. 응접실에 있던 자들 가운데 하나가 무함마드 압바드에게 가 곧 알-파이드의 청이 들어올 것이라 알려주었다. 그는 알-파이드가 자신에게 청을 못하게 할 만큼 마음을 빼앗을 만한 청을 먼저 하는 것 이외에는 달리 대응할 수가 없었다. 그래서 그는 알-파이드에게 글을 썼다.

"내 재정 상태가 좋지 않네. 수입은 적은데 식솔은 많고, 물가는 비싼데 관(官)에서 주는 봉급은 밀려 있네. 게다가 요즘 들어 불운의 문이 내 앞에 열렸으니 무슨 영문인지 알 수 없다네. 그러니 자네가 형편 되는 대로 최대한 빨리 돈을 좀 보내주게나. 내가 너무 절실히 필요해서 그러네."

알-파이드의 편지가 그에게 도착하기에 앞서 그의 편지가 알-파이드에게 전해졌다. 편지를 읽고서 알-파이드는 스스로에게 이렇게 말했다. "우리는 알라에게 속하고, 그에게로 돌아가노라."[26] 그리고 그에게 답장을 썼다. "형제여, 자네에게는 자네 가문의 빈궁함과 나의 빈궁함이라는 두 가지의 재앙이 한꺼번에 닥쳤구나. 나는 줄곧 식솔들을 위해 계책을 써왔네. 이제 나는 여러 방편으로 분발하고 내가 가진 것을 헐값에라도 팔아야 할 것이네." 회신이 이븐 압바드에게 당도했을 때 그는 친구를 가장 비참한 지경으로, 가장 곤란한 상태로 몰아넣은 채 미동도 하지 않았다.

알-하르비야 지역[27] 출신의 한 남자가 있었는데, 그는 성품이 관대하고 활달한 자였다. 그는 이븐 압바드를 자주 초대했고 압바드가 좋아하는 문학자들이나 지혜로운 쉐이크들을 불러 연회를 베푸는 데 돈을 아끼지 않았다. 천성이 너그러운 그는 이븐 압바드의 집으로 방문할 때마다 그들 간의 친근함이 커진다고 생각했다. 그는 이븐 압바드가 수전노라는 말을 들었으나 자신과의 친분 관계는 압바드도 어쩔 수 없는 것이라 믿어 의심치 않았다. 어느 날 알−하르비야 출신의 그가 불시에 이븐 압바드에게 와서는 이렇게 말했다. "자네가 초대하지 않았지만 자네를 찾아왔네. 줄 것이 있다면 무엇이건 기꺼이 받겠네." 이븐 압바드가 말했다. "줄 것이 아무것도 없네. 허나 자네의 '줄 것'이란 말은 뭔가 암시하는 것임에 틀림이 없겠지." "그러면 소금에 절인 생선 조금은 어떤가?"라고 그 방문객이 말했다. "절인 생선 조금이 아무것도 없는 것인가?"라고 이븐 압바드가 물었다. "물론 아니지"라고 손님이 말했다. 그는 덧붙여 이렇게 말했다. "우리는 빈속에 술을 마시지." 이븐 압바드가 말했다. "포도주가 내 집에 있다면 그건 결혼 축연 때나 있지." "그럼 내가 사람을 시켜 포도주를 가져오게 하겠네"라고 그가 말했다. "포도주를 가져오게 할 것이라면 그에 잘 어울리는 것도 함께 가져오라 하게." 이븐 압바드가 말했다. "나도 찬성이네, 후식과 달콤한 바질도 가져오라 해야지. 이렇게 챙기다보니 내가 여기 온 것이 자네가 영향을 미쳐 나를 초청해주지 않았으면 있을 수 없는 일로 여겨지네"라고 그가 말했다. 이븐 압바드가 말했다. "내 앞에 문이 열렸는데 그 문은 자네에게 득이고 내게도 피해가 없네. 이 야자나무 위에는 멧비둘기 한 쌍이 있는데 다 자란 갈색 새끼 두 마리가 있네. 우리가 높고 미끄러운 이 나무를 오를 수 있는 자를 찾아낼 때까지 비둘기가 날아가버리지 않는다면, 한 마리로는 맛있는 투바히자 스튜를 하고, 마침 가르다나즈를 먹는 날이니 그놈으로는 가르다나즈 구이를 만들 수 있을 것이네."

그들이 야자나무를 오를 수 있는 자를 수소문했으나 인근 이웃 중에는 찾을 수 없었다. 그러나 이웃들이 알-하르비야 출신의 일꾼 한 사람을 알려주었다. 심부름꾼이 그를 찾아갔다. 이윽고 심부름꾼이 그를 데려왔는데, 그가 야자나무를 쳐다보고는 이렇게 말했다. "이 나무는 타블리야 벨트[29]나 바반드 허리띠가 없이는 오를 수 없소. 밧줄도 없이 어찌 내가 오르겠소?" 그래서 그들은 그에게 필요한 도구를 구해보라고 재촉했다. 그가 나갔다 한참이 지난 후에 필요한 도구를 가져왔다. 그가 나무 꼭대기에 다다랐을 때, 비둘기 한 쌍 중 한 마리는 놓쳤지만, 나머지 한 마리를 가지고 내려와 이 비둘기로 투바히자와 가르다나즈를 만들어 아침과 저녁에 먹었다.

이브라힘 사야바[30]가 그와 교양 수준은 같지만 치부(致富)에 있어서는 그보다 한 수 위인 친구—그는 엄청난 거부였고 재물이 많았다—에게 편지를 써서, 자신이 빌렸으면 하는 것을 빌려달라고 부탁했다. 그러자 친구가 답장을 보내 거절하며 이렇게 말했다. "모름지기 돈은 거짓말을 하네. 사람들은 자신이 갖지 못한 것으로 타인에게까지 이런 상황을 연결시키지. 오늘 나는 곤궁하고, 형편이 내 바람과 같지 않네. 친구에게 거짓을 능히 말할 수 있는 자는 총명한 자일세."

친구의 이런 편지가 이븐 사야바에게 도달하자 그는 이렇게 답장을 썼다. "자네가 거짓을 말하고 있는 것이라면 알라께서 자네를 진실하게 만들기를, 자네가 비난받을 만하다면 알라께서 자네를 용서하시길."

제1장

1 『도둑들의 계략 *Hiyal al-Luṣūṣ*』. 자히드의 저서 중 하나이다.

2 본명이 아부 무함마드 압둘라 이븐 카십으로서 9세기에 매우 유명한 수전노였다. 그 당시 유명한 시인 아부 누와스와 친분이 매우 두터웠으며 이 책에서는 알-하라미 혹은 알-히자미로 등장한다.

3 알-킨디는 압바스 시대의 유명한 철학자 알-킨디와 같은 이름이나 이 책의 등장인물 킨디가 그와 동일인이라는 증거는 없다.

4 사흘 이븐 하룬은 페르시아 출신으로 압바스 시대의 탁월한 산문 작가였다. 그는 수전노로 유명하여 수전노의 절약 정신을 찬양하는 내용의 글을 썼다. 바스라에서 칼리파 마으문과 친분을 맺었고, 마으문은 그를 '지혜의 집'이라 불리는 학문의 전당에 일원으로 임명하였다. 사흘 이븐 하룬은 페르시아를 비롯한 비아랍 민족의 문화 · 역사 및 행정 제도 등이 아랍의 그것보다 우월함을 주장하는 슈우비야 운동의 선두주자였다.

5 아랍어로 말, 연설, 변증법 혹은 신의 말씀에 관한 연구라는 뜻이고 일반적으로 이슬람 전통 신학을 지칭한다. 신학자를 '무타칼리문'이라고 부른다.

6 아랍인들은 피, 담(痰), 노란색 · 검은색 담즙이 인간의 성격과 정신 상태에 연결되어 유머를 만들어낸다고 생각했다.

7 캅바브는 사산조의 니쉬르완이 6세기 페르시아에서 주도했던 마즈다크 공산주의의 신봉자이다. 자히드는 여기서 캅바브가 공산주의의 이론을 성생활에 적용시켰다고 지적하고 있다. 캅바브의 여성관은 자히드의 또 다른 저서 『동물 *al-Ḥayawān*』에도 등장한다. 마즈다크에 대한 자세한 설명은 E. G. Browne, *A Literary History of Persia*, Cambridge, 1908쪽을 참조.

8 아랍인의 전통은 사촌에게 신랑 후보의 우선권이 있다. 따라서 사촌이 결혼할 의사가 없다

고 부인해야만 다른 사람이 결혼할 수 있다.

9 자흐자흐는 거짓말 예찬론자로 유명한 궤변론자라는 기록이 있다. 또한『수전노』연구의 대
   가인 타하 알-하지리Taha al-Hajiri는 자흐자흐가 미친 사람이며 진디크로 몰렸다고 전하
   고 있다(진디크란 조로아스터교나 마니교, 그 밖에 이신교를 믿는 자들을 칭하나, 여기서
   는 특히 마니교를 믿는 자를 의미하는 것으로 추정된다).

10 사흐사흐는 철학자로 이성의 완벽함보다 육체의 완벽함이 우월하다고 주장했으며, 동물의
   영혼이 천국에 들어간다고 믿었다.

11 『문제Kitāb al-Masā'il』전본(傳本)은 소실되었으나 그 일부는 영국 국립 도서관British Library
   에 소장되어 있다.

12 아랍어로는 'al-nādirah,' 영어로는 'anecdote'에 해당되는 것으로 한국 문학의 분류에 따르
   면 신기하고 흔치 않은 이야기라는 의미의 기담(奇談)이다.

13 바스라의 타밈족 출신으로 금욕주의자이다.

14 역시 바스라의 타밈족 출신으로 금욕주의자이자 웅변가였고 693(4)년에 사망했다.

15 히브라는 예맨산(産) 줄무늬 천으로 그 아름다움과 좋은 품질로 유명하다.

16 아랍어로 'yadhak dahkān'으로 읽는다. 아랍어로 '웃다'라는 동사와 그 파생형을 사용하
   여 '명랑하게 웃다'라는 의미이다.

17 코란 53장 43-4.

18 알라의 계시를 받은 예언자 무함마드를 찬양하기 위해 반드시 그분의 이름 뒤에 붙여주는
   구절이다. 예언자 무함마드는 알라의 사자(使者)로 불리기도 한다.

19 우스운 이야기를 만들어내는 재담꾼. 페르시아 출신으로 압바스 시대의 페르시아계 권세
   가문인 바르마키 일가와 친분이 있었다. 그는 이 가문의 주선으로 칼리파 하룬 알-라쉬드
   의 궁정에도 불려가 이야기를 펼쳤다.

20 줌마인보다는 덜 유명했지만 칼리파 알-마흐디 시대의 재담꾼.

21 메디나 출신의 재담꾼.

22 아랍 베두윈 시인.

23 재담꾼.

24 우마이야 시대 바스라의 금욕주의자.

25 타밈족 출신으로 바스라에서 살았다. 웅변가이고 아부 무사 알-아시아리로부터 이슬람 전
   통을 전수했다. 칼리파 우스만의 행동을 비난했으나 칼리파는 그의 금욕주의 생활과 천성
   을 보고 그를 관대히 다루었다.

26 7세기 바스라의 금욕주의자이자 이슬람 전통의 전달자.

27 페르시아 혈통을 지닌 바스라의 연설가이자 금욕주의자.

28 이야기꾼. 여기서 이야기꾼은 걸인의 한 부류로 간주되기도 한다.

29 압바스 시대의 유명한 시인으로 주시(酒詩)를 하나의 독립된 장르로 만든 장본인. 아버지
   는 예멘 부족의 예속 평민이었고 어머니는 페르시아인이었다. 바스라와 쿠파, 바그다드,
   이집트 등지를 무대로 이슬람 전통을 비롯한 학문을 익혔으며, 사냥시 또한 발전시켰다.

그의 시에는 동성애에 관한 것도 포함되어 있다.

30 바힐라 부족의 가신. 아부 누와스의 시에 영향을 미쳤다. 그의 시 대부분은 에로틱하고 바
    커스를 숭배하는 내용이다.

제2장

1 이슬람 이전 시대부터 아라비아 반도에 있던 유명한 부족.

2 예언자 무함마드의 교우 중 한 사람으로 사도의 사망 이후 제2대 칼리파가 되었다.

3 예배를 드리기 전에 하는 세정의식으로, 무슬림은 하루에 다섯 번씩 예배를 한다. 아라비아
   반도의 사막에서는 물이 귀했던 까닭에 경우에 따라서는 모래로 세정을 하기도 한다. 이
   책에 등장하는 이야기 중 물과 관련된 것은 아랍인들에게 물이 아주 귀한 것이자 알라의
   축복이라는 전제하에 벌어지는 상황이다.

4 아부 사이드 알-하산 이븐 알-바스리(642~728)는 메디나 출신의 유명한 수피 학자이다.
   메디나에 사는 예언자의 교우들과 교류가 많았기 때문에 하디스의 전달자이기도 했다. 전
   승에 따르면 무으타질라가 그의 학파를 이탈하여 떠났다고 한다.

5 잘 익고 맛이 좋은 풋대추야자. 아랍인들은 대추야자를 말려서 일 년 내내 먹는데, 루타바
   는 마르기 전의 상태이다. 아랍인은 대추야자를 몸을 보호하고 영양분이 많은 약재로까지
   여긴다. 『천일야화』의 첫째 밤 이야기의 사건도 대추야자를 먹고 버린 씨에 마신(魔神)의
   아들이 죽었다는 데서 시작된다. 이렇듯 대추야자는 아랍인의 생활과 밀접하게 관련되어
   있다. 참고로 대추야자는 그 상태나 빛깔에 따라 여러 가지 명칭이 있는데 그중에 몇 가지
   를 소개하자면 다음과 같다.
   부스루: 덜 여문 대추야자. 루타바: 잘 익은 대추야자. 타므루: 마른 대추야자.

6 낙타, 말 등.

7 무슬림들이 예배드릴 때 앞에서 예배를 주도하는 이.

8 고기와 채소를 넣은 수프의 일종으로 아랍인이 즐겨 먹는 음식이다.

9 수으다 빈트 아으트 알-무르리야. 그녀는 세 번 결혼했으며, 탈하는 두번째 남편이다.

10 쿠라이쉬 부족은 아라비아반도의 유명 부족 중 하나였고 예언자 무함마드의 소속 가문이다.

11 코란 65장 3절.

12 이 부분은 아랍어 원문에 오류가 있는 듯 보인다. 히라의 왕인 누으만은 매일 저녁 자신의
    말에게 사료를 먹이라고 명하곤 했다. 이런 이유로 이슬람 이전 시대의 유명한 청년 시인
    아으샤는 시에서 그를 비난하고 풍자한 바 있다. (이븐 압두 랍비히, V, 331 참조)

13 예언자의 교우였고 매우 유명한 연설가였다.

14 쿠라이쉬 부족 출신의 유명한 정치인으로 '참호 전투' 이후 예언자의 진영에 가담하였다.
    참호 전투는 627년 메카의 쿠라이쉬족이 무슬림 진영을 공격할 때 이에 대한 방어책으로
    메디나 주위를 파내어 참호를 만들었던 전투를 말한다.

15 하산 알-바스리(642~728). 부친인 페로즈가 이라크의 마이산 지역에서 체포되어 메디나
    로 이송되었다. 시핀 전투에서 그는 바스라 지역으로 가 성공적으로 페르시아 동부 지역

에 이슬람 선교를 했다. 이 일로 그의 별명은 '바스리'가 되었다. 그는 아랍 중세 문헌 여러 곳에 등장하는 '무으타질라'의 위대한 학자이다.

16 노예를 살 때는 비싼 노예 한 명보다 값싼 노예 두 명이 낫다. 한 명이 죽더라고 나머지 한 명이 있기 때문이다. 이것은 아랍의 전통이다.

17 전승가. 꿈 풀이에 관한 책을 썼으며 728년 사망했다.

18 우마르 이븐 알-카탑에게 갔던 사절단의 대표였고 표준 아랍어를 탁월하게 구술하는 능력으로 유명하다.

19 자히드의 『수전노』 연구자인 타하 알-하지리에 의하면, 그는 사흘 이븐 하룬의 친구이다.

20 아부 사산이라 불리는 알-문디르는 시인이며 제4대 정통 칼리파 알리의 지지자였고 지독한 수전노였다.

21 632년 예언자 무함마드의 사후 제1대 칼리파 아부 바크르, 제2대 우마르, 제3대 우스만, 제4대 알리를 이른다.

22 9세기 바그다드와 바스라 등의 화폐 단위.

23 예언자 무함마드의 교우 중 일원이었다가 예언자 사후 제1대 정통 칼리파가 되었다.

24 724년부터 743년까지 활동한 우마이야 시대 칼리파로 지독한 수전노였다.

25 알-두왈리는 알리의 지지자로 최초로 아랍어 문법을 구체화시킨 인물이다. 688년 사망했다.

26 코란 17장 29~30절.

27 별로 맛이 없는 블루베리나무.

28 아라비아 북부의 부족으로 자힐리야(이슬람 이전) 시대 유명한 시인들을 많이 배출했다. 안타라 이븐 샷다드가 이 부족 출신이다.

제 3 장

1 쿠라산은 이란의 북동쪽에 위치한 지역의 이름이다.

2 마르우는 쿠라산의 수도였다.

3 마르와지는 마르우 출신의 사람을 말한다.

4 아랍인의 속담에는 3과 1/3일이라는 말이 있다. 내 집을 찾은 손님에게는 행선지가 어디인지 묻지 않은 채 최소한 3일 밤과 4일째 아침 식사를 대접하고 난 뒤 행선지를 묻는다는 것이다. 손님에 대한 환대를 최고의 덕목으로 여기고 있는 아랍인의 심성을 반영하는 말이라 할 수 있다.

5 아랍인에게는 친구 집에 들렀을 때 예배 시간이 되면 그곳에서 예배를 드리는 것이 관례이다. 이럴 때 집주인은 방문객이 예배드리는 데 불편함이 없도록 모든 편의를 봐주는 것이 일반적이다.

6 물이 귀한 사막의 아랍인에게 물은 생존의 필수품이다. 따라서 그들은 식수와 우물물을 담는 용기조차도 매우 엄하게 구분해서 사용한다. 우물물은 염분이 남아 있어 식수로 사용하기에 적합하지 않다.

7 '왈라히'는 아랍어로 유일신을 의미하는 '알라'를 사용한 감탄사이다. '정말로, 진짜로, 확

실히' 등 문맥의 의미에 따라 번역이 다양하다. 주로 앞의 말을 강조하거나 상대방의 말을
재차 확인할 때 쓴다. 이 이야기에서는 아랍인들이 주로 알라를 걸고 맹세하는 상황을 설
정했고 수전노는 그런 말을 이용해서 손님에게 음식을 주지 않으려는 계략을 보인다.

8 학식이 깊은 자, 알-아즈하르 출신자, 연장자에 대한 호칭.

9 '핫지'라고 한다. 경제적으로 여건이 허락되는 무슬림이면 누구나 최소한 평생 한 번은 성
지 순례를 해야 하는 의무가 있다.

10 9세기 바스라의 명문가 출신으로 무으타질라 학자 알-낫담과 연관이 있는 인물이다. 그는
칼람(이슬람 정통 신학)과 파트와(이슬람 교리나 법과 관련하여 공포된 견해나 결정)를
학습했다. 그는 무으타질라의 중도적 입장과는 다른 견해를 취했으며 자히드와 오랜 세월
친분 관계를 유지한 것으로 보인다. 자히드는 『동물 *al-Ḥayawān*』에서도 이므란을 여러 차
례 언급한 바 있다.

11 자히드의 친구 중 한 사람인데 수전노로 알려져 있다.

12 알-무산나는 상인 계급에 속했던 사람으로 이슬람 법학자들과 친분이 있었다.

13 상대에게 존경을 나타내는 표현.

14 이슬람에서는 최후 심판의 날을 '부활의 날' '운명의 시간'이라고도 부른다. 그날이 되면
세상은 두루마리 휴지처럼 말리고 죽은 자들이 무덤에서 나와 산 육신과 재결합한다. 사
람의 사지(四肢)가 그 주인의 선행과 악행을 드러내어 증거한다. 진실을 고수한 자는 천
국에 들어가고, 그렇지 않은 자는 지옥으로 간다. 코란 35장, 73장, 75장, 83장 등에 최후
심판의 날에 관한 언급이 있다. (김정위, 『이슬람 사전』 참조)

15 최영길, 코란 해설, 24장 35절 참조.

16 두 알-야미나인은 아랍어로 '두 개의 오른손을 가진 자'라는 의미이다. 아랍어 이름은 그
의 외모나 성격, 신체적 특징이나 상징적인 일화에서 비롯되는 것이 많다. 예를 들면 이
책의 저자인 알-자히드는 '두 눈이 퉁방울처럼 튀어나온 자'라는 의미이고, 이븐 알-무캇
파으는 '조막손이의 아들'이라는 뜻이다.

17 그는 무으타질라 학자였고 자히드의 스승이었다.

18 토막 낸 소꼬리와 소스를 육수로 사용한다. 뼈에서 발라낸 고기를 잘게 썰어 넣고 소금과
사프란 약간을 넣은 뒤 양파와 박하, 샐러리를 넣고 국물이 걸쭉해질 때까지 졸인 다음 향
이 든 양념을 하고 식초, 포도즙, 레몬즙을 섞은 고기 요리이다.

19 알-신디는 인도 출신으로 칼리파 하룬 알-라쉬드와 아민의 시대에 바그다드 치안의 총수
였다. 자히드는 친구인 알-신디를 타의 추종을 불허하는 수사법의 웅변가이자, 이슬람 법
학자, 계보학자, 문법학자, 그리고 시인으로 묘사한 바 있다.

20 아랍인들이 즐겨 먹는 전통 빵이다. 밀가루로 넓고 둥그렇고 얇게 구운 빵으로, 손으로 뜯
어 고기나 치즈 등을 싸 먹거나 고기 요리의 즙에 적셔 먹는다.

21 자히드와 동시대의 인물. 익살맞은 풍자가로 시인이었다.

22 칼리파 알-하디의 가신으로 시아의 반란을 진압하는 임무를 담당했다.

23 자힐리야 시대의 문인들은 자신의 부족장에게 찬양의 시를 헌사하거나 상대 부족의 결점

을 폭로하는 비방의 시를 지어 자부족의 수장으로부터 재물을 받아 생계를 이어갔다. 이러한 관행은 우마이야 시대와 압바스 시대에도 계속되었고, 9세기의 문인들 역시 마찬가지였다. 문인들에 대한 예우로 행해진 이러한 전통은 아랍 문학 발전에 크게 기여하였다. 이 책의 저자 자히드 역시 『수전노』 이전 작품인 『명백성과 그 해명 *al-Bayān wa al-Tabyīn*』, 『동물』 등의 작품을 당시의 재상인 이븐 알자야트Ibn al-Zayāt에게 헌사했고, 그의 후원으로 샴 지역과 이집트를 방문할 수 있었다.

24 자카는 이슬람의 다섯 가지 기둥 중 하나이다. 다섯 기둥은 샤하다탄(2개의 증언), 사움(단식), 핫지(순례), 자카(자선), 살라(예배)이다. 샤하다탄은 무슬림으로 귀의할 때, 혹은 예배드릴 때마다 하는 맹세로서, '알라 이외에는 신이 없고 무함마드는 그의 사자이다'라는 내용이다. 사움은 단식으로 이슬람력 라마단 기간에 해가 떠 있는 동안은 식음을 금하고 해가 진 뒤에만 식사를 하는 것이다. 이 기간에는 예배와 삼가는 마음으로 묵상을 하며 부부관계도 자제한다. 핫지는 사우디아라비아 메카로 향하는 성지 순례이며 경제력이 허락되는 무슬림이면 누구나 평생 한 차례 이상은 하게 되어 있다. 핫지 때는 박음질이 되지 않은 흰옷을 입는다. 자카는 경제력이 있는 자가 가난한 자에게 돈이나 물건을 베푸는 것으로, 특히 라마단 달 단식 때는 해 진 뒤 노천에 자선 식탁이 차려진다. 살라는 무슬림으로서 하루에 다섯 번 메카를 향해 예배하는 것을 말한다.

25 탄누르는 빵 굽는 화덕을 말한다.

제4장

1 사원에 자주 모이는 사람들은 일단의 수전노 그룹으로서 사원에 자주 모여 그들만의 절약 생활에 대한 정보를 교환하곤 했다. 사원은 예배 장소일 뿐 아니라 다(多) 인종 다 부류의 사람들이 모여 다양한 주제로 토론하는 모임의 장소였다. 예를 들자면, 시인, 이야기꾼과 같은 문인들과 청자가 되는 일반인들이 있었는데, 그중에 수전노들도 있었다.

2 할카는 이슬람 사원의 기둥 주위로 사람들이 둥그렇게 둘러앉아 시인의 시를 듣거나, 연설가의 연설을 듣는 아랍의 관습에서 유래한 전통이다. 이집트의 아즈하르 대학에서는 '교수를 중심으로 공부하는 학생 그룹'을 지칭하기도 한다.

3 예언자 무함마드가 무슬림의 언행에 대해 인정한 것과 이의를 제기한 것, 용서한 것 등의 내용을 담고 있는 기록이다. 코란을 보완해주는 중요한 자료이다.

4 원문에는 '사칸'으로 표기되어 있다. 사칸은 가족이나 재물 중 친숙하게 길들여진 것을 의미한다. 주로 아내나 아이들을 말한다.

5 아랍어로 '알라가 보낸 사람'이라는 뜻으로 무함마드를 지칭한다.

6 자립은 9세기에 사용되던 면적 도량형.

7 아랍인들에게는 '마르크'와 '아파르' 나뭇가지를 문질러 불을 지피는 관습이 있었다.

8 아부 압두 알-라흐만 알-사우리는 교양 있는 상인으로 바스라에 큰 땅을 소유한 자였다.

9 타밈 부족의 일파.

10 코란 6장 145절.

11 시리아산(産) 솥이나 그릇은 그 견고성과 아름다움으로 유명하다.
12 감탄의 표시.

제5장

1 칼리파 알-만수르 때의 노예 상인이자 환전업자.

제6장

1 예언자 무함마드 사후 4명의 정통 칼리파가 아랍 이슬람 제국을 통치한다. 이 중 예언자의
  사위이자 4대 칼리파였던 ‘알리’를 추종하는 세력이 시아(아랍어로 ‘따르다’는 뜻)로서 현
  재 이슬람 종파 중 하나이다.
2 누하위는 자히드의 친구이자 제자.
3 공터나 무덤을 말한다.
4 도시 주변에 있는 참호.
5 바티나는 바스라와 쿠파에 있었는데 가옥과 시장이 군집해 있는 곳이었다.
6 아랍어 어미 변화.

제7장

1 미스칼은 디나르를 뜻한다.
2 밀가루, 물, 기름 등 세 가지 재료로 만든 스튜.
3 카바는 사우디아라비아 메카에 있는 이슬람교 신전의 명칭이다.
4 무슬림은 공중목욕탕에서도 남 앞에 나신을 보이지 않는다. 따라서 수건으로 치마처럼 몸
  을 감싸고 씻는다.
5 마다르는 와시트와 바스라 사이에 있는 지명. 여기서 마다르 주전자는 작은 구멍이 많아
  물을 바깥으로 배출한다는 의미이다.

제8장

1 이라크 남동부에 있는 바스라의 권세 가문.
2 아랍인 보호자와 비아랍인 피보호자의 관계를 맺은 ‘예속 평민’을 일컫는다.
3 최소 단위의 동전.
4 바글리는 페르시아 디르함으로 팔스보다 단위가 훨씬 높은 동전이다.
5 카자르는 터키 부족에서 통용되던 어휘로 추정된다. 아랍어의 ‘Ghajari’는 집시라는 의미.
6 ‘두 개의 뿔’이라는 뜻으로 코란에 나오는 전설. 알렉산더 대왕을 가리킨다.
7 진느(마신)가 그에게 예수 반대자를 보여주었다는 전설이 있음.
8 아랍 속담에 “사막의 두아이미스보다 더 나은 길잡이”라는 말이 있다. 라피으 우마이르는
  칼리드 이븐 알-왈리드를 시리아의 사막을 통과할 때 안내했다.
9 진느는 마신으로 풀이된다. 이슬람교를 믿는 신자 진느와 믿음이 없는 불신자 진느가 있

고, 남녀 구분이 있다. 한국에 소개된 것으로는 알라딘의 램프에 갇혀 있는 진느가 있다.

10 힌느는 진느의 한 종류.

11 터키 바흐람 구르 시대 카칸의 아내.

12 칼마는 칼로 유명한 지역.

13 파라오 유리잔은 그 공정이 비밀에 싸여 있다.

14 쿠지스탄의 알-아흐와즈에 있는 강.

15 키르만 지역의 산악지대. 그곳 사람들은 성격이 거칠고, 도둑이 많았다.

16 쿠라산 접경의 신드의 키칸 지역 사람들로 주로 강도들이었다.

17 디마스와 무트바크는 감옥의 이름이다.

18 카티피야, 칼리디야, 카르라비야, 빌랄리야는 걸인과 반란자들로 추정되나 이들을 그룹 별
   로 나누어놓은 근거는 분명치 않다.

19 바누 하니는 지하세계의 인물이다.

20 향신료. 박하향이 나며 요리에도 쓴다.

21 전쟁에서 패망한 집단의 우두머리.

22 사람들에게 예배 시간이 되었음을 알리는 소리를 '아단Adhān'이라 하고 아단을 하는 사람
   을 '무으딘'이라 한다. 예배 15분 전에 행한다.

23 '두 형제의 피'라는 뜻이다.

24 박하, 밀가루, 소금, 계피, 사프란 등을 넣어 만든 소스.

25 압바스 시대 여성은 자유여성과 노예 여성으로 구분된다. 자유여성은 권리가 보장되었지
   만 노예 여성은 매매가 가능했다.

26 고기와 야채 그리고 빵 조각을 넣은 수프.

27 아마도 기름과 고기의 색을 의미하는 것으로 추정된다.

제9장

1 9세기 이라크에서 매우 유명했던 고급 향수. 아랍인은 방문한 손님에게 음식과 향수를 대
   접하는 관습이 있다.

제10장

1 예멘의 경계 지역.

2 마른 곡식을 재는 단위.

3 이라크의 남부 도시. 곡창으로 유명하다.

4 아랍 베두윈의 전통적 관습으로 갖가지 향을 피워 옷자락이나 얼굴, 몸에 향이 스며들도록
   한다. 음식을 먹고 난 후 혹은 손님 접대에도 향을 피운다.

5 쿠지스탄 지역에 있는 아스카르 무쿠람을 지칭하는 지명임.

6 인도에서 자생하는 나무의 일종으로 흰 꽃이 피는데 나무의 향이 좋기로 유명하다. 심장병
   의 약재로도 쓰인다.

7 바그다드에서 유명한 음식으로 밀가루와 참깨, 호두, 피스타치오 등을 버무려 만든다.

8 단 양념을 한 쌀밥.

9 고기와 야채 소를 넣어 삼각형으로 만든 만두 종류의 음식.

10 여기서 타스주는 1/4다니크이고, 1다나크는 1/6의 디르함이다. 그러니까 이것은 굉장히
   작은 양의 푼돈을 말한다.

11 그는 728년 페르시아에 정착한 유대인 부모에게서 태어났다. 유명한 문법 학자이자 문헌
   학자이고 슈우비야 운동에 참여했다.

12 우마이야조(朝, 661~750) 히샴 이븐 압두 알-말리크 시대에 이라크 지역을 통치했던 아
   미르이다.

13 이슬람 이전 시대를 가리킴.

14 이슬람 이전 시대 히라왕국 라크미드 군주 치하의 유프라테스 서쪽에 거주하던 부족으로
   '사자의 아들'이라는 의미이다. 아랍어에서 사자는 용기와 용맹함을 상징한다.

제11장

1 아랍어로 피트얀fityān이라 불리는 청년단은 일종의 사회단체인데, 여기서는 도둑이나 걸
  인들의 단체로 추정된다.

2 아랍어 사전에서 찾을 수 없는 단어.

3 타프실리야, 하리사, 파질리야, 쿠룬비야 등의 음식은 서민들이 일상에서 매일 먹는 흔하
  고 값싼 음식명이다.

4 수장, 지휘자, 우두머리라는 의미.

5 쿠라산 출신으로 학자이자 시인이었다. 아랍어로 그의 이름은 '물 단지를 만드는 이'라는
  뜻이다.

6 양을 재는 단위. 바그다드의 1500ratl에 해당하는 양이다.

7 우불라는 손재주가 많은 사람들이 있는 것으로 유명한 지역이다.

8 키가 작고 짠맛이 나는 풀.

9 라비아 족장이었던 쿨라입 이븐 와일은 신성한 목초 재배를 중시했다. 시인 아부누와스는
  식사를 청한 이스마일 이븐 누이바쿠투의 빵을 쿨라입 이븐 와일의 목초에 비유했다.

10 메카의 유명한 부족으로 쿠라이쉬와 동맹 관계이고, 예언자 무함마드와 친밀하게 연결되
   어 있었다.

11 유명한 전사이자 시인이었고 바누 주바이다의 수장이었다. 예언자 무함마드의 진영에 가
   담했다가 예언자의 사후 변절했다. 하지만 다시 이슬람에 귀의하여 카디시야 전투에 참여
   했다.

12 낙타 한 무리는 보통 10~40마리 정도이다.

13 우마이야 시대의 통치자.

14 예언자 무함마드의 12부인 중 한 명. 예언자 무함마드의 사후 제1대 정통 칼리파가 된 아부
   바크르의 딸이다. 총명하고 학식이 뛰어나 정치에도 관심을 보였으나 제4대 칼리파 알리

에 의해 제지되고, 이후 예언자의 언행을 기록한 하디스 편찬에 중요한 역할을 했다.

15 아랍 음식을 먹는 데 두 손이 필요하다는 것은 음식이 아주 맛있다거나 고기류라는 의미이
다. 한 손으로 먹는 음식은 맛이 없거나 수프나 싸구려 음식을 의미한다.

16 아랍어 원문에는 '하이사'라는 음식으로 나온다. 대추야자를 많이 넣은 케이크의 일종이다.

17 아랍인들은 사치와 안락한 삶과는 동떨어져 있다는 의미.

제12장

1 연회에 초대받지 않았는데도 온 사람. 불청객을 의미한다.

2 폭식가.

3 이슬람의 역사 사료를 전달한 학자.

4 젖이 꽉 들어찬 낙타의 젖꼭지를 짜서 우유를 얻는 경우도 있고 때로는 빈 젖통의 젖꼭지를
차지하는 경우도 있다는 의미이다.

제13장

1 부카리의 『사히흐 *al-shih*』에 따르면 임산부의 배에 돌을 던져 태아를 사살한 것에 대한 변
상으로 구르라ghurrah라고 불리는 백인 노예를 주었다는 예시가 있다.

2 호두나 잔돌을 구멍에 숨기고 그 홀짝수를 맞추는 게임.

3 아라비아 반도 남부 쪽은 부엌이 제일 꼭대기 층 혹은 지붕에 위치한다.

4 원문에는 다이프da'if로 표기되어 있다. 이는 고상한 자, 양반(샤리프)의 반대 개념으로
무기를 지니지 않은 자, 농민 혹은 천한 직종에 종사하는 이를 말한다.

5 터키 일부 지역의 사람들.

6 이슬람 이전 시대의 유명한 시인. 여기에 소개된 구절은 그의 무알라카트에서 인용된 것
이다. 무알라카트는 자힐리야(이슬람 이전)시대의 시 중에서 걸작을 비단에 금글씨로 써
서 카바 신전에 걸어놓은 시를 말한다.

7 호전적인 기독교 부족으로 이라크 북부에 살았다.

8 부카리의 『사히흐』에 의하면 예언자의 교우 중 한 사람이 전 재산을 유언에 명시해야 하
는가에 대해 묻자 예언자는 아니라고 답했다. 결국 예언자는 삼분의 일을 권유했다. 자히
드는 예언자와 교우의 대화를 염두에 두고 이 부분을 기록한 것으로 보인다.

제14장

1 자히드의 별칭. 우스만의 아버지라는 뜻이다. 이렇듯 '누구의 아버지' 혹은 '누구의 어머
니'로 부르는 것을 '쿤야'라 한다. 친근감과 존경을 나타내는 아랍인의 호칭법이다.

2 두 명의 아내를 두고 있는 것으로 보인다.

3 목구멍에서 멈추는 아랍어의 특수한 발음.

4 달걀 모양으로 생긴 고기 부위로 그 위에 올리브유와 채소를 고명으로 얹어 장식한다.

5 다리가 길쭉한 새.

6 코란 7장 136절, "그리하여 우리(하나님)는 그들에게 또 다른 재앙을 주었으니 우리(하나님)는 그들을 바다에 익사케 하였으며," 코란 2장 205절, "(무함마드여!) 그가 그대로부터 등을 돌린다는 것은 농작과 가축에 피해를 입혀 재앙을 가져오려 하나 하나님은 어떤 재해든 좋아하지 아니 하시니라."
7 이 문구는 부족 간의 유대 관계를 암시한다.
8 이슬람 이전 시대의 영웅. 아브스'Abs 부족의 왕자였다.
9 압바스 시대 칼리파 하룬 라쉬드와 마으문 시절 용맹을 떨쳤던 장군.
10 사카피 부족 출신으로 예언자 무함마드의 교우 중 일원. 우마르 수하에서 바스라를 통치했다.
11 고급 요리의 가장 맛있는 부분.
12 유프라테스 강에서 잡히는 비싼 생선.
13 자히드의 친구.

제15장

1 아사드는 아랍어로 '사자'라는 뜻. 이 이름만으로 그가 무슬림이라는 걸 알 수 있다.
2 살립Şalib은 십자의 의미, 요한나Yuḥannā, 이사'Īsā 등은 기독교 이름이고 이브라힘Ibrāhim과 비라Bira는 유태인의 이름으로 보인다.
3 쿤야는 아무개 아버지 혹은 아무개 어머니로 부르는 별칭이다.
4 6세기 사산제국의 통치자가 쿠지스탄 지역에 건설한 기관으로 의학·철학의 본산지 역할을 했다. 아람어와 그리스어가 사용되었던 것으로 추정된다.

제16장

1 세금을 모으는 기관.
2 바스라의 강.
3 중동 전역에 걸쳐 올리브 열매와 올리브유는 식탁에 기본 찬으로 나온다. 서민들도 항상 즐겨 먹는 것은 그 영양과 싼 값 때문인데, 여기서 사우리는 지독한 수전노의 표상으로 올리브 피클 물에 빵을 적셔 먹는다고 묘사되었다.
4 코란 3장 106절, "심판의 날에 하얗게 되는 자와 검게 되는 자 있나니 얼굴이 검게 되는 자들은 믿음을 가진 후 배반한 자로 이에 대한 재앙을 맛볼 것이니라."
5 콩이 주어가 되는 의인화.
6 마기승은 조로아스터교의 승려.
7 가볍고 값이 싼 샌들.
8 무으타질라의 유명한 학자 와실 이븐 아타으의 공식 견해를 인용한 것이다. 와실 이븐 아타으는 대죄인이 죄인인가 불신자인가에 대한 답으로 '양자의 중도에 위치한다'고 말했다. 무으타질라 학자들은 고대 그리스 철학의 영향을 받았으며, 이성을 이슬람 신학에 처음 도입하여 논리적 체계를 세운 이슬람 사상의 한 분파이다.

9 여기서 거론된 지명들은 사람들의 왕래가 많고 질병이 많은 곳으로 추정된다.

10 왜냐하면 사우리는 지성인은 닭고기를 먹지 않는다고 생각했기 때문이다.

11 자고새는 매우 비싼 요리 재료.

12 암양은 당나귀의 사료 중 남은 것으로도 키울 수 있다.

13 이라크의 바스라와 와시트 사이에 위치한 지역명.

14 바그다드의 서쪽 구역에 있는 사원으로 이슬람 법학자와 종교 지도자들의 만남의 장이었다. 지식인을 비롯한 바스라 사람들도 그곳의 성스러움을 이유로 머물기를 좋아했던 사원이다.

15 자히드의 친구.

16 수그드Sughd 지역의 양반 가문 출신으로 압바스 시대 유명한 시인으로 풍자에 탁월했다.

17 키라트는 최소 화폐 단위.

18 다르함dirham은 다르 알-함dār al-hamm의 원형에서 파생되었다는 것으로 아랍어 의미는 '우려의 집'이다.

19 아랍어로 '작고 웅크린다'는 뜻.

20 아랍어로 '취하고 던져버린다'는 뜻.

21 아랍어로 '불복하고 달아난다'는 뜻.

22 이 부분은 여러 가지 변형된 이야기로 많이 전해진다.

23 아랍어로 '통곡한다'는 뜻.

24 아랍어로 '피부, 표면'이라는 뜻.

25 땅의 피부, 땅 색.

26 아랍어로 '깨끗이 닦아내다'라는 뜻.

27 여기서 인용된 시는 이슬람 이전 시대의 시인 샨파라의 시이다. 그는 아즈드 출신의 시인이다.

28 통곡을 하고 있는 여인에 대해서는 반드시 더 많은 배려를 해주어야 했다.

29 예언자 무함마드 시절의 전통으로 아랍인들 사이에서 고기에 굶주린 듯 많이 먹는 것은 흉으로 간주되었다.

30 우마르의 이러한 명령은 살면서 낭비를 하지 말라는 뜻으로 간주된다. 실제적으로 우마르는 근검하고 검소한 생활을 했던 것으로 알려져 있다.

31 붉은 꽃잎의 사프란은 아랍 요리에 쓰이는 향료이다.

32 아부 다르라는 예언자 무함마드의 교우 중 한 사람이었다.

33 "너희들 스스로를 죽이지 마라"는 코란 4장 48절의 내용이다.

34 그는 이슬람 이전과 초기 이슬람 시대 때 의사였다.

35 이슬람교에서는 금요일이 휴일이다.

제17장

1 바누 사므라의 군주로 그 흔한 대추야자나 우유조차도 먹지 않았던 수전노.

2 아랍인들은 대추야자 씨를 빨아 먹는 것도 음식의 참맛을 느끼는 방법 중 하나라고 생각한

다. 이 책에는 본질과 본질이 아닌 것과 같은 이슬람의 철학적인 면이 자주 등장한다.

3 큐빗은 완척으로 팔꿈치에서 가운데 손가락 끝까지의 길이이며 약 45~50cm 정도이다.

4 그는 우마이야 가(家)의 일원으로 금욕을 실천한 자로 유명했다.

5 예언자 무함마드의 삼촌인 함자 대신 성지 순례를 하는 관습으로 이슬람에서는 일반적인 것이다.

6 순례를 행하지 않은 이들이 가축을 제물로 바치고 집단 예배를 하며 순례 의례의 끝을 의미하는 축제.

7 타슈리크는 희생제 다음의 3일을 지칭한다. 도살한 가축의 고기를 햇볕에 말린다는 의미에서 타슈리크(햇볕에 말리다)라 부르게 되었다.

8 아랍인은 장례식 때 마을에서 통곡을 전문으로 하는 사람을 초청하기도 하는데 특히 여인들의 통곡이 전문적으로 이루어진다.

제18장

1 이라크 속담에는 '이가 아프면 곧 위도 아플 것이다'라는 말이 있다.

2 의인화.

3 예언자 무함마드가 대추야자 몇 알과 기름과 건치즈만을 대접했던 것에 비유.

4 7세기 예언자 무함마드가 이슬람을 포교할 당시, 그를 비방하고 그에 맞서서 대적했던 기존의 한 무리를 위선자들이라고 부른다. 훗날 이들은 이슬람에 동조했으나 중요한 전투에서 군대를 철수시키는 등 이중적인 행동을 했다.

5 예언자 무함마드가 "자신이 결혼했다"고 말한 남자에게 "너는 날씬한 처녀와 결혼했구나"라고 말한 기록을 인용한 것이다.

6 우마이야 칼리프 아이읍의 아들. 대식가로 유명하다.

제19장

1 아랍인은 빵을 치즈, 올리브유, 소금과 식초에 절인 채소 혹은 고기와 고기즙에 묻혀 먹는다.

2 8세기의 산문 작가로 동물 우화인 『칼릴라와 딤나』를 아랍어로 옮긴 페르시아인.

3 바그다드에 있는 지역으로 하릅 이븐 압둘라 카이드 알-만수르가 건설하였다.

4 거지의 구걸을 거절하는 방법.

5 거지의 구걸을 거절하는 것은 이슬람의 가르침에 위배된다.

6 '다카난'이라는 이름은 명확하지 않다. 아랍어로 '두 개의 턱수염'이라는 의미이다.

7 마지흐와 무다이비르는 카이스와 아사드 부족이 점령한 지역으로 자지라 지역의 락카 근처이다.

8 케이크의 일종.

9 아랍어로 '아주 많다'는 뜻이다.

10 이슬람 이전 시대 매우 유명한 시인.

11 메카에 있는 산.

12 야흐야 이븐 칼리드는 칼리파 하룬 라쉬드의 재상이자 문필가, 낭송가로 한때 권력과 부를 누렸던 인물이다.

13 물 나르는 이, 이런 별명을 얻게 된 이유는 그가 물 단지Qamāqim 장사꾼이기 때문이다.

14 매춘을 뜻하는 것으로 추정된다.

15 바그다드에서는 상거래시 빵을 화폐처럼 사용했다.

16 바스라와 가까운 지역.

17 우불라 강의 운하는 바스라와 우불라, 그리고 걸프까지 연결되어 있다.

18 페르시아 만의 카라크 섬 출신으로 칼리파 알-마으문 시절의 시인이다.

19 베들레헴 사람들은 "알라께서 사악한 자들의 악함에서 우리를 보호해주시길"이라고 말한다. 이 의미는 우리가 이미 많은 불행을 겪었으니 알라께서 더 이상의 불행이 우리에게 생기지 않도록 막아 달라는 것이다. 이 말은 진느를 추방할 때도 쓰인다.

20 이븐 하니는 농담과 진담을 함께 즐기며 허풍쟁이로 유명하다.

21 라마단 단식이 끝나는 날부터 3일간 열리는 축제로서 친지나 이웃을 초대해서 식사를 대접한다.

22 코란 17장 11, 21장 38.

23 대부분 아몬드와 다른 견과류, 약간의 양귀비 씨가 포함되어 있다.

24 집주인이 물을 마신다는 것은 식사를 끝냈다는 것으로 받아들이거나, 여럿 중 한 사람이 물을 마시면 나머지 사람들도 쉬었다가 함께 음식을 다시 먹는다는 관습을 뜻한다.

제20장

1 룸만과 샬라비는 티그리스 강에 서식하는 물고기이다.

3 최고급 쌀로 만든 밥. 요리하는 데 장시간이 걸린다.

제21장

1 설탕과 아몬드, 장미수로 만든 고급 디저트.

2 집안의 여자들이 그에게 어서 돈을 쓰라고 재촉하는 것에서 해방되었다는 의미.

3 예언자 무함마드는 빚을 진 채 죽은 이에게는 축복의 말을 하지 않았는데, 아들은 이를 빗대서 한 말이다.

4 이슬람 초기의 가장 위대한 문헌학자. 그는 사막에 거주하는 베두윈들로부터 정확한 아랍어의 자료를 수집했다. 바스라 출신이며 수전노로 알려져 있다.

5 바그다드 근처의 도시.

6 이 부분은 원문에는 그의 형 혹은 그의 동생이라 되어 있다. 서사 주인공이 아무런 설명 없이 바뀐다.

7 아랍의 관습에서 보자면 사람을 지나칠 때는 모르는 사람에게라도 간단한 인사를 하는 것이 상례이고, 특히 집의 문 앞에 와 있는 사람들에게 음식을 대접하는 것은 기본적인 환대

중에 하나라고 할 수 있다. 한국의 일반 독자들은 그렇게 심한 이야기도 아닌데 무슨 의미를 가지고 『수전노』가 아랍 세계에서 출판되었는지 의아해할 수도 있다. 그 까닭은 아랍인의 오랜 전통적인 정서상 환대와 관대함이 부족 단위 집단이었던 아랍인들에게 제1의 덕목으로 간주되기 때문이다. 따라서 집에 온 손님에게 (아무리 낯모르는 손님일지라도) 음식을 내가지 않는다거나 내 집을 찾아온 걸인을 문전박대한다는 것은 아랍인의 정서상 있을 수 없는 일이다. 특히 가진 자들 중에서 그러한 환대를 베풀지 않는 사람은 사람들에게 악한 자로 간주되었다. 그러한 까닭에 자히드는 9세기에 바그다드 혹은 바스라라는 경제 번성의 도시에서 아랍인의 기본 고유 덕목인 환대를 지키지 않는 일단의 집단에 대해 그들의 탐욕을 풍자하기 위해 이 책을 저술한 것이다.

8 사원에 주로 머물러 있는 사람들로 학식이나 법에 대해 조예가 깊은 사람들로 증인이 되어줄 수 있는 사람을 말한다.

9 압바스 시대의 학자이자 문인.

제22장

1 상인이 다른 상인에게 물건을 팔았다가 판 가격보다 낮은 가격으로 되사는 것. 이슬람에서 고리대금업을 금지하자 이에 대한 편법으로 등장한 거래이다. 이슬람 학자들은 '이나' 거래를 비난했다. 아랍 속담에 "이나 거래를 경계하라. 그것은 저주받은 것이니"라는 것이 있다.

2 이슬람 이전 시대의 군주.

3 함단은 예멘의 유명한 부족 연합으로 주로 양과 염소를 소유하였다.

4 이슬람의 전통에 따르면, 가장 좋은 특성을 가진 여성은 가장 나쁜 특성을 지닌 남성과 동등하다고 여겼다.

5 라피으 이븐 후라임은 이슬람 이전 시대의 시인이다.

6 젖이 많이 나오는 양의 주인이 되는 것이 낙타의 주인이 되는 것보다 이득이라는 의미.

7 바그다드에 있는 지명.

8 이야기 도중 '너'와 '그'가 혼재된다.

제23장

1 코란 13장 22절.

2 무함마드 이븐 이스하크 이븐 아부 알-압바스는 쿠파 출생으로 사리마 지역의 판관이었다. 우습고 재미있는 이야기들을 많이 썼으며 칼리파 무으타마드(877년 사망)의 시절까지 살았다.

제24장

1 이 이야기는 아랍의 민담 '주하 이야기'와 터키의 민담 '나스르 딘 호자 이야기'에도 등장한다.

2 무아위야가 지야드를 바스라의 통치자로 보냈을 때 그곳에서 행한 연설을 일컫는다.

3 이슬람은 결혼을 남녀 간의 조화가 일치된 선한 것으로 간주한다. 따라서 이슬람은 모든 무슬림 남녀에게 강력하게 결혼을 권한다.

4 무슬림군이 이라크를 정복할 때 참가했던 용감한 인물. 훗날 카와리지의 지도자가 되었고 658년 나흐라완에서 사망했다.

5 타밈 부족의 일족인 우사이드Usayyid 일족의 인물로 현명한 말씀을 많이 남겼다.

제25장

1 마르우 출신의 인물.

2 아흐야 이븐 칼리드는 겉치레로 대접하는 인물이다.

3 이슬람의 해석 중에 인간의 자유 의지를 믿는 자들로 이슬람의 한 분파를 의미한다.

4 하늘에 보관되어 있는 판을 지칭한다. 이것에는 성스러운 결정이 씌어 있다.

5 우마이야 시대의 유명한 재상 핫자즈 이븐 유수프보다 앞서 쿠파의 재상을 지냈다.

6 그는 칼리파 알-사파의 외삼촌이다.

7 쌀과 고기, 그리고 그 밖에 채소를 함께 익힌 요리.

8 알-아타르라크al-'Aṭarraq는 마른 체구에 키가 크다는 뜻이다.

9 코란에 언급된 지혜로운 자. 많이 먹는 자라는 의미도 있다.

제26장

1 수전노로 유명했던 철학가, 사상가.

2 압두 알-무탈립은 예언자 무함마드의 할아버지이다.

3 주바이르 가문은 쿠라이쉬 부족 내의 고결한 가문이다.

4 쿠파와 바스라 사이의 지역명.

5 예언자는 가타판 우야이나 이븐 히슨 알-파자리와 타밈의 이크라으 이븐 하비스에게 그들의 마음을 진정시키게 할 목적으로 100마리의 낙타를 주었다. 예언자가 이렇게 보살펴준 인물들의 명단은 타바리al-Tabari의 『타프시르 *Tafsir*』 x iv 313을 참조.

6 이슬람 법학자.

7 우마이야 시대의 유명한 시인.

8 이야드Iyad는 카읍이 소속되어 있는 부족의 이름.

9 키얀은 노래와 악기 연주가 가능한 여성 노예로 주연에 불려 다녔다. 이들은 주인에게 소속되어 임대도 가능했다. 그 다음 계급으로 '자리야'가 있는데 이들은 여종이었으며, 그 다음 계급의 시중을 드는 여성 노예를 '이마'라고 불렀다. 이들 모두 자유여성이 아니고 남성의 성적 소유물로 거래나 임대가 가능하다는 공통점이 있지만 그들 내부에서도 계층이 있었다.

10 하우말은 키우던 암캐를 굶겨 잡아서 꼬리까지 먹은 여자이다.

11 코란 7장 175절.

12 무아다 알-아야위야는 예언자 무함마드의 아내 아이샤의 권한에 대해 언급한 여인으로 신
   앙심이 깊고 금욕주의를 실천했으며 702년에 사망했다.

13 집에서 가축을 도살해서 피가 흐르는 것은 그 집안의 관대함을 표현하는 자랑거리이다.

14 코란에 나오는 아담의 말로 인류를 메카 순례에 초대하는 내용이다. 이 구절은 메카 순례
   의 예배 의례에서 암송하는 중심 구절이다.

15 예언자가 메디나 사람들 중 신자(信者)에게 붙여준 명칭으로, 메카에서 이주해온 이주자
   들(무하지룬)과 구분하기 위해 붙여준 이름이다.

16 메디나에서 예언자의 후원자(안사르)였던 사람.

17 예언자의 시중을 들던 흑인 노예.

18 카이스 이븐 아심은 예언자가 메카에 입성한 후에 타민족의 대표들과 함께 예언자에게 와
   서 충성을 맹세하고 무슬림이 되었다. 예언자는 그를 낙타 털 천막 사람들의 군주라고 칭
   했다. 그는 또한 자신의 성실함과 인내심을 묘사한 유명한 시인이었다.

19 나미르 이븐 타울랍은 이슬람 이전 시대의 시인으로 정통 칼리파 우마르 시대까지 살았다.
   그는 전쟁 포로가 된 아사드 부족의 여인과 결혼하여 자식을 여럿 두고 살았다. 친정 부족
   을 그리워하는 아내를 잠시 친정에 보내주었다가 아내가 영영 돌아오지 않자 슬픔에 젖어
   생을 마감했다. 그의 시 대부분이 아내에 대해 노래하고 있다.

20 아디야는 이슬람 이전 시대의 유명한 시인으로 7개의 무알라카트에 그의 시가 포함된다.

21 메디나 북쪽 타이마 지역의 알-아블라크 성의 유태인 영주인 사마우알의 아버지로 충성심
   이 뛰어나기로 유명하다. 아랍 속담에 "사마우알보다 더 충성심이 강하다"라는 말이 있다.
   여기서 시의 의미는 '아디야의 부유함과 관대함을 물어보지 그러느냐' 하는 것이다.

22 자힐리야 시대의 유명한 시인. 그의 카시다는 7개의 무알라카트에 포함된다.

23 임신한 지 일곱 달 된 낙타는 배 속의 새끼를 위해 약간의 젖이 나온다. 아랍인들은 이런
   경우 찬물로 낙타 젖을 적셔주는 관습이 있다.

24 이슬람 이전 시대 베두윈 시인. 정통 칼리파 우마르 시대까지 살았다.

25 이슬람 이전 시대부터 시인이었지만 그의 전성기는 초기 이슬람 시대였다. 이슬람에 귀의
   했지만 그의 믿음은 깊지 못해서 변절했다가 훗날 다시 이슬람에 귀의했다. 예언자의 사
   후 그는 '아랍의 4대 수전노'로 알려지게 되었다. 그의 시의 원동력은 바로 그의 탐욕에서
   비롯된다.

26 코란 99장 7~8절.

27 여기서 세 사람은 받는 자, 주는 자, 그리고 남에게 주는 것을 비난하는 자이다.

28 라자즈는 아랍시의 대표 운율로서 낙타 발자국에 기인한다.

29 시인. 그의 아버지 두아입은 부국을 대표하여 예언자 무함마드에게 세금을 바치는 대표단
   의 장이었다.

30 제2대 정통 칼리파 우마르의 아들.

31 음식을 먹기 위해서 낙타에서 내린다는 의미이다.

제27장

1 낙타는 피가 흐르는 것을 막는다. 왜냐하면 낙타는 살인자를 찾는 보상금으로 통용되었기
  때문이다.

2 조용한 재산은 '땅'으로, 필수품이다.

3 금과 은을 말한다.

4 코란 58장 25절.

5 아사비야는 부족 중심 사회였던 아라비아 반도의 전통으로 배타적 '부족 연대주의'를 의미
  한다.

6 선물은 받는 이의 기쁨이 아니다. 왜냐하면 의도를 가지고 선물을 준 사람의 목적이 달성되
  었으므로 주는 이가 감사하고 기뻐해야 한다는 의미이다.

7 코란 31장 14절, "우리는 모든 인간에게 명하여 부모를 존경하라 했거늘 그의 어머니는 태
  아를 가짐과 이 년간의 젖먹이로 말미암아 허약하여 지니라. 내게(알라에게) 감사하고 네
  부모에게 감사하라. 내게로 옴이 최후이니라."

8 우마이야 시대의 칼리파.

9 코란 22장 11절.

10 여자와 고아를 지칭한다.

11 자히드의 다른 저서인 『동물』에서 그는 시리아의 쉐이크와 가타판 부족의 전통에 대해 언
  급하면서 "귀족적인 행동은 책에만 남아 있고 다 사라졌다"고 언급했다.

12 맨다리가 드러난다는 것은 어떤 일이 악화되었다는 표현이다.

13 비(非)아랍인은 아랍인 선조의 고귀함을 칭송하거나 아랍인이 기억해왔던 웅변가들의 연
  설이 있던 집회에 관심을 보이지 않았다.

14 마카마는 압바스 시대에 시작된 아랍 산문문학의 한 장르로 가상의 주인공과 화자가 여러
  지역을 여행하면서 겪는 사건과 계략 등을 소개한 재미있는 이야기이다. 특히 하나의 인
  물이나 역사적 사건을 주제로 이야기를 꾸미기도 하고 아랍어 수사학의 발달에 큰 영향을
  미친 까닭에 아랍 세계에서는 교육용 교재로도 사용된다.

15 판관이었던 그는 앞에서도 매우 사악한 성격으로 묘사된 바 있다.

16 자히드는 그가 아랍어를 가장 정확하게 구사하고 아주 고귀한 성품을 지닌 자로 묘사한 바
  있다.

17 훔무스는 콩으로 만든 것으로 아랍인의 식탁에 매번 오르는 흔한 음식이다.

18 여기는 아랍어 원문의 말장난이 부각되는 곳이다. 시르발sirbal은 셔츠이고 사르발라
  sarbalah는 사리다 수프에 푹 젖은 작은 빵 조각을 의미한다. 따라서 발음이 흡사한 단어
  를 선정하여 독자에게 재미를 선사하고 있다. 제2행에서도 카일khayl은 말이란 뜻이고,
  킬khil로 읽으면 과일처럼 달콤한 대추야자를 의미한다.

19 여기서 갑자기 주어가 '그'로 바뀌었다.

20 핫자즈가 우마이야 왕조의 창시자로 임명이 되었다는 것을 들었을 때, 알-카바으사리는
  쿠파에서 핫자즈에게 저항할 것을 촉구하는 연설을 했다. 알-핫자즈가 쿠파에 도착해서

이 소식을 듣고 그를 3년간 감옥에 넣었다.

21 아랍인에게 목초는 삶의 편안함을 상징한다.

22 연애시와 풍자시에 탁월했던 시인. 718(29)년 사망한 것으로 추정된다.

23 메디나 출생으로 우마이야 시대에 연시를 주로 썼다.

24 우마이야 시대 출생으로 압바스 시대와 칼리파 마흐디 시대에 활동했던 시인. 알콜 중독 증세가 있었으나 아랍어 수사법에 탁월했다. 알-카팁의 『수전노』에도 그가 언급된 바 있다.

25 우마이야 시대와 초기 압바스 시대의 시인. 우마이야 왕조의 마지막 칼리파인 마르완에 대한 카시다를 지었다. 이후 칼리파 마흐디, 하룬-알-라쉬드에 대한 칭송시를 썼다. 그는 칭송시에서 알리의 후손을 공격했다.

26 히즈라 130년(서기 748) 아인 알-타므르 혹은 쿠파 출생으로 그의 일가는 '안자' 부족의 예속 평민으로 그 집안의 머슴살이를 했다. 천부적으로 시작(詩作)에 탁월했으며 초기에는 난봉꾼 시인들과 어울렸다가 후기에는 사랑의 시를 많이 지었다. 그는 당시 압바스 왕조의 칼리파들에 대한 칭송시를 지었고, 서기 825년 사망했다.

27 전쟁 때 시인들의 혀는 창보다 날카로워서 상대방을 공격하는 내용으로 전투에 앞잡이가 되곤 했다.

28 유명한 수전노로 압바스 시대 풍자 시인이다.

29 자히드는 그를 수려한 아랍어를 사용할 줄 아는 훌륭한 연설가이자 이슬람 학자라고 격찬했다.

30 예언자 무함마드 시대의 유명한 시인.

31 자힐리야 시대의 시인.

32 쉬쉬거리는 소리는 아랍어 원문에는 '입사스ibsas'로 표기되어 있다. 이는 암낙타의 젖을 짤 때, 낙타를 달래느라고 내는 소리인 '바스바스bas bas'와 비슷하다.

33 천국의 포도주라고도 불린다. 코란 86장 16~17, "수정같이 맑은 은잔에 그들은 그들이 원하는 양을 결정하니, 잔자빌이 혼합된 마실 술잔이 그들에게 주어지고."

34 아랍어 원문에는 '돈을 잘 다루시오, 아부 무슬리흐'가 Aba Muṣliḥ aṣliḥ로 되어 있다. 아랍어 살라하ṣalaḥa로 말장난을 친 부분이다.

35 그는 방랑의 시인으로 일정한 부족에 소속되어 있지 않았다. 마치 로빈 후드와 같이 부자들을 급습해서 노획물을 병자와 노약자들에게 나누어주었다. 압바스 시대에는 그에 관한 여러 가지 일담이 전설로 떠돌았다.

36 예언자 무함마드의 교우 중 한 사람으로 시인이며 웅변가였다.

37 지팡이를 내려놓는 것은 생계를 위해 집 밖으로 나가는 것을 그만둔다는 의미이다.

38 자힐리야 시대의 시인으로 타클립족의 후손이다. 이슬람이 도래하기 7년 전에 사망했다.

39 자힐리야 시대의 시인으로 알-디바는 어머니의 이름이다. 이 시인의 이름을 통해서 알 수 있는 것은 자힐리야 시대에는 모계의 이름을 쓰기도 했다는 것이다.

40 "제가 당신의 희생양이 되겠습니다"와 동일한 표현으로, 상대방에 대한 존경의 표시이다.

41 라키트는 비잔틴의 군사에 대항했던 야르무크 전투에서 기병대를 이끌었던 인물이다.

42 결혼할 때 남성이 여성에게 주는 돈이나 선물.

43 윗손은 주는 손이고 아랫손은 받는 손이다.

44 부카리의 『사히흐al-ṣaḥīḥ』에 따르면, 예언자 무함마드에게 한 교우가 묻기를 "전 재산의 양도(증여)를 유언장에 남겨야 할까요?" 했다. 그러자 예언자 무함마드는 아니라고 답했다. 결국 예언자 무함마드는 1/3 정도를 유언에 언급하라고 권고하였고 이는 그 후 전통으로 남았다.

45 아랍인은 타조를 우둔한 동물로 생각한다. 그래서 속담에 '타조보다 더 멍청한 놈'이라는 말이 있다.

46 코란 17장 27절.

47 코란 2장 219절.

48 카읍 이븐 말리크는 시인 가문의 일원으로 예언자가 치룬 전투에 일익을 담당했으며, 670년 사망했다.

49 가일란 살라마는 자힐리야 시대의 시인.

50 이슬람 전통 기록에 의하면 "우리는 예언자와 더불어 타이프로 갔고, 도중에 무덤을 지나갔다. 그때 예언자께서 '이것이 아부 리갈의 무덤이다. 그는 사카피의 선조였다'라고 말씀하셨다"라고 한다. 실제로 그의 무덤은 현존한다.

51 코란 65장 7절.

52 코란 25장 67절.

53 코란 17장 29절.

54 '고통을 유발하는 피'는 살해당한 사람의 친지에게 돈을 지불하는 일을 말한다.

55 만약의 경우 칼을 잃어버렸을 때는 빈 칼집이라도 지니고 있는 편이 훨씬 안전하다는 의미로, 자비르 이븐 아므르 알-무자니의 경험담이다.

56 데시무스는 자히드가 『명백성과 그 해명』에서 여러 차례 언급했던 인물로, 그리스인이며 그에 관한 기담이 많다. 자히드 연구의 대가인 샤를 펠레Charles Pellat는 『자히드의 네모와 동그라미의 서(書) Le Kitab at-Tarbi'wa-t-Tadwir de Gahiz』에서 아마도 데시무스가 3세기의 인물 조시무스Zosimus와 동일 인물일 것이며, 화학서의 저자인 조시무스를 아랍인들이 이름을 잘못 기억한 것으로 추정된다고 했다.

57 '확신하는 것을 포기하지 말라. 그러나 목표물이 사라지고 난 후에는 더 이상 추적하지 말라'는 의미이다.

58 카우타이아는 바누 구파일라 부족의 사람으로 그는 자신뿐 아니라 부족의 불운으로 통했다.

59 알-바수스는 바누 바크르의 여인이었다. 그녀의 일가에 귀속되어 있던 예속 평민의 낙타가 타글립 부족의 수장에 의해 처형되었다. 이 사건으로 알-바수스의 전쟁이 발발하게 되었다.

60 만쉼은 자힐리야 시대 우타리다의 딸 혹은 아내로 알려져 있으며 전쟁터에 나가는 무사들은 그녀에게서 향수를 사서 뿌림으로써 상대의 기를 죽이고 전의를 불태웠다.

61 자힐리야 시대의 유명한 시인.

62 자힐리야 시대의 시인으로 이므루 알-카이스의 부친과 동시대인.

63 자신의 돈을 결코 쓰지 않는 사람을 빗대어 말한 경우.

64 코란 66장 6절.

65 이 부분의 아랍어 원문은 아입Ayb과 샤입Shayb으로 운율을 맞추어 기교를 부리고 있다.

66 Lane, Lexicon, 36 참조. "그들의 기름은 그들이 양념해서 먹는 음식에 있다"에 대해 사람들의 음식이나 부유함은 그 사람들에게 돌아간다는 의미로 해석되어 있다. 이 밖에도 이집트 속담에 'Zaytnā fi daqiqnā,' 즉 '우리의 올리브유는 우리가 쓰는 밀가루에 있다'라는 말이 있다.

67 이슬람 시대의 시인으로 그의 시 중 일부는 베두윈 스타일이다.

제28장

1 여기서 자히드는 발카 수프의 주인에 대해서 이름을 언급하지 않았다.

2 '애꾸눈'이라는 뜻임.

3 바야훈은 숭어과의 생선이고, 사바키는 바레인의 지명이다.

4 본문에서는 '내 아들'이라고 되어 있지만 이는 라쉬드 알-아와르가 이브라힘 이븐 압둘 아지즈보다 연장자여서 부자 관계가 아닌데도 그저 이렇게 쓸 수 있었던 것으로 보인다.

5 그는 기독교인이다.

6 8세기의 인물로 바스라의 역사학자이자 문헌학자였다.

7 수카르 대추야자와 검은 자이스란 대추야자는 대추야자의 여러 종류 중에서도 상당히 좋은 품질의 것이다.

8 친형제가 아니라도 무슬림은 서로를 형제로 생각하고 그렇게 호칭한다.

9 사원 주변에 있는 작은 마을.

10 코란 33장 53절.

11 카와리지는 시핀 전투 이후 무슬림 간의 분쟁을 해결하려는 중재 회의 중에 알리와 무아위야 양측 모두에 반대하여 일어난 교파이다. 본래 알리 진영에 속했던 이들이었으나 칼리파제의 계승 문제가 협상에 의해서 해결되는 것을 반대해 그 진영에서 이탈했다. 이 때문에 아랍어로 '이탈자' 혹은 '밖으로 나간 자'라는 뜻으로 불리게 되었다.

12 7세기 바스라 출신의 지성인으로 탁월한 판관이었다. 특히 그는 동물학에 관심이 많았으며 740년 사망했다.

13 쿠파 출신으로 하디스를 전승한 인물.

14 이슬람 이전 시대 성지 순례 때 아드완 일가는 무즈달리파에서 순례객들의 이동을 관장했다.

15 터키식 목욕법.

16 칼리파 알-마흐디의 흑인 가신으로, 유명한 시인.

17 페르시아 사산조의 황제 코스라브 파르비즈Khusrāw Parwiz(590~627).

18 '마늘로 문지르다'는 표현은 이마 가운데가 검게 되었다는 의미이다. 또한 신심이 깊은 자를

의미하기도 한다. 무슬림 중에는 양 미간 위쪽 이마가 검은색으로 변한 이들이 많다. 이는
예배드릴 때 바닥에 그 부분이 닿는 행위가 오랜 시간 동안 반복된 결과이다.

19 이 부분의 아랍어 원문은 '어미의 음핵을 깨무는 놈아'로 되어 있다.

20 아랍어로 '수염이 없는 자'라는 의미.

21 리바트는 빈민자를 위해 짓는 집을 말한다.

22 인간에게는 자유의지가 없다는 교리를 믿는 집단.

23 무르지아파의 아부 샤미르를 추종하는 세력.

24 '한계점에 이르다'라는 의미.

25 익살스러운 성격을 지닌 유명한 수전노.

26 난관에 봉착했을 때 무슬림들이 주로 쓰는 코란 구절이다.

27 바그다드 서부의 근교.

28 향신료를 배합해서 데친 고기를 다시 구운 페르시아 요리.

29 야자나무를 오를 때 사용하는 벨트로 매우 질긴 밧줄로 만든다. 오늘날까지도 이라크에서
사용된다. 바반드 역시 타블리야 벨트와 같은 기능을 지니고 있다.

30 8세기 당시의 세력가들과 친분이 많았던 상류 집안 출신의 시인.

'환대'와 '탐욕' 사이, 다양한 군상의 수전노들

1500여 년의 역사를 가지고 있는 아랍 문학은 중동·북아프리카 등에 살고 있는 수많은 아랍인의 정서를 대변한다. 고대 아랍 문학의 세계에는 시(詩)가 그 중심에 있었다. 7세기 초 새로운 종교 이슬람이 등장했고, 아라비아 반도를 중심으로 전파되었다. 예언자 무함마드는 이슬람을 대중에게 알리고 전도하기 위해 설교를 했는데, 이를 계기로 설교에 적합한 산문이 발전하게 되었다. 칼리파 우스만(644~656 재위) 시대에 와서 구전으로 전해오던 『코란』이 편찬되어 이 또한 아랍 산문 발달에 결정적인 역할을 했다. 이렇듯 아랍 문학에서 산문은 서서히 발달되다가 '아랍 문학의 황금시대'라 불리는 압바스 시대(750~1258)에 와서 그 화려한 꽃을 피우게 된다. 압바스 시대에 이슬람 제국의 영토는 아라비아 반도는 물론 북아프리카·스페인·중앙아시아까지 확장되었고, 그리스·페르시아·인도 등지에서 다양한 외래 문화와 더불어 외래 서적들이 유입되어 아랍어로 번역되었다. 특히 철학, 의학, 천문학 등의 서적이 아랍어로 번역되었는데, 이는 훗날 유럽으로 해당 학문을 전달해주는 가교의 역할을 담당하게 된다. 또한 이러한 번역서는 아랍 산문의 발달에도 크게 기여하였다. 압바스 시대 아랍 산문의 발달에 기여한 문학가로 자히드(al-Jāḥiẓ: 868년 사망)를 들 수 있다. 그는 탁월한 아랍어 수사법으로 아름다운 문학 작품을 저술한 문학가였으며, 이슬람 사상의 한 분파인 무으타질라 학자였다.

자히드의 본명은 '아므르 이븐 바흐르 이븐 마흐붑 이븐 파자라 알-라이시 알-키나니'이고, 별칭은 '아부 우스만(우스만의 아버지)'이다. 하지만 사람들은 그의 두 눈이 퉁방울처럼 튀어나온 것을 빗대어 '자히드(퉁방울 눈)'라고 불렀다. 사실 자히드의 조부는 검은 피부를 지닌 아랍인의 낙타 몰이꾼이었다. 그의 가계는 순수 아랍인 혈통이 아니라 아랍인의 예속 평민 출신이었다. 집안이 가난했던 자히드는 어린 시절부터 마을의 서당에서 공부했으며, 이슬람 사원에서 학자들의 강의를 들으며 언어학 · 이슬람 법학 · 아랍어 문법 등 다양한 분야의 지식을 배우고, 문인들의 집합지였던 '미르바드'에서 아랍어의 진수였던 시를 공부했다. 이후 청년 자히드는 압바스조(朝)의 수도인 바그다드로 향했고, 그곳에서 아스마이al-Aṣmaʿī와 안사리al-Anṣārī, 아부 우바이다Abu ʿUbaidah 등의 언어학자와 아랍어 문법학자 아크파쉬al-ʼAkhfash, 그리고 이슬람 신학자이자 훗날 자히드의 스승이 된 낫담al-Naẓẓam을 만나 학문을 연마하게 된다.

9세기의 아랍 문학은 지식의 총체를 의미했다. 즉 서지학, 잡학, 순수문학 작품이 모두 문학의 범주에 포함되었다. 자히드는 여러 계층의 사람들, 이슬람 사상, 동물 등의 다양한 주제를 가지고 백과사전과 같은 기록의 형식이나 민담과 같은 이야기의 형식으로 저술 활동을 하였다.

자히드의 구십 평생 동안 무려 열두 명의 칼리파가 집권했다. 어느 시대 이건 통치자가 바뀌면 전임 통치자의 보호하에 있던 세력이 숙청당하기 마련이다. 압바스 시대의 문인들은 그 대부분이 통치자의 경제적인 지원으로 문학 활동을 하였고, 자히드도 예외는 아니었다. 하지만 자히드는 열두 명의 칼리파가 바뀌는 내내 독보적인 학문적 우수성을 인정받아 문학 활동을 계속할 수 있었다. 그는 대부분의 생을 바그다드와 사마라에서 보내다가 말년에 고향 바스라로 돌아갔고, 그곳에서 중풍과 류마티즘을 앓다가 868년 사망한다. 자히드는 일생 동안 200여 편의 작품을 저술했으며, 그 중 『수전노 *al-Bukhala*』는 작가가 살았던 당대 수전노들의 기이한 행동에 얽힌 일화를 담은 책으로, 가장 대표적인 아랍의 풍자서로 간주된다.

『수전노』의 시대적 배경인 9세기 압바스 시대는 아랍 무슬림과 비(非)아랍 무슬림이 모두 국가의 구성원이었다. 압바스조 이전부터 비아랍 무슬림들은 아랍 무슬림들에 비해 차등 대우를 받았다. 그들은 '모든 무슬림의 평등'을 주장하며 압바스조 건국에 동참하였지만 압바스조가 건국된 이후에도 그 주장은 수용되지 못했다. 이런 현실에 불만을 지닌 비아랍인들 중 특히 페르시아인들의 주도하에 '비아랍인이 아랍인보다 우월한 문화를 지니고 있다'고 주장하는 세력이 결집하였다. 특히 이들은 문화와 문학 활동을 통해 하나의 세력을 이루었고, 사람들은 그들을 '슈우비야' 세력이라 불렀다. 슈우비야 문인들은 아랍인들의 결점을 찾아 비난하고 조롱거리로 만들었다. 그들의 문학 작품 속에서 아랍인은 사막의 베두윈이고, 길들여지지 않은 개이며, 맨발의 유목민에 비유되었다.

압바스 시대 중기에 들어서면서 최고 통치자인 칼리파를 제외한 국가의 실세는 페르시아인 정치 지도자와 상인들이 장악하게 되었다. 그 결과 오히려 비아랍인의 세력이 아랍인보다 커졌다. 그때부터 슈우비야 세력은 아랍인의 결점을 노골적으로 비난하였고, 급기야 일부 아랍인 문인들조차 슈우비야 세력에 동조하는 모습을 보였다. 그들은 아랍인 스스로가 자신들의 최고 덕목이라고 주장하던 '관대함'에 대해 공격하기 시작했다. 그들은 아랍인의 '관대함'을 허세로 비하시키고, 오히려 수전노의 '탐욕'을 '절약'이라는 미명하에 칭송하는 작품을 썼는데 그 대표적 문인으로 페르시아 출신의 사흘 이븐 하룬Sahl ibn Hārun(830년 사망)을 들 수 있다. 이런 면에서 『수전노』 제2장에 실린 사흘 이븐 하룬의 편지는 큰 의미를 지닌다고 볼 수 있다. 자히드는 슈우비야 세력의 대표 인물인 사흘 이븐 하룬의 편지를 『수전노』의 제2장에 배치함으로써 슈우비야 세력이 얼마나 탐욕스러운가를 보여주려 했다. 이 편지에서 사흘 이븐 하룬은 '탐욕'을 근검절약의 정신이라고 주장하고, 이런 근검 정신은 사실 아랍인에게서도 발견된다는 예를 들며 자신의 주장을 합리화시킨다.

너희들은 내가 하인에게 "빵 반죽을 잘하여라. 그래야 맛도 좋고 양도 많아진다"고 한 말에 대해 나를 인색하다고 비난했는데, 우마르 이븐 알-카탑은 "빵 반죽을 잘하여라. 그래야 잘 부풀어 그 양이 최대한 많아진다"고 말한 바 있다. (20쪽)

너희들은 내가 요리사에게 "마라크 수프를 끓일 때, 물의 양을 늘리면 요리가 더 잘되느니라. 그러면 우리 모두는 국물이 담뿍 배인 맛있는 수프를 먹게 된다"고 말한 것을 비난하였다. 그러나 예언자 무함마드께서도, 알라의 평화와 축복이 그에게 있기를, 말씀하셨다.

　　"너희가 고기 요리를 할 때는, 물의 양을 넉넉히 잡아라. 그래
야 너희 중에 고기를 먹지 못하게 되는 자는 고기 맛이 우러나는 국
물이라도 먹을 수 있느니라."(21~22쪽)

　　사흘 이븐 하룬은 자신의 행위를 제2대 정통 칼리파 우마르와 예언
자 무함마드의 언행에 빗대어 소개했다. 그는 단지 자신의 행위에 정당
성만을 부여하기보다는 자신을 수전노라고 비난하는 아랍인들에게 그들
의 선조 역시 자신과 같은 생각을 하는 사람들이었음을 지적한 것이다.

　　이성과 논리를 중시하던 무으타질라 학자 자히드는 『수전노』에서 무
으타질라의 논증법을 보여준다. 한 푼의 지출이라도 막기 위해 수전노는
거창하고 논리적인 주장을 한다. 수전노 킨디의 집에 세를 들어 살던 어
떤 이에게 사촌이 아들을 데리고 왔다. 그날 저녁으로 킨디가 세입자에게
쪽지를 보내와서 두 명의 손님이 왔으니 이달부터 집세를 그 두 사람의
몫까지 합해서 인상하겠다고 통보한다. 세입자는 집주인 킨디에게 집세
인상의 근거를 추궁하고 결국 킨디는 세입자에게 장문의 답신을 보낸다.

　　"이렇게 하는 데에는 분명하고도 객관적인 이유가 있다네, 그중
하나는 쓰레기통이 빨리 차버리니 깨끗이 비우는 데 큰 불편이 있다
는 거지. 또 다른 이유는 이 집의 점토 지붕과 석고로 반죽된 방바
닥을 많은 사람들이 자꾸 밟고 다니고 계단을 많이 오르내리게 된다
는 거야. 그러다 보면 점토는 허물어지고, 석고 반죽은 떨어져나가
고 계단은 부서지겠지. 과중한 무게 때문에 받침대는 기울어져서 파

손되겠지. 사람들이 끊임없이 오고 가고 열고 닫고 빗장을 걸고 풀고 하면 문이란 문은 다 부서지고 빗장을 채우는 쇳덩이도 닳아버리겠지. 집 안에 어린애와 사람들이 많으면 문에 박혀 있는 못도 떨어져나가고, 모든 나무 고리는 빠져버리고, 금속 망이란 망은 떨어지고, 담이란 담은 부서지겠지. 자드와 게임에서 찾아내야 할 구멍도 없어지고, 아이들은 나무 썰매를 집 안에서 타다가 포장된 방바닥을 망가뜨리기 일쑤지. 그 밖에도 많은데 못이나 선반으로 나무들을 치면서 벽을 부수지. 그뿐이 아니야. 방문객, 손님, 그리고 술꾼들이 많으면, 많은 물이 소비되어 뚝뚝 떨어지고 벽으로 스며드는 작은 구멍이 많이 생기고, 큰 물병들도 전보다 몇 배나 더 많이 필요하게 될 것은 불 보듯 뻔한 일이야. 벽의 아래쪽은 부식되고, 위쪽은 허물어져가고, 벽의 토대는 파손되어 벽 구조 전체가 붕괴될 위험에 처하지. 이 모든 것은 물병에서 떨어지는 물과 우물물을 지나치게 사용하고 관리를 잘못하기 때문이야. 또한 사람의 숫자, 연료, 그리고 난방에 비례하여 고기와 빵도 더 많이 준비하고 구워야 하겠지. 그러다가 불이라도 나면 아무것도 남지 않지. 집이란 바로 장작이고 모든 종류의 가구들은 불이 나면 바로 불타버리지. 나는 화염으로 인해 수입 밑천인 집이 날아가는 걸 여러 번 보았어. 불이 나면 자네 집 식구들이야말로 가장 비참한 희생을 치르겠지. 그렇게 되면 정말 힘들고 곤란한 상황에 직면하게 될 거야. 자네의 부주의로 일어날 이 재앙이 이웃집, 이웃사람들, 그리고 재물들에 파급될 수도 있겠지. 그때 마을 사람들이 집주인에게 운이 없어 불행을 당했다고 그 탓을 돌린다면 그것은 견딜 수 있지만, 그들은 집주인을 재수 없는 놈으로 여기고 그와 말하길 피하고 거칠게 비난하고 집주인을 몰

아세울 거야. (130~31쪽)

『수전노』는 200편에 달하는 이야기와 3편의 편지로 구성되어 있다. 이야기의 길이가 짧은 것은 단 몇 줄에 끝나는 것도 있고, 긴 것은 아랍어 원문으로 십여 쪽에 달하는 것도 있다. 『수전노』의 이야기가 유도해내는 것은 독자들의 웃음이다. 『수전노』의 이야기들을 분석해본 결과 수전노들이 아끼는 것으로는 음식(200개의 이야기 중 104개)이 가장 많고, 망토나 모직 코트, 신발 등의 의복, 프라이팬이나 향 등의 가재도구 순이다. 따라서 음식은 수전노에게 돈보다도 귀중하고 절대로 내줄 수 없는 그 무엇이다. 음식을 통해 나타나는 인간의 탐욕은 인간의 본성을 보여주는 것이다. 현대 문학에서 음식과 문학의 상관관계를 연구한 글들이 발표되는 요즈음 세태를 반영해본다면 자히드는 이미 9세기에 『수전노』를 통해 아랍인의 의식 구조와 그들의 문화, 그리고 당시의 정치적 상황까지 망라했다 할 수 있다. 또한 이 책에 등장하는 음식의 종류만 해도 수십 가지에 달함으로 중세 아랍의 음식 연구에도 기여하는 바가 큰 작품이다.

『수전노』를 읽는 독자 중에는 "아랍 세계에서 이 책이 왜 그렇게 중요한가?" 하고 의문을 가지는 분도 있을 수 있다. 그 까닭은 아랍인의 오랜 전통과 정서에 비추어 볼 때 '환대'와 '관대함'이 부족 단위 집단생활을 하던 아랍인에게 제1의 덕목으로 간주되기 때문이다. 내 집을 찾아온 손님에게 음식을 대접하지 않는다거나, 내 집을 찾은 걸인을 문전박대하는 것은 아랍인의 정서상 있을 수 없는 일이고, 그것은 죄악으로까지 간주된다. 아랍 속담에 "3과 1/3일"이라는 것이 있다. 내 집을 찾은 손님에게는 최소한 3일 동안의 숙식과 4일째 아침 식사를 제공해야만 한다는 의미이다. 이렇듯 아랍인은 손님에 대한 '환대'를 최대의 미덕으로 자부한다. 아랍인이 손님을 환대하는 것은 사실 이슬람 이전부터 있었던 아라비아 반도의 관습이었다. 아마도 이런 관습은 아라비아 반도의 유목민들에게 자연이 가르쳐준 교훈에서 비롯된 것으로 보인다. 험한 자연에 맞서 유목민으로서 서로 돕고 살아야 했던 아랍인들은 예언자 무함마드의 말씀, "갈라진 발굽을 주더라도 걸인을 박대하지 마라," "대추야자 반 조각이라도 적선하였으면 지옥 불에서 너를 구할지니"라는 말씀을 영혼 깊은 곳에서부터 신봉하는 민족이다. 반면 슈우비야 세력은 아랍인의 환대와 관대함을 사치스러운 일이자 분수를 넘어선 쓸모없는 일이라고 비난했다. 그들은 오히려 재물은 지키는 자의 것이고 남에게 관용을 베풀다가는 자신이 걸인이 된다고 믿었다. 그래서 수전노들은 손님에게 한 끼를 제공하지 않으려고 갖은 술수와 계략을 동원한다. 수전노들의 심리는 인간 본래의 속내를 고스란히 보여준다. 자히드는 이런 수전노들의 탐욕을 한 권의 책으로 엮었다. 그리고 그 안에 아랍인과 비아랍인이 이슬람이라는 하나의 운명에 얽혀 서로 반목하는 마음을 그대로 담았다.

『수전노』는 문학에 녹아내린 정치 이야기이기도 하다. 구체적으로 언급하자면, 『수전노』는 '환대'를 최고의 덕목으로 여기는 아랍인과 '탐욕'을 절약으로 포장한 슈우비야 세력 간의 첨예한 대립이 문학이라는 범주 내에서 웃음과 풍자로 적당히 버무려진 결과물이라 할 수 있다.

평생을 자히드에 관해 연구하고, 1951년 『수전노』를 불어로 번역 출간한 바 있는 샤를 펠레Charles Pellat는 『수전노』가 아랍 문학사상 획기적인 작품이라고 주장하면서, "자히드는 이 작품 속 등장인물의 성격과 이슬람 사회의 일반 생활상을 사실적으로 그려냈으며, 이는 아랍 문학에 새로운 장을 도입한 것이다"라고 평가하였다. 현대 아랍 문학의 거장 타하 후세인Taha Ḥusayn(1889~1973) 역시 "『수전노』는 아랍어의 영예가 실현된 최고의 작품이고, 이 책의 가치는 어휘의 아름다움뿐만 아니라 의미의 적확함과 풍부함에 있다. 이 책의 진정한 가치는 자히드가 살던 시대의 바스라와 쿠라산의 생활상을 사진 찍듯 선명하게 그려내고 있는 사실주의 기법에 기인한다"고 표현하면서 『수전노』의 문학적 가치를 높이 평가하였다.

이 책의 번역을 위해 텍스트로 사용된 『수전노』는 타하 하지리Ṭaha al-Ḥajirī 가 편집한 『al-Bukhalā'』(Cairo: Dār al-Ma'ārif, 1981)와 베이루트출판사 판 『al-Bukhalā'』(Beirut: Dār Bayrūt, 1987)임을 밝혀둔다. 두 권의 텍스트를 사용한 이유는 내용이나 인명에 대한 해설을 좀더 다양하게 참고하기 위해서였다. 베이루트 텍스트는 각 이야기마다 소제목을 주었는데, 독자에게 좀더 쉽게 다가서기 위해서 역자는 이 방식을 따랐다. 『수전노』에는 수많은 실명(實名)과 사건, 그리고 이슬람 초기 역사가 등장한다. 9세기 당시 사람이 아니고는 도저히 이해할 수 없는 사건과 상황의 이해를 돕기 위해 미주를 많이 달았다. 또한 미주는 타하 하지리 본을 위주로 하였으나, 베이루트 본과 영어 번역본까지 두루 참조하였음을 밝혀둔다.

필사본으로 전해오던 『수전노』의 최초 출판은 1890년 레이덴Leiden에서 네덜란드의 동양학자 반 블로텐Van Vloten에 의해 이루어졌다. 그는 이스탄불의 쿠푸룰루 쿠투파네시Köprülü Kütüphanesi에 보관되던 본을 사용했다. 이후 아랍의 여러 국가에서 『수전노』는 여러 차례 출판

되었다. 1948년 타하 하지리는 쿠푸룰루 본과 파리 소장본을 합쳐서『수전노』를 편집·출간하였다. 현재까지도 아랍 문단에서는 타하 하지리의 편집본이 가장 인정받고 있다.

『수전노』의 번역은 1931년 독일에서 시도되었지만 완역이 아니었다. 최초의 완역본은 1951년 샤를 펠레에 의해 프랑스어로 출판되었다. 이후 카타르 도하에 본부를 두고 있는 '문명에 공헌한 무슬림 센터Center for Muslim Contribution to Civilization'는 런던 대학의 '동양 및 아프리카학 연구소(SOAS: School of Oriental and African Studies)'의 교수인 세르젠트Serjeant R. B. Serjeant에게『수전노』의 영어 번역을 의뢰했다. 그러나 번역 작업을 하던 중 세르젠트 교수는 완역을 눈앞에 두고 1993년 4월 사망했다. 그의 제자인 에제딘 이브라힘Ezzeddin Ibrahim 킹사우드 대학 아랍 문학 교수가 번역 작업을 이어받아 영어로 완역하여, 1997년 최초의 영어 번역본이 출판되었다. 한편『수전노』의 마지막 장에 해당되는 '아랍의 음식'은 필사본이 잘못 유입된 것이 아닌가 하는 의문을 제기하며 학자들 간에 많은 논쟁을 불러왔다. 이 부분은『수전노』에 포함되기에는 내용이 다르기 때문이다. 그 내용은 단지 아랍의 음식을 소개하는 것에 불과하다. 더욱이 샤를 펠레는 문제의 부분을 '아랍의 음식'이란 제목으로 분리하여 1956년『아라비카Arabica』지(紙)에 게재하였다. 따라서 본 번역은『수전노』의 내용을 일관성 있게 제시하기 위해 그 부분을 제외하였다.

『수전노』를 번역하면서 느꼈던 어려움은 여러 가지가 있겠으나 그 중 가장 큰 어려움은 아랍어 원문에 오류가 많았다는 것이다. 뿐만 아니라 인명, 지명, 음식명 등이 아랍인에게조차도 (에제딘 이브라힘의 말을 빌리자면) 생소하거나 잘못 표기된 것이 많았다. 자히드 자신이 본문 중에 아랍어의 오류에 대해 사과하면서 그 이유를 "지성인인 척하는 슈우비야 세력의 언어 오류에 기인하며 이런 오류를 그대로 전달하는 것이 독자들에게 생동감을 전달해준다고 믿는다"는 견해를 밝힌 바 있다. 물론 이는 자히드가 슈우비야 세력의 아랍어 구사 능력이 떨어진다는 사실을 지적하기 위한 우회적인 공격으로 보인다. 프랑스어 번역본을 완성한 샤를 펠레는 이 책을 외국어로 번역하는 데는 대단한 어려움이 있고, 번역본은 원본의 맛과 멋을 제대로 전달할 수 없을 것이라고 단언하였다. 이 책에 등장하는 수전노들은 그 당시 실존했던 인물들이며, 그 인물들의 출신, 성격, 그리고 정치적 위상을 알아야만 작가가 전달하고자 하는 이야기의 참맛이 살아날 수 있다. 이 부분이 번역 작업에서 가장 어려운 점이었다. 그럼에도 불구하고 이렇게 번역을 시도한 까닭은 아랍 문학을 연구하는 학자들은 모두 아랍 고전 문학의 진수로 주저 없이 『수전노』를 인정하기 때문이다. 『수전노』를 읽는 독자들은 전반부의 무거운 분위기만 지나면 다양한 군상의 수전노들을 만날 수 있는 즐거움을 누릴 수 있을 것이다

2007년 현재 『수전노』의 공간적 배경인 바스라는 전쟁의 상흔에 방치되어 있다. 그러나 1100여 년 전 그곳은 재담꾼의 이야기와 상인들의 분주한 손놀림이 한낮을 가르고 웃음의 향연이 가득했었다.

　8세기 후반, 바스라에서 출생. 자히드의 집안은 메카 티하마족의 일족인 바누 키나나족에 소속되어 있던 예속 평민 출신이다. 그의 선조는 아랍인과 아프리카인의 혼혈로 추정된다. 자히드의 본명은 '아므르 이븐 바흐르 이븐 마흐붑 이븐 파자라 알-라이시 알-키나니 Amru Bn Baḥr Bn Maḥbūb Bn Fazārah al-Laythī al-Kinānī'이고, 별칭은 '아부 우스만 Abu ʿUthmān(우스만 아버지)'이다. 그러나 그의 두 눈이 퉁방울처럼 튀어나온 외형적 특징으로 인하여 '자히드(퉁방울 눈)'라고 불린다.

　그의 유년기에 관해서는 알려진 바가 거의 없으나 집안 형편이 어려웠다는 점과 이와 관련된 몇 가지 일화가 전해진다. 8세기 당시 이슬람 모스크는 예배를 위한 집합소였을 뿐 아니라 정보와 지식을 교환하고 배울 수 있는 장소이기도 했다. 자히드는 이런 모스크와 문인들의 집합지였던 미르바드에서 다양한 지식을 습득했다. 당시에는 인쇄술이 없던 터라 필사가 유행했고, 자히드는 늘 마을의 책방에서 책을 읽고 열심히 필사를 했다.

　청년기에 들어선 자히드는 8세기 압바스조(朝)의 수도인 바그다드로 향했고, 그곳에서 칼리파 마으문(813~833 재위)의 보호를 받게 된다. 그 이유는 자히드가 저술한 『명백성과 그 해명 *al-Bayān wa al-Tabyīn*』의 내용이 칼리파 마으문의 관심을 끌었기 때문이다. 마으문은 자히드를 왕궁의 서한부 책임자로 임명한다. 그러나 자히드는 그 직책을 3일 만에 사임한다.

자히드는 재상 이븐 자야트의 경제적 지원으로 샴 지역과 이집트 지역을 여행한다.

자히드는 『동물 *al-Ḥayawān*』을 집필하여 이븐 자야트에게 헌사한다.

칼리파 무타와킬(847~861 재위) 집권 이후 무함마드 이븐 아부 다우드가 판관으로 집권하고 이븐 자야트는 사임한다. 그러나 판관 다우드는 이븐 자야트의 재정적 후원으로 학술 활동을 하던 자히드를 제거하지 않고 그의 학문적 가치를 인정하여 계속 학술 활동을 하도록 허락한다.

칼리파 무타와킬이 자히드를 아들의 선생으로 임명한다.

자히드는 『명백성과 그 해명』을 집필해 이븐 아부 다우드에게 헌사한다.

이븐 카칸이 판관으로 집권한 후 자히드는 다수의 저술을 새로운 판관에게 헌사한다.

노년이 되어 고향 바스라에 귀환해서도 그의 학술 연구와 저술 활동은 계속된다.

860년 전후로 『수전노 *al-Bukhalā'*』를 집필한다.

868년 사망.

자히드가 저술한 책은 모두 200여 편이다. 하지만 현재까지 전해오는 것은 80편 정도이다. 자히드의 작품은 그 주제에 따라 4종류로 대별할 수 있다. 첫째, 자히드의 해박한 지식과 독서의 깊이를 보여주는 백과사전적 문학서이다. 『네모와 동그라미의 서신 *Risālah al-Tarbī' wa al-Tadwīr*』『명백성과 그 해명』『동물』 등이 있다.

둘째, 정치색이 짙은 주제로는 『백인보다 우월한 흑인에 대한 찬양 *Fakhr al-sūdān 'alā al-Biḍān*』『우스만의 서신 *Risālah al-'Uthmāniyah*』『터키인과 일반

군인들의 미덕*Manāqib al-Turk wa ʿĀmmat Jund al-khiāfah*』등을 들 수 있다.

셋째, 이슬람 사상과 관련된 것으로 『이맘제에 관한 답서*Kitāb al-Jawwabāt fi al-Imāmah*』『코란의 창조에 관한 서신*Risālah Khalaq al-Qurʾān*』등이 있다.

넷째, 특정 그룹의 사람들을 다루는 주제서로 『도둑*al-Luṣūṣ*』『여종들의 서신*Risālah al-Qiyān*』『여성들의 서신*Risālah al-Nisāʾ*』등이 있다.

'대산세계문학총서'를 펴내며

근대 문학 100년을 넘어 새로운 세기가 펼쳐지고 있지만, 이 땅의 '세계 문학'은 아직 너무도 초라하다. 몇몇 의미 있었던 시도에도 불구하고, 전체적으로는 나태하고 편협한 지적 풍토와 빈곤한 번역 소개 여건 및 출간 역량으로 인해, 늘 읽어온 '간판' 작품들이 쓸데없이 중간되거나 천박한 '상업주의적' 작품들만이 신간되는 등, 세계 문학의 수용이 답보 상태에 머물러 있었음을 부인하기 힘들다. 분명한 자각과 사명감이 절실한 단계에 이른 것이다.

세계 문학의 수용 문제는, 그 올바른 이해와 향유 없이, 다시 말해 세계 문학과의 참다운 교류 없이 한국 문학의 세계 시민화가 불가능하다는 의미에서, 보다 근본적으로, 우리의 문화적 시야 및 터전의 확대와 그 질적 성숙에 관련되어 있다. 요컨대 이것은, 후미에 갇힌 우리의 좁은 인식론적 전망의 틀을 깨고 세계 전체를 통찰하는 눈으로 진정한 '문화적 이종 교배'의 토양을 가꾸는 작업이며, 그럼으로써 인간 그 자체를 더 깊게 탐색하기 위해 '미로의 실타래'를 풀며 존재의 심연으로 침잠하는 작업이라 할 수 있다.

우리의 현실을 둘러볼 때, 그 실천을 위한 인문학적 토대는 어느 정도 갖추어진 듯이 보인다. 다양한 언어권의 다양한 영역에서 문학 전공자들이 고루 등장하여 굳은 전통이나 헛된 유행에 기대지 않고 나름의 가치 있는 작가와 작품을 파고들고 있으며, 독자들 또한 진부한 도식을 벗어나 풍요로운 문학적 체험을 원하고 있다. 새롭게 변화한 한국어의 질감 속에서 그 체험이 이루어지기를 바라는 요청 역시 크다. 그러므로 필요한 것은 어쩌면 물적 토대뿐일지도 모른다는 판단이 우리를 안타깝게 해왔다.

이러한 시점에서, 대산문화재단의 과감한 지원 사업과 문학과지성사의 신뢰성 높은 출간을 통해 그 현실화의 첫발을 내딛게 된 것은 우리 문화계의 큰 즐거움이 아닐 수 없다. 오늘의 문학적 지성에 주어진 이 과제가 충실한 결실을 맺을 수 있도록, 우리는 모든 성실을 기울일 것이다.

'대산세계문학총서' 기획위원회